M

ROOMIES

ROSIE DANAN

TRADUCCIÓN DE NOEMI RISCO

Montena

El papel utilizado para la impresión de este libro ha sido fabricado a partir de madera procedente de bosques y plantaciones gestionadas con los más altos estándares ambientales, garantizando una explotación de los recursos sostenible con el medio ambiente y beneficiosa para las personas.

Roomies

Título original: *The Roommate*

Primera edición en España: julio, 2023
Primera edición en México: octubre, 2023

ISBN: 978-607-383-643-2

Impreso en México – *Printed in Mexico*

Para Micah Benson.
Tú eres la razón por la que
mis personajes reciben el amor
que se merecen

Advertencia:
este libro incluye contenido sexual explícito.

Capítulo 1

♡ ♡ ♡

Cuando el hombre de sus sueños se pasó una mano por la cara, increíblemente atractiva, y dijo: «Tengo que decirte algo, pero no quiero que te dé un ataque», Clara Wheaton consideró, por primera vez en su vida, la alarmante posibilidad de que le diera la patada alguien con quien ni siquiera había logrado salir.

Maldijo a sus terribles antepasados mientras fulminaba con la mirada el aromatizante de piña que colgaba del espejo retrovisor del jeep Wrangler de Everett Bloom.

Daba igual la de veces que les hubiera dicho a las amigas de su mamá en Greenwich la mentira de que «seguía nuevas oportunidades profesionales». Se había mudado a la otra punta del país porque una parte de ella creía que cabía la posibilidad de ganarse el corazón de Everett después de catorce años suspirando por él.

—Renté mi habitación este verano —dijo con unas palabras firmes y a la vez amables, como le hablaría alguien a un niño al revelarle que Papá Noel no existe.

—¿Rentaste… tu habitación? —preguntó Clara despacio, comprendiendo lo que eso quería decir mientras pronunciaba cada sílaba—. ¿La que me ofreciste hace dos semanas?

Si él no hubiera estado conduciendo y su mamá no le hubiera hecho memorizar el protocolo de Emily Post en su adolescencia, habría arremetido contra él.

Había incumplido el contrato de renta de su departamento para marcharse de Manhattan, había dejado a su familia y amigos y había rechazado unas prácticas de comisariado en el Guggenheim. Todo por… ¿nada?

Incluso comparándolo con generaciones de escándalos legendarios de la familia Wheaton, esta caída en picada a la desgracia batía el récord.

Las palmeras junto a las que pasaban por la autopista se burlaban de ella, un sello distintivo de los finales felices de Hollywood que se le escapaba entre los dedos.

Ni siquiera había deshecho las maletas… Una pasta salada sin digerir que había comprado en el aeropuerto aún flotaba por algún lugar de su diafragma. ¿Cómo podía estar Everett despidiéndose ya de ella?

—Oye, no, no. No renté tu habitación —su característica sonrisa relajada apareció en su rostro, la misma de la que ella se había enamorado desde el instante en que su familia se mudó a la casa de al lado hacía todos esos años—. Renté el dormitorio principal. Nos ofrecieron al grupo salir de gira en el último momento. No es que sea la maravilla, pero seremos los teloneros de una banda de blues de las afueras de Santa Fe con un sonido muy cool, y Trent compró una camioneta increíble para llevar el equipo…

Aquella forma de hablar la transportaba directa a la preparatoria. ¿Cuántas veces después de su escalada social en secundaria había cancelado Everett sus planes con ella para ir a ensayar con el grupo? ¿Cuántas veces desde entonces la había mirado por encima del hombro en vez de a los ojos cuando ella intentaba hablar con él?

Era increíble que tuviera dos posgrados de universidades de la Ivy League para terminar haciendo tonterías de esta manera.

—¿Quién rentó la habitación? —Clara interrumpió la descripción detallada de las salpicaderas *vintage* de la camioneta en la que iban a irse de gira.

—¿Qué? Ah, sí, la habitación. No te preocupes. Es un tipo superagradable. Josh no sé qué. Lo encontré en internet hace unos días. Muy *chill* —movió una mano en dirección a la chica—. Te va a encantar.

Clara cerró los ojos para que no viera que los ponía en blanco. Por muchas veces que se hubiera planteado hasta dónde llegaría para por fin conseguir el cariño de Everett, jamás se había imaginado aquello.

Everett giró el coche hacia una calle que lucía con orgullo un paso de peatones arcoíris.

—Oye, te llevo a casa y te doy mis llaves y eso, pero luego me tengo que ir enseguida. Se supone que tenemos que estar en Nuevo México el viernes.

Apenas se entreveía ya una disculpa en sus palabras.

Clara se fijó en sus dedos, los que a menudo imaginaba pasando por su pelo en una tierna caricia, que retomaban el golpeteo frenético en el volante. Buscó algún rastro de su mejor amigo de la infancia bajo aquella distante apariencia, por no decir algo peor.

El dolor le quemaba el esternón. En algún momento, algún antepasado Wheaton debió de haber desafiado al destino, maldiciendo a sus descendientes, que ahora pagaban las consecuencias. Solo eso explicaba por qué la única vez que Clara se había atrevido a dar un salto de fe se había dado ese trancazo espectacular.

Respiró hondo para llenarse los pulmones. Tenía que haber un modo de salvar aquella situación.

—¿Cuánto tiempo estarás fuera? —si había aprendido una cosa de su familia irresponsable, era el control de daños.

—Pues no sé —Everett estacionó el jeep junto a una casa estilo hispano que necesitaba desesperadamente una nueva capa de pintura—. Al menos unos tres meses. Tenemos conciertos hasta agosto.

—¿Seguro que no puedes esperar unos días para irte? —odiaba ese tono suplicante que se colaba en su pregunta—. No conozco a nadie más en Los Ángeles.

Una cara del pasado, borrosa a través de la perspectiva del recuerdo adolescente, se le pasó por la cabeza antes de apartarla.

—Todavía no tengo trabajo aquí. Mierda, ni siquiera tengo coche.

Intentó reírse para relajar el ambiente, pero lo que le salió sonó más como un gruñido.

Everett frunció el entrecejo.

—Lo siento, Ce. Sé que te prometí que te ayudaría a instalarte, pero esto es una gran oportunidad para el grupo. Lo entiendes, ¿verdad? —alargó la mano para apretar la de ella—. Mira, esto no tiene por qué cambiar el plan que hicimos. Todo lo que te dije por teléfono sigue siendo verdad. Este paso, venirte a California, salir del control de tu mamá… Te va a ir muy bien.

Levantó la mano para chocar los cinco, un gesto familiar desde hacía mucho tiempo. También podrían haber estado en clase estudiando para el examen para entrar a la universidad. A regañadientes, Clara completó la petición sobreentendida.

—Los Ángeles son unas vacaciones de la vida real. Relájate y diviértete. Regresaré antes de que te des cuenta.

¿Que se divirtiera? Quería gritar. La diversión era un lujo para la gente que tenía menos que perder, pero como generaciones de mujeres Wheaton antes que ella, Clara se resignaba a echar humo en silencio y evitar la confrontación.

Si una amiga le hubiera dicho hacía una semana que iba a mudarse a la otra punta del país e iba a dejar una buena vida que la mayoría de la gente querría por la oportunidad de estar con un chico —aunque fuera un chico especialmente guapo—, Clara habría invertido una cantidad significativa de energía en intentar detenerla. «Es una locura», le habría dicho. Siempre es fácil verlo en la vida de los demás. Nadie en Greenwich conocía las consecuencias de un impulso desafortunado mejor que una

Wheaton. Por desgracia, como el alcohol de grano, el amor no correspondido se hace más potente con el tiempo.

Everett sacó sus bolsas de la cajuela del Wrangler y la abrazó demasiado fuerte y demasiado rápido para proporcionarle consuelo.

—Te llamaré desde la carretera en un par de días para asegurarme de que ya te instalaste.

Jugueteó con su llavero.

Clara se quedó mirando su propia mano con desinterés cuando le puso la pequeña pieza de metal en la palma. Las ganas de salir corriendo, primarias y sin sentido, bullían bajo su piel.

Tenía dos opciones. Podía llamar a un taxi, reservar un asiento en el próximo vuelo de vuelta a Nueva York e intentar reconstruir su antigua vida, parte por parte.

O podía quedarse.

Quedarse en una ciudad que no conocía, vivir con un hombre que no había visto nunca, sin trabajo y sin amigos, sin la influencia que el apellido de su familia representaba en la costa este.

Los chismosos de Greenwich salivarían con su deshonra. Ya podía imaginarse el titular: DEJÓ DE «FLORECER». LA PRUDENTE CLARA AHORA VIVE CON UN DESCONOCIDO.

Ni hablar. Irguió la espalda, se alisó la falda y se pasó la lengua por los dientes por si se le habían manchado de labial. Solo se tiene una oportunidad de causar una primera impresión. Las fuertes vibraciones de la música en el coche de Everett retumbaron en sus oídos mientras arrancaba, pero Clara no se dio la vuelta para ver cómo se iba.

La pintura se despegó de la puerta descolorida cuando apretó la palma contra ella. «Maldita sea». Las páginas de la sección de sociedad iban a sacarle el máximo provecho a eso.

Clara respiró hondo y entró a su nuevo hogar como lo hacían los soldados en territorio enemigo: con pasos sigilosos, examinando el terreno y con los codos bien pegados al cuerpo.

Una alfombra afelpada amortiguó sus sandalias de tacón mientras inspeccionaba la sala. El espacio dejaba mucho que desear. Pasó la yema de un dedo por la capa de polvo que cubría una estantería en el rincón. Un olor putrefacto emanaba de unos envases de comida para llevar que habían dejado sobre la mesa de centro, y Clara intentó respirar por la boca.

Algo crujió bajo sus pies. Al levantar el tacón, identificó los restos de una papa frita.

A pesar del tufo y lo desordenado que estaba todo, la casita irradiaba una calidez retro que contrastaba directamente con la frialdad que reinaba en la enorme casa colonial de su familia en Connecticut y en el pequeño departamento en el edificio sin ascensor en Morningside Heights que había rentado cerca del campus.

El papel descolorido de las paredes rezumaba encanto *kitsch*, esforzándose por agradarla, pero Clara no podía librarse del peso aplastante de su desilusión. Limpió el asiento del sofá antes de sentarse.

—Supongo que así es como debe de sentirse alguien que está totalmente jodido.

—Me he sentido así muchas veces —se oyó una voz grave detrás de ella.

Clara se puso en pie de un salto, tan rápido que se tropezó.

—Eh... Hummm... Hola.

Se colocó con dificultad detrás de su enorme maleta de ruedas, usándola a modo de escudo de veinte kilos, entre ella y el hombre que estaba junto al umbral que separaba la cocina de la sala. Se apoyó en el marco de la puerta.

—Supongo que no me estás robando, ¿verdad?

Cuando Clara frunció el entrecejo por la confusión, él señaló el conjunto que llevaba puesto.

La chica bajó la barbilla y examinó el suéter negro de cuello alto sin mangas con los *skinny jeans* a juego que había elegido aquella mañana. A los veintipico, había cambiado los rombos y la pata de gallo de su juventud por un armario lleno de ropa básica monótona y bien diseñada. Por desgracia, al parecer, la ropa negra, que para la mayoría de las personas en Nueva York te hacía más delgada y elegante, en Los Ángeles era el atuendo preferido de los allanadores de morada.

—Eh…, no —Clara se tiró del cuello del suéter, y se alegró, en retrospectiva, de haber sufrido la humillación de haberse retocado el maquillaje en el minúsculo lavabo del avión mientras uno de sus compañeros de viaje aporreaba la puerta—. Soy Clara Wheaton —dijo cuando se hizo el silencio.

—Josh —salvó la distancia entre ellos y le ofreció un apretón de manos—. Encantado de conocerte.

Cuando sus manos se unieron, la chica se fijó en las uñas del chico como un indicador de sus hábitos de higiene personal. Cortas y bien arregladas. «¡Menos mal!».

Al cabo de cinco segundos, Josh enarcó una ceja y Clara le soltó la mano con una sonrisa avergonzada.

A pesar de su impresionante estatura y del hecho de que sus hombros abarcaban la mayor parte del hueco de la puerta, no lo encontraba intimidatorio. La ropa arrugada y la mata de rizos rubios despeinados sugerían que acababa de salir de la cama. Sus llamativas cejas oscuras podían haberle dado un aire hosco, pero el resto de su cara no era para nada siniestro.

Era lindo, aunque no superguapo. No como Everett, cuya mera presencia todavía la dejaba sin habla después de todos aquellos años. Clara aceptó esa pequeña consideración por parte del universo. Siempre le había resultado imposible hablar con los hombres guapos.

—Encantada de conocerte —contestó, y añadió por si acaso—: Por favor, no me mates ni me violes.

—Por supuesto —levantó ambas manos en un gesto de inocencia—. Bueno… Supongo que eso significa que vamos a vivir juntos.

—De momento.

Al menos el tiempo suficiente para poder desarrollar un plan de contingencia.

Josh se asomó por la puerta abierta del baño.

—¿Dónde está Everett? ¿No se quedó un rato para ayudarte a instalarte?

Los hombros de Clara se deslizaron hacia las orejas.

—El grupo ya tenía que irse.

—Qué locura, ¿eh? Que los hayan invitado a la gira en el último momento.

—Ya —se esforzó por evitar que la amargura se oyera en su voz—. De locos.

—Aunque a mí me ha ido bien. No me creía lo poco que pedía Everett por un sitio como este.

Clara decidió no mencionar que Everett había heredado aquella casa, libre de cargos, de su abuelo y que probablemente solo le cobraba lo justo para cubrir los gastos. Se masajeó las sienes, intentando alejar un terrible dolor de cabeza. No tenía claro si era debido al estrés, al *jet lag* o a los sueños que se habían desvanecido. Cuanto más tiempo pasaba en aquella casa, más real se hacía la pesadilla. Se volvió a sentar en el sofá cuando se le nubló la vista.

—Oye, ¿estás bien?

Su nuevo roomie se arrodilló delante de ella, como hacen los adultos cuando se acercan a hablar con un niño pequeño. Clara apartó la vista de donde sus muslos estiraban las costuras de los jeans.

Tenía el puente de la nariz salpicado de pecas, pero ella se concentró en la que tenía justo en medio y contestó:

—Estoy bien. Tan solo estoy lidiando con las consecuencias de una maldición familiar multigeneracional. Haz como si no estuviera aquí.

Se podría pensar que una familia con dinero desde hacía décadas y que había tenido el cuidado de educar bien a sus descendientes habría eliminado la desgraciadamente conocida tendencia de los Wheaton al comportamiento destructivo, pero si nos remitíamos a la reciente detención de su hermano Oliver, cuanto más aumentaba su linaje, más espantosas eran las consecuencias de sus errores de conducta.

En comparación, ella tampoco había salido tan perjudicada al terminar con el corazón roto en una casa vieja.

Josh arrugó la frente.

—Hummm, si tú lo dices… Eh, oye, espera aquí un segundo.

Como si tuviera otro lugar al que ir.

—Creo que tengo algo que podría ayudarte —entró en la cocina a grandes zancadas y regresó al cabo de un instante para colocarle una cerveza fría en las manos—. Siento no tener nada más fuerte.

No es que Clara fuera muy cervecera, pero a esas alturas una cerveza no iba a hacerle daño. Abrió la lata y tomó un buen trago. «¡Puaj!». ¿Por qué los hombres se empeñaban en fingir que la IPA sabía bien? Dejó caer la cabeza entre las rodillas y usó una técnica de respiración profunda que había visto una vez que acompañó a su prima a una clase de Lamaze.

—Oye…, eh… ¿No irás a vomitar?

La bilis le subió al fondo de la garganta al oír la insinuación. Aquel tipo era más o menos igual de atento que los demás hombres que conocía.

—¿Qué tal si me dices algo tranquilizador?

Al cabo de unos segundos, soltó un resoplido.

—Tu organismo destruye y reemplaza todas sus células cada siete años.

Clara se incorporó lentamente.

—Okey, bueno —apretó los labios—. Lo intentaste. Gracias —dijo con rechazo.

—Lo leí en una revista en el consultorio del médico —le dedicó una leve sonrisa—. Me pareció que estaba bien. Supongo que significa que no importa lo mucho que metamos la pata, al final hacemos borrón y cuenta nueva.

—Entonces ¿estás diciéndome que dentro de siete años me olvidaré de que dejé toda mi vida atrás para mudarme a la otra punta del país animada por un tipo que ni siquiera es mi novio y que me dijo, cito textualmente, que «persiguiera mi felicidad»?

—Exacto. Científicamente hablando, sí.

Tenía unos ojos bonitos. Grandes y castaños, pero no apagados. Parecían cálidos, como si hubiera pasado tiempo cociéndose a fuego lento. «Lindo, pero no guapo», se recordó a sí misma.

—Bueno, okey. Esperaba detalles banales sobre tu trabajo, si te soy sincera. Pero no está mal para ser lo primero que te vino a la cabeza.

Se limpió la boca con la mano y le devolvió la cerveza.

—No creo que oír hablar de mi trabajo fuera a resultarte tranquilizador.

Él tomó un buen trago y después tiró la lata.

Se supone que eso respondía a la pregunta de si Josh sería el tipo de roomie que se comería sus sobras.

—Trabajas en una funeraria, ¿no?

Negó con la cabeza.

—Trabajo en la industria del espectáculo.

«No es ninguna sorpresa». Clara de inmediato perdió el interés. Lo último que necesitaba era un aspirante a cineasta pidiéndole que leyera su guion.

Josh la miró de arriba abajo con todo el descaro.

—Tú no eres lo que yo esperaba.

«Bueno, lo mismo digo, amigo».

Ella esperaba vivir con Everett. Se había imaginado a los dos cocinando juntos, con los hombros tocándose mientras trabajaban el uno al lado del otro. Se había imaginado viendo películas de acción a altas horas de la noche, como hacían a los trece años, solo que en esta ocasión, en vez de en sofás separados, se acurrucarían juntos bajo la misma manta, con unas copas de vino. Aquella casa debería haber sido el escenario de su historia de amor. Everett debería haber escrito una canción en ese asiento junto a la ventana, inspirado por el primer beso que se hubieran dado. Pero, en lugar de eso, tenía que compartir el cuarto de baño con un desconocido.

Clara se puso de pie y se deshizo de los deseos no cumplidos.

—¿A qué te refieres?

—Me sorprende que una chica como tú —señaló su equipaje Louis Vuitton— fuera a meterse en un lugar como este con un roomie.

Clara se colocó el pelo oscuro sobre un hombro y se pasó la mano por los mechones.

—El equipaje es un regalo que me hizo mi abuela —bajó los ojos a la alfombra—. Y tomé la habitación porque ahora mismo estoy buscando trabajo —la mentira se le amargó en la lengua y enseguida volvió al territorio de la verdad—. Conozco a Everett de toda la vida. Cuando me gradué hace unas semanas, me ofreció la habitación que tenía de sobra.

—Oh, una graduada, ¿eh? ¿Qué estudiaste?

—Terminé hace poco mi doctorado en Historia del Arte —dijo con tanta bravuconería como pudo reunir.

De pequeña, soñaba con crear sus propias obras, pero a la larga se dio cuenta de que el arte requería exponer partes de sí misma que prefería mantener ocultas: sus miedos y esperanzas, sus pasiones y anhelos. El análisis y la conservación del arte le permitían mantenerlo a distancia mientras aprovechaba la universidad como una manera para prolongar la vía de acceso a la vida adulta.

Josh sonrió con suficiencia.

—¿Es eso un título especial que solo le dan a la gente rica?

Clara apretó los dientes con tanta fuerza que creyó oír un pequeño chasquido.

—Limitemos la charla interpersonal al mínimo, ¿okey?

Agarró el bolso y fue a buscar la lista con lo necesario para la mudanza, que encontró escondida debajo de la almohada para el avión y el botiquín. Clara había escrito en un documento de seis páginas todo tipo de preguntas e instrucciones sobre qué mirar para saber si una casa nueva estaba en regla en Los Ángeles. Con el documento en la mano, le resultaba más fácil respirar.

Al levantar la vista, Josh no se había marchado.

—Por favor, no te lo tomes a mal, pero francamente, Everett no me había dicho que no estaría aquí hasta ahora mismo. Y no te ofendas, estoy segura de que eres agradable, pero esto —señaló el espacio entre ellos— se sale un poco de mi zona de confort.

—Oye, también de la mía —se llevó la mano al corazón—. He visto muchos telefilmes, ¿sabes? Eres justo la típica niña rica histérica que se vuelve loca y pinta las paredes con sangre de pollo. ¿Cómo sé yo que estoy a salvo contigo?

Clara ladeó la cadera y se quedó mirando al hombre de más de metro ochenta que tenía delante. La camiseta andrajosa que llevaba puesta, con una foto antigua de Debbie Harry, apenas tapaba su pecho musculoso y aquellos anchos hombros.

—¿En serio te preocupa mi presencia?

Él clavó los ojos en la lista con lo necesario para la mudanza.

—¡Madre mía! ¿Está plastificado?

Estaba disfrutando de lo lindo.

—Mi mamá me regaló la máquina la Navidad pasada —le respondió a la defensiva mientras él le quitaba la lista de las manos para verla mejor—. El plástico evita que se manche.

Echó la cabeza hacia atrás y soltó una carcajada. Un fuerte estruendo sin el más mínimo rastro de burla.

—«Comprobar la presión de todos los grifos por si acaso» —leyó—. Esto es buenísimo. ¿Lo escribiste tú sola?

—California es famosa por su propensión a los incendios forestales. Tienes que anotar las condiciones de la casa antes de mudarte para estar preparado ante las posibles reclamaciones del seguro. Tan solo el daño provocado por el humo…

Soltó otra carcajada que a ella le pareció una exageración. Clara le quitó la lista de las manos.

—Deberíamos hablar de las normas de la casa.

A Josh le brillaron los ojos.

—Vaya... ¿Están prohibidas las fiestas en días lectivos?

—Okey, tienes razón. Lo de «normas» suena un poco agresivo. Me refiero más bien a las pautas para una convivencia armoniosa. Podríamos también sacarle provecho a esta mala situación.

Josh se puso recto.

—Por supuesto. Pero me temo que tendrás que poner tú la primera norma. Yo estoy desentrenado.

—Bueno, por ejemplo, Everett mencionó hace un tiempo que la cerradura de la puerta del baño no funciona. Así que antes de que nos la arreglen, sugiero que usemos el método de llamar tres veces.

—¿Por qué tres?

—Es fácil no oír uno o dos golpecitos... —dijo mientras lo ejemplificaba sobre la mesa de centro—. Si estás, digamos, en la ducha.

—Bien, sin duda, no queremos que suceda eso.

Clara levantó la vista para encontrarse con el cuerpo de él y su sonrisa burlona. Se le puso la carne de gallina en los brazos a pesar de la cálida tarde de junio. Josh tenía una clase de magnetismo que no había notado antes. Incluso cuando ella se colocó detrás del sofá para que hubiera una barrera física entre ambos, su cuerpo le canturreaba «más cerca, más cerca, más cerca».

—Oye, mira, no voy a poner en peligro tu virtud, ¿okey? —Josh se desprendió del encanto como el que se quita una chamarra. Debía de haberse dado cuenta de que la energía entre ellos había pasado de la broma a algo más jugoso—. No estoy disponible, así que no tienes por qué preocuparte. Solo voy a vivir aquí hasta que convenza a mi exnovia de que me deje volver a casa. Es una terca, pero seguro que lo consigo en una semana o dos, y luego ya no me verás más el polvo.

Soltó la noticia con el tono suave del experto en dar esperanzas y decepcionar fácilmente.

—Ah... —dijo Clara y luego comprendió lo que él quería decir—. No —hizo un gesto negativo con las manos. La había entendido mal, era evidente. Ella quería estar con Everett. Llevaba enamorada de él toda la vida. Ni siquiera conocía a aquel tipo despeinado con los jeans rotos—. Por supuesto que no. No estaba pensando que quisieras... —se señaló con la mano el cuerpo y sacó la lengua por el asco.

Los ojos de Josh siguieron el camino que ella había indicado.

—Espera un segundo. No quise decir que no lo quisiera hacer si estuviéramos bajo otras circunstancias. Eres muy... —puso las manos delante de su pecho como si estuviera calculando el peso de un par de melones maduros.

Clara abrió unos ojos como platos.

—¡Ay, Dios! No puedo creer que haya hecho eso. Perdona. Lo que quería decir es que tú... Hummm... ¿Cómo se dice de manera respetuosa que...? —volvió a subir las manos.

—Ya entendí —dijo ella mientras la sangre le subía a la cara.

—Claro, disculpa de nuevo —sacudió el cuerpo como un perro mojado—. Además, estaba seguro de que entre Everett y tú había algo. Por cómo hablaba de ti, sonaba sin duda como que tenían un pasado.

Al oír mencionar a su amado, las magulladuras casi desaparecidas de su corazón estallaron de nuevo y le dolieron. No sabía cuánto contarle sin resultar patética. Desde luego que Everett y ella tenían un pasado, aunque la parte romántica fuera unilateral.

Algo en la sinceridad de las cejas de Josh le daba a Clara la impresión de que él podía aguantar más que la versión edulcorada de su historia con Everett, más que las milongas que les había soltado a sus amigos y familiares de la costa este para que no la juzgaran ni se preocuparan por la decisión precipitada de mudarse.

Por alguna razón, se encontró soltándolo todo ante aquel desconocido desaliñado.

—Everett y yo nos criamos juntos. A pesar de vivir cada uno en una punta del país durante casi diez años, mantuvimos el contacto con visitas y llamadas de teléfono. No sé si lo pudiste conocer un poco, pero tiene esa mezcla increíble de dulzura, inteligencia y diversión…

—¿Y te animó a que lo dejaras todo y te mudaras aquí solo para abandonarte en cuanto tuvo la oportunidad? —Josh arqueó una ceja.

Clara retrocedió un paso. La verdad escocía.

—Eso no es lo que pasó exactamente. Sé lo que parece —bajó la voz, avergonzada por cómo había subido el volumen—. Pero cuando Everett me llamó hace un par de semanas y me describió la vida en Los Ángeles, los atardeceres, la brisa marina y la gente que no tenía que llevar férulas dentales por la noche para evitar apretar los dientes por el estrés…

Un hoyuelo apareció en la mejilla izquierda de Josh.

—Sé que parece una tontería, pero fue como una señal o algo por el estilo, era como mi oportunidad. Para el amor, la aventura, el felices para siempre, todo lo de esas pelis de Hallmark.

—A ver si lo entiendo bien. Tú, una mujer que plastificó su lista de lo necesario para una mudanza, ¿tomó una decisión importantísima que le iba a cambiar la vida basándose en una vaga señal del universo?

Clara se encogió de hombros.

—¿Es que tú nunca has hecho nada estúpido para impresionar a alguien que te gustaba?

Josh se dejó caer en el sofá, puso los pies sobre la mesa de centro y los cruzó a la altura de los tobillos.

—No. Nunca.

—Creo que lo que quieres decir es «Aún no» —Clara agarró las asas de sus maletas de ruedas—. Bueno, ¿cuál de estas dos habitaciones es la mía?

Capítulo 2

♡ ♡ ♡

A la mañana siguiente, Clara había conseguido aislarse en el mar de sus pertenencias. Como las tenía todas tiradas por el suelo de su nueva habitación, ahora estaba sobre la silla de madera del escritorio intentando decidir por dónde empezar.

Se suponía que deshacer el equipaje la iba a ayudar a sentirse mejor. Más instalada. Lo había leído en un estudio sobre cómo los humanos se adaptan a un nuevo entorno.

Pero había abierto una maleta con recuerdos que compartir con Everett y ahora estaban esparcidos por toda su descolorida gloria adolescente y se turnaban para golpearla en el estómago.

Las tiras de fotos instantáneas dobladas por los bordes, la caja de cartón hundida del triste intento de crear su propio juego de mesa en séptimo, y hasta había llevado de su ciudad natal sus *bagels* favoritos —antes congelados— en una bolsa de plástico, que ahora chorreaba encima de su bata.

Todo le hacía daño. Clara bajó la barbilla al pecho.

Llamaron una sola vez a la puerta que había a su espalda.

—Pasa.

El caos en la alfombra reflejaba el desastre que era ahora su vida. Qué poético.

—¿Qué tal vas con el equipaje? —Josh le ofreció una taza despostillada llena de café humeante.

Clara creó una visera con la mano y se dio la vuelta, pero no sin antes echar un vistazo para confirmar que el vello que le subía a Josh al ombligo hacía juego con las cejas castaño oscuras y no con los rizos rubios de la cabeza.

—¿Qué carajo estás haciendo?

—No dejaba de oír esos suspiritos tristes desde el pasillo y pensé que el café te animaría —se fijó en dónde estaba—. ¿Te subiste a esa silla para evitar una araña?

Clara se bajó con cuidado.

—No llevas mucha ropa encima.

Cerró los ojos, pero los músculos fibrosos de su pecho se le grabaron en las retinas.

—¿Qué quieres decir?

—¿Acaso no viste la lista de normas que te pasé por debajo de tu puerta anoche?

Había pasado una hora y media después de cenar pasando a limpio las normas en papel pautado. Hasta había incluido unos espacios destinados a sus firmas.

—Creía que habías dicho que eran pautas.

—Y son pautas —intentó introducir la paciencia en su tono—. Y las pautas dicen que todas las partes implicadas deberán llevar al menos tres prendas de ropa cuando entren en zonas comunes de la casa y/o durante la interacción directa con el roomie y/o invitados.

Josh clavó la vista en sus pies descalzos.

—¿Qué hay de los calcetines?

—¿A qué te refieres con «¿Qué hay de los calcetines?»?

—¿Cuentan como una prenda de ropa o como dos?

Clara se puso las manos en las caderas.

—Los calcetines no cuentan.

Josh aspiró el aire entre los dientes.

—Por desgracia, eso no queda claro en el papel.

—Un calcetín no es una prenda esencial.

La miró con ojos traviesos.

—A no ser que estés jugando al *strip poker*.

—Gracias por traerme café.

Clara aceptó la taza sobre todo para que dejara de hablar.

—De nada. No sabía cómo lo tomas..., pero tampoco tenemos leche. Ni azúcar —puso una mueca—. Pero, oye, te llevaré al supermercado en cuanto termines de... —recorrió con la vista el caos que había armado en su habitación— redecorar.

Harta del contacto visual con sus pelillos dorados del pecho, Clara agarró la primera prenda de ropa que encontró —una vieja sudadera enorme tirada sobre el respaldo de la silla del escritorio— y la lanzó con la mano libre a sus pectorales ondulantes.

Mientras se la ponía, ella fue a buscar su copia de las pautas.

En cuanto Clara entró en el dormitorio principal, tuvo que obligarse a no mirar la cama. La cama de Everett. La almohada probablemente todavía olería a él. Olisqueó de manera furtiva desde la puerta. Sí, aquella habitación olía a Everett. A Irish Spring y al vinilo de cientos de discos.

Sacudió la cabeza y buscó el papel de libreta, que finalmente encontró en la mesita de noche. Josh ya se las había arreglado para salpicar de café la esquina del documento. Ojalá se le hubiera ocurrido llevarse la plastificadora.

Cuando regresó a su habitación, Josh había conseguido taparse. Las mangas de la sudadera con capucha de Columbia le terminaban en los codos y ella se negó a encontrarlo encantador.

—Me imagino que las habrás escrito como punto de partida —señaló su hoja—. Deberíamos escribir las definitivas entre los dos, ¿no?

La pelea con la sudadera había empeorado su pelo ya despeinado.

Se le pasó por la cabeza una inoportuna imagen de él, enredado en las sábanas, calientes por la temperatura de su cuerpo. Le dio un buen sorbo al café y usó el sabor amargo para deshacerse de la perturbadora imagen.

—Sí, claro.

Le pasó el papel. Sinceramente, había dado por sentado que a él no le importaría tanto como para pelearse con ella por ninguna de las propuestas.

Josh se sentó en la cama de Clara y se llevó la mano a su desgreñada mata de pelo. De algún lugar en las profundidades de su melena, sacó unos lentes con armazón de carey y se los puso.

—Algunas de las cosas que pusiste aquí están bien.

Clara se mordió el interior de la mejilla. Josh tenía un poderoso toque de atracción, y la nerd que llevaba dentro empezó a suspirar al verlo con los lentes para leer.

—Compartir los gastos comunes. Muy bien. Un pizarrón con las responsabilidades de limpieza semanales. Muy organizado. Tenemos que ir a buscar algunos de estos artículos que mencionas. No creo que tengamos cera orgánica para los muebles —asomó la lengua entre los dientes mientras examinaba el resto de la página, asintiendo de vez en cuando—. Veo que me confiaste los cambios de bombillas.

Josh miró hacia donde ella estaba, incómoda junto a la puerta, y le pegó un repaso de arriba abajo a su cuerpecillo.

—Tiene sentido.

Le dio la vuelta a la hoja.

—Silencio desde la medianoche hasta las cinco de la mañana. Okey. Es razonable... Pero estás olvidándote de un montón de cosas.

Clara se cruzó de brazos.

—¿Como qué?

—Como el sexo.

El pulso se le disparó.

—Bueno, ¿qué plan hay si estamos...? Ya sabes —hizo un gesto de bombeo con el puño.

Clara se tragó el nudo en la garganta.

—¿Te refieres a poner una *scrunchie* en el pomo de la puerta?

Las cejas se le subieron al nacimiento del pelo.

—¿Qué carajo es una *scrunchie*?

Para contestarle, sacó una de su neceser y se la lanzó como una resortera.

Sostuvo aquella tela suave frente al pecho y comprobó la durabilidad de la liga del pelo entre sus dedos.

Clara volvió a apartar la vista. «Así que tiene las manos bonitas. Pues vaya».

—¿Es que no has visto ninguna de esas comedias de los ochenta con sexo?

—Ah, okey —dijo Josh—. Creía que usaban calcetines.

—A lo mejor los chicos usan calcetines. Supongamos que cualquier cosa que decore el pomo significa «no molestar».

Normalmente habría insistido en no utilizar una señal vulgar, pero su falta de actividad sexual le evitaría tener que aplicar esa norma en concreto.

—Okey, perfecto. Aunque tengo que advertirte que estas paredes son finas. Cuando me mudé aquí el domingo, oí a Everett haciéndolo con esa fantasía de chica que trajo a casa como si tuviera una entrada en primera línea.

Clara inhaló con fuerza. Por supuesto, sabía que Everett no había sido célibe en los últimos diez años, pero no había tenido motivos para imaginárselo con otras mujeres... y en la cama donde ella había dormido la noche anterior. ¿Le bastaría con quemar las sábanas y comprar unas nuevas?

—¡Ay, mierda! Perdona —se disculpó Josh.

Clara debía de haber puesto una mueca, pero enseguida sus rasgos volvieron a estar en calma.

—Si te ayuda en algo, cuando la chica se vino hizo un ruido estridente supermolesto.

Clara contuvo las ganas de vomitar.

—Pasemos a otro tema.

Josh miró al techo con los ojos entrecerrados.

—Hummm... —chascó los dedos—. ¿De qué tienes miedo?

—¿Perdona?

—Si tuvieras miedo a las serpientes, a los perros grandes o a las bolas de algodón y lo supiera, podría protegerte.

Lo miró con los ojos entrecerrados.

—¿Eres consciente de que una de esas tres cosas no es como las demás? ¿Qué hay de los ratones, las cucarachas o las zarigüeyas?

—¿Exactamente cuántas plagas crees que puede haber por aquí?

Josh movió los hombros.

—Estoy tratando de prepararme como tu roomie.

Clara entendía por qué lo decía. Se quedó mirando la alfombra.

—Me da miedo manejar.

—Pero… ¿te mudaste a Los Ángeles?

Se le sonrojaron las mejillas.

—Sí. Todo esto es una gran estupidez. Arruiné mi vida. ¿Y tú de qué tienes miedo?

Su mirada, que evitaba más preguntas, debía de haber funcionado.

Josh puso una mueca.

—A la cátsup.

—¿No te gusta la cátsup?

—Nooo —alargó la vocal para darle más énfasis—. No me gustan los rábanos. La cátsup me da miedo.

—No me hace gracia. Dime algo de verdad.

—¡No estoy bromeando! Hay gente que se caga cuando ve bichos, y a mí me pasa lo mismo si veo cátsup. Es por la viscosidad o algo así —se tapó la boca con el dorso de la mano—. Puaj, en serio, es que no puedo ni hablar de eso. Se me hiela la sangre.

Le enseñó el antebrazo para que viera cómo se le habían puesto los pelos de punta.

—Okey, pero si alguien te desafiara a comer cátsup, ¿te atreverías?

—¿Por qué iba nadie a desafiarme a comer cátsup? —negó con la cabeza.

Clara se encogió de hombros.

—Porque estuvieran jugando a uno de esos juegos. Verdad o reto.

—¿Alguna vez has jugado a verdad o reto?

—Pues claro —se echó el pelo por encima del hombro.

—Sí... Pero seguro que siempre eliges verdad.

—No, muchas veces he elegido reto.

Josh torció la boca.

—¿Ah, sí? Cuéntame alguno que hayas hecho.

A pesar del prolongado sorbo de café que aprovechó para ganar tiempo, no le vino nada a la cabeza.

—Bueno, ahora no se me ocurre ninguno. Hace ya mucho.

—Qué pena —se le encendió una lucecita en los ojos—. Los desafíos son divertidos.

—¿Divertidos para quién exactamente?

¿Por qué le sonaba la voz tan insegura?

—¿Para todo el mundo?

Una explosión de encanto acompañó a sus palabras.

«Lo dice como alguien de quien nunca se han burlado».

—No, son divertidos para la persona que lanza el reto y para varios espectadores. Quien lleva a cabo la prueba se muere de vergüenza en el peor de los casos o se siente incómodo en el mejor.

—Entonces los retos van en contra de las normas, ¿eh?

—Pautas —dijo automáticamente antes de aclararse la garganta—. Creo que estaría bien decir que a partir de ahora sí.

Se oyó un tintineo agudo que provenía de la mesita de noche.

Clara agarró su celular. «Mierda». Se obligó a poner un tono de voz alegre.

—Hola, mamá... Sí, todo va bien... Ajá, estaba deshaciendo el equipaje —miró por encima del hombro y se encontró a Josh observándola con un interés evidente—. ¿Everett? —Clara cambió el peso de una pierna a otra—. Hummm..., no. No está aquí ahora mismo. Fue por café —bajó la voz—. Claro, lo saludaré de tu parte —no estaba preparada para contarle aquella humillación a su mamá perfecta—. Oye, mamá, tengo que dejarte. Tengo una olla en el fuego... Sí, estoy cocinando... Eh..., sopa. Y se está quemando... Okey, yo también te quiero. Adiós.

Josh entrecerró los ojos.

—No le has contado a tu mamá que Everett se largó —al menos podría haber hecho como si no hubiera oído nada—. Se preocupará.

—Ya.

El silencio entre ambos rebosaba incomodidad.

—Bueno, ¿vamos al supermercado? —Josh señaló su taza abandonada—. No puedo vivir a base de café solo.

—Espera. ¿Hiciste café, te diste cuenta de que no había leche y me endosaste lo que no querías?

Una sonrisita culpable apareció en su cara.

—¿No puede un hombre tener un bonito detalle y reutilizar sus recursos responsablemente? Vamos, yo manejo.

—Okey —lo siguió por el pasillo—. Creo que voy a comprar al menos tres botes de cátsup.

Clara apartó los ojos del trasero bien formado de Josh para fijarse en los artículos que en esos momentos ocupaban el carrito de la compra que él había insistido en compartir.

Cereales con más contenido en azúcar que la mayoría de los caramelos, suficientes burritos congelados como para alimentar a una familia de cinco personas durante una semana y una bolsa gigante de papas fritas picantes con queso. ¿Cómo podía alguien comerse todo eso y aun así tener ese aspecto? No le cuadraban las cuentas.

Clavó la vista en el único envase de yogur desnatado del carrito, su única aportación hasta el momento. Clara se sentía mejor cuando evitaba comer cosas con demasiada azúcar o demasiada sal, pero ni toda la verdura de hoja verde del mundo le daría el aspecto esbelto y tonificado de las madres de aquel supermercado de Los Ángeles. Daba igual lo que comiera, sus enormes tetas se negaban a encogerse. Al menos había conseguido que en los últimos cinco años su trasero guardara cierto equilibrio.

Cuando levantó la mirada, Josh se las había arreglado para añadir a su botín unas galletas rellenas de algo horrible. Parecía circular por el supermercado basándose en antojos espontáneos, ignorando por completo la disposición creada minuciosamente en este tipo de establecimientos.

Clara estacionó el carro a su lado.

—¿Te puedo hacer una pregunta impertinente?

Josh bajó los waffles congelados que tenía en la mano.

—Solo si yo puedo hacerte otra luego.

—Supongo que es justo —¿por qué había permitido que se le descontrolara tanto la vida?—. ¿Cómo es que comiendo tanta chatarra estás tan… —«apetecible», le sugirió su cerebro sin ayudar nada— delgado?

Encogió un solo hombro.

—¿Porque cojo mucho?

Clara sucumbió a un alarmante ataque de tos y tuvo que tranquilizar con un gesto de la mano a varios compradores que la miraban preocupados. Eso le pasaba por preguntar.

Josh, al parecer impertérrito, abrió el camino hasta la zona de la frutería y se sirvió una muestra de uvas no autorizada.

—Okey. Me toca. ¿Cuál es tu plan?

Clara levantó la sandía que acababa de agarrar.

—Estaba pensando en hacer una ensalada de verano.

—No, no me refiero a tu plan con la fruta. ¿Cuál es tu plan en Los Ángeles?

Se ajustó el vestido de tirantes para no tener que mirarlo a los ojos.

—El plan me estalló en la cara, por así decirlo.

Era tan solo cuestión de tiempo que su madre se enterara de que Everett se había largado y le sugiriera educadamente que regresara a su costa natal.

—Supongo que intentaré pasar desapercibida durante unas semanas, me lameré mis heridas y, si tengo suerte, los chismosos no se enterarán de la humillación que sufrí antes de que vuelva a Nueva York con alguna excusa inventada.

Se estremeció. Si alguien en casa se enteraba de que Everett Bloom no se había molestado en quedarse lo suficiente para mandarla a paseo como era debido, tendría que mudarse a la Conchinchina para escapar de las risitas de satisfacción.

—Espera un minuto —Josh dejó de caminar y ella tuvo que parar el carro en seco para no chocar contra sus tobillos—. No puedes volver. Puede que Everett te trajera hasta aquí, pero si tu antigua vida hubiera sido tan buena, no la habrías abandonado a la primera de cambio.

Tiró al carro una botella enorme de refresco que se quedó tirada; sin duda, cuando la abriera, explotaría y lo salpicaría todo.

—No me trago ni por un segundo que no tengas un plan de contingencia.

A Clara no le gustaban sus intentos de hacerle un diagnóstico cuando solo hacía un día que la conocía, pero no podía negar del todo su argumento.

—No creo que mi plan B quiera saber de mí.

¿Contaba como plan B una persona? Una persona que tenía todo el derecho a cerrarle la puerta en las narices a cualquier Wheaton que llamara. Al fin y al cabo, algunas heridas no se curan, y Clara sospechaba que esta no había desaparecido, aunque hubiera pasado una década.

Intentó que se acabara ahí la conversación, pero Josh sacudió un paquete de galletas saladas delante de ella. La chica apretó el manillar del carro. Este tipo ya sabía suficiente para poder incriminarla.

—Mi tía Jill se mudó aquí hace diez años. Fundó una agencia de relaciones públicas en Malibú, por lo que he podido encontrar en internet. No la he visto ni he hablado con ella desde que estaba en la preparatoria —Clara metió en dos bolsas su pechuga de pollo sin piel.

—No tienes que mantener el contacto con tus parientes consanguíneos. El ADN compartido funciona como la tarjeta para salir gratis de la cárcel del Monopoly. No habrás hecho nada tan malo como para que no quiera verte.

—Yo qué sé.

Preocupada por la salud de Josh más que por la suya, Clara no dejaba de devolver a escondidas comida basura a las estanterías cuando él miraba para otro lado. Puede que su metabolismo desafiara a la ciencia, pero a juzgar por algunas listas de ingredientes, consumía más jarabe de maíz de lo que recomendaba la Administración de Alimentos y Medicamentos. Al pasar por un expositor de productos, colocó de forma encubierta la bolsa de papas fritas detrás de un paquete gigantesco de servilletas de papel.

—Jill se mudó aquí porque mi familia la repudió.

Josh agarró un número para la carnicería.

—¿La gente aún se repudia hoy en día? Creía que esa costumbre solo se aplicaba a las antiguas dinastías.

Clara estudió la selección de pavo.

—A los Wheaton no les gustan los escándalos que no puedan tapar con su dinero o su influencia, y la tía Jill lanzó en Greenwich un disparo que se oyó en todo el mundo.

Después de comprar en la carnicería, pararon en el pasillo de la limpieza para adquirir lo necesario para llevar a cabo las tareas de la lista de pautas.

—¿Y qué hizo esa señora que fuera tan malo? ¿Vender una reliquia familiar? Ah, ya sé —movió los ojos—. Se vistió de rojo en un funeral.

Clara examinó las distintas marcas de cera para los muebles. Josh no tenía ni idea del alcance del escándalo que había presenciado.

—Tú te ríes, pero no es raro que los Wheaton donen bibliotecas y alas de hospitales para deshacer el daño provocado por no controlar los impulsos de alguno de sus miembros.

—Entonces… ¿mató a un tipo?

—¿Qué? No. Hizo algo estúpido, no ilegal. Jill se acostó con el teniente alcalde de Greenwich a los diecinueve años.

Josh agarró dos botellas entre las que no se decidía y, al final, echó las dos al carro.

—Deja que adivine. ¿El teniente alcalde estaba casado?

—¿Cómo lo sabes? —Clara volvió a colocarse detrás del carro—. Probablemente se habría olvidado al cabo de un tiempo, pero cuando él negó haber tenido una aventura con mi tía, ella se encadenó a una estatua en el centro de la ciudad y se puso a leer por un megáfono un montón de cartas de amor que él le había escrito —agarró detergente, un multiusos y varios aromatizantes—. Según dicen, eran muy obscenas.

Josh trotó junto al carro.

—Ya me cae bien.

Los detalles aparecieron en su memoria muy resaltados. Había sido el primer escándalo Wheaton que le había afectado directamente.

—El alcalde tuvo que llamar a los bomberos para que la desencadenaran. Y, a esas alturas, ya había salido todo en las noticias locales.

Al día siguiente toda su clase ya estaba al tanto del asunto.

Otro titular que había chamuscado su árbol genealógico. Y ahora, igual que Jill, Clara lo había arriesgado todo por amor y se había dado de bruces.

—¡Tu tía es la onda! —Josh se formó en la fila de la caja.

—Por desgracia, mi abuelo no pensaba lo mismo que tú —Clara se tragó el sabor amargo en la boca—. El espectáculo le costó su trabajo. Probablemente debería haber mencionado que mi abuelo era el alcalde por aquel entonces.

Le asombraba que el hombre que siempre se había mostrado encantador con ella se hubiera vuelto en contra de su propia hija.

—Jill se mudó a Los Ángeles poco después de eso. Mis padres no es que quemaran todas sus fotos ni nada por el estilo, pero no hablamos de ella. Es como si nunca hubiera existido.

A Clara se le retorció el corazón al pensar en su abuela y sus padres manteniéndose alejados de su tía Jill, dejando que se abriera un enorme vacío en mitad de la familia, aislando a Jill lo bastante como para que saliera huyendo. La idea de la soledad agravada por la vergüenza le hacía temblar. Había trabajado toda su vida para evitar el destino de Jill.

Siempre había sacado unas calificaciones excelentes y había respetado rigurosamente la hora límite de llegada a casa. En teoría, era una joven intachable. Había ido a una universidad cerca de casa, había sacado un posgrado y siempre estaba en guardia para apagar cualquier fuego o calmar los ánimos.

Pero, aunque se esforzaba mucho por estar a la altura de las expectativas de su familia, el fracaso parecía inevitable bajo el peso de su responsabilidad para defender y respetar el apellido Wheaton.

—Deberías ponerte en contacto con ella —sugirió Josh cuando llegaron a la cinta transportadora de la caja.

Clara se mordió la lengua cuando él empezó a descargar el carro sin el menor cuidado, sin ninguna consideración por los principios básicos como agrupar los artículos perecederos y vaciarlo mejor.

—Seguro que está ocupada.

—Ay, no inventes —dijo—. ¿Qué daño podría hacer una llamada telefónica?

Capítulo 3

♡ ♡ ♡

Al día siguiente, Clara estaba convencida de que la llamada a la oficina de Jill terminaría siendo un desastre. Josh no sabía lo profundas que eran las heridas en su familia. ¿Cómo iba a saberlo? Los escándalos de los Wheaton arruinaban vidas, acababan con matrimonios y disolvían negocios. ¿Y si Clara se ponía en contacto con Jill solo para descubrir que su tía se había convertido en una sombra de sí misma?

Pero por una vez sus preocupaciones resultaron ser en vano. Tras un breve intercambio que sí fue violento, Jill sugirió que comieran juntas en un restaurante cerca de su oficina y Clara, vestida con un conjunto que solía ponerse para entrevistas de trabajo, pidió un coche y se dirigió a Malibú.

Al llegar, se encontró con un restaurante animado, con un patio donde daba el sol y una carta con dos páginas enteras dedicadas a diferentes tipos de pan tostado con aguacate.

Después de un abrazo incómodo, en el que una se movió en sentido contrario a la otra, Jill se recostó en su silla.

—Me alegra que hayas llamado, Clara. ¡Qué bonita sorpresa! Me parece increíble lo mayor que estás.

—Gracias —antes de que se marchara, Clara siempre había admirado a Jill por la gracia natural que tenía; nada que ver con el resto de las personas del Club de Campo de Greenwich—. Siento no haberte llamado antes. O… nunca, la verdad.

No fue capaz de pronunciar la palabra «tía». Durante diez años, Clara había oído que se referían a la mujer que tenía delante como «una mancha en el legado de la familia». Desde luego Jill conocía de primera mano las consecuencias de frustrar las esperanzas familiares.

—Tranquila —Jill descartó su disculpa con un gesto de la mano—. No te culpo —su voz le recordaba a la miel mezclada con whisky, como si alguien hubiera calentado sus cuerdas vocales, suavizando los bordes.

Cuando la mujer mayor sacudió su larga melena oscura, Clara advirtió que se parecía a ella. Siempre había sido consciente de que no había salido a su madre. Todo en Lily Wheaton era ordenado y compacto, desde su peinado perfecto hasta sus pantalones pastel hechos a medida. Si Lily era severa y rigurosa, Jill y Clara eran espontáneas e imprevisibles.

—¿No estás enojada? —Clara se mordió el labio inferior.

La risa se apagó en los ojos de Jill, que se quedó mirando la carta del menú durante un momento.

—Puede que tenga algunas cosas que decirle a mi padre, pero el tiempo y el espacio dan mucha perspectiva. Sea como sea, estoy muy contenta de verte. Tienes el pelo más corto que en las fotos de tu graduación que me envió tu madre.

El té helado salpicó el mantel cuando Clara detuvo el vaso a mitad de camino hacia su boca.

—¿Mi mamá te envió fotos mías?

Por lo que ella sabía, su madre jamás se saltaba las normas. Contactar con Jill, una *persona non grata*, se consideraba una imprudencia total.

—Sí, lleva haciéndolo durante años cada pocos meses. Me las envía por correo electrónico después de cada ocasión especial —los ojos de Jill volvieron a iluminarse—. Está muy orgullosa de ti.

Clara no pudo evitar sentirse culpable.

—Se suponía que yo era su premio de consolación, pero abandoné mi puesto.

Dejando un enorme vacío atrás.

—Sé lo que es eso —Jill sonrió con pesar—. De algún modo, los hombres de nuestra familia tienden a llevarse mucho más que las mujeres. Tu madre ha capoteado muchos temporales de mi padre y de nuestro hermano, y ahora de Oliver. No debe de ser fácil.

Lily no conocía la definición de fácil. A los seis años, Clara había bajado las escaleras sin hacer ruido, en camisón, y se había encontrado a su madre sentada en la mesa de la cocina sollozando con las manos en la cara ante la noticia de otro escándalo de la familia Wheaton. Se había subido al regazo de su madre y le había prometido que ella sería diferente. Había jurado que jamás le daría motivos para que se preocupara —jamás le daría un dolor de cabeza—, y hasta hacía unos días había cumplido a pies juntillas su promesa.

Jill colocó una mano sobre la de Clara.

—¿Estás bien?

Asintió y se tragó con el té helado lo que le quedaba del nudo en la garganta.

—¿Echas de menos Greenwich? —preguntó Clara.

Unos trocitos de carbohidratos cayeron de entre los dedos de Jill cuando partió su palito de pan.

—Sí, a veces. No me he acostumbrado al calor en Navidad. Pero estoy agradecida por haber podido empezar aquí de nuevo. He cometido muchos errores, pero al menos son míos. Hay un extraño orgullo en aceptar la plena responsabilidad de las consecuencias de tus actos, aunque sean negativas —limpiándose los lentes de sol con una servilleta de tela, Jill continuó—: Pero basta de hablar de mí. ¿Qué te ha traído a Los Ángeles?

¿Por dónde debería empezar? Las razones principales por las que se había mudado eran muy humillantes, así que se esforzó por escoger la que le hacía parecer menos idiota. «Vine aquí porque estoy acercándome a los treinta y me he pasado la vida entera en la burbuja del mundo académico, evitando el mundo real. Porque he ido detrás de mi amor no correspondido desde los catorce años. Porque ya no podía soportar más la carga de mantener las expectativas de nuestra familia».

Se decidió por una versión abreviada de la historia de Everett. El hecho de pensar en su abandono repentino todavía le provocaba ardor de estómago, pero al menos esa versión del relato transmitía solo una debilidad en vez de todo un cúmulo de ellas. Compartir el bochornoso episodio, aunque fuera solo en parte, redujo la abrasión del rechazo. Cuando terminó, Jill apoyó un codo sobre la mesa y la barbilla en la palma de su mano.

—Okey, después de esto tengo que preguntarte qué le ves tan especial a ese Everett Bloom.

Esa pregunta se la había hecho Clara a sí misma desde la adolescencia.

—Everett me hace sentir segura. Crecer con él ha sido como si nos hubiéramos ido cociendo a fuego lento. Nos hicimos amigos cuando el agua aún estaba fría y, cuando empezó a hervir y él se convirtió en el tipo bueno que es ahora, yo me sentía tan a gusto a su lado que no me ponía nerviosa como me suele pasar cuando estoy cerca de hombres tan atractivos.

—Se haya cocido a fuego lento o no, sigue sonando doloroso —dijo Jill.

A Clara no le vino a la cabeza ningún contraargumento.

—Lo sabemos todo el uno del otro. Nuestras familias son amigas. Siempre ha sido sencillo. Y sé que, si pudiera hacer que me viera como una persona distinta a esa vecina friki de dientes prominentes, seríamos perfectos el uno para el otro. Además, hasta ahora nunca había hecho nada egoísta o impulsivo en mi vida. Lo único que quería era una dosis de aventura, pero en vez de eso, todo está siendo un desastre.

Se oyó un gorjeo proveniente del bolsillo de Clara, lo que hizo que la gente de las otras mesas la mirara mal.

—Disculpa —desbloqueó la pantalla de su celular—. ¡Ay, por Dios santo!

—¿Qué pasa?

—Nada, perdona. Es mi nuevo roomie. Le di mi teléfono para que pudiera llamarme en caso de emergencia y ahora no deja de enviarme selfis.

El mensaje decía, «¡¡¡SOS, necesitamos papel higiénico desesperadamente!!!» e incluía una foto de Josh con la boca abierta en un grito silencioso de angustia.

Jill bajó su carta.

—Oooh, quiero ver a ese hombre misterioso.

Clara le pasó el teléfono por encima de la mesa. Menos mal que Josh llevaba toda la ropa puesta cuando se tomó esa foto.

—Espera un segundo —su tía se acercó el celular a la cara—. Clara… —abrió los ojos muchísimo—. Este es Josh Darling.

Después de recuperar su teléfono, se devanó los sesos para ver si le sonaba de algo ese nombre. No recordaba que Josh le hubiera dicho su apellido, pero ¿Darling? No inventes.

—No se puede llamar así de verdad.

Jill parecía estar viendo un video de tomas falsas de la vida de Clara.

—No se llama así de verdad… —hizo una pausa significativa cuando el mesero llegó para tomarles la orden. Solo después de que decidieran compartir una pizza margarita y de que el hombre se alejara trotando a la cocina, Jill retomó su revelación—. Es su nombre de actor porno.

Clara se echó hacia atrás en el asiento y miró enseguida a las mesas que las rodeaban. Por suerte, nadie parecía estar lo bastante interesado en su conversación como para haberlo oído.

—Por favor, dime que eso significa otra cosa distinta a lo que estoy pensando.

Jill se inclinó hacia delante.

—¿No has oído nunca hablar de Josh Darling? Me sorprende. Pareces encajar de pleno en su sector demográfico. *Cosmo* lo describió como «la hierba gatera de las mujeres *millennials*»

—se le agolpaban las palabras mientras se apresuraba por soltarlas—. Parece un rompecorazones de los noventa. Estilo Zack Morris de *Salvados por la campana*, pero sin ser tan idiota.

Clara cerró los ojos, respiró hondo y expulsó el aire lentamente por la boca. Durante toda su vida había elegido la seguridad frente a las grandes emociones. No había probado las drogas. Rara vez bebía, porque sabía que no aguantaba bien el alcohol. Tenía solo un par de bragas sexis, aunque nunca se las ponía porque se le metían por el trasero. ¿Cómo era posible que hubiera acabado siendo roomie de una estrella del porno? Y no de una estrella del porno normal y corriente, sino de una lo bastante popular como para que le dedicaran un artículo en una revista que hojeaba a menudo en la sala de espera del consultorio de su dermatólogo.

—No veo porno —dijo Clara sin apenas abrir la boca. No tenía problema con que la gente se masturbara viendo ese tipo de pelis, pero cada vez que ella había visto alguna, normalmente bajo la petición de alguien que pronto había pasado a convertirse en su exnovio, salían siempre mujeres degradadas. No podía evitar que una mujer arrodillada con semen chorreando de la boca no le pareciera nada sexy.

La idea de que el bobo, desordenado y desgreñado de Josh hiciera ese tipo de videos no le cuadraba. ¿Cómo iba a decirle a una chica «Toma eso, zorra» el mismo tipo que le había preparado café a ella? Se le revolvió el estómago y apartó los palitos de pan.

—No me sorprende que no veas películas porno, pero se rumorea por ahí que Josh Darling tiene mucho talento —dijo Jill.

Clara se llevó las manos a la tripa y deseó tener un antiácido.

—Si esto es una broma, no me hace gracia.

Nadie podía enterarse de eso. A los compañeros de la escuela les encantaría la idea de que Clara Wheaton, la mojigata, compartiera ducha con un hombre que tenía un pene más famoso que su cara. Por no mencionar la reacción de su madre. Estrujó la servilleta de lino.

Jill no pudo contener una sonrisa.

—Parece que después de todo sí vas a tener esa dosis de aventura que buscabas.

Capítulo 4

La mayoría de la gente tendría un problema con que su exnovia le revisara el teléfono, pero cuando Josh salió del plató y se encontró a Naomi con su celular entre el pulgar y el índice, se limitó a agarrar el aparato sin molestarse en llamarle la atención por la descarada violación de su intimidad. Siempre habían compartido una definición confusa de los límites.

—Clara dice que puede comprar papel higiénico de camino a casa —dijo Naomi.

Recorrió el cuerpo desnudo de Josh con una mirada posesiva mal disimulada. Él dejó que mirara. Por el bien de su carrera, no podía dejar de encontrarse con ella de vez en cuando, así que ¿a quién le importaba si seguía metiéndose en sus asuntos? Su relación era tan inevitable como el envejecimiento.

—¿Qué estás haciendo aquí? Hoy no tienes grabación.

Había comprobado los horarios. Desde que se habían enterado de su ruptura, los productores habían tenido cuidado de que no rodaran juntos.

—Estaba por aquí y pensé en pasar para dejarte el correo de tus fans.

Sacudió delante de él una enorme bolsa de basura.

—Ah, okey. Gracias. Me meteré en internet para que me lo envíen a mi actual casa.

El aire fresco enfrió el sudor que se secaba en su piel, lo que le hizo recordar que iba desnudo. Agarró dos toallas de un ayudante de producción y se enrolló una en la cintura y otra se la pasó por los hombros antes de dirigirse a las regaderas. Naomi le siguió el paso. El vestido ajustado que llevaba acentuaba su contoneo natural.

—No sabía que te habías ido a vivir en pareja otra vez tan pronto.

Ignorándola, Josh abrió el grifo de la regadera y esperó a que el agua se calentara. Las cañerías de aquellos viejos edificios siempre eran una mierda.

—Los mensajitos que se envían parecen muy de parejita feliz.

Naomi se sentó en el minúsculo mueble del lavabo y empezó a balancear sus largas piernas.

Si no fuera porque la química entre ambos vendía tan bien en pantalla, le diría a Bennie, su agente, que no incluyera a Naomi Grant en su próximo contrato. Su tenacidad la había convertido en una mujer de negocios excelente, pero también en un colosal grano en el trasero.

—No me digas que estás celosa —dijo él.

No se lo tragaba ni por un segundo. Su relación, tanto sentimental como profesional, se basaba en dos pilares fundamentales: siempre usar preservativo y mantenerse cada uno en su propio carril. No eran el tipo de personas que caían en la gran estafa del amor.

Naomi y él se entendían el uno al otro. Habían extendido su relación profesional a una relación de pareja, que había durado casi dos años, basada en el respeto mutuo y el intercambio de innumerables orgasmos. La mayoría de las veces eso había sido suficiente. En las contadas ocasiones en las que la sensación de soledad había hecho acto de presencia, le había bastado con encender la tele y ver alguna comedia romántica de Meg Ryan.

—Estoy segura de que podríamos volver a estar juntos si se da el caso —jugueteó con su pelo teñido de rojo.

Josh puso los ojos en blanco.

—Gracias, Stu —la llamó por el apodo que ella decía odiar, que a su vez venía de su nombre real, Hannah Sturm. Prohibía que la llamaran de cualquier manera, salvo por su nombre artístico, pero él a menudo se olvidaba de ello cuando estaban solos. Como la mayoría de todo lo demás sobre ella, nunca le había contado el motivo por el que odiaba tanto su nombre de pila. Aunque se habían conocido como coprotagonistas hacía casi dos años, podía contar con los dedos de una mano lo que sabía sobre su infancia.

—Te aseguro que compartir los artículos para el hogar con Clara es platónico. Tenía que buscar un sitio donde vivir cuando me echaste a la calle.

Josh metió la mano bajo el agua de la regadera para comprobar de nuevo la temperatura y la retiró cuando sintió el hielo en la palma.

—Ay, por favor, pero si saliste prácticamente corriendo de mi casa —Naomi se dio unos golpecitos con el dedo en los labios—. Clara Platónica —se entretuvo en las sílabas, saboreando el nombre en su lengua—. ¿Qué problema tiene?

—Es una princesa forrada de la costa este.

Naomi sonrió como un gato dispuesto a devorar a un desafortunado ratón. Él intentó fruncir el entrecejo con desaprobación, pero no lo consiguió. Al fin y al cabo, tenían el mismo sentido del humor.

—Ni se te ocurra —Josh la señaló con un dedo de advertencia mientras le decía a Naomi lo que se había dicho a sí mismo desde que Clara había aparecido en la sala hacía dos días. Su ex era bisexual y le encantaban las novedades en la cama casi tanto como a él—. Nunca había conocido a nadie tan rígido. Deberías ver a esa chica. Dudo que alguna vez haya besado a un tipo sin saber su nombre y apellidos.

No mencionó que el reto que Clara representaba se la ponía dura.

—Parece el principio de una película porno —Naomi sacó un bolígrafo imaginario de la nada e hizo como si escribiera—. Una chica dulce e inmaculada de un pueblecito se muda a la despiadada gran ciudad y descubre un gran pito.

Josh negó con la cabeza y sonrió a pesar de su grosería. La idea de cogerse a su roomie era muy tentadora, pero hasta él sabía cómo iba a terminar aquella historia.

La habitación que le había rentado Everett la sentía más propia que la que había compartido con Naomi. Aquellas paredes empapeladas de los setenta le recordaban al departamento de sus abuelos. Además, había algo en Clara que le llevaba a pensar en un cervatillo dando tumbos sobre sus jóvenes patitas.

—Es una buena persona, lo sé.

Ya había hecho un pacto consigo mismo para mantener la distancia.

—Tú sí eres una buena persona —dijo Naomi, y su voz fue lo bastante aguda para que él supiera que la estaba exasperando—. A ella la acabas de conocer. Podría terminar siendo más mala que nosotros dos juntos.

—Imposible —Josh sacó un cómic de debajo del trasero de ella y le pegó suavemente con él—. Además, no tengo que tirarme a todas las mujeres guapas que conozca.

Naomi se rio.

—Bueno, toda norma tiene una excepción. Así que es guapa, ¿eh?

Naomi descruzó las piernas y volvió a cruzarlas en la otra dirección.

—¿Quieres dejar de fingir que estás preocupada? A ver, se puso roja, se puso roja de verdad, cuando le dije que íbamos a compartir el cuarto de baño. ¿Te imaginas de qué color se pondría si supiera en todos los sitios donde ha estado mi pito?

Naomi bajó la mirada a su entrepierna y soltó un grito ahogado fingiendo horror.

—¿Qué hará cuando lo averigüe?

—No lo va a averiguar. Créeme. Esa chica ni de broma ve porno.

—¿No te has enterado? Ahora somos populares. *Elle, Cosmopolitan, BuzzFeed*... Todo el mundo habla de nuestro último video. Hasta las chicas buenas saben cómo usar internet, Josh.

—Hablando de ese video —dijo—, voy a reunirme con Bennie esta noche. Quiere hablar de mi contrato. Tengo la esperanza de que quiera que le firme una extensión.

Naomi arrugó la nariz ante la mención de su agente. Admitía que Bennie encajaba en el perfil de cabrón adulador, pero había recogido a Josh como a un gato callejero cuando este había abandonado la universidad sin rumbo fijo y vivía de tacos a un dólar y caramelos de menta.

—No me mires así. He pasado dos años atado a un acuerdo de mierda. Estoy harto de llevar correa. Quiero trabajar con otros estudios. Carajo, me gustaría sacarles rendimiento a mis propias películas. Tener repercusión en los medios de comunicación significa una buena plata, ¿no? Tenemos que duplicar nuestros quince minutos. Es ahora o nunca.

Daba igual lo que sucediera en sus vidas personales, su éxito profesional estaba tan ligado que a veces no sabía dónde terminaba la carrera de Naomi Grant y empezaba la de Josh Darling. Si ella no aprovechaba la oportunidad de un estrellato real, él tendría que agarrarla de la mano y tirar de ella.

Aquella mujer tenía diez veces más inteligencia de la que le otorgaba nadie en ese negocio, y eso era exactamente lo que más le gustaba a ella. Intercambiaba secretos como divisas y así tenía a la mitad de la industria comiendo de su mano. El negocio entero se pondría patas arriba si alguna vez le diera por armar un escándalo.

Cuando Naomi saltó de encima del lavabo y se dirigió hacia la puerta, había vuelto a ponerse la máscara profesional.

—Buena suerte —le dijo, dejando al pasar un perfume especiado—. Bennie es casi igual de tacaño que repugnante. Si confías en él, te joderá uno de estos días, y no como a ti te gusta.

Capítulo 5

♡ ♡ ♡

La primera vez que Josh quedó con Bennie, su futuro agente pensó que era el mayor zopenco con el que se había topado en las casi tres décadas que llevaba dedicándose al negocio del porno. Desde ese día, hacía más de dos años, se habían reunido para comer hamburguesas infinidad de veces.

La hamburguesa preferida de Bennie era la de una cafetería de referencia en Glendale, fundada en algún momento de los años cincuenta. Hasta la fecha, el interior del establecimiento evocaba imágenes de los bailes de la época y meseras en patines de ruedas. Probablemente, allí filmaran comedias en las horas del día más calmadas.

Josh localizó la calva brillante de su agente en una mesa al fondo. Bennie no levantó la vista de su teléfono cuando se sentó delante de él en el banco de vinilo pegajoso, pero sí gruñó en su dirección. Josh aceptó su saludo habitual. Había pasado tiempo suficiente con Bennie para saber que era hombre de pocas palabras, y la mayoría de ellas, de todas formas, eran improperios.

Bennie fumaba cigarrillos sin filtro y escupía en la acera, pero conocía a todo el mundo que importaba y nunca se tomaba vacaciones, lo que a Josh le facilitaba mucho la vida.

—¿Qué tal te va, Ben?

El hombre corpulento alzó la vista para mirarlo y sonrió.

—¿Y a ti cómo mierda te va, Darling?

Josh señaló un plato con restos de papas fritas reblandecidas y un triste trozo de bollo.

—Veo que empezaste sin mí.

—Ah, lo siento. Ya me conoces, siempre ando muerto de hambre.

Bennie giró el plato para ofrecerle las papas que quedaban.

«Puaj». Se retorció y apartó el plato sin mirarlo.

—Ay, carajo —Bennie tiró una servilleta sobre el plato—. Me había olvidado otra vez de tu rollo con la cátsup. Perdona.

—No pasa nada —dijo Josh, tratando de que se le asentara el estómago.

—¿Es porque parece sangre? —Bennie hizo una seña con la mano para que se les acercara una mesera.

La gente siempre le preguntaba eso. Josh negó con la cabeza, porque no se atrevía a abrir la boca en esos momentos.

Una mesera radiante se acercó a la mesa sin darse especial prisa. Miró por encima del hombro a Bennie, pero se le iluminó la cara de forma considerable cuando vio a Josh.

—¿En qué puedo ayudarles?

Josh se activó ante tal atención. No podía evitarlo. Estaba especializado en meseras. Tenían horarios similares a los suyos y siempre le llevaban comida del trabajo. Naomi le criticaba que fuera tan laxo en lo relativo a las mujeres, pero le daba igual. Siempre encontraba algo que le gustaba. Mierda, hasta Clara, que tenía «Ni se te ocurra» estampado en la frente, le ponía el motor en marcha.

—¿Quieres saber cuáles son nuestras especialidades?

Unas cebollas friéndose chisporroteaban en la parrilla detrás de ella.

—Comerá una hamburguesa. Mediana. Con papas fritas. Muy crujientes —contestó Bennie con los ojos de nuevo en el teléfono.

La chica tomó nota y puso un puchero ante la oportunidad que le habían robado de permanecer allí más rato.

—Con extra de pepinillos —añadió Josh y le dedicó una sonrisa de ochenta vatios.

Por cómo mordió ella el bolígrafo al marcharse, él tuvo la ligera sospecha de que, si hubiera liberado toda la fuerza de su sonrisa, habría sido como emitir cheques que no se podrían cobrar.

Tapó con la mano la pantalla del celular de Bennie y señaló con la cabeza a la mesera.

—Oye, ¿por casualidad no recordarás si…?

—Sí, te la tiraste la última vez que estuvimos aquí.

Josh frunció el entrecejo. No recordaba el sexo, muestra de que no había sido muy bueno. Intentó recordar la última vez que se había acostado con una chica sin estar rodeado de cámaras. En algún momento del año anterior, cuando Naomi y él apenas se podían soportar el uno al otro, habían abierto la relación a otras parejas sexuales fuera del trabajo. Al principio, había disfrutado dándose un banquete en el bufet de chicas buenas de Los Ángeles, pero como todo lo que se podía adquirir fácilmente, hasta los coñitos resultaban aburridos.

Bennie reorganizó el montón de papeles que tenía delante de él, recordándole a Josh el propósito de su reunión.

—¿Y bien? —Josh se inclinó y golpeó la mesa con las dos manos—. ¿Qué tienes para mí?

Bennie le pasó los documentos.

Hacía dos años, a pocos días de la filmación de su primera película para adultos, Josh había «tenido una reunión» con un hombre de los estudios Black Hat. El ejecutivo le había atiborrado a Johnnie Walker Blue y le había extendido un contrato exclusivo en los treinta minutos que había durado el encuentro. Josh, todavía emocionado por que alguien fuera a pagarle por coger, había firmado rápidamente en la línea de puntos.

El contrato significaba tres años de sueldo fijo. También significaba que no podía trabajar de manera independiente para otros estudios, ni vender sus propios productos ni hacer ninguna aparición en público sin la aprobación explícita de los estudios Black Hat.

Aquella misma noche Josh perdió miles de dólares solo en derechos de autor.

La semana anterior le había pedido a Bennie que se reuniera con el estudio para engrasar la maquinaria un poco y ver si tal vez los de arriba se avenían a renegociar el contrato un año antes de que este acabara.

Josh se pasó una mano por el pelo.

—¿Un extra de cinco mil dólares? —sabía el tipo de cifras que les hacía ganar solo con productos y apariciones—. ¿Es una broma?

—Sé que queríamos más, pero tuve que jugar sucio para conseguir esto.

Bennie alargó la mano por encima de la mesa para recoger los papeles y, al cerrarla, los nudillos se le pusieron blancos.

—Pero ¿por qué? Soy lo que más se acerca a un famoso que tienen y ¿me salen con estas?

Antes de que el hombre mayor pudiera responder, la mesera regresó con la hamburguesa de Josh y se inclinó para dejar el plato. Como él no le dedicó una mirada extra y se limitó a darle las gracias, la chica resopló y se marchó pisando fuerte.

Bennie cruzó los brazos sobre su prominente barriga.

—Mira, tienes razón, pero los peces gordos de Black Hat dicen que las mujeres a las que atrajiste con tu nuevo video no van a quedarse. Según ellos, las autoproclamadas «Darlings» no pagan por ver porno y desde luego no van a suscribirse al canal. Verán ese video hasta que se harten y luego irán a sus camas frías con sus maridos aún más fríos. Además, tienes todo tipo de normas sobre con quién trabajas y qué tipo de material grabas. Eres como un monje con su código de conducta autoimpuesto. A Black Hat le gusta la gente a la que pueda intimidar —le dio un buen trago a su refresco—. Mientras te tengan enganchado con ese contrato, no tendrán mucha motivación para abrir la chequera.

—Sé que no soy ningún genio, pero he visto las cifras que les hago ganar, y han aumentado sin cesar durante el año pasado. Tengo el armario y la cajuela de mi coche llenos de bolsas de cartas de fans histéricas. Me merezco al menos el triple de esto. Hasta Black Hat negocia. ¿Qué es lo que no me estás contando?

Bennie se secó la frente con una servilleta de papel.

—Desde que Naomi y tú rompieron, su material ha sido un éxito total. Las fantasías domésticas de ustedes dos juntos los hicieron más apetitosos para el gran público, pero los mandamases no están convencidos de que un hombre solo, aunque sea un chico tan guapo como tú, suba tanto las cifras como artista principal.

Puso una mueca.

—Nunca pensé que a la gente le importara mi vida personal.

—¿Estás bromeando? Ustedes dos eran como el Brad y la Jen del entretenimiento para adultos. Creía que yo haría el brindis en su boda.

—¿Qué?

—Olvídalo. Oye, ¿dónde estás viviendo ahora que la jefa te dio la patada?

Josh le dio un mordisco poco entusiasta a su hamburguesa.

—Encontré una casa en Craiglist. Venía totalmente equipada. El único inconveniente es que la tengo que compartir con una chica de la alta sociedad.

—Uf. Eso es lo último que necesitamos. Mira, dicen que, si quieres ganar buena plata, tienes que empezar a hacer más material de porno duro. Ahí es donde Black Hat ve los mejores márgenes. Te quieren trabajando en su nueva categoría extrema. Son hombres de negocios a los que les importa una mierda tu moral. Si quieres más dinero, vas a tener que comprometerte.

A Josh se le quitó el apetito. Le gustaba el sexo tanto como a cualquiera. Carajo, bien mirado, quizá más. Pero había establecido unos límites cuando entró en el negocio y no iba a abandonarlos.

—Eso no va a ser posible.

Bennie alzó las manos.

—Lo entiendo. A mí ni me va ni me viene si quieres quedarte en lo básico. Acepta los cinco mil e inviértelos —observó la hamburguesa de Josh con más de una pizca de interés.

—Ay, vamos. Algunas de las cosas a las que llegan en esa categoría de porno me ponen los pelos de punta. Deberías haber visto las exenciones que pretendían que firmara Naomi —debajo de la mesa, Josh apretó los puños—. Que metan a otro imbécil a hacer esas escenas con chicas del Medio Oeste a las que engañan para que firmen contratos. Yo no lo voy a hacer. Pueden hacer que no trabaje para nadie más, pero el contrato no me impide pasarme el año sentado sin hacer nada más que comer caramelos. He cumplido con mi cuota de actuaciones.

—Odio decírtelo, pero no tienes que estar de acuerdo —Bennie se subió las mangas—. Ya sabes cómo es ahora. Nadie quiere pagar para ver porno. Es un tipo de material fácil de encontrar gratis en internet, aunque sea hecho por aficionados. Black Hat quiere invertir en un público especializado. Uno que esté dispuesto a pagar por contenido exclusivo. Eso es el futuro. Recuerda que no podrás contar siempre con esos hoyuelos. Tarde o temprano te preguntarás si quieres ganar dinero de verdad o no.

Al darse cuenta de lo que estaba oyendo, a Josh se le quedó la cara como el granito.

—¿Cuánto te ofrecieron para convencerme?

Bennie negó con la cabeza.

—No quieres saberlo.

Josh se levantó del banco.

—Para. No seas así —refunfuñó Bennie, como si Josh fuera un niño al que le hubiera dado una rabieta. Señaló con una papa frita al montón de papeles con la oferta—. Cinco mil dólares no está mal.

Josh sacó suficientes billetes de su cartera para pagar la hamburguesa que no se había comido y veinte dólares más para compensarle a la mesera su brusco rechazo.

—No lo tomes —dijo, señalando el dinero y prácticamente rugiendo.

Bennie le gritó a Josh, que ya estaba de espaldas a él, saliendo por la puerta, sin el menor rastro ya de compostura.

—¡¿Te largas?! Para que te enteres, Darling, solo se te da bien coger y tampoco eres tan bueno como piensas. ¡Dame un toque cuando espabiles!

Capítulo 6

♡ ♡ ♡

«No busques en Google a la estrella del porno con la que compartes casa. No puede salir nada bueno de eso». Clara se repetía ese mantra cada vez que la tranquilidad del hogar le daba ideas peligrosas. El hecho de saber que Josh protagonizaba videos explícitos había infectado su cerebro. Era un contagio con tan solo una cura. Por mucho que se esforzara por distraerse o por muchas listas musicales de «concentración» que creara, su mente no dejaba de volver a su roomie y su gran… ocupación.

Josh con un ligero uniforme de repartidor de pizzas. Josh interpretando a un lechero sexy con un paquete extragrande. Las infinitas posibilidades la atormentaban. Sabía que había todo tipo de películas porno. ¿Qué clase de videos haría Josh? Apenas pudo preguntarle a Jill para conocer más detalles. El porno no era precisamente el tipo de tema del que se pudiera hablar a gusto, largo y tendido, con un miembro de tu familia, aunque fuera una pariente a la que llevabas tiempo sin ver.

Pero a pesar de su imaginación calenturienta, no podía imaginarse que un hombre al que le gustaban tanto las bromas resultara tan sexy como para protagonizar una película porno.

Suponía que Josh tenía sus momentos.

Al haber dedicado la mayor parte de su vida adulta a un campo académico de introvertidos, Clara conocía a muchos hombres que evitaban el contacto visual. Los tipos de su programa de doctorado de la Universidad de Columbia podían pasarse horas mirando un cuadro con una orgía salvaje, pero solo conseguían hablarle bajito en el bar más tarde.

Josh no sufría de tal aversión. Aguantarle la mirada durante demasiado rato la mareaba. ¿Había nacido así de sexy o era algo que había conseguido desarrollar con el paso del tiempo?

Incluso con todas las ventanas abiertas para que hubiera corriente y las luces apagadas, no conseguía aplacar el calor que la consumía. Y su dormitorio era aún peor. Sin tan siquiera un ventilador de techo, era un infierno abrasador. Everett había pasado por alto mencionar que la casa no tenía aire acondicionado cuando le ofreció quedarse allí gratis. Se había puesto un viejo camisón de algodón que le traía recuerdos reconfortantes de cuando escribía en su diario con melancolía en su habitación de la infancia, aunque no le quedara igual que cuando tenía doce años.

Se quedó mirando al techo y resopló intentando quitarse de la frente un largo mechón de pelo mojado. Clara recitó mentalmente las razones por las que tratar de averiguar más sobre las habilidades profesionales de Josh le arruinaría la vida.

Uno: verlo desnudo le imposibilitaría volver a hablar con él sin provocarle un tornado de incomodidad. Lo que significaba, por ende, que no podría pedirle que le bajara cosas de las estanterías altas de los armarios de la cocina, y ya había guardado allí arriba varios botes de champú caro.

Dos: quizá viera algo totalmente reprensible, lo que la obligaría a enfrentarse a él debido a su moral feminista. En esa clase de intervenciones se gastaba mucho tiempo y energía.

Tres: ¿y si tenía un pene raro? Suponía que probablemente no sería el caso, porque de lo contrario no sería actor porno, ¿no? ¿Habría una especie de lista de requisitos que debían cumplir los genitales para hacer esas películas?

Su mente volvía a esa curiosidad espontánea, rehuyendo cualquier otra idea de entretenimiento alternativo, comida o sueño.

Muy bien. Una búsqueda rápida. Entro y salgo.

Como hace su pene.

«Ay, Dios».

Josh había dejado una nota en el refri. «Tengo una reunión a la hora de cenar, después del trabajo. Llegaré tarde».

No eran más que las siete. Había tiempo para una investigación rápida. Para cuando llegara su roomie, habría aplacado su curiosidad y se habría puesto los pantalones cortos de la pijama.

Clara bajó las piernas del sofá y caminó sobre la alfombra con los pies descalzos, yendo de puntitas inconscientemente. Agarró su fiel laptop de donde la dejaba encima del escritorio y se la llevó a la sala.

Imaginándose a sí misma como una agente secreta a la búsqueda de información en territorio enemigo, conteniendo el aliento, se acostó en el sofá boca abajo y entrelazó los tobillos. Abrió una ventana de navegación privada y tecleó «Josh Darling».

Jugar a que su misión servía a un propósito mayor, como tal vez defender la seguridad nacional, le facilitó clicar en el primer enlace que encontró: un artículo acerca de cómo Josh destacaba en el entramado de la industria del porno.

> ¿Josh Darling está haciendo evolucionar el porno? En una industria que, como bien es sabido, está dirigida al público masculino, Darling lleva robando en silencio escenas durante casi dos años con la pasión que transmite y la reputación que se está ganando al priorizar el placer de la mujer con la que protagoniza sus películas. Alejándose de los arquetipos que transmite la industria del porno sobre el placer femenino, Josh Darling no teme conocer de manera personal el clítoris. Los expertos del sector piden trabajar con él y las audiencias están (cada vez más) dispuestas a lo impensable para verlo: pagar.
>
> Su aspecto de chico normalito puede resultar modesto, pero su magnetismo escapa a toda definición, sobre todo

> cuando aparece junto a la ardiente Naomi Grant, que a veces es su novia y a veces no. Los ejecutivos de los estudios Black Hat, con los que Darling tiene un contrato exclusivo, atribuyen al dúo el mérito de atraer al público femenino de todo tipo de edades. Mientras que las largas piernas de la señorita Grant captan la atención de los espectadores, ver actuar a Josh Darling es algo así como presenciar cómo un maestro perfecciona su arte. En la era del sexo casual aburrido y de las descontroladas *dick pics*, Darling les da a las mujeres un motivo para creer que todavía merece la pena practicar sexo.

Clara no pudo evitar fijarse en que el artículo enlazaba con un video. Notó un hormigueo en los dedos contra el teclado y el corazón se le aceleró como a un velocista antes de una carrera. ¡Qué triste era que pensar en ver el contenido de ese video le resultara más excitante que los seis últimos meses de su vida sexual!

«¡Por el amor de Dios, mujer, no es más que un poco de porno!».

Echó un rápido vistazo a la puerta principal cerrada, detrás de ella, y le dio al *play*.

El video empezaba con una guapa pelirroja nadando en lo que parecía una pequeña piscina comunitaria. Su cuerpo escultural lucía un bronceado perfecto que brillaba mientras completaba unas brazadas expertas de mariposa. Clara no esperaba que la mujer del video tuviera tan buen aspecto. La cámara, bajo el agua, le recorría el cuerpo con admiración, deslizándose por su ajustado traje de baño rojo —Clara puso los ojos en blanco—, y luego se apartó de ella para mostrar a Josh, su roomie y por lo visto un ídolo del porno, con un uniforme de socorrista, lentes de aviador y la nariz cubierta con protector solar, sentado en su silla de vigilante muy por encima del agua.

Aunque sabía lo que le esperaba, a Clara se le cortó la respiración. Mientras ella miraba, lo vio colocar las piernas de manera informal en la silla sin apartar los ojos de los movimientos de la nadadora.

Clara advirtió enseguida por qué a las mujeres les gustaba verlo. A diferencia de los estereotipos masculinos que protagonizaban las películas porno, no lucía unos músculos antinaturales. Delgado, pero tonificado, tenía el aspecto que ella suponía que debía de ser característico de un hombre que tenía el tipo de pene que te capacitaba para ser una estrella del porno.

Se fijó en su cara. Aunque no le pudiera ver los ojos, por los lentes oscuros, notaba que en esos momentos estaban centrados en la coprotagonista. Te desafiaban a saltar y prometían cogerte. Al parecer, podía encender y apagar esa mirada seductora a voluntad.

La chica, que hasta entonces había estado nadando con un estilo envidiable, de repente nadaba con dificultad y fingió ahogarse para atraer la atención del socorrista.

Sin perder ni un segundo, Josh se quitó los lentes y la camiseta, y se sumergió en el agua para un rescate rápido. En cuanto puso a la damisela a salvo y la acostó en una hamaca cercana, comenzó las maniobras de reanimación que parecían muy diferentes a lo que Clara había aprendido como monitora de campamento.

Mientras Josh se ponía manos a la obra quitándole el traje de baño a la deportista reanimada, Clara prestaba especial atención a su manera de actuar, aunque la palabra «actuar» no era la más apropiada.

Josh y su compañera de reparto no parecían dos actores a los que les pagaran. Ahora que el pretexto del «argumento» había terminado, parecían simplemente dos personas que se sentían atraídas la una por la otra.

Clara se abanicó con la mano al entender por qué aquel video en particular había llamado la atención de la periodista del artículo que acababa de leer.

Josh, el socorrista, de algún modo expresaba con alarmante destreza que encontraba a su compañera de reparto la mujer más sexy que había visto en su vida a la vez que la consideraba su mejor amiga. El trasfondo de confianza e intimidad le hacía a Clara querer apartar la vista casi tanto como la hacía querer apretar los muslos.

El entusiasmo con el que exploraba el cuerpo de la mujer resultaba tremendamente erótico. Como si no obtuviera suficiente de ella. Y los gemidos de placer de la joven indicaban que el sentimiento era mutuo. Clara no pudo evitar comparar lo que estaba viendo en la pantalla con sus propias experiencias, sin duda alguna menos entusiastas.

Clara tenía un problema. Josh cambió de posición en la pantalla. Un gran problema.

O Josh Darling había trascendido la definición actual de relación sexual o alguien tenía que alertar a la Academia de que era el mejor actor del mundo.

Capítulo 7

Josh abrió la puerta principal y se encontró con un trasero espectacular delante de sus narices. Advirtió con sorpresa que el trasero en cuestión pertenecía a la estrecha de su roomie. Ajena a que la estaban admirando, Clara estaba acostada boca abajo en el sofá, mirando algo en su laptop. El fino camisón que llevaba puesto se le subía por los muslos, tapándole a él apenas la vista de sus piernas y del dulce trasero que asomaba entre unas bragas de algodón rosa claro.

Se mordió fuerte el puño para no gemir.

Cerró los ojos y rezó en silencio a un dios en el que no creía. «Dios, dame la fuerza necesaria para no tirarme a esta chica».

Su fuerte gemido inundó la habitación.

Salvo que él no había emitido ningún gemido en ese momento.

Josh abrió los ojos de golpe. Aquel suspiro de placer era su tarjeta de visita. Lo había usado infinidad de veces para indicar tanto a las compañeras de reparto como a la audiencia que había agarrado el ritmo. Significaba que su cuerpo se acercaba peligrosamente al nirvana, que con un par de movimientos profundos más vería las estrellas.

Ese gemido significaba que Clara estaba viendo porno. Su película porno.

El pecho de Josh se hinchó de orgullo. «Vaya, vaya, vaya, señorita Wheaton».

Por supuesto sabía que la gente veía las películas que hacía. Las hacía para eso. Pero nunca se había encontrado con alguien que estuviera viendo su trabajo. Y el hecho de que su material alimentara los sueños obscenos de una chica como Clara... A lo mejor, después de todo, no había desperdiciado los dos últimos años de su vida.

Josh notó cómo su propio trasero se tensaba mientras se acercaba cada vez más a su clímax en la pantalla. La cabeza de Clara se inclinó para seguir la trayectoria de su cuerpo mientras él colocaba a Naomi en una postura final particularmente impresionante.

Se cruzó de brazos y se apoyó en el marco de la puerta para disfrutar de aquel momento de inesperada gloria. Después de guardar aquella imagen a buen recaudo para cuando fuera necesaria, por fin anunció su presencia dejando caer la bolsa de deporte al suelo.

Clara respondió con un ligero ruido sordo, como si alguien hubiera disparado una pistola en la sala. Cerró la computadora de golpe y se levantó del sofá, intentando, sin mucho éxito, bajarse el camisón hacia las rodillas.

—Creía que no ibas a volver a casa hasta tarde —soltó y se retorció como un pez atrapado con un anzuelo.

Por un momento, él fue incapaz de decir nada. Por delante, el camisón era sumamente pecaminoso. Las impresionantes tetas de Clara se apretaban contra la tela desgastada y tuvo contacto visual directo con sus pezones duros. Todo en ella era lascivo. «Mierda». ¿Indicaba remordimiento aquel pequeño contoneo o es que simplemente estaba cachonda?

A ella se le subieron los colores a las mejillas y entreabrió los labios carnosos como si le costara respirar.

—La reunión terminó de forma repentina. ¿Qué estabas viendo? —fingió no haber visto nada.

Sabía que debía huir de aquella terrible tentación, sabía que nada bueno podía salir de quedarse en aquella habitación más rato e imaginarse qué se habría encontrado si hubiera entrado diez minutos más tarde. Pero mientras la cara de Clara pasaba del rosa al rojo y su mirada perforaba la alfombra, él no pudo resistir las ganas de pulsar sus teclas.

—Ah, era un video sobre… hummm… meditación —movió afirmativamente la cabeza para apoyar lo que estaba diciéndole.

Josh recorrió con la mirada su cuerpo de un modo que sabía que ella se daría cuenta.

—¿Sí? —preguntó, poniendo a prueba la verdad de sus palabras—. Debe de haber sido muy excitante.

La chica se cruzó de brazos.

—Estás colorada.

Clara por fin consiguió dejar de mover la cabeza y, en su lugar, se mordió el labio inferior, atrayendo la atención de Josh de nuevo a su deliciosa boca.

—Bueno, es ejercicio para la mente —su tono subió con cada palabra.

Él se llevó la mano a la barbilla para acariciarse la mandíbula.

—Hacían mucho ruido para estar meditando…

—Tienes razón. Soy una mentirosa terrible —Clara enderezó los hombros como si se armara de valor para la batalla—. No puedo creer que no se me haya ocurrido nada mejor que lo de la excusa de la meditación. La gente asume que pienso rápido porque fui campeona estatal en debate, pero son habilidades diferentes —negó con la cabeza—. Bueno, eso no viene al caso… La cosa es —continuó con una increíble gravedad en su voz— que estaba viendo pornografía —levantó una mano para taparse los ojos mientras completaba su confesión—. Estaba viendo una de tus películas porno. Pero te juro que no estaba haciendo nada impropio.

Gracias a Dios. Su pene no habría sobrevivido si se hubiera topado con esa escena.

—¡Tenía curiosidad! Nunca había conocido a nadie que… —hizo un gesto hacia la computadora cerrada.

Josh soltó una carcajada.

—¿Por qué no me sorprende que nunca hayas conocido a un actor de cine para adultos?

—Ah… ¿Así es como prefieres llamarlo?

—Supongo que depende de con quién esté hablando —se paró a pensarlo mientras se sentaba en el sofá. La gente normalmente no le pedía su opinión sobre ese asunto—. Solo hablo por mí, pero si estoy con alguien de la industria, suelo usar más la palabra «actor». «Estrella del porno» es un término que oigo más en los medios, y me parece bien cuando se habla en general de este tipo de cine, pero me parece ridículo llamarme así a mí mismo.

Clara se quedó mirando el sofá un instante antes de sentarse junto a él.

Josh se había sentado pensando que resultaría más cómodo para ambos dejar de estar de pie mientras hablaban, no pretendía asustarla con su proximidad. Alargó la mano para tranquilizarla dándole unos toquecitos en el brazo, pero se arrepintió en el último momento y optó por agarrar la manta que colgaba del respaldo y pasársela.

Su vida giraba en torno a tocar a desconocidos. No le extrañaba que instintivamente hubiera querido ofrecerle a Clara consuelo físico. Tenía que seguir recordándose que apenas se conocían. A Josh nunca le preocupaba que su trabajo afectara a su estado mental, pero tal vez debería.

Ni siquiera parpadeaba al comerle el coño a una mujer al cabo de diez minutos de conocerla, así que ¿por qué le emocionaba tanto la idea de darle unos toquecitos a Clara en el antebrazo?

—¿Alguna pregunta más? —nunca nadie tenía solo una pregunta en lo referente a su trabajo. Era mejor terminar ya con el inevitable interrogatorio.

Clara se envolvió los hombros con la manta y Josh lamentó perder las buenas vistas.

—Sí. Perdón. ¿Cómo te llamas? Quiero decir cómo te llamas de verdad.

Al menos esa era fácil.

—Me llamo Josh. Joshua Conners.

—No me digas que Darling es tu segundo nombre…

Negó con la cabeza tristemente.

—Hay gente que consume mucho tiempo y energía pensando en un nombre falso para el porno, pero yo uso el mío. En mi primer día de grabación, teníamos un director británico loco. El tipo llevaba una boina. Bueno, pues me acerqué a él y me presenté. Me preguntó mi nombre y se lo dije. No se me ocurrió nada mejor.

—¿No pensaste en usar el nombre de tu primera mascota o el de la calle en la que naciste?

—No estoy seguro de que Dingus Winslow hubiera tenido buena acogida.

Josh se acordó con cariño de su querido hámster.

—Probablemente no.

—El caso es que cada vez que el director quería que levantara una pierna o lo que fuera, gritaba: «Josh, *darling*». Los ayudantes que había en el plató aquel día debieron de pensar que era mi nombre artístico. Lo anotaron y lo siguiente que supe fue que el video salió con mi nombre así en los créditos: Josh Darling.

—¿Cómo…? —se aclaró la garganta—. ¿Por qué…? Quiero decir… ¿Cómo llegaste a esta profesión?

Ah, sí. La prudente versión de Clara de «¿Cómo terminaste cogiendo delante de una cámara?».

—Trabajaba de *valet parking* en fiestas importantes de Hollywood en el Valle. Una noche, un tipo me sorprendió comiéndole el coño a su mujer en su Maserati. Estaba seguro de que iba a pegarme, pero, en vez de eso, me ofreció un trabajo si podía continuar excitado mientras él me miraba. Tenía veinticuatro años y había dejado la universidad. La idea de que alguien quisiera pagarme por acostarme con alguien sonaba muchísimo mejor que intentar buscar un trabajo de verdad.

Josh trató de interpretar la reacción de Clara. No había huido de la habitación ni torcido la boca por el asco, así que siguió hablando.

—Resultó que tenía madera de actor porno. No todo el mundo puede soportar el estrés de las cámaras y actuar bajo las órdenes de otra persona, ¿sabes?

Se negó a admitir en aquel momento que se avergonzaba de lo que hacía. Nunca permitía que nadie le hiciera sentir mal por su trabajo y no pretendía comenzar ahora. Así que no le importaba que Clara no aprobara sus elecciones. Podía formarse en la fila con el resto de la gente que no lo hacía. Una fila que empezaba con su madre.

Se formó una arruga minúscula en el entrecejo de la chica.

—Pero ¿habrás considerado otros empleos?

—Ah, ya veo. Estás buscando un dolor secreto.

Tiró otra vez del dobladillo del camisón.

—¿Un dolor secreto?

—Sí, ya sabes. ¿Qué terrible tragedia he vivido que me llevó a dedicarme a una sórdida carrera en el espectáculo para adultos? ¿Por qué alguien con una buena salud mental iba a estar cogiendo por dinero? —apretó la mandíbula.

Había tenido esta conversación infinidad de veces, sobre todo con mujeres que lo querían redimir. Si Clara encontraba su trabajo desagradable, podía largarse cuando quisiera. Hasta le echaría una mano para hacer el equipaje.

—No me refiero a eso —Clara se frotó el cuello con una mano temblorosa.

—Bueno, siento decepcionarte, pero no tengo una historia triste. Me gusta lo que hago y a un montón de personas les gusta lo que hago. De hecho…

Hasta cuando estaban sentados, ella tenía que echar un poco la cabeza hacia atrás para mirarlo a los ojos. Bajó las pestañas pintadas de negro. No era justo que convirtiera la timidez en algo sexy.

—Creo que a ti te gusta lo que hago —volvió la vista a sus pezones con una insinuación evidente.

—¿Perdona? —dijo dándole un empujoncito en el hombro—. Quiero que sepas que estaba viendo ese video desde una perspectiva muy profesional, incluso artística.

Tenía que concedérselo, una mujer de menor valía nunca habría logrado transmitir una indignación justificada vestida solo con ese camisón. Pero aun así no iba a caer en su trampa.

—Genial, ¿y qué te pareció?

—¿Qué? —preguntó con voz aguda, casi gritando.

Él bajó intencionadamente la mano a su regazo para atraer su mirada por debajo de la cintura.

—Ya sabes qué.

Josh vio cómo tragaba saliva. Unos mechones de pelo oscuro sueltos se le pegaron a la piel húmeda del cuello.

—Bueno, creo que la actuación está muy… bien. Veo que tus métodos resultan eficaces… —la alarma inundó su rostro—. No es que me haya excitado ni nada parecido, ya sabes que eso habría sido inapropiado.

Los ojos de Clara se clavaron con nerviosismo en los antebrazos de Josh y después volvieron a la alfombra, su claro refugio.

«¿Qué les pasa a las mujeres con los antebrazos?», pensó él, y no pudo resistirse a flexionar los brazos cerrando los puños.

—Aaah, sí. Bueno, solo te lo preguntaba por interés profesional.

—¿En plan crítica constructiva?

—Mi intención siempre es mejorar mi técnica —respondió lo bastante serio como para que a ella le costara discernir si le estaba tomando el pelo. Puso el brazo en el respaldo del sofá—. Y tú pareces el tipo de chica que tomaría notas.

Capítulo 8

♡ ♡ ♡

Clara consideró hasta dónde debía creerle al hombre exasperadamente seguro de sí mismo que tenía sentado al lado. Ya que él la había metido en aquella conversación, deseaba obtener alguna satisfacción. Una parte de ella quería decirle a Josh que lo que hacía le resultaba degradante y así borrarle esa sonrisita de los labios. Se imaginó levantando la nariz para demostrarle lo muy por debajo de ella que estaba la pornografía como arte y como industria.

Pero no podía hacerlo.

Quisiera admitirlo o no, ese video había conseguido los fines deseados.

Le había visto objetivamente mantener unas magníficas relaciones sexuales con una hermosa mujer, y la había excitado tanto como para ponerle la piel en llamas. No porque quisiera acostarse con él, sino porque las palabras que mejor describían su vida sexual eran «poco fogosa» y «prudente».

Por el contrario, Josh le había dado a la mujer de ese video un placer que parecía sorprendentemente salvaje y vívido. ¿Ahora quería que ella tomara notas de su técnica o, no lo quisiera Dios, de su estilo? El deseo aún zumbaba por su cabeza como un enjambre de abejas rabiosas. Apenas podía pensar por el sonido en sus oídos.

Sí, seguro que esto era un error. Nada más que una forma de Josh de reprocharle que hubiera prestado demasiada atención a un video en el que salía cogiendo. Pero la estudiante que había en ella no podía dejar pasar la oportunidad de llevar a cabo una investigación de primera mano.

El silencio en la sala aumentó mientras él esperaba su respuesta. Al final, ella soltó la pregunta que estaba deseando hacerle desde que él había entrado en la habitación.

—¿Haces mucho eso con la boca?

Josh formó una O perfecta con los labios. Sin duda, había previsto otro tipo de reacción.

—Vas a tener que ser más específica.

Clara enseguida llevó aire a la garganta, pues tuvo la sensación de que se le estrechaba. «Eres una mujer adulta. Puedes hacerlo».

—El sexo oral —dijo, esforzándose muchísimo para no susurrarlo.

—¿Yo a ella o ella a mí?

—Tú a ella.

Si el suelo se hubiera abierto y se la hubiera tragado allí mismo, lo habría agradecido mucho.

—¿Qué quieres saber exactamente?

La expresión de su cara indicaba que intentaba seguir el hilo de la conversación, pero que no terminaba de comprender a qué se refería.

—Me resultó… —se detuvo un momento antes de pronunciar la siguiente palabra— sorprendente toda esa atención que le proporcionaste con la boca.

Josh echó un vistazo a su alrededor como si la lámpara o la mesa de centro fuera a traducir lo que Clara acababa de decirle.

—No te sigo.

Clara estaba segura de que no estaba fingiendo su desconcierto.

—Supongo que no es algo que a mí me entusiasme, pero la mujer del video desde luego lo estaba disfrutando, así que creo que lo podemos marcar como una cuestión de preferencia personal.

Juntó las manos delante de ella y Josh entrecerró los ojos.

—¿Qué suelen hacer tus parejas para que te vengas? —su tono carecía totalmente de lascivia. A ella le dio la impresión de que iba a sacar sus lentes del bolsillo en cualquier instante.

La conversación había tomado un giro inesperado y peligroso hacia su nada estelar historial de experiencias sexuales. Clara arrastró el pie por la alfombra delante de ella y observó cómo se doblaban las fibras.

—Espera un momento —acababa de darse cuenta—. Tienes que estar bromeando —Josh le colocó una mano insistente en el brazo—. Clara Wheaton, por favor, dime que algún hombre te ha hecho llegar al orgasmo.

Clara deseó ondear una bandera blanca.

—No es que algunos no lo hayan intentado —dijo, queriendo defender a un par de hombres tiernos y bienintencionados con los que había salido—. Es que nunca ocurrió y, ahora que ha pasado un tiempo, sé que se sintieron mal por ello. Así que me pareció más eficiente y menos violento para todas las partes involucradas si yo me ocupaba de todo.

Josh negó con la cabeza tan enérgicamente que ella temió que se rompiera el cuello. En esta ocasión, cuando recorrió con los ojos su cuerpo con un deseo descarado, ella supo que no era por avergonzarla.

—Qué desperdicio.

No sabía qué pensar de su reacción. Parecía casi enojado, más molesto que nunca desde que ella se había mudado a aquella casa. Tal vez sentía lástima por ella. Bueno, no necesitaba su compasión. Le lanzó la mirada fulminante que solía reservar para las personas que hacían comentarios sarcásticos sobre su familia.

—¿Perdona? —se sentó lo más recta posible—. Resulta que me provoco unos orgasmos muy satisfactorios.

Los ojos de Josh se iluminaron al visualizar la imagen.

—No lo pongo en duda, pero no es lo mismo. ¿No te excita lo más mínimo la idea de perder el control?

Cuando continuó, su voz corrió como la miel sobre su cuerpo, despacio, dulce y pegajosa.

—¿No has estado nunca con alguien que no te haya llevado al orgasmo, por mucho que lo desearas, hasta que no le suplicaste?

Clara se contrajo de cintura para abajo. Tuvo que recordarse a sí misma que la voz de Josh estaba llena de promesas, pero no porque ella le gustara, sino para demostrar su superioridad en el tema. Por desgracia, el hecho de saberlo no impedía que deseara que Josh apretara su lengua contra el lugar que le palpitaba.

—¿Nunca has dejado que nadie conozca tu cuerpo, que saboree cada centímetro de ti hasta que la línea entre el placer y el dolor se desdibuje porque es demasiado bueno, porque es demasiado?

Clara no podía impedir que su mente reprodujera las escabrosas imágenes del video que acababa de ver, con ella misma en lugar de la actriz que aparecía con Josh.

—¿No quieres a alguien a quien se le ponga bien dura al verte retorcerte, jadear y arquear la espalda cuando estás a punto de venirte?

Clara cerró los ojos. Josh la había transportado a un lugar que era maravilloso y a la vez diabólico. Nada importaba, excepto que siguiera hablando, que siguiera usando esa voz que era más potente que ningún beso que le hubieran dado. Pero no continuó. Josh cortó de golpe el hilo invisible de tensión que colgaba entre ambos. Cuando ella abrió los ojos, estaba sentado en el sofá.

—¡Por Dios, Clara! —se pasó una mano por el pelo—. Has salido con un puñado de idiotas vagos que dejaron que siguieras creyendo que el sexo es eficiencia.

—Quizá no lo sea para ti —dijo ella entre dientes.

La mirada de Josh la taladró durante un momento tan profundamente que se preguntó por un ridículo instante si podría ver no solo a través de su ropa, sino también a través de su piel y vislumbrar el enorme abismo de inseguridad que había debajo.

Josh se puso de pie.

—¿Sabes qué? No.

Ella siguió el movimiento de sus brazos mientras los cruzaba en un gesto de desafío.

—¿No? —Clara se lamió los labios completamente secos.

—No —repitió él como si aún estuviera más convencido de lo que se tenía que hacer—. Esto es inaceptable.

—¿Lo es?

Josh sacudió el cuello y los hombros, como un nadador preparándose para zambullirse antes de la carrera.

—Quítate la ropa interior —dijo con una voz tranquila y muy seria.

A Clara se le entornaron los párpados ante la convicción de sus palabras, pero entonces su mente alcanzó a su cuerpo.

—Perdona, ¿qué dijiste?

—Voy a arreglar esto ahora mismo —se limitó a contestar Josh.

—No puedes estar hablando en serio —ella intentó reírse, pero no pudo al ver su cara de estoica determinación—. Esto es una locura.

—Mira, no me creo el mejor en nada, pero a estas alturas de mi vida he convertido en mi misión particular ayudar a las mujeres a venirse más y mejor. Tu existencia como un caso atípico altera mi curva de resultados.

—Vaya, dicho así suena supersexy —dijo Clara con ironía.

—¿Quieres que sea más sexy?

—¡No! —su atractivo ya era lo bastante potente para aturdirla. Extendió los brazos tratando de mantenerlo a distancia—. Es que… No sé si te has dado cuenta, pero no soy el tipo de chica que tiene relaciones sexuales esporádicas.

—¿No me digas?

Se quedó a la espera, y como ella no se movió, tuvo el descaro de agitar dos dedos delante de ella como diciendo «Anda vamos».

Clara jugueteó con el dobladillo del camisón.

—Agradezco tu intención… Creo… Pero no puedo quitarme la ropa interior aquí. Apenas te conozco y sí, ya veo que tienes mucha experiencia en esto, pero es muy improbable que yo pueda, bueno…, ya sabes a lo que me refiero.

Se frotó los brazos, abrumada por el inesperado giro que había tomado la noche. No tenía que haber buscado en internet información sobre su roomie.

—¿Cuál es el problema? No tengo otra manera de decirlo sin quedar como un idiota, pero unas cincuenta mujeres a la semana me piden que se lo haga. No habrá nada emocional. Palabra de *scout*.

La saludó con los tres dedos.

—Me atrevería a decir que esta conversación no tiene el permiso de los Boy Scouts de América —dijo ella, que no pudo evitar imaginarse los estragos que podía provocar Josh con esa mano.

—Si te hace sentir mejor, lo podemos hacer sin que te quites la ropa interior.

—¿Podemos? —su roomie estaba ofreciéndose voluntario para resolver muchos asuntos.

Respondió con un gesto afirmativo de la cabeza y una sonrisa.

—No pienses tanto. Vamos a solucionar lo de tus orgasmos, y así la próxima vez que tengas relaciones con un tal Melvin que conocerás en la biblioteca estarás preparada para reclamar lo que te mereces.

Clara por poco se cae del sofá. Debía de estar fatal, porque estaba considerando en serio la oferta loca de Josh. Las mujeres como ella no recibían muchas proposiciones indecentes. Por lo visto, a Clara le gustaban. Había viajado a la otra punta del país en busca de una dosis de amor y aventura, y aunque aquel encuentro tal vez no se podría clasificar como ninguna de las dos cosas, la idea hacía que se le acelerara el corazón como nunca antes lo había hecho.

«Considéralo un experimento científico».

—¿Y si no funciona? —las palabras temblaron con la fuerza de su miedo—. ¿Y si yo soy el problema?

Se lo habían dicho antes. Era demasiado controladora, demasiado mental y demasiado mojigata para disfrutar del sexo como los demás.

Josh no vaciló en su convicción.

—Si no logro que te vengas con mis manos —dijo con una voz suave e increíblemente amable—, el problema será mío, no tuyo. Y en ese caso, ya se nos ocurrirá algo. Cada cuerpo es diferente, pero ninguno está mal.

Clara se secó las manos en el camisón traicionero y reunió fuerzas.

Podía hacerlo. Podía ser el tipo de chica que hacía cosas como aquella.

—Okey —su voz le sonó muy lejana.

Los ojos de Josh brillaron de una forma diferente.

—¿Estás diciendo que sí?

—Estoy diciendo que sí —notó que se le hacía un nudo en el estómago—. Bueno, ¿y dónde me…? ¿Dónde quieres que me…?

Por una vez Josh no aumentó su incomodidad burlándose de ella. Clavó los ojos en su boca mientras la acercaba al sofá.

A aquella distancia, Clara podía distinguir sus pecas, pero apenas registró la constelación de puntos. Dios, besarlo debía de ser como estar en el cielo. Pero cuando la boca de Josh estuvo a escasos centímetros de la suya, ella se rajó, retirándose hacia atrás, y acabó dándose un golpe en la cabeza con la pared que había detrás del sofá.

La suave risa de Josh era casi un ronroneo.

—No te preocupes, Wheaton. No me olvidaré de las normas.

Con hábiles movimientos, la guio hasta recostarla. Se acercó a ella más como un animal juguetón que como un amante. La tocaba con cuidado. De forma controlada. Un recordatorio de que veía aquella tarea como un asunto profesional. No era placer, sino trabajo.

Le separó las rodillas, creando suficiente espacio para arrodillarse entre ellas.

—Puedes cerrar los ojos si quieres.

Clara, agradecida, aceptó la oportunidad de desconectar. Puede que esa noche se convirtiera en un cuento con moraleja, pero había desaprovechado bastantes oportunidades para reconocer una oferta de las que solo se presentaban una vez en la vida. Se deslizó un poco más en el sofá, dejando que su cuerpo se abriera aún más. Aquel pequeño movimiento era lo máximo que se había acercado a un acto pervertido. Josh rozó con el pulgar la delicada piel de la parte superior del muslo y la hizo estremecerse.

—¿Bien?

Clara abrió la boca para responder, pero las palabras se le desvanecieron, por los nervios, en la boca.

—No pasa nada —dijo él con voz ronca, como si alguien le hubiera puesto papel de lija en las cuerdas vocales—. No tienes que contestar —su aliento cálido en la piel ya caliente era demasiada tortura para Clara—. Ya me enteraré de lo que te gusta.

Mientras ella intentaba desesperadamente no pensar, Josh la besaba allí donde sus bragas se encontraban con la pierna. El contacto disparó una corriente por la parte inferior de su cuerpo. Era vergonzoso todo el tiempo que había pasado desde que alguien la había tocado con alguna intención sexual.

Josh utilizaba la boca y las manos como un maestro mientras bajaba por una pierna y luego por la otra, con una paciencia artera, pero no seguía ninguna rutina distinguible. Atenuaba sus caricias con distintas presiones y patrones, sin detenerse nunca en un sitio demasiado tiempo y evitando del todo las zonas más pertinentes de su anatomía. Cada roce enloquecedor encendía más a Clara, la desesperaba más. Finalmente, sus nudillos pasaron por encima de su ropa interior y esa leve fricción con el algodón la dejó sin aliento, y entonces, justo cuando creía que Josh iba a darle por fin lo que tanto anhelaba, él se apartó y empezó otra ronda de besos con la boca abierta por la pierna.

—Oh, vamos…

—Perdón —Josh la mordisqueó ligeramente detrás de la rodilla y Clara emitió un gritito totalmente involuntario—. ¿Acaso quieres algo? —tuvo el descaro de sonar inocente.

Clara apretó el brazo del sofá y contuvo un gemido, sin saber cuánto más de aquel fuego lento sería capaz de resistir. ¿Era una grosería pedirle educadamente que fuera a lo importante?

No era que no apreciara su técnica. Sus roces lentos y suaves le relajaban las extremidades, volviéndolo todo lánguido y borroso. Sin embargo, le había prometido un orgasmo y, por mucho talento que tuviera, no iba a conseguir dárselo besándole los muslos. Clara levantó las caderas, dándole una pista.

Pero en vez de seguir sus instrucciones, Josh apartó las manos, dándole tan solo el calor húmedo de su boca mientras besaba el algodón que le tapaba los abdominales.

—No voy a dejar que me metas prisa.

Cuando le pasó la mano por encima de la rodilla, creyó que iba a volverse loca. En algún instante de los últimos cinco minutos, todas sus terminaciones nerviosas se habían multiplicado. Parecía un castigo, pero desde luego era muy diferente a como la habían castigado en el pasado, cuando le agarró el tobillo con los dedos y se lo llevó a la boca para chupar la carne fina y tierna.

Unas dudas y miedos familiares comenzaron a pasársele por la cabeza: aquello estaba durando demasiado. Josh se iba a cansar. O a aburrir.

Él pareció darse cuenta de que su mente divagaba porque le dio un fuerte mordisco en la pantorrilla. La presión de sus dientes, donde se mezclaba el placer con el dolor, le hizo soltar un grito ahogado. La parte inferior de su cuerpo se estremeció y pareció suplicarle que dejara de agarrarse al sofá y se proporcionara ella misma el alivio que Josh continuaba negándole.

Clara tragó el aire contenido.

—Wheaton —dijo Josh suavemente—, esto solo funciona si te relajas. Borra la línea de meta, ¿okey? No tienes que cumplir con ninguna expectativa —se movió para recorrer con la lengua una ardiente línea en su cadera—. No me importa si nos pasamos horas así…

«¿Horas?».

—No tengo que ir a ninguna parte.

A esas alturas, el solo timbre de su voz la hacía sudar.

—Voy a hacerte sentir bien hasta que me digas que estás preparada para parar.

Clara podía notar su aliento entre las piernas. Cada sílaba vibraba, llenándola de emociones impacientes que no podía distinguir, que no podía nombrar. Se mezclaban y se convertían en una única insistente necesidad.

Josh apretó la base de la mano contra su sexo y las chispas explotaron detrás de los párpados de Clara, que emitió un sonido muy poco refinado. ¡Y pensar que hacía un minuto creía que sus dientes en el tobillo la hacían sentir bien!

Él deslizó ambos pulgares, arriba y abajo, por la húmeda línea de su sexo antes de colocar una mano en su pierna y usar la otra para describir lentos círculos sobre su clítoris. Con cada caricia, le suscitaba un deseo más fuerte, más profundo, hasta que, mientras él trabajaba sin piedad, sintió que necesitaba muchísimo llegar hasta el final. Era un cruel capricho del destino que durante veintisiete años se hubiera conformado con una triste imitación del placer que Josh le estaba provocando mientras sitiaba sus sentidos.

No podía creer que estuviera actuando de esta manera con un auténtico desconocido, en la sala y sin una selección de canciones lentas de R&B… La carnalidad fortuita la tenía ebria de rebelión. En ese momento, habría aceptado todo lo que Josh le hubiera dado y habría suplicado más.

Tocaba su cuerpo como un violín de oro, implacable en su misión por demostrar que podía hacer que se viniera, totalmente vestida, apenas rozando la superficie de su apasionado arsenal. Esa ventaja, el pico de superioridad en él, mientras la doblegaba a su voluntad, lo hacía aún más excitante. No podía llevar suficiente oxígeno a sus pulmones. Clara no comprendía sus movimientos —ni siquiera podía seguirlos—, porque ahora todo se centraba en el fuerte palpitar de su sexo.

Antes sus toques habían sido variados, pero ahora eran constantes y resueltos. Clara sabía que había empapado ya las bragas, pero no le importaba. En algún momento, Josh la había despojado de cualquier pizca de vergüenza para sustituirla por puro deseo.

Rondaba el precipicio del orgasmo, con el cuerpo tan sensibilizado que cada momento, cada movimiento, la hacía llegar casi al límite. Cuanto más gemía, más firmes eran las caricias de Josh, pero nunca era suficiente.

Sin embargo, aunque los minutos continuaban pasando, él no se apresuraba para llevarla al clímax, ni tampoco intentó aprovecharse de su estado comprometido para satisfacer su propio placer. Todo lo que hacía era para darle gusto, para que ella disfrutara, para llevarla hasta ese instante en el que no pudiera sobrevivir ni un segundo más en la locura.

—Por favor… —suplicó Clara con la voz entrecortada.

Josh ralentizó los movimientos de la mano.

—¿Qué quieres?

Ambos conocían la respuesta, pero ¿decirla en voz alta? Ella negó con la cabeza y entonces el muy cabrón retiró la mano. Todo ese placer… quedó en pausa. Clara abrió los ojos y se encontró a Josh apoyado en sus talones. Parecía dispuesto a hablar sobre las noticias de la noche, si no fuera por sus pupilas dilatadas y la evidente presión bajo su cinturón.

—Me quiero venir, idiota —dijo ella despacio entre dientes.

Josh sonrió.

—¿Ah, sí? ¿Por qué no lo dijiste antes?

Clara gruñó de frustración y volvió a cerrar los ojos para no ver su estúpida cara de engreído. Intentó imaginarse a Everett con la esperanza de que una fantasía familiar se introdujera por las ranuras de su cerebro y cumpliera su cometido. Se imaginó pasándole las manos por su pelo oscuro mientras Everett le miraba con lascivia la boca. Pero, por algún motivo, esas imágenes apenas le provocaron un ligero cosquilleo.

Unas lágrimas de frustración brotaron de las comisuras de sus ojos mientras la voz de Josh atormentaba su carne enloquecida.

—Abre de nuevo los ojos y te daré lo que quieres.

Sabiendo que era un error, obedeció.

La fanfarronería de Josh había desaparecido. Ahora en su rostro no había nada más que convicción y un toque de posesión. Hasta ese momento Clara no se había dado cuenta de que el contacto visual podía hacer que hiperventilara.

Aquella sesión de caricias se había centrado en su cuerpo, en su placer, pero ahora ahí estaba el premio de consolación de Josh: Clara siempre sabría la identidad del hombre que la había hecho gemir. Sabría exactamente quién la había llevado al éxtasis.

—Lo salvaje te queda bien —dijo él, y esta vez cuando le puso las manos encima no se contuvo.

La diferencia en el ritmo y la técnica era asombrosa. Antes había estado jugando con ella. Se había andado con miramientos. Y era evidente por qué. Nadie, en especial una novata como ella, podría aguantar un ataque de placer como ese. Clara no tenía poder en ese momento, ni siquiera una pizca del control que siempre la acompañaba. Ya nada le importaba, nada salvo la manera en la que él la hacía sentir. Toda la tensión se evaporó de sus extremidades mientras se agitaba en los brazos de él.

Al cabo de unos instantes, cuando las sensaciones empezaron a desaparecer poco a poco, Josh se aclaró la garganta y le cerró los muslos. Pero ya no había pasión en la forma de tocarla. Su rostro estaba impertérrito, era más el de un hombre cerrando la cajuela de su coche que el de un amante prolongando las sacudidas.

—Bueno, pues ya está.

Clara intentó recobrar la compostura. Okey. Josh. Orgasmo. Ella y Josh. Orgasmo. Se había... ¡Ay!

—Lo siento —dijo de forma automática mientras se pasaba la mano por la frente y se peinaba. Debía de tener el pelo completamente enmarañado.

Josh se levantó.

Los ojos de Clara se toparon con el bulto de sus pantalones, como un misil guiado por el calentón.

¡Vaya! Okey. Así que sufrió una respuesta involuntaria a las feromonas. No pasaba nada. Era temporal. Nada por lo que debiera ponerse nerviosa... otra vez.

—No te preocupes, Wheaton. No tienes de qué avergonzarte. Será una gran anécdota que contar cuando regreses a Connecticut. Podrás sacarle partido a tu historia de «Cuando una estrella del porno me hizo venirme» al menos durante un año o, si tenemos en cuenta en los círculos en los que te mueves, puede que durante el resto de tu vida.

Clara se estremeció. ¿Tan triste le parecía su vida? ¿Solo ella se había excitado de una forma tan espectacular? Sabía que no compartía su amplia experiencia, pero creía que quizá para él también había habido algo extraordinario.

Josh recogió su bolsa del suelo y la sostuvo delante de su cuerpo.

«Idiota». ¿Cómo podía pensar que un poco de frotamiento por encima de la ropa interior se registraría en el radar sexual de Josh? La mente y el cuerpo de ese hombre estaban claramente en guerra.

¿Es que no lo había visto con la pelirroja? Habitualmente, llegaba hasta el final con mujeres espectaculares. Lo más seguro es que Josh tuviera química hasta con un ficus.

—Sí —Clara tiró de un hilo suelto del sofá—. Supongo que para ti solo fue trabajo, ¿no?

Una parte de ella quería que se lo negara, que le dijera que era especial.

—No seas ridícula —Josh se fue a su habitación—. En el trabajo me pagan.

Clara suponía que había llegado a la vergüenza máxima el día en que Everett la había dejado en la puerta de su casa abrazándola con un solo brazo, pero ahora sabía que se equivocaba.

Podía soportar un rechazo poco elegante. Podía capotear unas semanas sin trabajo. Podía limpiar los platos sucios de un año en cuarenta y ocho horas. Pero sabía, desde las raíces del pelo hasta las profundidades de su alma, que no podía quedarse en aquella casa sabiendo que su roomie la había manoseado por compasión.

Capítulo 9

♡ ♡ ♡

Nada expresa mejor una disculpa como el café y los carbohidratos. Al menos, eso era lo que Josh había aprendido a lo largo de su vida. Así que, cuando no podía dormir, se levantaba de la cama y cruzaba la ciudad en coche para ir a la mejor panadería que conocía. A horas intempestivas como las ocho de la mañana, las calles estaban llenas de gente que iba a trabajar, pero no podía arriesgarse a llevarle a Clara unos croissants pasados o un panqué quemado de alguna gasolinera o de la cafetería de una cadena nacional. A juzgar por su reacción de la noche anterior, tendría suerte si, aunque se presentara con el mejor *babka* de Los Ángeles, le volvía a hablar.

Josh supo, casi al segundo de que las palabras salieran de su boca, que se había equivocado de actitud justo después de que Clara se viniera. Pero es que la experiencia lo había dejado alucinando. Esperaba un poco de emoción ante la novedad de una mujer nueva. Tal vez una oleada de espíritu competitivo por la oportunidad de provocar una reacción apasionada en una remilgada como Clara. Pero no un arranque de lujuria tan poderoso que lo había mareado.

Le pagaban por hacer cosas mucho más lascivas que un toqueteo por encima de la ropa en un sofá. Además, las bragas de algodón no le encantaban. No debería haber saboreado la tersura de la piel de Clara ni debería haberse deleitado con su forma de murmurar cuando le gustaba un movimiento en particular.

Josh había hecho venirse a mujeres con sus manos miles de veces, pero no se había limitado a tan solo un manoseo de esas características desde la preparatoria. Había bajado de la categoría de plato principal a aperitivo. Debía haber estado a salvo, pero algo en Clara —los sonidos que emitía, o el modo de moverse, o la cruel combinación de ambas cosas— amenazaba con hechizarlo, porque cuando la había visto retorcerse bajo su mano, jadeando, la piel se le había tensado demasiado, sobre todo cuando había dicho «por favor». No lo había dicho como una princesita encorsetada, la había visto ansiosa (no se le ocurría otra palabra más delicada para describirla), con el pelo revuelto y los labios carnosos separados y húmedos porque no dejaba de pasarse la lengua por ellos. A su verga le había gustado todo eso. Toda aquella imagen obscena. Por lo visto, acababa de descubrir que tenía un fetichismo por las chicas buenas.

La había contemplado como un tierno adolescente, con los ojos tan hambrientos de su placer que debió de asustarla. Porque cuando ella recuperó la consciencia, se había quedado totalmente muda. A Josh aquel silencio le cayó como una jarra de agua fría en la cabeza. Por poco lo había estropeado todo. Le había prometido a Clara ser profesional y había actuado como un aficionado.

Sentía que había fracasado en lo que se suponía que se le daba tan bien.

Abrió la puerta y entró en la panadería, donde lo recibió una nube de aire cargado con el aroma a azúcar, mantequilla y fruta que pretendía añadir nutrientes a dulces diabólicos. Conocía al panadero de otras veces que había ido por allí.

—Eh, Frankie. ¿Qué me recomiendas hoy?

—El pastel de crema de plátano y las tartaletas de higo —sacó un par de bandejas de la vitrina.

Josh negó con la cabeza. No creía que ninguna de esas dos opciones le gustara a su roomie. Aún no la conocía, pero para su sorpresa se encontró con que quería hacerlo. Había algo en ella que le intrigaba, que desafiaba sus ideas preconcebidas de lo que era una chica rica de Connecticut.

Lo inquieta que se había puesto la noche anterior cuando había admitido que sus antiguas parejas habían dejado que se las arreglara sola a él le había hervido la sangre. Se había propuesto darle lo que esos tipos no habían podido o, peor aún, lo que no habían querido darle. Ofrecerse para echarle una mano había sido más una llamada religiosa que un trabajo. Así que, a pesar de que las sirenas habían sonado en sus oídos, aceptó su papel diciéndose a sí mismo que aquel gesto era básicamente un servicio público.

Con una enorme erección incluida.

Josh había apretado los dientes por el placer inesperado y casi había funcionado. Pero cuanto más se acercaba ella al clímax, cuando los muros que había alzado contra el mundo se redujeron a escombros, se olvidó de su promesa de dejarla escapar a una fantasía estándar.

Después Josh había observado, embelesado, cómo ella regresaba a la Tierra. Cómo centraba la vista y recuperaba el aliento. Se había llenado de sus sonrosadas mejillas y sus labios rojos hasta recordar que aquel momento no le pertenecía a él. El postorgasmo de Clara resplandecía, brillaba como una estrella, pero no le correspondía a él saborearlo.

Ninguno de los dos podía permitirse olvidar que él no era un tipo cualquiera que podía enamorarse de ella. No. Él era Josh Darling, un actor de segunda de cine para adultos, del que probablemente nadie se acordaría dentro de un año. No le podía dar a Clara ninguna de las cosas que probablemente esperaba después de compartir un momento íntimo con alguien: consuelo, seguridad, amor. Ni hablar. Descartado. Mejor dejar el tema.

Con su contrato tenía un buen lío entre manos. Ni siquiera podía empezar a desenredar sus relaciones con Bennie y Naomi. Lo último que necesitaba era a Clara Wheaton pidiéndole que fuera su novio formal.

Así que había cortado por lo sano. Le había dejado claro que su experiencia había terminado tan rápido como había empezado.

—¿Qué recomendarías para una mujer despechada?

Frankie no se lo pensó ni un segundo.

—Una ensaimada.

—¿Me lo estás diciendo porque «ensaimada» rima con «despechada»?

—Por supuesto.

No podía criticar la lógica de Frankie, pero Josh necesitaba algo más. A pesar de sus esfuerzos por quitarse de encima la expresión herida de Clara, había estado dando vueltas en la cama durante horas por un pensamiento que le reconcomía por dentro. ¿Y si al despertarse se encontraba con que ella se había marchado?

Finalmente, se había atrevido a ir al cuarto de baño y se había quedado tranquilo al ver el cepillo de dientes de Clara al lado del suyo.

Josh no quería que Clara se fuera. Aunque eso significara no tener la casa para él solo, ni poder deambular desnudo comiendo crema de cacahuate del bote escuchando a los Ramones a todo volumen hasta la madrugada.

—¿Qué tal esos cruasanes de chocolate? A las mujeres les gusta el chocolate, ¿no?

—Excelente elección —Frankie le puso unas cuantas galletas en una caja rosa—. Y si te preocupa mucho la reacción de esa chica, ¿puedo sugerirte añadir uno o dos petisús?

A Josh no le gustaban las normas de Clara. Convertían su vida en un gran juego de Operación. Si se olvidaba de usar un posavasos o dejaba la leche en la barra en vez de guardarla enseguida después de servírsela, mataba a su paciente imaginario.

Ella ya lo odiaba. A este paso, tendría suerte si conseguía que se quedara en la calle Danvers el resto de la semana.

—¿Sabes qué? Mejor dame la bandeja entera.

Capítulo 10

♡ ♡ ♡

¡Maldito Everett Bloom! Cuanto antes se marchara Clara de su ciudad, mejor.

La constante masa de tráfico se burlaba de ella por la ventana del coche que había llamado para que la llevara a la oficina de Jill. Jamás habría pensado que echaría de menos el metro. Abrió un mapa en el celular. «Solo quedan unos pocos kilómetros más». Tras volver a la vida de su tía después de tanto tiempo, Clara no podía soportar irse sin una despedida.

Josh se había ido antes de que ella se despertara aquella mañana, ahorrándole la tortura de tener que enfrentarse a él a la luz del día. No habría entendido por qué lo que había pasado entre ellos la noche anterior la avergonzaba tanto.

Por segunda vez esa semana, por seguir su instinto en vez de la razón, había terminado en una situación embarazosa. Josh nunca se imaginaría que no había podido dormir porque a su cuerpo no se le pasaba el efecto de la experiencia sexual más intensa que había tenido en su vida. Eran casi las diez de la mañana. Probablemente, le había hecho cosas diez veces más guarras a mujeres que estaban diez veces más buenas que ella.

Unas flores recién cortadas, unas cortinas de color topacio y una antigua alfombra floreada suavizaban el duro aire industrial de las oficinas de Relaciones Públicas Wheaton y Asociados. Cuando Clara llamó a la puerta de la oficina de Jill, su tía levantó la vista de la computadora con el ceño fruncido.

—Eh, hola —dijo. Había desaparecido la rigidez de su rostro—. ¿Qué haces aquí? ¿Va todo bien?

—Sí. Bueno, irá bien. Siento molestarte en el trabajo. Quería despedirme antes de volver a Nueva York.

Su vuelo era a las cinco. No había podido encontrar otro que saliera antes.

La preocupación volvió a los rasgos de Jill.

—Pero si acabas de mudarte aquí.

—Sí, bueno, resulta que las cosas no van tan bien como esperaba con mi roomie —era una forma sutil de decirlo. En realidad, se había cargado la frágil amistad que pudieran estar entablando Josh y ella—. Creo que es mejor irme de aquí antes de causar daños permanentes.

La noche anterior Clara ya había perdido el control, ni siquiera reconocía a la mujer que había estado jadeando en el sofá. Había montado un espectáculo y ahora no le quedaba más remedio que hacer las maletas.

Jill abrió la boca para responder, pero un joven con un portapapeles contra el pecho entró corriendo en el despacho antes de poder decir una palabra.

—La fiscal del distrito ya terminó su llamada y está preparada para retomar la reunión en la sala de conferencias B.

Tenía los ojos de una liebre asustada. Por lo visto, a los fiscales del distrito no les gustaba esperar.

—Mierda —Jill revisó cuidadosamente con los dedos la pila de documentos que tenía encima de su escritorio—. Perdona, Toni es una nueva cliente. Me pidió que lleve su campaña de reelección. Es muy importante para nosotros. Por lo general, alguien como ella recurriría a una de esas grandes empresas corporativas —Jill sonrió y Clara entendió por qué los hombres de Greenwich habían caído rendidos a los pies de su tía—. Dice que le gusta que seamos famosos por defender a los que no se espera que ganen.

—Claro, ya veo que este es un mal momento. Debería irme —dijo Clara acercándose ya a la puerta. Podía llamarla de camino al aeropuerto.

—No, espera. No te vayas. ¿A qué hora sale tu vuelo? Estoy un poco a tope en este momento. Uno de mis auxiliares se despidió la semana pasada sin previo aviso —Jill continuó buscando entre el lío de papeles que tenía sobre su mesa. Una carpeta se cayó por el borde y una cascada de hojas le salpicó los pies.

Clara se inclinó para recoger lo que se había caído.

—¿Te puedo ayudar en algo?

—La verdad… —Jill ladeó la cabeza—. ¿Qué te parecería sentarte conmigo durante el resto de la reunión y tomar notas? Me harías un gran favor y no te llevaría más de quince minutos. En cuanto terminemos, podemos sentarnos a hablar como es debido.

—Ah, bueno. Es que yo no… —Clara se calló. No podía decir que no supiera tomar notas. Le debía a Jill cualquier favor que necesitara después de interrumpir su trabajo dos veces en pocos días—. ¿Sabes qué? Okey. Puedo hacerlo. ¿Tienes una libreta?

Y así fue como Clara se encontró sentada en la mesa de la sala de conferencias con la fiscal del distrito del condado de Los Ángeles.

Nunca había visto a nadie que le quedara un traje la mitad de bien que a Toni Granger. No sabía si la mujer había mandado que se lo hicieran a medida para que se ajustara a su estatura, pues era una mujer alta, o si la fiscal controlaba la tela por pura fuerza de voluntad. La avena que Clara se había tomado para desayunar empezó a nadar en su estómago.

—Por favor, acepta mis disculpas por haberte hecho esperar. Ella es Clara. Tomará notas de nuestra conversación.

A pesar del desastre vivido en su oficina hacía unos instantes, la voz de Jill irradiaba profesionalidad y calma. La fiscal del distrito saludó a Clara con un gesto de la cabeza y ella dejó los nervios a un lado y se sintió a gusto por primera vez en casi una semana. Puede que Josh destacara provocando orgasmos, pero con el número de horas que había pasado ella en clase a lo largo de su vida, Clara se manejaba como nadie con el papel pautado.

Toni se recostó en su asiento.

—Como sabes, he tenido una relación conflictiva con mi circunscripción electoral durante los últimos años. Cuando decidí presentarme para fiscal del distrito, sabía que habría personas en esta ciudad a las que no les gustaría la idea de tener a una mujer negra en un cargo tan destacado, pero últimamente parece que la prensa se está esforzando especialmente para destrozarme.

Jill juntó las manos encima de la mesa.

—Sí, me he dado cuenta de que conforme se acerca el fin del periodo de tu mandato, las críticas son más persistentes.

—Esa es la palabra —Toni negó con la cabeza—. Siempre he procurado actuar con rectitud y honestidad. Si me salpicara algún escándalo, la oposición se aseguraría de que no volviera a trabajar en esta ciudad. Pero ser prudente me ha dejado a quince puntos de mi rival.

Con un juez como padre, Clara había crecido rodeada de funcionarios legales y políticos. Con unas cifras tan malas en las encuestas, desde luego el trabajo de Jill era perfecto para ella.

—Necesitarás un caso importante, algo que despierte la atención pública y te proporcione espacios de publicidad gratuita para tu campaña —dijo Clara.

Y después tomó unas notas: «Titulares. Respaldo de figuras importantes». Toni la miró por primera vez desde que Jill se la había presentado.

—¿Perdona?

No pretendía decirlo en voz alta.

—Ay, lo siento. Seguro que Jill ya lo sabe. Es que veo muchos dramas políticos en la tele.

El rostro de Toni se equilibró.

—Bueno, pues me parece que Hollywood ha acertado esta vez. A nadie en esta ciudad le importan una mierda los casos del montón. Necesito algo gordo —miró a Jill de nuevo—. Ahí es donde entra tu agencia. Necesito provocar a la gente.

Al cabo de veinte minutos, Clara y Jill se despedían de Toni con la mano mientras el coche de la fiscal del distrito arrancaba.

—Me gusta —dijo Clara—. Tiene el magnetismo que hace que la gente siga las reglas. ¿Crees que tiene alguna posibilidad?

Jill ladeó la cadera y se quedó mirando a su sobrina de arriba abajo.

—¿Quieres trabajar para mí?

Clara se rio hasta darse cuenta de que su tía no estaba bromeando.

—¿Yo? No, no puedo. Ya compré un boleto de avión.

Clara tenía un plan para salvar su reputación, y ese plan requería que saliera de esa ciudad y se alejara de las feromonas de Josh Darling lo antes posible.

—Sí, pero ¿y si no te vas? ¿Y si te contrato como auxiliar?

Clara se retorció las manos.

—No tengo experiencia.

—Por favor, tienes un doctorado de Columbia.

—En Historia del Arte —un título inventado para la gente rica—. Claro, si necesitas a alguien para hablar de la privatización de la cultura en la Florencia del siglo xv, soy tu chica, pero no tengo ni idea de relaciones públicas.

—Tienes buen instinto y, como eres una Wheaton, años de educación práctica en gestión de crisis y rehabilitación de la reputación. Los auxiliares principalmente hacen trabajo rutinario. Recopilar información, redactar comunicados de prensa… Nada de lo que no puedas ocuparte.

—Prefiero pasar desapercibida.

Gracias a su familia infame, sabía lo que podía llegar a ser estar en el candelero.

Jill la miró a los ojos.

—Necesitas un motivo para quedarte en Los Ángeles. Da igual lo que haya pasado con tu roomie, sé que no quieres volver después de cuatro días y enfrentarte a tu madre. Hazme un favor durante un par de semanas hasta que tenga a alguien para ocupar el puesto. El sueldo no es nada del otro mundo, pero lo complemento con un té verde innecesariamente caro.

Clara negó con la cabeza. Quería ayudar. Jill le caía bien, claro, y Toni Granger suscitaba una sorprendente participación ciudadana, pero trabajar en la otra punta de la ciudad, tan lejos de la casa de Everett, no era una opción a largo plazo. Solo pensar en la logística le provocaba una hemorragia cerebral.

—No puedo. Gracias, pero no estoy hecha para tomarme la vida según venga o improvisar sobre la marcha. Ya hice una gran estupidez —«dos»—. Pero creo que de ahora en adelante me gustaría volver a mi zona de confort y quedarme ahí.

—No. Mira, no me lo trago. Dices que viniste aquí por un chico, pero ¿y si Everett Bloom fue una excusa para abandonar una vida hecha para complacer a otras personas?

¿Por qué no dejaba la gente de preguntarle cosas como esa? A veces cruzar el país no representaba tanto una búsqueda de aventura como un ligue que no le había salido bien. Todo el mundo tenía una idea totalmente errónea respecto a la valentía de Clara.

—No estoy pidiéndote hacer una locura. Vuelve a casa después de relajarte unas semanas y recuperarte. Que la gente en Nueva York se pregunte cómo te la pasaste en la otra punta del país. Nunca adivinarán que te tuve sentada a un escritorio de nueve a cinco.

Clara se mordió la uña del pulgar.

—No es que me dé miedo —no era solo eso.

—Bueno, entonces ¿qué es?

¿Por qué Los Ángeles insistía en arrancarle todas sus tiritas emocionales a la vez?

—No sé manejar.

El gasto de agarrar un coche sesenta y cinco kilómetros por trayecto, de lunes a viernes, era factible, pero un despilfarro.

—¿Desde cuándo? ¿No te compró tu papá un BMW cuando ibas a la preparatoria?

Clara no pudo evitar sonreír un poco.

—Sí. Técnicamente, tengo licencia de conducir, pero prefiero no ponerme al volante. En Nueva York no es un problema. Puedo ir en transporte público o caminando a la mayoría de los sitios. Pero aquí... Creo que podría tomar un autobús, pero supongo que tardaría mucho en llegar a tu oficina.

Jill levantó las cejas.

—Estás omitiendo una tercera opción muy obvia.

—Sí, soy consciente.

Clara puso una mueca. Le dolía mostrarle otro punto débil a un miembro de su familia que apenas conocía. ¿Cómo podía esperar que la aceptara viendo que tenía tantas partes rotas y piezas perdidas? Su tía, sin embargo, se inclinó para abrazarla y, de alguna manera, ese abrazo liberó toda la vergüenza y el miedo de los últimos días.

—Lo entiendo. De verdad que sí —le dijo—. Pero ¿y si intentas manejar de nuevo? Te guste o no, te mudaste a Los Ángeles, niña. Eres lista y capaz. Lo sé porque te estoy contratando.

Clara negó con la cabeza, pero no pudo detener el aluvión de orgullo que le calentó el pecho. Cuando Jill le hablaba, sus palabras desafiaban la gravedad.

—Algunos miedos nos matan. Nos chupan la vida entera y morimos llenos de arrepentimiento. Pero este no es uno de esos miedos. Piénsalo. No tiene que ser ahora, pero ya sabes cuál es el único modo de que manejes mejor.

Clara intentó quitarse de encima cualquier sensación de convicción que le había entrado hacía unas semanas cuando, borracha de una mezcla de vino tinto y nostalgia, había decidido mudarse a Los Ángeles y cambiar el curso de su futuro.

La respuesta resonó como si le hubieran tirado una pesa en sus entrañas.

Jill le dio unos toquecitos en la barbilla con un dedo.

—Supongo que tu nuevo roomie no tendrá coche…

Capítulo 11

♡ ♡ ♡

El plan de Clara dependía de su habilidad para hacer hot cakes. La cuarta tanda tenía el color adecuado, café dorado, en contraste con la segunda. Pero la tercera tanda tenía una mejor textura, menos pastosa y más ligera. Se apretó la cola de caballo. Después de pasar todo el trayecto desde Malibú trazando un plan, tenía que hacerlo bien.

El olor a carne asada inundaba la pequeña cocina. Al menos tostar tocino en el horno era fácil.

Echó un vistazo al pasillo, hacia la puerta de Josh, mientras vigilaba el hot cake a medio hacer que tenía delante de ella. Había visto su coche antes de entrar en casa, así que sabía que estaba allí. Estaba empezando a considerar dar unos golpes con las ollas y las sartenes para ver si aparecía, cuando Josh salió de su habitación tan despeinado como siempre.

El corazón le golpeó fuerte en el pecho cuando bajó la vista a sus manos. Las manos con las que estuvo tocándole todo el cuerpo la noche anterior. El avión que debería habérsela llevado muy lejos de su última interacción mortificante había despegado hacía una hora. Bajó los hombros, apartándolos de las orejas, y se armó de determinación.

Se apresuró a esconder las pruebas de las tandas de hot cakes fallidas bajo el fregadero, tarareando como si no pasara nada, mientras Josh se sentaba en un taburete raído de la isla. Él se giró en su asiento para examinar la escena de su implosión culinaria.

—¿Qué está pasando aquí?

Clara señaló el montón de sartenes e imprimió a su voz una falsa alegría.

—Pensé en preparar la cena. Anoche fue bastante violento, como estoy segura de que ya sabes —puso una mueca—. Se me ocurrió que podríamos empezar de cero. Hacer borrón y cuenta nueva, por así decirlo.

—¿Decidiste hacer borrón y cuenta nueva poniendo la cocina patas arriba?

Si no lo conociera de nada, podría pensar que la mueca divertida que acababa de hacer era un gesto de timidez, pero ella sabía que no era el caso.

—No soy ninguna cocinera experta, así que pensé que lo más fácil sería preparar un desayuno como cena —se limpió con papel de cocina húmedo el huevo crudo que le chorreaba por el delantal—. Pero me parece que no me salió muy bien.

—Es curioso. Yo... eh... La verdad es que te compré unas galletas de disculpa esta mañana —levantó la mano para frotarse la nuca—. Pero cuando volví ya no estabas en casa. Bueno, las tienes en el refrigerador —tosió en su puño—. La mayoría está en el refri.

—No hay nada por lo que debas disculparte —Clara dio unos toquecitos en la barra con los dedos manchados de masa—. Eres un actor con mucho talento y agradezco lo que hiciste por mí. Yo soy la que..., bueno, digamos que me puse un poco nerviosa —al levantar la mirada, vio su expresión cautelosa—. En cualquier caso, ahora estoy mejor.

—Oh. Bueno, bien —Josh entrecerró los ojos—. ¿Llevas un overol?

—Sí, así es —dijo ella girando la cabeza, con la espátula en la mano, para mirarlo. Uno se ponía overol cuando trabajaba duro—. La comida estará lista en un minuto.

—No puedo creer que me hayas hecho la cena.

Josh la miró de reojo. Ella esperaba que no sospechara sus motivos.

—Esto más bien es un desayuno.

Clara puso en un plato la mejor tanda de hot cakes, el tocino y fruta fresca, y se lo puso delante a Josh, con las frutas del bosque dispuestas en círculos concéntricos.

Agachó la barbilla y empujó el plato hacia él, animándolo a comer.

—Supongo que ambos llegamos a la conclusión de que debíamos compartir el pan —dijo.

—¿Sabes que tienes harina en…? —Josh se señaló la nariz, luego la mejilla, después el cuello, hasta que al final movió la mano por toda la cara para indicar que la tenía toda manchada.

Clara intentó limpiarse con un trapo.

—Lo estás empeorando.

Josh se bajó del taburete y se colocó delante de ella. Le quitó el paño de la mano sudorosa, dobló las rodillas y se lo pasó con cuidado por la cara. Le sostuvo delicadamente la barbilla con sus dedos cálidos, guiando la dirección de su cuello para poder encargarse de la peor carnicería culinaria. El ritmo del corazón de Clara se aceleró cuando le pasó el trapo por la nariz. La extraña intimidad del acto flotaba en el aire, hasta que llegó un momento en que empezó a costarle respirar. La proximidad de Josh le afectaba demasiado.

Él retrocedió un paso y Clara se apartó, aplacando el confuso apetito que él le había desatado y que nada tenía que ver con la comida. Sacó un segundo plato para ella. De algún modo, la ternura con la que le había limpiado la cara la había excitado casi tanto como lo ocurrido la noche anterior.

Cuando Josh volvió a su taburete al otro lado de la isla, Clara se sentó junto a él, asegurándose de que sus codos no se rozaran mientras comían.

—¡Ay, demonios! ¡Olvidé la miel!

—Yo voy —dijo Josh, sin quitarle el ojo de encima mientras Clara masticaba un trozo de tocino.

Dejó la miel de maple delante de ella.

—¿Esto es una trampa?

Clara cortó su hot cake a cuadraditos y se concentró en no alterar la voz.

—¿Qué es una trampa?

Josh señaló su plato lleno.

—Te esforzaste un montón por alguien a quien acabas de conocer.

—¿Crees que ideé un plan siniestro y que por eso hice hot cakes? —Clara intentó no parpadear.

—Me estás endulzando, literalmente.

Señaló con la barbilla el azúcar que ella había puesto encima de la isla para que se sirviera. Clara impregnó su voz de falsa inocencia.

—Lo siento. ¿No querías azúcar?

—Por supuesto que quiero azúcar —Josh le quitó la azucarera, rozándole el dedo índice con el pulgar—. Pero llevo viviendo lo suficiente en esta ciudad para saber que la comida no es gratis. ¿Seguro que no tramas nada?

—Tú mismo dijiste que me compraste galletas. Si no existe la comida gratis, considera esta cena un pago en especie.

Josh se sirvió una buena dosis de miel en su montón de hot cakes y luego agarró un buen bocado acompañado de frutos del bosque. Mientras tragaba, cerró los ojos y un gruñido retumbó en el fondo de su garganta y luego golpeó con fuerza la barra.

—Esto… es… una… trampa —dijo enfatizando cada palabra con un golpe en el mármol.

El asiento de ella chirrió cuando lo retiró hacia atrás y se quedó apoyada en las dos patas traseras. Le entró una risita nerviosa.

—¿Te gustan de verdad? ¿No te parece que están algo correosos?

—¡Por Dios! —Josh se le quedó mirando como si le hubiera dado en la cabeza con una de las sartenes—. ¡Qué peligrosa te ves con esa risa!

—Te juro que no estoy tramando nada —dijo Clara con voz más aguda.

Sus ojos se posaron donde la camiseta descolorida de Josh abrazaba unos bíceps impresionantes y se clavó las uñas en la palma de la mano.

«Cíñete al plan».

—Sin embargo, es posible que tenga que pedirte un favor.

—Lo sabía —dijo Josh con la boca llena. Se echó hacia atrás en el taburete y negó con la cabeza—. Pareces inocente, pero, en serio, ¡qué pícara eres!

Nadie había acusado jamás a Clara de tener intenciones maliciosas. Se secó discretamente la frente con una servilleta.

—¿Escucharás al menos mi propuesta?

—Okey, pero a cambio exijo pago en especie.

Él alargó la mano y reclamó su último trozo de tocino.

—De acuerdo —dijo Clara, y se preparó para el gran discurso—. Trata de mantener la mente abierta. ¿Qué posibilidades hay de que me prestes tu coche?

—Casi nulas —respondió rotundamente—. Ese coche es lo único que tengo que significa algo para mí. Está conmigo desde la preparatoria. ¿Sabes todo el trabajo que lleva mantener un Corvette tan antiguo?

—No te lo pediría si no fuera importante —dijo Clara con una calma ensayada en su tono de voz—. Conseguí un trabajo y necesito desplazarme hasta allí todos los días.

Su madre le había enseñado que toda negociación se podía lograr con razón y la voz controlada.

—¡Vaya, qué rápido! —Josh se iluminó—. Es genial que hayas conseguido un trabajo y, oye, sé que no eres de aquí, pero pedirle a alguien que te preste su coche en Los Ángeles es muy gordo.

—Solo serán unas horas —le aseguró—. Mis horarios cuadran con los tuyos y, por supuesto, pagaré la gasolina. Hasta te lo puedo llevar a lavar. ¿Qué tal si le cambio los neumáticos? —le dio unos toquecitos con el codo como uno de esos vendedores de antes—. ¿Qué te parece?

—No entiendes cuánto quiero a ese coche. ¿No se te ocurre otro favor que pueda hacerte? ¿Estás segura de que no quieres coger?

El tenedor de Clara repiqueteó en el suelo y chocaron las cabezas al ir a recogerlo.

—Perdón —se disculpó él en voz baja—. Eso fue una broma de mal gusto. Se me olvidó que eras… tú —se movió para traerle otro tenedor—. ¿Por qué no tienes tu propio coche? Sé que te mudaste de Nueva York —descartó su interjección con un gesto de la mano—. Pero ¿por qué no estaba «conseguir un coche» en tu lista plastificada?

Clara jugueteó con una de las hebillas del overol.

—Sabía que al final lo necesitaría. Los Ángeles es famosa por su tráfico, pero Everett me dijo que me prestaría su jeep y creía que tendría más tiempo para practicar.

La confesión le costó a Clara su apetito.

—Bueno, oye, puedes alquilar uno. Incluso puedo acercarte al concesionario —la miró un segundo de arriba abajo—. Te encontraremos un bonito Escarabajo con una de esas calcomanías de novata donde diga ESTUDIANTE AL VOLANTE o BEBÉ A BORDO o algo por el estilo.

—No creo que pueda alquilar un coche aún. Tengo ese… impedimento emocional para manejar, ¿recuerdas? Por eso quería que me prestaras tu coche, para ver si soy capaz de ponerme al volante. Iría a dar una vuelta por el vecindario. No haría ninguna locura. Contrataría a un profesor, pero me preocupa…

—¿Tener un accidente? —asintió él con la cabeza, entendiendo lo que le pasaba.

—Ponerme nerviosa —terminó Clara—. Ya me resulta bastante vergonzoso admitir mi debilidad ante ti. Sobra decir que no necesito añadir a otro desconocido a la ecuación —persiguió un arándano con el tenedor por el plato—. Pensé que, como ya me has visto en flagrante delito, se ha levantado el velo de la vergüenza.

Josh frunció el entrecejo.

—¿Es esa una manera elegante de decir que te provoqué un orgasmo? Porque como te dije, no fue nada.

Clara ignoró el comentario desgarrador. No necesitaba un recordatorio de lo poco que había significado para él la noche anterior.

—Conseguí un trabajo ayudando a unas personas que me importan mucho. Sé que es pedirte demasiado, pero estoy desesperada. Lo más seguro es que no dure ni cinco minutos detrás del volante. Me sentaré en el coche, me pondré histérica y podremos poner «manejar» en los primeros puestos de la lista de fracasos que estoy acumulando rápidamente.

Josh continuó comiendo.

—No lo entiendo. ¿Por qué tienes tan claro que no sabes manejar? Sé que tienes la licencia. La vi el otro día cuando compraste el vino en el supermercado.

—Provoqué un accidente —admitió por fin Clara, arrancándose las palabras—. Fue un par de noches antes de un gran acto social muy elegante —Josh se le quedó mirando sin comprender nada—. Llegaba tarde al ensayo y me preocupaba mucho que, si no me presentaba, Everett terminara acompañando a otra chica.

Él enarcó una ceja.

—¿Everett Bloom?

—El único e inigualable.

Josh suspiró.

—¿Sabes? Estoy empezando a pensar que ese tipo es asqueroso.

—La salida estaba acercándose y tenía que cambiar de carril. Nunca lo calculo bien. Al final, puse la intermitente y esperé tener suerte. No recomiendo esa estrategia.

—Oye, a veces hay accidentes.

Ella se esforzó por controlar la respiración.

—Mi hermano pequeño, Oliver, iba en el asiento del copiloto. Acabó con catorce puntos, la clavícula magullada y un brazo roto.

—Clara, hasta los buenos conductores cometen errores —dijo Josh con suavidad.

—¿Errores? —soltó una risa tensa y dolorosa—. Tengo un instinto horroroso. Mi voz interna debe de estar estropeada. Otras personas se guían por su instinto para hacer las cosas, sin embargo, yo, cada vez que intento seguir mi intuición, solo consigo que alguien se haga daño. Durante mucho tiempo, no pude ponerme al volante sin oír gritar a Oliver.

Intentó apartar los recuerdos del accidente, pero solo logró que cayera harina de su pelo.

—Estás siendo muy dura contigo misma. Eras una niña.

—Durante varios años una serie de profesores de autoescuelas caras intentaron enseñarme a manejar, pero siempre era la misma historia. Mi papá me consideró una causa perdida y me dijo que me mudara a Nueva York, donde podía tomar el metro o llamar a un taxi.

Los hombros de Clara cayeron hacia delante.

—Mira, estoy siendo pragmática. Nunca he podido volver a manejar y no cabe duda de que tampoco podré hacerlo ahora. Pero le dije a Jill que lo intentaría y no quiero ser otro miembro de la familia que la defrauda —clavó la vista en su plato—. Entiendo que no tienes motivos para ayudarme, que te doy más problemas de los que te gustaría, pero puesto que aún no me has dicho que no, te lo voy a preguntar otra vez. Por favor, Josh.

Él miró hacia el techo con los ojos entrecerrados.

—Te mueres de ganas, ¿eh?

Una visión morbosa del doble sentido eligió un momento muy inapropiado para invadir la cabeza de Clara. Josh era sexy incluso cuando no intentaba serlo. Nada en su lenguaje corporal sugería insinuación. De hecho, a ella le pareció ver preocupación en su cara. Aun así, sus palabras la afectaron.

«Por favor, intenta centrarte».

—Creo que, si puedo hacerlo, la mudanza no habrá sido en balde. Habré sacado algo, aunque no tenga a Everett. Si puedo superar este miedo, dejaré de evitar las llamadas de mi mamá y le podré contar que tuve éxito en alguna cosa.

—Okey, bien —Josh echó la cabeza hacia atrás y cerró los ojos—. Pero me debes una.

—¿En serio?

Él asintió con la cabeza.

—Mujer, parece que te haya conseguido un osito de peluche en la feria del condado.

—¡Gracias, gracias, gracias!

Se lanzó hacia él sin pensarlo, ya que pesaba más su gratitud que su preocupación por tocarlo. Josh aguantó el abrazo y le dio unas palmaditas en la cabeza con torpeza. Olía como un vergel, fresco y dulce.

—Okey... Bueno... —se desenredó de sus brazos y fue a llevar algunas de las sartenes que había usado al fregadero—. Voy a lavar los platos y a intentar minimizar el daño de la bomba de harina que explotó aquí, y luego nos iremos.

La sonrisa de ella vaciló.

—Espera. ¿Vas a acompañarme?

No necesitaba precisamente que Josh fuera testigo de otra humillación.

—¡No creerías que después de todo ese discurso iba a dejarte ir sola! Supervisaré tu conducción —se puso los guantes de goma amarillos que había comprado mientras se llenaba el fregadero de agua con jabón—. Esa es mi oferta. La tomas o la dejas.

Ojalá hubiera podido rechazarla, pero sabía que el lunes por la mañana tendría tanto a Jill como a Toni esperándola, dependiendo de ella. Parecer estúpida o débil no era nada comparado con la idea de no cumplir con las expectativas de las personas que admiraba. Josh ya la consideraba una anomalía, una alienígena del planeta Palo Metido por el Culo.

¿Por qué no echar más leña al fuego de su reputación?

Capítulo 12

♡ ♡ ♡

Clara se había topado con una parte de la vida de Josh en la que le costaba renunciar al control.

—Repite las normas de la siete a la nueve una vez más —le dijo desde el asiento del copiloto del Corvette treinta minutos más tarde.

Llevaban quince minutos sentados en el coche, en la entrada a la casa, y era evidente que Josh estaba haciendo lo posible por ayudarla. Clara inhaló despacio por la nariz y luego repitió las «normas de conducción de Josh» con la monotonía de alguien para quien las palabras habían perdido todo significado.

—No dar frenazos, no cargarse los frenos, llevar calzado apropiado siempre —ella inclinó la cabeza hacia él, interrogante, con las manos firmes en la posición de las diez y diez en el volante—. ¿Podemos marcharnos ya, por favor? Te prometo que seguiré todas las normas de tráfico y que no pondré en peligro este vehículo a propósito. Bajo ninguna circunstancia encenderé las luces largas sin tu permiso.

Al menos parte de los nervios que amenazaban con comerse sus entrañas habían dado lugar a la exasperación y el aburrimiento. No sabía si él había sugerido adrede lo de revisar las normas para que ella desarrollara una falsa sensación de seguridad, pero había tenido ese efecto.

Josh se abrochó el cinturón y se aseguró de que estaba bien sentado.

—He notado tu falta de entusiasmo por las normas, pero puedes arrancar.

No era exactamente un voto de confianza, pero mejor eso que la alternativa. Clara le lanzó una mirada de soslayo.

—Estás raro en el coche.

—¿Perdón? ¿Estás eligiendo este momento para soltarle eso al dueño del vehículo extremadamente caro que estás a punto de manejar?

—Muy raro —masculló Clara mientras ajustaba por última vez los espejos. Ya los había colocado en distintas posiciones cuatro veces.

Arrancó el coche y el ronroneo del motor la sobresaltó.

Retrasar la salida le pareció una buena idea.

—¿Sabes, Josh? Está bien verte tan entusiasmado con algo. Te encanta este viejo Camaro, ¿eh?

—Esto es un Corvette —replicó él, aferrándose al apoyabrazos—. Y no le gusta que lo llamen «viejo». Vamos, terminemos de una vez.

Se había pasado con las tácticas de distracción. Clara se preparó y sacó el coche lentamente de la entrada.

Josh no dejaba de pasear su mirada de la cara de ella a la carretera.

Clara se mordió el interior de la mejilla.

—Me estás poniendo más nerviosa.

—Lo siento —se sentó más relajado—. Nadie antes me había pedido que fuera el chico bueno.

—¿A qué te refieres?

La calle en la que vivían no atraía mucha atención, pero tenía que manejar al lado de todos los coches estacionados junto al bordillo. Cada vez que se topaba con un nuevo obstáculo, se le cortaba la respiración.

—Me refiero a toda esta situación, a ser el héroe, el que aparece para salvar a la damisela en apuros. Esto es nuevo para mí y lo encuentro un poco desconcertante.

—Yo no soy una damisela.

El sudor de las palmas le dificultaba agarrar bien el volante. Se las secó una a una en los pantalones cortos del overol.

—Pues claro que lo eres. Eres una jovencita soltera de noble cuna.

Clara negó con la cabeza al aproximarse a un semáforo.

—¿Acabas de darme la definición de damisela de un diccionario?

—Mi mamá me leía cuentos de hadas cuando era pequeño y yo buscaba las palabras que no conocía.

Asomó una sonrisa en las comisuras de los labios de Clara, hasta que llegaron a un cruce.

—Clara... Oye, ¿estás bien?

Empezaron a lagrimearle los ojos e intentó levantar la barbilla sin perder de vista la carretera. Josh buscó en la guantera hasta encontrar unos pañuelos.

—¿Estás segura de que quieres hacer esto?

—Lo estoy —respondió ella con tan solo un ligero temblor en su voz.

Al ver que no agarraba ningún clínex, Josh le secó con cuidado los ojos, evitando que se le derramaran las lágrimas.

—Gracias —las mejillas de Clara se sonrojaron—. Sé que no lo parece, pero me siento como si estuviera a punto de superarlo —enderezó las escápulas—. Como si al estirar la mano lo suficiente, pudiera rozar la victoria con las yemas de los dedos. Probablemente sueno como una tonta, ¿no?

—No. Estoy segurísimo de que eres la persona más inteligente que he conocido. Siendo objetivo.

Los ojos de Josh brillaron del mismo modo que lo habían hecho durante la cena cuando le había dicho que era un peligro, pero en ese momento Clara no podía preocuparse del significado que había tras aquella mirada.

—Mi tía va a jugársela por mí y quiero quedar bien delante de ella, ¿sabes?

—Sí —dijo—. Oye, ¿ayudaría si canto? Ya sabes, algo relajante —empezó con los primeros compases de *Walking on Sunshine*.

Josh, que cantaba fatal, golpeó con la mano el apoyabrazos para enfatizar una nota alta y logró que Clara dejara de estar tan envarada.

—*I used to think maybe you loved me... Now, baby, I'm sure.*

El corazón de la joven latía con fuerza.

—Cantas de pena.

—¿Cómo? ¿Qué dijiste? —se llevó una mano al oído—. ¿Que quieres que cante más alto?

En ese momento, Clara pisó el freno demasiado fuerte y puso una mueca de dolor.

Josh se calló.

Habían llegado a la entrada de la autopista y ella redujo la velocidad al ver la señal en la vía de acceso, aunque sabía que la luz verde significaba adelante.

Detuvo el Corvette y el coche de detrás tocó el claxon como protesta.

Clara intentó concentrarse en la respiración. «Inhala y exhala. Inhala y exhala». Cada vez que sonaba un nuevo pitido, lo recibía como una patada en la sien. «Inhala y exhala. Inhala y exhala». Las manos, que sujetaban el volante, le temblaban con tanta intensidad que notó un estremecimiento en los hombros.

—¡Por Dios, Clara! Esto no son nervios, esto es terror —su voz vaciló—. Dejémoslo —dijo con suavidad, y la convenció para que se estacionara junto al arcén—. Te llevaré yo en coche adonde necesites. No vale la pena pasarla tan mal manejando.

A Clara le castañetearon los dientes, a pesar del calor que ya hacía al estar a principios de verano, mientras avanzaba lentamente con el Corvette y los demás coches les pitaban al pasar. Vio la mirada de Josh con el rabillo del ojo.

—Puedo hacerlo.

Él asintió una vez con la cabeza y sus largos rizos rebotaron.

—Muy bien. Entonces habla conmigo.

—¿Qué? —estaba en el arcén y sabía que no debía estar allí. Probablemente, alguien ya habría llamado a la policía. En cualquier momento el tipo de la camioneta saldría y se plantaría delante de su cara.

—Concéntrate en mi voz —dijo Josh—. Funciona en el plató cuando la gente se pone nerviosa, cuando se les hace un mundo las cámaras y las luces.

—Fue un error.

Los gritos de Oliver empezaron a repetirse en su cabeza con los sonidos del metal abollándose y los neumáticos chirriando. Contuvo el impulso de taparse los oídos con los dedos.

—Tú sigue hablando.

—Soy una criticona —soltó, y Josh estalló en carcajadas.

—¿Por qué no me sorprende?

Ella miró por el retrovisor.

—Lo digo en serio. Lo admito sin reparos. Conozco a una persona y me hago una idea de su carácter en media hora. Tengo un historial extraordinario. Acierto con mi hipótesis aproximadamente noventa por ciento de las veces. Pero en las raras excepciones en las que me equivoco, es emocionante. Algunas personas son como un iceberg, con partes bonitas y peligrosas ocultas bajo la superficie.

—¿Estás intentando decir que soy un iceberg bonito y peligroso?

Clara resopló.

—Más bien eres una capa de hielo —su mirada fue de la autopista a sus manos, que sujetaban el volante, y luego volvió a la autopista—. Estoy intentando darte las gracias.

—Dámelas después —dijo Josh.

—Puede que no haya un después. Creo que he llegado a mi límite.

—Okey, estas son nuestras opciones. Puedes incorporarte a la autopista o podemos quedarnos aquí sentados hablando de ayer cuando te toqué el…

Clara apretó el pedal del acelerador con el pie casi sin pensar. Josh había logrado encontrar algo que la ponía más nerviosa que conducir.

Josh gritó triunfante y levantó el puño en el aire para tocar el techo del coche.

—¿Ves lo que está pasando ahora mismo? Que tú, Clara Wheaton, estás manejando por una autopista. Creo que necesitas soltar un buen grito salvaje.

Aparte de un diminuto arco en su ceja, Clara no reaccionó, pero él notó que las manos se le relajaron un poco al volante y que el color le volvió a las mejillas. Hasta sugirió poner la radio, siempre que mantuviera el volumen lo más cerca de un susurro. Sin duda alguna, era un logro.

La preocupación que se había asentado de forma extraña y pesada en su estómago fue desapareciendo poco a poco. Nunca le había sucedido nada parecido con Naomi, una mujer que era excesivamente autosuficiente. La última vez que recordaba haberse preocupado por ella fue cuando insistió en hacerse un *piercing* en la lengua en el paseo de Venice Beach.

Después de unos quince minutos circulando a una velocidad constante junto al mar, un grupo de palmeras le dio a Josh una idea.

—Oye, ¿qué te parece si nos desviamos un poco?

—¿Te refieres a aprovechar para bajarnos del coche? —Clara se rio tensa—. Sí, por favor.

—Conozco un sitio.

Josh la dirigió hacia la siguiente salida y luego por unas calles hasta que se encontraron entrando en el estacionamiento vacío de una escuela.

Se apresuró a ayudar a Clara a bajar del asiento del conductor, sobre todo porque no quería que debido a sus piernas temblorosas terminara cayéndose de bruces en el pavimento. Había recuperado el color, pero le brillaba la frente por el sudor.

Cuando puso su diminuta mano fría y húmeda encima de la suya, se la apretó inconscientemente. Ella suspiró cuando sus pies tocaron tierra firme.

—Por favor, dime que cada vez será más fácil.

El cuerpo de Josh, traicionando las instrucciones de su cerebro, se alborotó por el contacto de su piel.

—Estoy seguro de que sí.

No sabía si le hablaba a Clara o se hablaba a sí mismo. En cuanto se puso de pie, él retrocedió para alejarse de la atracción de su órbita mientras ella contemplaba el entorno.

—¿Cómo conocías este lugar? —Clara se sacudió el pelo.

—Esta era mi escuela —Josh inhaló con entusiasmo el olor a césped recién cortado—. Mi familia se mudó de Seattle aquí justo cuando iba a empezar la preparatoria. ¿Quieres echar un vistazo?

Cuando ella asintió con la cabeza, se dirigieron hacia el edificio.

—Bueno, ¿y cómo era Josh Darling con dieciocho años?

Se quedó mirando hipnotizado por un momento su largo cabello oscuro al viento.

—Bueno, Josh Darling no existía todavía, pero Josh Conners era un desastre. Me salté tantas clases que casi repetí.

—Ah —daba dos pasos por cada uno de los que él avanzaba para mantener su ritmo—. Un rebelde.

—Es una forma de llamarlo. Creo que los profesores prefieren decir «estudiante que se va de pinta». Mira, allí —señaló unas ventanas de la esquina— es donde estuve castigado un mes. Me costó lo mío engatusar a la directora con buenas palabras para que me dejara acabar la preparatoria cuando me tocaba.

—No suena tan mal.

Clara echó la cabeza hacia atrás y ofreció su piel de porcelana a los últimos rayos de sol.

—No conociste a la directora Carlson. Intenté hacerle creer que mi vida era una tragedia, pero no funcionó con ella. Yo era hijo único, y me quedaba solo en casa porque mis papás trabajaban durante todo el día para pagar las facturas, pero siempre han sido buenas personas y me han querido, y supongo que yo no sabía cómo ocultar eso.

Josh se tragó el nudo de culpa que tenía en la garganta. No había visto a sus padres desde el Día de Acción de Gracias de hacía dos años. Desde entonces, le entraban náuseas cada vez que veía un pavo.

Clara se detuvo y se quedó mirándolo.

—¿La directora no se tragó que tenías una vida desgraciada?

A él le ardió el pecho al recordar la evaluación que le mandaron a sus padres. Ellos la dejaron encima de la mesa de la cocina para que él la viera cuando llegara a casa de clase. «No desarrolla todo su potencial, solo le interesa la diversión, es holgazán e imprudente hasta el punto de resultar un peligro». Eso había sido hacía casi diez años, pero sabía que no había cambiado mucho. Si la directora Carlson lo viera ahora, probablemente añadiría a la lista: «Siempre está a la defensiva, es muy cerrado y un inútil».

Josh guio a Clara con una mano en la espalda para que evitara un bache.

—No, no se lo tragó.

¿Por qué estaba soltándole sus penas de la preparatoria a una persona con un doctorado? Josh podía imaginarse a Clara a los dieciocho años. Debió de ser una de esas chicas brillantes con todos los privilegios y ayudas que a él siempre le habían molestado tanto.

Cuando Clara entraba en una habitación, la gente la respetaba. Cuando Josh entraba en una habitación, la gente se preguntaba por qué llevaba tanta ropa puesta.

—No sientas lástima por mí —las palabras le salieron más ásperas de lo que pretendía.

—No la siento —Clara, de hecho, lo decía en serio.

El sol se deslizó bajo el horizonte y las luces del estadio que rodeaban el campo de beisbol se encendieron.

Ella caminó en esa dirección.

—¿Y qué hay de las actividades extraescolares? ¿Practicabas algún deporte?

—No, pero hacía ejercicio —señaló una arboleda y un banco muy gastado—. Me tiré a una allí —hizo un gesto hacia el banquillo—. Se lo comí a Olivia Delvecchio allí. Descubrí lo que era la eyaculación femenina…

—Okey, okey, ya entendí. Eres un semental.

—Incluso entonces sabía cuál era mi talento —se acordó de su última reunión con Bennie—. Aunque supongo que tal vez me haya hecho ilusiones.

—¿Qué quieres decir?

Bajó la barbilla para ganar tiempo.

—El estudio para el que trabajo me acaba de hacer una oferta realmente baja, después de que mi agente les pidiera renegociar el contrato.

Ella le había mostrado su debilidad y ahora él le revelaba la suya. A pesar de lo mucho que hablaran de él y de ese video «viral», ningún pez gordo consideraba que valiera la pena extenderle un cheque de los grandes.

—¿En serio? Creía que se lanzarían de cabeza sobre la oportunidad de mantenerte fichado —dijo sentándose en las gradas.

¡Dios, todo lo que hacía era tan correcto y refinado! Josh tomó asiento a su lado.

—Es culpa mía. Firmé un contrato horrible hace unos años, sin ni siquiera leerlo. Me cegó la idea de que alguien creyera que podía hacer bien algo, lo que fuera. Pero solo con lo que he perdido por la venta de productos… —hundió las manos en su pelo.

—¿La venta de productos? —Clara subió la voz una octava completa. Su indignación hizo desaparecer parte de su autocompasión y lo puso de buen humor. Su nueva roomie era una buena persona.

—Wheaton, sabes que si quieres saber de qué se trata, no te voy a mentir.

Clara emitió un grito ahogado al darse cuenta de a qué se refería y se tapó la cara con el suéter.

—¿Qué vas a hacer respecto al contrato? ¿Consultarás con un abogado?

Admiró su habilidad para cambiar de tema, pero la mención de contratar a un abogado le sentó como un trago amargo.

—No. No puedo permitirme un abogado, al menos no uno lo bastante bueno como para enfrentarme a una compañía así. Supongo que sabes que hay parte de verdad en esa mala fama de la industria pornográfica, que hay algunas personas que no son tan agradables en este juego.

—Hasta que te conocí, no creía que hubiera nada que valiera la pena en el porno.

Ya se lo figuraba.

—Los actores tienen muy poco que decir respecto a lo que se hace. Los productores y los directores del estudio son los que mueven los hilos. Tengo una base de fans sólida, pero no mucha influencia. Lo creas o no, las mujeres no son el público principal de la mayoría de las películas porno.

—¿Por eso hay tantas cosas asquerosas? ¿Por qué los principales estudios no invierten en audiencias femeninas? —arrugó la nariz—. No creo que hagan un buen negocio.

—¿Estás diciendo que, si los estudios invirtieran en buen porno, tú lo consumirías? —precisamente, él se había ganado la fama de hacer un tipo de porno diferente.

—Esa cuestión no tiene importancia ahora mismo —respondió ella cruzando las piernas por los tobillos.

—Maldita sea. Puedes hacer que cualquier cosa suene bien, ¿no?

Ella miró con los ojos entrecerrados al cielo que se oscurecía.

—Seguro que no lo consigo con algo vulgar.

—¿Estás bromeando? Acabas de hacerlo.

Ella tuvo el descaro de guiñarle un ojo. «Sacas a esta chica del asiento del conductor cinco minutos y de repente es una sinvergüenza», pensó él. No recordaba la última vez que una mujer, ni nadie en realidad, lo hubiera sorprendido de esa manera.

Clara se agachó para arrancar un trozo de hierba.

—Entonces, si no consigues un nuevo contrato, ¿lo dejarás?

Josh se tapó la cara con las manos y suspiró en ellas.

—No tengo ni idea —aquella pregunta llevaba días persiguiéndolo—. Si Bennie no le ayudaba a salir de esta, no se lo perdonaría jamás.

—Muchas personas cambian de carrera con veintitantos —dijo Clara, siempre tratando de ser diplomática—. Necesitas hacer una lista. Tal vez dos. Ojalá hubiera traído mi libreta. ¿Cuáles son tus aptitudes principales?

Josh llevó la mano a la rodilla desnuda de ella. En parte un desafío, en parte una invitación. No la presionó mucho, solo lo suficiente para que se le pusiera la piel de gallina. La visión de ella extendida en el sofá la noche anterior le bombeó adrenalina en las venas. Clara no bajó la vista, pero él sintió la tensión en su cuerpo, la rápida consciencia. De inmediato colocó su mano sobre la de él y Josh esperó a que se la apartara. Pero, en cambio…, ahí se quedó. Por un increíble instante, creyó que se la guiaría hacia arriba hasta que sus dedos rozaran la parte inferior del overol para acariciarle los muslos con la misma suavidad que una lenta brisa. La chica tomó aire de pronto, pero no se movió.

Clara probablemente lo golpearía en la boca en cualquier momento. Lo más seguro era que estuviera reuniendo fuerzas para hacerlo. Tenía la mirada clavada en el campo mientras hundía los dientes en su carnoso labio inferior. ¿Era posible que a Clara Wheaton le gustara el sexo con un poco de exhibición?

Esa idea se le fue directo al pito. Pero antes de detenerse en aquella revelación, ella se aclaró la garganta y le devolvió la mano a su regazo.

—¿Qué más?

Mientras las pulsaciones le bajaban, se devanó los sesos.

—Manejar. Podría convertirme en camionero o en repartidor de pizza —dijo solo medio en broma. Le encantaba la pizza.

—Por algo se empieza. Continúa —ella aprovechó la oportunidad para llevar la conversación de nuevo a un terreno seguro. Lo más probable era que su familia hubiera contratado un orientador profesional cuando aún estaba en preescolar.

—Los impuestos. Puedo hacer esa mierda de la declaración —dijo entrando en el juego a su pesar. Se puso de pie y empezó a caminar entre las gradas—. Deberías ver cuánto me devolvieron el año pasado.

Clara se giró para mirarlo y torció la boca.

—Tendrías que volver a estudiar para ser asesor fiscal.

Probablemente tendría que llevar también corbata al trabajo.

—Olvídalo.

Solo porque Clara hubiera empezado a ver más allá de lo que Josh hacía —de lo que era—, no significaba que el resto del mundo fuera a hacer lo mismo. Un relativo éxito en el porno era igual a un relativo fracaso en el mundo real.

Le dolió la cabeza al intentar procesar todos esos «y si» y «quizá». Había estado durante años con un contrato de mierda, por no mencionar su relación agonizante con Naomi, porque prefería el camino del mínimo esfuerzo. Lo único que sabía era que le gustaba trabajar en el porno. No solo porque le pagaban por mantener relaciones sexuales —reconocía que eso estaba muy bien—, sino por la gente y porque hacía algo con lo que otros disfrutaban. No estaba preparado para planes a largo plazo, no tenía ese tipo de aguante, pero Clara no dejaba de mirarlo con expectación. Como si juntos pudieran resolver todos sus problemas.

—Sé bastante sobre producción, porque siempre he estado por ahí fijándome cómo lo hacían, ¿sabes? —dijo al final, volviendo adonde estaba ella sentada. Se pasó la mano por la mandíbula—. No creerías lo mucho que el montaje afecta al tono de una pieza. O la música escogida. Sé que es porno y que para ti no tiene mucho mérito, pero yo he visto material más próximo al arte que la mayoría de los éxitos de taquilla comerciales. Y es la producción lo que controla el reparto y los decorados, y la que se asegura de que cumplamos las normas de salud y seguridad.

—Eso suena prometedor —aprovechó su primer indicio de interés en algo—. Deberías producir alguna película.

—Nadie me contrataría. Tengo el certificado de preparatoria, treinta créditos de la universidad y experiencia en bolas anales. No es precisamente un currículum excelente.

Clara giró la cabeza hacia atrás para mirarlo, ya que estaba una fila por encima de la suya.

—No te menosprecies. Te busqué en internet, ¿recuerdas?

Josh tragó saliva. Como si pudiera olvidarlo.

—Uno de los resultados que me salió (y en el que por supuesto no hice clic, que lo sepas) decía que tenías más de un millón de fans en tu página web. Si hicieras algo, apuesto lo que sea a que esa gente pagaría por verlo.

Él se sentó de nuevo a su lado.

—No sé. La industria del porno no atiende precisamente al placer de las mujeres. Mis aptitudes…, si es que las podemos llamar así… Bueno, es como ser el Da Vinci de las esculturas de macarrones.

—Eres un artista y has encontrado la manera de ganarte la vida con tu arte —Clara se sonrojó—. Eso es muy emprendedor. La mayoría de la gente lo deja antes incluso de tener la oportunidad de fracasar.

Josh no recordaba la última vez que alguien le había dado un discurso para motivarlo, en especial cuando el tema en cuestión era evidente que incomodaba.

—Eres impresionante.

Clara le quitó importancia al comentario con un gesto de la mano.

—No, en serio —Josh arrancó un puñado de césped y contó las briznas—. Eres una mezcla de contradicciones. Hace una semana no habías oído hablar de mí y ahora estás aquí sentada defendiendo mi «arte» a capa y espada.

Ella levantó un hombro delicado.

—¿Qué puedo decir? Soy una optimista redomada.

—¿Es esta la escena en la que los pájaros y otras criaturas del bosque salen para acompañarte mientras cantas sobre por qué no debería abandonar el sueño de abrirme paso a la fama cogiendo?

Clara soltó un suspiro amargo y se ató bien los cordones.

—Por desgracia, los animales me odian.

—¿Qué? —exclamó Josh, que se levantó y le ofreció la mano para ayudarle a ponerse de pie.

—Huelen mi miedo —no había ni una pizca de broma en su voz cuando él le agarró de la mano.

—Qué linda, está pirada —dijo más para sus adentros que para ella.

—«Linda» es una manera de decirlo —se quedó mirando fijamente el coche.

—Espera —se movió para colocarse frente a ella—. Oye, mira lo que has hecho en menos de una semana —Josh extendió las manos delante de él—. Mudarte a la otra punta del país, conseguir un nuevo trabajo, ponerte al volante de un coche. Por no mencionar tontear con un aclamado actor de cine para adultos —aparecieron sus hoyuelos—. Tal como yo lo veo, Wheaton, eres totalmente extraordinaria.

Al ver la sonrisa tímida de Clara, le entraron ganas de agarrar los tirantes de aquel ridículo overol, tirar de ellos para acercar su boca a la suya y probar por fin esos labios de fresa con los que había estado soñando desde que ella había entrado en su vida.

—Deberíamos ir volviendo —Josh necesitaba puertas entre ellos, de las que se cerraban con llave.

—Ah, claro.

Clara se sacudió el trasero y él fingió no embelesarse con el modo en que sus manos se deslizaban por la generosa turgencia.

«Mierda». Si no tenía cuidado, iba a terminar loquito por su roomie.

Capítulo 13

♡ ♡ ♡

En las dos semanas de desempleo autoimpuesto, Josh se había aburrido peligrosamente. Era una catástrofe tener tanto tiempo libre cerca de Clara Wheaton.

Advirtió por primera vez los síntomas cuando se encontró planeando sus duchas para que fueran después de las de ella. Algo dentro de él se despertaba cuando entraba en el diminuto cuarto de baño y todavía olía a su jabón. Era como andar por un prado. ¿Y si ese prado también le hacía pensar en Clara, desnuda, mojada y cubierta de burbujas? Bueno, se cargó en el acto aquellas fantasías.

Era fácil culpar de aquel nuevo y extraño comportamiento a su primer periodo de sequía de los últimos tiempos. Aunque su relación sentimental con Naomi se había muerto hacía más de unos meses, hasta el jueves anterior el trabajo había mantenido su libido bajo control. Su mano derecha no había visto tanta acción desde que había llegado a la pubertad.

Josh mostraba tantos síntomas de deterioro mental como físico. Estaba tan desesperado por hablar que recurrió a despertarse temprano para alcanzar a Clara antes de que se fuera a trabajar.

A diferencia de él, a ella le encantaban las mañanas. En cuanto él entró a trompicones en la cocina, ella puso música pop cursi para que la acompañara mientras preparaba el café y se preparaba el almuerzo.

Jamás había visto tantos tuppers en su vida. Hasta tenía pequeños recipientes para el aderezo, tan pequeños que le cabían tres en la palma de su mano. Eran muy lindos. Tupper *baby*.

Todo pareció desinflarse cuando Clara se marchó a las siete y media en punto. Se sentía tan inútil quedándose ahí sentado que el tercer día se ofreció a llevar a Clara a la oficina en Malibú. Josh no tenía nada mejor que hacer. Por la tarde, la recogía y la dejaba conducir hasta casa para que practicara. Era patético que hacerle de chofer a su roomie le diera cierta retorcida razón de ser, pero tenía que llevarse la victoria allá donde pudiera encontrarla.

De todos modos, continuaba pasando la mayor parte del día solo, con nada más que las posesiones que Clara dejaba como huellas por la casa. Cada tarde entregaban una caja con cosas nuevas en su puerta. Aunque los cambios eran sutiles, había un toque de ella en todas las habitaciones. Abría un cajón y se encontraba posavasos o guantes de cocina. Aparecían toallas de mano en el cuarto de baño, junto a un cesto de flores secas y ramitas.

Puede que tuviera un doctorado, pero en su pueblo esa mierda no se consideraría arte.

Clara incluso compró cortinas para la habitación de Josh. Un día abrió la puerta y se las encontró colgadas alegremente en su ventana, bonitas y útiles. De alguna manera, mientras estaba trabajando, aún encontraba tiempo para convertir la cueva de Everett en algo parecido a un hogar. Como si necesitara más pruebas de lo competente que era Clara para sentirse aún más fracasado y con su carrera estancada.

Había empezado a correr por las tardes para tener algo que hacer, para intentar eliminar la comezón que sentía en sus extremidades. En aquellas largas carreras al mar, trataba de pensar en su futuro, a ver si se le ocurrían socios de producción y personas dentro de la industria que le debieran un favor, pero, aunque encontrara a alguien que le dejara producir, Josh no tenía ni idea de qué tipo de película hacer.

Cuando regresó a casa de su última carrera, supo, incluso antes de tropezarse con los cinco cestos de ropa sucia de Clara, que debía de haberse quedado sin ropa interior limpia. La casa entera estaba impregnada de la humedad del dulce aroma que emanaba del pequeño lavadero junto al porche.

Apretó los puños y de inmediato fue a abrir una ventana.

Esa noche, como todas las noches de aquella semana, Clara se había puesto en el sofá rodeada de montones de documentos. No sabía qué clase de trabajo había acordado cuando aceptó el puesto, pero parecía implicar mucha lectura en casa.

Josh reorganizó sus cestos de ropa para no bloquearse el paso a su propia cocina.

—No tienes que separar tu ropa en tantos programas distintos —le dijo mientras depositaba uno de los cestos llenos a sus pies.

—Sé que probablemente no te importe, puesto que por lo visto solo usas jeans y camisetas —respondió ella de forma remilgada—, pero cada tipo de ropa necesita una temperatura de agua y una velocidad distinta.

—Sí, es la manera equivocada de verlo.

—¿Perdona? —Clara bajó el documento que tenía en la mano.

Josh se inclinó para examinar su sistema de organización y empezó a clasificar las prendas en nuevos montones encima de la alfombra.

—El material de la tela determina las condiciones ideales de lavado, no el color. Por ejemplo —levantó una camiseta de manga corta suave—, el algodón tiende a encoger. Solo deberías usar agua fría y dejar secar al aire el algodón de cualquier color —aventó unos pantalones cortos por encima del hombro—. El lino se arruga horrible, así que deberías planchar estos pantalones cortos inmediatamente después de sacarlos de esa lavadora —dos pares de medias se enredaron en su muñeca. Josh las separó y las puso sobre el brazo del sofá—. Si cuelgas el nailon, evitarás esa situación estática agresiva que tienes en marcha.

Después de terminar la lección, Josh se metió en la cocina siguiendo su olfato y abrió el horno para investigar de dónde procedía aquel agradable olor a pimienta.

—Ah, y puedes hacer lo que quieras con el poliéster —gritó para que lo oyera desde el otro lado—. Es difícil meter la pata con el poliéster —Josh le echó un vistazo a la lasaña que bullía bajo la parrilla—. ¿Puedo comer un poco de tu pasta?

—Cla... claro. Es vegetariana... Y también hice la salsa desde cero.

A Josh le rugió el estómago. Otro síntoma. En tan poco tiempo, Clara ya lo había vuelto adicto a las verduras. Probablemente, lo había engañado para caer en una especie de dependencia del hierro con su menú mágico que ocultaba una cantidad escandalosa de verduras de hoja verde. A veces se despertaba en mitad de la noche con antojo de espinacas.

Clara negó con la cabeza cuando Josh se sentó con ella en el sofá con un plato humeante.

—¿Cómo... cómo sabes tanto sobre lavar la ropa?

—Tengo más experiencia que tú. Mi mamá trabaja en una tintorería. Ha trabajado allí desde que yo era pequeño. Siempre me soltaba esos rollos sobre la ropa, desde que era un niño. Y por lo que sé, aún sigue ahí. A este paso las manos nunca dejarán de olerle a lejía.

—¿Por lo que sabes?

—Llevo unos años sin ver a nadie de mi familia. No los veo desde que les conté a qué me dedicaba —Josh sopló el tenedor lleno de lasaña—. No lo entienden.

La culpa de aquel momento le había carcomido hasta que dejó de devolver las llamadas. Había llegado tan lejos como para cambiarse incluso de número de teléfono y de dirección de correo electrónico. No necesitaba sermones ni preocupación silenciosa.

Se aclaró la garganta.

—Supongo que se sienten responsables. Creo que mi mamá está convencida de que, si me hubiera llevado más a la iglesia cuando era pequeño, tal vez trabajaría en un banco o algo parecido ahora mismo.

—Sé a lo que te refieres.

Él bajó el tenedor y frunció el entrecejo. Clara era el sueño de cualquier padre o madre. Educada, respetuosa, aplicada. ¿Qué más podría querer su familia?

El dolor inundó la cara de la joven.

—Yo estoy resentida con mi propia mamá por tomarse mis decisiones familiares de forma tan personal. Lleva los errores de otras personas como cicatrices. Como si llevara la cuenta de todos nuestros crímenes contra ella. Mi lista estaba limpia hasta que me mudé aquí y me desvié del curso elegido. Pero ahora... sería más fácil enfrentarse a ella si bajara el listón.

Josh jamás se había planteado el costo que Clara debía de haber pagado por su libertad, y que ambos huían de algo, que quizá tenían bastante en común después de todo.

—Yo no estoy enojado con mi mamá —dijo—. No exactamente. Entiendo por qué reacciona así. Ningún padre o madre sueña con que su niño al crecer sea actor de películas porno. Pero es duro soportar el peso de su decepción. Creo que, si mis papás me apoyaran, aunque no lo entendieran, carajo, aunque no les gustara, sería más fácil aguantar que el resto de la sociedad me viera como una mierda en el zapato.

—¿De verdad te ve así la gente?

—Bueno, no todo el mundo sabe lo que hago. No es que vaya por la calle repartiendo tarjetas con forma de pene.

Clara se tapó la boca con la mano.

—¿Tienes tarjetas así? —se le habían puesto unos ojos como platos.

—No. Aunque no es una mala idea de marketing. De todos modos, la gente termina averiguándolo. Casi siempre sale el tema en las fiestas. Mis amigos de la preparatoria creen que es gracioso —se rio breve y amargamente—. No me importa demasiado el desprecio. Al menos, esas personas suelen mantener la distancia. Los sobones son peor. Hay gente que cree que mi trabajo convierte mi cuerpo en una propiedad pública.

—¿Te refieres a que la gente te toca?

—Pues sí. ¿Alguna vez se te ha frotado un tipo en el metro cuando sabes que podría haberlo evitado? O como cuando estás en la barra y un tipo te pone la mano en la parte inferior de la espalda para «pasar».

—Puaj, sí —Clara lanzó una mirada asesina.

—Así es como es. Un montón de manos molestas me tocan en sitios que soy demasiado educado para mencionar. Cuando la gente se entera de que soy actor porno, dejan de verme como un hombre. Es como si a sus ojos de repente fuera un gran jamón de Navidad. Todo el mundo quiere un trozo.

—Lo siento mucho —dijo Clara.

Josh se quedó con la vista clavada en la comida.

—Para muchos colegas es peor. Casi todas las mujeres que conozco que trabajan en la industria pueden contar experiencias de acoso, incluso de abuso.

¿Cuántas veces había llegado Naomi a casa escupiendo porque alguien había intentado aprovecharse de ella, porque había tratado de que hiciera cosas que no quería y que a menudo se negaba a hacer explícitamente? Josh intentaba usar el poco poder que tenía para protegerla, pero el desequilibrio de poder continuaba siendo arrollador y, además, él no podía proteger a todo el mundo.

—No es un juego de ganadores y perdedores. Reconocer tu dolor no elimina el de los demás.

—Gracias, pero no hablemos más de mi dolor —sonrió para que ella supiera que no estaba gravemente herido—. Ese es mi cupo de sentimientos por una noche —dejó el plato haciendo equilibrios sobre su muslo y fue a agarrar su cómic de la mesa de centro—. Voy a pasar el resto de la noche con los X-Men.

Clara se acercó más y señaló una viñeta.

—¿Qué pasa ahí?

—Mística está a punto de robar el inhibidor de Forja.

Al cabo de un instante, ella impidió que Josh pasara la página colocando una mano en su brazo.

—¡Espera, no he terminado de leer!

Un hormigueo le subió por el hombro.

—Es más emocionante que tu trabajo, ¿eh?

—Creo que me voy a quedar bizca intentando encontrar algo interesante en todos esos expedientes. Desde que Jill me contrató para trabajar en la campaña de reelección de Toni Granger, tengo claro que no soy nada apta para llevar a cabo una investigación con dedicación rigurosa. La oficina de Granger nos entregó unas treinta cajas de documentos para que los revisáramos y pudiéramos elaborar un plan de relaciones públicas eficaz. A los abogados les encanta el papeleo.

—Eso he oído —dijo Josh—. Si te ayudo a revisar esos aburridos expedientes durante treinta minutos, ¿te tomarías un descanso para ver una peli? Me preocupa que te explote ese gran cerebro tuyo.

—¡Oh, cielos! Eso sería estupendo —le pasó una pila enorme—. Pero ¿quién va a elegir la película?

—Yo, está claro.

—¿Por qué está claro que tú?

—¿Porque soy el que está salvándote de tener principio de cataratas prematuro?

—Okey —retomó la lectura—. Pero, por favor, ¿podemos ver *Speed*?

Josh frunció el ceño.

—¿Te gusta *Speed*?

—No —subrayó algo en el papel—. Me encanta *Speed*.

—Quieres decir que te encanta Keanu Reeves, ¿no?

—¿Estás intentando minimizar mi gusto excelente en cine a un mero capricho por un famoso?

—Oh, no. Ni se me ocurriría.

—Bien. Porque tienes que saber que de toda la vida soy una fan entregada del género de acción —Clara alargó la mano para levantar unos documentos que tenía a sus pies—. La verdad es que quería preguntarte una cosa que he visto por aquí —le pasó un expediente—. ¿Te suena de algo Black Hat? Creo que me topé con ese nombre en uno de los artículos que encontré acerca de ti cuando te busqué en internet.

Quería reírse de ella por haber leído aquella cobertura periodística, pero la ocurrencia se esfumó cuando hizo una pausa en la tercera línea.

—Espera un momento...

—¿Qué pasa?

Clara se inclinó para leer por encima de su hombro. Sus pechos rozaron el hombro de Josh y él casi grita. Sin duda necesitaba levantar la prohibición de masturbarse pensando en ella. No podía arriesgarse ni a un toqueteo platónico hasta que echara un acostón de nuevo. Josh habría llamado a una de sus ligues habituales —mierda, hasta había considerado acercarse en coche a la casa de Naomi—, pero sabía que su huelga duraría más si evitaba a la gente del negocio, que le diría que tragara y volviera al trabajo. Una interrupción de las relaciones sexuales no le provocaría ningún daño permanente. Seguro.

Josh sentía su aliento en el cuello. Giró la cabeza y se encontró con su cara más cerca de lo que había supuesto. Clara llevaba algo brillante en los labios, que les daba un toque más rosa de lo normal. Se quedó con la mirada clavada en ellos, imaginándolos envolviendo su...

—¿Tengo un moco? —preguntó ella, frotándose la nariz—. Si lo tengo, tienes que decírmelo.

—Tranquila. Tienes la nariz limpia como una patena.

Josh dirigió los ojos otra vez a la página que tenía delante.

—¿Encontraste algo ahí? Según lo que he leído en la oficina, Toni es una buena abogada con un expediente de casos sólido, pero hasta ahora no ha salido nada que me haya llamado la atención.

—Necesito los lentes —Josh regresó de su habitación al cabo de un momento, con los lentes puestos—. Okey. Sí. Mira esto —pasó el dedo por debajo de lo que quería que leyera—. Toni Granger no solo menciona a Black Hat, sino que escribió todo un documento sobre ellos.

Clara alargó el brazo para quitarle el documento de las manos y la sudadera que llevaba se le cayó por el hombro.

—¿De dónde sacaste esa sudadera?

Sabía que no había ido a Berkeley.

—Oh, hummm... —Clara tiró del cuello caído—. Es de Everett. Toda mi ropa está para lavar.

Josh apretó los dientes. «Everett otra vez». No había manera de olvidarse del tipo del que llevaba enamorada toda la vida.

—Parece que Toni Granger escribió esto cuando solicitó el puesto de ayudante del fiscal del distrito —pasó un par de hojas—. Oye, ¿qué es Big Porn?

—Se refiere a las grandes empresas de la industria del porno. Black Hat es el mayor distribuidor de pornografía del mundo. Son dueños de tres de las cinco páginas de *streaming* más importantes, de un buen puñado de estudios grandes y probablemente de un montón de cosas más de las que no tengo ni idea. Tienen mucho alcance.

Clara abrió más los ojos al continuar leyendo el informe.

—Parece que diezmaron totalmente la estructura de la industria pornográfica en unos años. Toni afirma que su modelo de distribución constante crea un desequilibrio de poder peligroso y sus trabajadores pagan el precio. ¿Conoces a esta gente?

—Claro. Bueno, todo el mundo conoce Black Hat. Cuesta evitarlos. No trato con la empresa directamente. Por lo general, es Bennie quien habla con ellos, pero el *holding* controla el estudio con el que tengo un contrato exclusivo. Me han invitado a reuniones unas cuantas veces en los últimos meses, pero preferiría arrancarme el brazo de cuajo antes que oír hablar a ejecutivos sobre sinergia.

—Esto es serio —Clara pasó el dedo por debajo de un nuevo párrafo—. Aquí está insinuando despido improcedente, condiciones laborales inseguras, acoso sexual. Black Hat es un horror. Toni podría haber exigido que mejoraran su política durante su primer periodo como fiscal del distrito. ¿Por qué el equipo de Granger no ha llevado a juicio ninguna de estas violaciones?

—Sospecho que no han conseguido suficientes testigos para que declaren —Josh necesitaba una cerveza—. Puede que mi contrato sea un acuerdo injusto, pero en lo relativo al porno, los actores son los afortunados. Tengo un agente con algo de poder en el mercado. Pero ¿los directores, el equipo, la gente que vacía los cubos de basura? No pueden permitirse arriesgar sus puestos de trabajo para desmantelar una corporación con tanto poder e influencia.

—Bueno, pues alguien debería hacer algo. No puedo creer que los medios de comunicación no estén hablando de esto.

—¿En serio? ¿Te sorprende que no se haya armado un alboroto en Hollywood porque puede que estén tratando a alguien mal en la industria pornográfica? A nadie fuera de nuestra burbuja le importa una mierda.

—Bueno, pues hay alguien a quien sí. Toni sin duda...

Josh resopló.

—Toni escribió eso hace cinco años para seguir los pasos de innumerables políticos que antes que ella han hecho carrera demonizando a los trabajadores del sexo. ¿Qué ha hecho desde entonces?

El silencio de Clara cayó con fuerza entre ambos. Bajó los papeles y colocó bien las pilas de papeles.

Josh ajustó su tono.

—Odio decírtelo, pero el gobierno y la industria pornográfica no comparten un mismo punto de vista.

—Toni no es así. Me crie en una familia de políticos locales y de personas influyentes y jamás he visto a nadie tan decidido como ella a mejorar las cosas. Toni Granger se preocupa de verdad por la ciudadanía.

La cara de Josh se crispó de desesperación.

—Ves así a Toni Granger porque no tienes ni idea de cómo es vivir en el mundo real. Has pasado la vida entera en colegios de ricos. Me apuesto lo que sea a que nunca has aprendido a lavar la ropa porque siempre has pagado a alguien para que lo haga por ti. Por aquí tenemos que sacarnos nosotros las castañas del fuego. ¿Te crees que todo el mundo tiene parientes con dinero que les ofrecen trabajos como caramelos de menta?

Clara puso una mueca de dolor y se llevó un cojín al pecho para no tener que mirarlo.

—Lo siento —se disculpó Josh suavizando la voz. La discusión de esa noche había removido muchos recuerdos dolorosos. Pero eso no era excusa. Le dio un vuelco el corazón—. Clara, no debería haber dicho eso…

—No, tienes razón —le sostuvo la mirada con sus enormes ojos tristes—. Soy una persona privilegiada desde que nací. Siempre lo he sabido. Esta es mi primera incursión en el mundo real y voy dando trompicones. No sé lo que es hacer lo que tú haces —frunció el entrecejo—. Ni tampoco, por lo visto, sé cómo lavar distintos tipos de ropa. No me importa admitir que soy un poco un desastre.

Josh ignoró el pinchazo en el corazón al oírla decir eso.

—Ambos estamos pisando terreno escabroso. Por favor, ¿me perdonas?

Los ojos de Clara bajaron a sus labios y él se encontró respirando con mayor dificultad.

—Si digo que sí, ¿veremos *Speed*?

Necesitaba encontrar el modo de mantener bajo control su atracción por ella. Ni podía utilizarla para alimentar sus fantasías ni podía culparla de sus fracasos personales por haber nacido en una familia rica.

—Veremos *Speed* —cedió.

Para calmar los nervios o combatir el estrés, algunas personas se comen medio kilo de helado y otras se dan un baño caliente. Clara se ponía una película de acción.

A pesar de la disculpa de Josh, se respiraba incomodidad en el ambiente. Ella era consciente del peso de las palabras que no se habían pronunciado. Había pasado toda su vida yendo de puntitas por una casa en la que abundaban las palabras que las personas querían decir, pero no se atrevían a hacerlo.

—¿Alguien con un título de doctorado que le permite criticar cuadros antiguos no debería preferir documentales viejos y películas extranjeras con subtítulos?

Josh la miró desde la otra punta del sofá mientras aparecían los créditos iniciales de *Speed* en la pantalla plana de Everett.

—Crees que soy más intelectual de lo que soy en realidad —dijo Clara, cortando un trozo de lasaña que había partido en cuadrados pequeños.

La reciente tensión por su educación y estatus socioeconómico le había confirmado que Josh siempre la vería como su roomie rica. No necesitaba controlar sus emociones respecto a él porque el mundo ya ponía convenientes barreras a un futuro juntos.

Aun así, ya fuera porque él no estaba trabajando y no tenía nada mejor que hacer o porque la encontraba rara, Josh le prestaba una cantidad de atención sorprendente. Si hubiera sido cualquier otro hombre, se habría sentido incómoda.

Era la persona más encantadora que había conocido y ella no tenía ni idea de cómo pasar por el campo de minas de sus interacciones diarias. Con Everett, al menos tenía la ventaja de jugar en casa cuando intentaba caerle en gracia: durante años se había esforzado por estudiar lo que le gustaba y lo que no para asegurarse de que su relación con él siempre fuera fácil.

Josh la miró con curiosidad.

—¿Qué hay de las obras de época? Ya sabes, muchas gorgueras y miradas lloronas. Seguro que eso sí te gusta.

Clara mordió con torpeza una tira larga de queso de su tenedor. Menos mal que no tenía que molestarse por intentar impresionar a Josh con sus modales en la mesa. La falta de expectativas románticas le permitía relajarse. Eso le gustaba. Algún día echaría la vista atrás y recordaría aquel verano con cariño.

—Sí que me gusta un buen drama de la Regencia, pero también disfruto viendo a Keanu Reeves corriendo a toda velocidad hacia el peligro con una camiseta ajustada para salvar la ciudad de Los Ángeles solo con sus manos y su entereza —a la salsa le faltaba más albahaca y añadió la hierba a su lista mental de la compra—. Tengo gustos muy variopintos.

El personaje de Keanu Reeves, Jack, apareció en la pantalla y Clara emitió un gritito de alegría. Ese hombre sí sabía lucir unos pantalones cargo.

—Oooh, ya entendí —Josh se recostó en el sofá—. Estas pelis te prenden.

—¿Perdona?

—Te encantan los actos heroicos —señaló la televisión, donde los personajes trataban de llevar a cabo su arriesgada misión de rescate—. Mírate. Las mejillas sonrosadas, los ojos muy abiertos, la respiración convertida en pequeños resuellos. Son las típicas señales.

El corazón de Clara se aceleró de forma extraña. Supuso que pensar en sexo era normal para Josh, dada su profesión, pero ¿qué excusa tenía ella?

—En primer lugar, deja de mirarme a mí y mira la película. Y, en segundo lugar, estás confundiendo el deseo con el entusiasmo sano —se movió de modo que uno de los cojines le impidiera a Josh ver su cara, por si acaso—. Están subiendo por el hueco de un ascensor. Es una situación de suspenso. Estoy preocupada por el bienestar de los rehenes.

Josh bajó el cojín y le dedicó una sonrisa obscena. Una que funcionó tan bien que por primera vez en su vida Clara tuvo que moderar las ganas de susurrar.

—Ay, por favor. Espera a que Keanu se deslice por debajo del autobús para desactivar la bomba. Ahí seguro que te vuelves loca.

Esa escena la hacía desmayarse.

—Mi devoción por *Speed* no está motivada por nada que sea ni remotamente carnal —al menos, no del todo—. Esta película es una celebración del triunfo de la supremacía del espíritu humano.

—Te estás poniendo cachonda —dijo, estirando los brazos por encima de la cabeza hasta que la camiseta se le levantó lo suficiente para revelar la parte inferior del abdomen.

—No —Clara se cruzó de brazos para taparse los pezones traicioneros—. *Speed* trata sobre estar a la altura de las circunstancias. Sobre gente corriente como Jeff Daniels, Keanu y Sandra Bullock, que son buenos y nobles, y sí, están buenos, pero de una manera suave y contenida.

—Contenida, y una mierda. No se te ponen los bíceps así sin un entrenamiento personal considerable.

Clara ignoró el comentario impertinente.

—*Speed* es una película de acción para la mirada femenina. ¿Sabes por qué lo sé? La heroína lleva calzado adecuado.

Josh miró la pantalla con los ojos entrecerrados.

—Entonces ¿te identificas con el personaje que interpreta Sandra Bullock?

—Ojalá. Keanu se enamora de ella en cuanto se pone al volante. Yo, en cambio, nunca me recuperaría de la vergüenza que pasaría si Keanu me llamara «señora».

Clara limpió con una servilleta una gota de salsa que había caído en el sofá. No debería haberse puesto a comer delante de la tele. Había empezado a adquirir malos hábitos por culpa de su nuevo roomie. Josh le llevó un papel de cocina húmedo para que atacara mejor la mancha creciente.

—¿Qué hay de malo en «señora»?

—No es nada sexy —hizo pucheros—. «Señora» es una palabra que deja un regusto a serrín en la boca.

—¡Ajá! No es nada sexy. Lo que implica que te gustaría que te dijera algo sexy. Está claro que quieres bailar el mambo horizontal con Keanu.

—¿El mambo horizontal? ¿En serio? —le lanzó al pecho la bola que había hecho con el papel de cocina—. Nadie dice eso.

Él tiró el papel al bote de la basura e hizo canasta.

—No te gustó esa expresión, ¿eh? ¿Qué tal «tener sexo duro»?

Clara arrugó la nariz.

—No, gracias.

—Que te empotre, ñaca ñaca… ¿Zumbártelo? Puedo seguir.

—No, por favor.

Se hundió donde estaba sentada, intentando ocultar que hasta con aquellos ridículos nombres le entraban ganas de subirse al regazo de Josh.

—Tú misma empezaste.

—No estoy negando que esté bueno —reconoció—, pero hay muchas más cosas que me gustan de *Speed*.

Josh fingió toser en su mano.

—*Speed* es *Duro de matar* de los pobres.

Clara se llevó la mano al corazón.

—¡Cómo te atreves!

Él se rio y fue a retirarle el plato vacío. Ella lo agarró por el borde, ladeando la cabeza.

—¿Qué estás haciendo?

—¿Recoger? —dijo él tirando de su extremo del plato hasta que ella lo soltó.

—Ah, gracias.

Josh actuaba como si fueran un equipo. Un equipo que no estaba en condiciones de llevar nada a cabo, seguro, pero, aun así, ella apreciaba el esfuerzo.

—*Duro de matar* es una obra maestra. Eso te lo reconozco —dijo Clara cuando él regresó de la cocina—. Pero *Speed* tiene un encanto especial. ¿Sabes ese turista friki con el saco? Pues me siento identificada con él. Yo también vine a Los Ángeles con grandes sueños y terminé dando vueltas alrededor del aeropuerto en un autobús con una bomba.

Josh levantó las cejas mientras volvía a su asiento.

—Un autobús metafórico, obviamente —añadió Clara.

—Espera —frunció el ceño y puso en pausa la película—. ¿Soy yo la bomba?

—No seas tonto.

Agarró el control remoto y le dio al *play*. Estaba claro que Josh era la bomba. Era una maraña enorme de hormonas intentando atraerla hacia un final inoportuno. Una bomba disfrazada de chistes malos y ojos amables. Una que podía volar por los aires su vida entera si detonaba en el momento equivocado. Recogió las piernas debajo de ella, manteniendo las rodillas alejadas de él. Mejor no mortificarse.

—¿Con qué personaje te identificas tú?

Josh se mordió el labio inferior.

—Supongo que con el malo.

Clara soltó un resoplido despectivo por la nariz.

—Bueno, no soy Keanu, eso seguro. Yo no salvo a nadie. Veo el primer autobús estallar y corro en dirección contraria. No hay ninguna película conmigo como protagonista.

—Cállate. Eres más amable de lo que tú crees. Estás ayudándome a aprender a manejar porque tienes un gran corazón.

—Solo porque me recuerdas a un animal herido del bosque.

—Gracias —dijo Clara, cargando la palabra de sarcasmo.

—¿Ves? Es evidente que soy el malo. Desencantado y enojado. Lleno de prepotencia.

—No eres Howard Payne.

El día anterior lo había encontrado podando las hortensias del anciano de la casa de al lado.

—¿Así es como se llama? Has dado en el clavo. Si le das la vuelta al guion, esta es una historia sobre un sistema donde no se aplica bien la ley, que abandona a un agente y no le permite cumplir su deber. A lo mejor quería atraer la atención a la debilitada infraestructura del Departamento de Policía de Los Ángeles.

—Josh, Howard mata a un montón de gente.

—Sí, eso no gusta para nada.

Le lanzó un cojín.

—Presta atención.

El resto de la película pasó en un silencio cordial. En el momento culminante, Clara intentó secarse los ojos llorosos sin llamar la atención.

—¿Estás llorando con *Speed*? —Josh sonó tan sorprendido como horrorizado.

—Keanu es tan dulce en esta escena —dijo ella hipando—. Sabe que podrían morir y se sienta en el suelo con Sandra Bullock y la abraza. No intenta agarrarla de una teta ni besarla. La envuelve en sus brazos para transmitirle cierta sensación de seguridad. ¿No es lo que todos queremos en el fondo? ¿Alguien que nos abrace al final?

—¿Estamos viendo la misma película? Me da la impresión de que estás viendo algo más profundo en él que al Keanu cara de papa que veo yo.

—¿Cara de… papa?

Josh se encogió de hombros.

—Mi mamá decía que la cara de Keanu expresa tan poco como una papa pelada.

Clara se tapó la sonrisa con la palma de la mano.

—Además —dijo Josh—, esto ni siquiera es el final. ¿Qué hay del felices para siempre?

—¿Qué pasa con eso?

Clara apagó el televisor cuando empezaron los créditos finales.

—Bueno, pues Jack y Annie no duran mucho juntos —dijo él.

—Pues claro que sí —contestó ella colocando bien los cojines en el sofá.

—No. Hay una secuela en la que ni siquiera sale Keanu. Sandra Bullock se mete con otro poli.

Clara entró en el cuarto de baño para lavarse los dientes y dejó la puerta abierta para poder responder.

—No es cierto.

Josh la siguió y aceptó la pasta de dientes cuando ella se la ofreció para cepillárselos él también.

—¿Cómo que no es cierto? La secuela existe. No hay nada que discutir.

—Como no pienso ver esa peli, para mí eso nunca va a pasar.

—¿Ah, sí?

Ella asintió con el cepillo de dientes metido en la boca.

—Te inventas una realidad alternativa. No me extraña —masculló Josh con su propia boca mentolada.

Al cabo de dos minutos, Clara enjuagó su cepillo.

—El arte pertenece a la audiencia, no al artista. Creía que a estas alturas ya lo sabrías.

Josh negó con la cabeza.

—Cuanto más sé de ti, menos entiendo.

—Siempre he querido ser un enigma —Clara sonrió por encima del hombro mientras salía del cuarto de baño.

Capítulo 14

♡ ♡ ♡

Josh tenía que decidir si quería pasarse el resto de su vida resentido con las personas como Clara, por su dinero, su inteligencia y su éxito, o si quería darle un nuevo enfoque a su carrera. Una llamada de Bennie unos días más tarde marcó la fecha límite para esa decisión. Black Hat no iba a aceptar un no por respuesta.

Los peces gordos lo habían invitado a visitar las oficinas centrales para discutir sus exigencias contractuales con él. No querían esperar casi otro año para más contenido de Josh Darling. Decidió jugársela. ¿Qué tenía que perder?

—Vaya cantidad de cromo —dijo Josh entre dientes al entrar a la zona de recepción de un soso edificio de oficinas en Burbank. Había oído que había mucho dinero en el porno y por lo visto había acabado allí.

Le dio su nombre a la recepcionista, que le hizo deletrearle su apellido dos veces y comprobó su identificación antes de decirle que esperara en una incómoda silla metálica. A pesar de la protesta idealista de Clara para reformar una industria de la que no sabía prácticamente nada, Josh no tenía planes de entrar a lo Indiana Jones y declararle la guerra a aquella fortaleza corporativa. Aunque quisiera hacerlo, y quizá una parte de él quería, no era esa clase de persona. No tenía el mismo don de la oportunidad del que Clara disfrutaba. En todo caso, la acalorada discusión que habían mantenido hacía unas noches sobre el poder de la estructura del porno le había hecho darse cuenta de que nunca llegaría a ninguna parte si no era amable con la gente al mando. Tenía que decidir entre nadar con los tiburones o convertirse en su presa.

El hombre que había ido a visitar aquel día, H. D. Pruitt, podía cambiar la vida de Josh con un chasquido de dedos. Pensó que no perdía nada con echarle un ojo al tipo.

—¿Josh Darling? —dijo un hombre bajo y bronceado que lucía un traje hecho a medida, con un aire desafiante, al llegar a recepción.

Josh reconoció a H. D. Pruitt porque su foto aparecía en la web de la empresa. La noche anterior había seguido el ejemplo de Clara y se había quedado despierto hasta tarde haciendo la tarea. Había descubierto que Pruitt había empezado a construir un imperio unos cuantos años antes de que Josh firmara el contrato. Era un inversor de capital de riesgo convertido en emprendedor, que había ganado mucho dinero vendiendo datos de búsqueda antes de decidir llevar su don a la industria del entretenimiento para adultos.

Su compañía había engullido un par de pequeños estudios al principio y en la actualidad no podías mover un pito en el porno sin darle a algo de su propiedad o que estuviera gestionado por Black Hat. Según su biografía, Pruitt «vivía para traspasar los límites» e «ir más allá de lo cortés».

En los círculos sociales de Josh, el hombre tenía fama de perseguir toda fantasía depravada que se le pudiera ocurrir a internet. Hasta la fecha, Josh había evitado a Pruitt como a la peste. Nunca le había interesado participar en los juegos empresariales, pero no podía quitarse de la cabeza aquel informe de Toni Granger. No podía dejar de oír la voz indignada de Clara mientras relataba la injusticia de un sistema en el que vivía todos los días.

Josh se bajó las mangas de su chamarra deportiva azul marino.

—Ese soy yo.

Siguió a Pruitt a su despacho con vistas.

—Eres un hombre difícil de localizar.

La silla de Pruitt se alzaba unos centímetros por encima de la relegada a las visitas, para que su menudo dueño pudiera mirar desde las alturas a sus invitados.

Josh retiró el cómodo sillón de cuero del imponente escritorio de madera oscura.

—La verdad es que eso es solo porque soy muy irresponsable —contestó, sacando el teléfono celular del bolsillo—. Ni se imagina la de estos que he fundido.

Pruitt juntó las yemas de los dedos y le echó un vistazo a Josh.

—Eres incluso más alto de lo que pareces en las películas.

Josh se encorvó esforzándose por ocupar menos espacio. Según su experiencia, los hombres bajos tendían a sentirse ofendidos por su altura. Como si él estuviera intentando eclipsarlos con su mera existencia.

—Probablemente sea porque en las películas suelo estar acostado.

Pruitt no sonrió.

«Un público difícil».

—Bueno, ¿qué es lo que te pasa? Sin duda, tienes talento. Los espectadores parecen responderte bastante bien, pero tu portafolio de trabajo es muy soso. No me entiendas mal —Pruitt levantó una mano—. Naomi Grant y tú tuvieron su momento picante, pero ¿cuántas veces se puede ver coger con la misma pareja?

La pregunta se quedó flotando en el aire mientras Josh intentaba decidir si era retórica.

—Espero que finalmente te hayas decidido a honrarnos con tu presencia, porque estás preparado para subir de nivel. Seguro que no tengo que decírtelo, pero los aficionados ahora lo explotan. Los actores conocidos no cuentan con las mismas cifras que antes. La variedad se prefiere a la calidad. No es bueno para el negocio. Nuestras acciones han bajado en los últimos dos trimestres. La única manera de proteger nuestras ganancias es ir más allá. Ser creativos. ¿Te consideras un hombre de gran ambición?

—No, señor. No le voy a decir que ese sea mi caso.

—Bueno, pues deberías. El porno es poder. Nunca lo olvides. Puede que no tengamos el respeto de otras industrias, pero moldeamos la cultura y la tecnología de maneras con las que los demás solo pueden soñar. Te has labrado un nombre. Tienes buenos y jóvenes seguidores. Gente nueva. Eso es lo que me gusta ver. ¿Cuántos suscriptores tienes en tus videos?

—Eh… No estoy seguro —Josh no llevaba la cuenta. Clara había mencionado una cantidad el otro día—. ¿Un millón aproximadamente?

Pruitt sonrió.

—Clientes de por vida en potencia, incluso aunque la mayoría sean mujeres. Muchos de mis colegas no están de acuerdo conmigo en invertir en talento masculino. No a menos que estés dispuesto a trabajar con otros hombres —levantó una ceja inquisitiva.

Josh negó con la cabeza educadamente. Lo había intentado tan solo una vez, porque nunca se tiene suficiente sexo y le picaba la curiosidad, pero le quedó claro que prefería sin duda a las mujeres.

—Qué lástima. He recibido muchas peticiones tanto por parte de los fans como de otros actores. Aun así, ¿qué edad tienes?, ¿casi treinta? Tienes al menos tres, incluso cinco buenos años por delante si te cuidas. Deja la carne roja. Invierte en alguna crema para el contorno de ojos.

Josh levantó la mano para pasársela por las bolsas bajo los ojos. Notó la piel relativamente tirante. Quizá debería pedirle a su roomie que le dejara probar alguna de las caras lociones que tenía en el baño.

Pruitt se rio.

—Oh, no te preocupes. Solo las chicas no pueden envejecer. Es una de las crudas verdades del negocio. Los hombres mayores quieren verse reflejados en la pantalla, pero no queremos ver a nuestras esposas.

El director ejecutivo le dio la vuelta a una fotografía encima de su escritorio para que Josh pudiera ver a una morena de mediana edad envolviendo con sus brazos a dos chicos adolescentes. La mujer de la foto tenía un aspecto dulce, era guapa, aunque parecía algo cansada.

—La gente se lanza enseguida a demonizar el porno, pero ¿cuántos matrimonios habremos salvado? El porno evita que los hombres pongan los cuernos cuando sus esposas ya no les sirven. Nuestro deber es proporcionar material en constante evolución para su imaginación sexual. Tenemos que darle a la audiencia sitios a los que nunca irían en la vida real.

Josh se clavó las uñas en las palmas. No podía creer que aquel hombre hablara de esa manera de su mujer y mamá de sus hijos, y mucho menos a un completo desconocido. Al responder, no pudo evitar que se le notara en la voz.

—No estoy seguro de estar preparado para dejar que el público más extremo dicte la dirección de mi carrera.

El hombre mayor se colocó bien la corbata y se irguió en su especie de trono.

—Te voy a hablar con franqueza, Josh. De hombre a hombre. Tienes suerte. Te subiste a la ola del pedazo de culo que tiene tu novia y conseguiste un poco de notoriedad, pero no existe un final feliz en la industria pornográfica. Sin Naomi Grant, se olvidarán de ti enseguida.

Josh apretó los molares posteriores con la fuerza suficiente para que le doliera la mandíbula.

Pruitt agarró un pisapapeles de cristal de su escritorio y comenzó a hacer malabares con él.

—Te diré algo. Empezaremos poco a poco si quieres. Realmente suave. Hasta te permitiré trabajar con otros estudios siempre y cuando me des mis cincuenta títulos al año de material de sexo duro y derechos exclusivos de aparición.

Era una oferta mejor de lo que Bennie le había conseguido jamás, casi generosa. A Josh se le estrechó la garganta. Se odió un poco por las siguientes palabras que soltó por la boca.

—¿Cuánto?

Pruitt levantó la mano para taparse la boca un momento antes de bajarla.

—¿Cuánto ganaste el año pasado?

A través de la neblina de su rabia en aumento, Josh recordó los ingresos del año anterior y los multiplicó por dos antes de escribir la cifra en una hoja de papel de un bloc que tenía delante. Se la pasó a Pruitt deslizándola por su escritorio.

El ejecutivo la tomó, la leyó y se rio un poco.

—Empezarás con el doble de esa cantidad.

Josh intentó hacerse una idea de cuánto sería eso. Un sueldo como ese validaría su carrera.

—Bienvenido a las grandes ligas.

El hombre más poderoso del porno se recostó en su asiento y cruzó los brazos sobre el pecho. Pruitt estaba convencido de que se había salido con la suya y tal vez lo hubiera hecho si a Josh no le hubiera venido a la cabeza en ese mismo instante la cara de Clara, cuando la miró, sentada en el asiento del conductor de su coche al atardecer, después de un día entero enfrentándose a sus miedos. Los últimos rayos de sol creaban unas sombras en su rostro que le hacían parecer la estrella de una película de los años cuarenta. Mordiéndose el labio. Decidida a hacer lo que pensaba que debía hacer. Sin importar lo que le asustara. Deseó que su cerebro no hubiera reproducido la emoción en su voz cuando se mostró indignada al saber que el hombre que ahora tenía sentado frente a él trataba mal a personas que ella ni siquiera conocía. Ya no podía alegar ignorancia. Si aceptaba el dinero, Clara sabría siempre que lo había hecho porque era débil.

—Lo siento —dejó el papel de nuevo encima del escritorio—. No puedo aceptar.

En cuanto su contrato finalizara, podría encontrar trabajo en otros estudios más pequeños. Puede que nunca se hiciera rico, pero al menos podría irse a dormir por la noche sin preocuparse por que su trabajo llenara los bolsillos a hombres como aquel tipo. Podría mirar a Clara a los ojos en el desayuno al día siguiente. Nunca sería lo suficientemente bueno para una mujer como ella, pero al menos no reprobaría aquella prueba de moral básica.

—¿Estás seguro? Creo que he sido muy generoso, Josh.

Los ojos de Pruitt ahora eran duros y fríos.

Josh se pasó las manos por los pantalones de vestir, que le picaban. Estaba desesperado por salir de aquella habitación, de aquel edificio.

—Agradezco su tiempo, pero creo que probaré suerte con otras empresas cuando termine mi contrato.

Pruitt se sentó más recto en su silla.

—No estoy seguro de que eso sea una sabia elección, hijo.

—¿Qué está insinuando?

Josh tenía la leve sospecha de que lo sabía.

—Si decides marcharte de esta compañía y rechazar la oferta tan generosa que te hemos hecho, puede que te cueste encontrar a otras personas en este negocio que estén dispuestas a trabajar contigo. ¿Entiendes lo que quiero decir?

—Sí, gracias. Creo que he descifrado su código.

Se levantó y dejó que su altura enviara un último mensaje. Pruitt se puso de pie enseguida.

—¿Por qué no te tomas unos días para pensarlo? —se colocó bien las solapas—. No se deberían decidir este tipo de cosas al momento. Sopesa tus opciones. Comprueba tu saldo bancario.

Sacó una tarjeta de presentación de la cartera y se la pasó a Josh, que se llevó el diminuto rectángulo al pecho.

«Ahí va mi carrera», pensó mientras tiraba la tarjeta en el primer bote de basura que encontró en el estacionamiento.

Capítulo 15

♡ ♡ ♡

Cuando llegó a casa y se encontró a Josh de un humor de perros, Clara inmediatamente sugirió abrir una botella de vino y ver *Duro de matar*. Nunca había visto a su roomie fruncir tanto el ceño. Parecía realmente molesto. Quería preguntarle qué había pasado mientras ella había estado todo el día en la empresa de su tía, pero a su vez no quería fisgonear.

Tenía la extraña impresión de que las películas de acción estaban convirtiéndose en un puente entre Josh y ella. Un gusto en común que les daba algo de qué hablar, o al menos les permitía ocupar a ambos la sala con la mínima incomodidad.

—Oye, ¿quieres ir conmigo a una maratón de *Rocky* en Silver Lake a principios de agosto? —Clara le dio un sorbo a su copa de vino—. Vi un cartel en una cafetería cerca del trabajo y me encanta *Rocky* y, claro, puedo ir sola, pero si tú quisieras…

—Ya puedes dejar de divagar —Josh le dio unas palmaditas en el pie, que ella tenía apoyado cerca de su muslo en el sofá—. Me gustaría ir contigo. No he visto *Rocky*.

—Ah, bien. Bueno, pues compro yo las entradas y así te compenso por todas esas clases de manejo.

Clara exhaló. «No es una cita. Por supuesto que no es una cita. No tengo que aclararlo porque no hay modo de que él considere esto una cita». Puede que no tuvieran mucho en común, pero como mínimo ambos apreciaban una película en la que el actor protagonista sudaba de lo lindo.

Por desgracia, su plan brillante para que Josh dejara de estar de mal humor se topó con un obstáculo casi de inmediato. John McClane apenas había llegado a Nakatomi Plaza cuando se fue la luz en casa como si hubieran cerrado los ojos mucho tiempo. Durante unos segundos, ni Josh ni Clara dijeron nada. Nadie se movió.

—¿Tienes una linterna? —dijo ella girando la cabeza hacia el lado del sofá donde había visto sentado a Josh antes de que el mundo se sumiera en la oscuridad.

—Si alguno de nosotros tuviera una linterna, serías tú.

—Ya —Clara buscó su teléfono en la mesita que tenía al lado—. Supongo que nos las podemos arreglar con esto.

Josh también fue por el suyo.

—Iré a comprobar el cuadro de luces.

Clara abrió las cortinas y echó un vistazo a la calle.

—Ni te molestes. Toda la manzana está a oscuras.

Una tormenta veraniega rugía en el cielo, un episodio raro del clima de Los Ángeles que hizo a Clara sobresaltarse. Se dirigió a la estantería donde guardaba unas velas aromáticas.

—Bueno, encenderé velas.

—Genial. Ahora la casa entera va a oler como el interior de una tarta de calabaza —bromeó él antes de ayudarle a colocar las velas por la sala y que el espacio tuviera una iluminación acogedora.

El destello de los relámpagos y el estallido de los truenos se mezclaban para formar una malévola orquesta.

—¡Demonios! Esto es un poco ro…

—Da miedo —Clara terminó la frase de Josh por si cabía la remota posibilidad de que fuera a pronunciar la misma palabra prohibida que se le había pasado a ella por la cabeza al ver la luz de las velas reflejada en su rostro.

—Eso, sí —se metió las manos en los bolsillos—. Es justo lo que yo iba a decir. Oye, la cocina sigue funcionando en un apagón, ¿verdad?

—Sí. Es de gas, así que se debería encender con un cerillo. Ten.

Agarró la caja de donde la había dejado encima de la mesa de centro y se la pasó. Los dedos de él rozaron la delicada piel del interior de su muñeca y ella tragó saliva. Daba igual lo mucho que lo intentara, por lo visto era incapaz de evitar tocarlo, y cada vez que eso sucedía, un deseo febril amenazaba con consumirla.

—Genial. Gracias —la voz de Josh salió más grave de lo normal—. Voy a hacer palomitas —corrió a la cocina.

Clara se tomó un momento para recuperarse. «No está siendo sexy a propósito. Deja de fantasear». Aprovechó que Josh había salido de la habitación para colocarse bien el aro del sostén, que se le estaba clavando en las costillas. Clara tenía un volumen de pecho que no le permitía ir sin sostén sin que se notara que no lo llevaba, así que, en vez de quitárselo en cuanto llegaba a casa como desde luego haría si viviera sola, siempre lo llevaba puesto. No necesitaba que las pupilas de Josh se oscurecieran de nuevo, insistentes, como lo habían hecho cuando se la encontró vestida con su estúpido e imprudente camisón.

—¡Tachán! —regresó de la cocina al cabo de un rato con un cuenco gigante de palomitas y lo tendió hacia ella. Le bastó con inhalar para saber que había echado por encima del maíz un kilo de parmesano, hojuelas de pimiento rojo y aceite de oliva. Él consideraba aquello un «tentempié saludable» y ella no tuvo el valor de corregirlo.

Volvieron a sentarse en sus lugares asignados en el sofá, Clara a la izquierda y Josh a la derecha, con el cojín de en medio como barrera. El respeto estricto por esa barrera normalmente duraba una media hora. Ambos tendían a desplegar sus cuerpos cuando se ponían cómodos.

Cuando él intentó discretamente limpiarse las manos en la parte trasera del cojín, ella sin pensarlo lo agarró del antebrazo. Por lo general, ella no tocaba jamás a nadie sin una invitación explícita, pero Josh no parecía regirse por las reglas normales del espacio personal y a ella a veces también se le olvidaban. Por un momento, se imaginó inclinándose hacia delante para pasar la lengua por la palma de su mano. Se imaginó llevándose su dedo índice a la boca y saboreando cómo la mantequilla y la sal habían sazonado su piel. Se le calentó la cara. «Deja de actuar como una pervertida». Se fue a la cocina a buscar servilletas de papel.

—¿Quieres jugar a un juego? —dijo Josh cuando ella regresó a la sala, y le enseñó una baraja de cartas. Se había colocado en el borde de su lado del sofá. O bien quería escapar de su mirada libidinosa o —Clara apretó los muslos— la oscuridad también estaba llegando a él.

—¿Qué tipo de juego? —Clara sintió pánico. Esperaba que no se le ocurriera sugerir que echaran una partida de *strip poker*.

—Había pensado en enseñarte a jugar al Slap Jack —contestó la inocencia personificada.

Después de jugar unas manos, Clara se dio cuenta de que Josh estaba haciendo trampa, pero no sabía cómo. Hizo un mohín mientras bebía un trago de su copa de vino. No esperaba que él hiciera algo así.

—¿Estás escondiéndote cartas debajo del trasero?

—Esa insinuación es increíblemente ofensiva. En primer lugar, un Conners nunca hace trampa. Somos muy honestos y honrados. Y, en segundo lugar, y aún más importante, mi trasero ni de broma es tan grande como para que pueda esconder cartas. He dedicado cientos de horas de empujones rigurosos para conseguir estas nalgas duras.

Clara lamió una gota de vino de sus labios. Ya le estaba costando bastante estar sentada en el sofá, a la luz de las velas, de cara a Josh, con las rodillas casi tocándose, como para que encima mencionara el sexo. O más bien su trasero.

Se recordó a sí misma que Josh no era Everett. No se parecía en nada a él. En algún momento del segundo año de carrera, Everett había decidido que las emociones fuertes no eran lo suyo. Se había comprometido a un «modo de vida relajado».

Nunca lloraba en las películas ni se le salía la cerveza por la nariz por reírse a carcajadas. Josh, en cambio, parecía sacar de forma natural el máximo jugo a cada momento. Cuando comía algo que estaba bueno, echaba la cabeza hacia atrás, cerraba los ojos y gemía. Clara se mordió el labio al pensar en eso.

—Tú reparte las cartas.

Él así lo hizo, haciendo alarde de una impresionante maestría. Clara no había previsto lo mucho que este juego la hacía concentrarse en las manos de él. ¿A lo mejor le estaba dando aquella paliza porque ella no podía dejar de pensar en todas las maneras en las que él había usado los dedos para hacerla gemir? Saber que apenas había visto una milésima parte de sus talentos sexuales la volvía un poco loca. Según aquel artículo, era el Michael Jordan del *cunnilingus.*

Clara perdió otra partida.

—Menos mal que no apostamos dinero, ¿eh? —dijo él dedicándole una sonrisa traviesa.

Ella dio un respingo. «Contente». Estaba haciendo lo mismo que todas aquellas personas que trataban a Josh como a un trozo de carne. Si fuera un banquero de inversiones o un fontanero, no se estaría imaginando arrancándole toda la ropa y suplicándole que se lo hiciera allí mismo. Su profesión ilícita le pervertía la mente y la llevaba a una especie de frenesí.

—¿Cuántas copas de vino te has tomado?

—¿Dos? —oh, no. ¿Estaba babeando?

—Estás muy sonrosada —Josh le acarició la mejilla con los nudillos—. ¿Quieres que te traiga un poco de agua?

Las manos de Clara volaron a sus mejillas.

—No, estoy bien. Debo de haberme calentado por el espíritu competitivo.

—Tengo que admitirlo —Josh se inclinó hacia delante—. Me gusta verte perder.

El calor se expandió por su pecho ante su tono cavernoso.

—¡Cómo dices algo tan horrible!

—No, me refiero a que estás muy linda —Clara se iluminó—. Haces pucheros como una niña.

«Ah… Como una niña, claro».

—No hago pucheros. Estoy concentrada. Así es mi cara cuando estoy concentrada.

Josh le lanzó una mirada al libro de contabilidad.

—Quizá deberías concentrarte menos.

Clara le pasó sus cartas con más fuerza de la necesaria.

—Este juego está amañado.

—Me ofrecí a darte ventaja.

Josh le tiró un puñado de palomitas y ella emitió un grito ahogado cuando los suaves granos rebotaron en su nariz.

—Tú tienes ventaja evolutiva. Tienes los brazos más largos y llegas mejor a las cartas, y como tienes las manos más grandes, puedes ver más rápido las cartas que te tocaron.

Josh se rio.

—Tu capacidad de racionalizar no conoce límites.

—Tal vez deberíamos jugar a *gin rummy*.

Josh hizo una mueca.

—¿Estás bromeando? ¿Qué tal una partida de póker?

Clara se puso de rodillas encima del sofá, indignada.

—¿Qué tiene de malo el *gin rummy*? Yo siempre jugaba con mi abuelo.

—Exacto. Es un juego de viejos. He dicho.

De entre los cojines, en algún recóndito lugar, sonó un celular. Josh y Clara metieron las manos por entre los asientos del sofá y sus brazos se rozaron. A ella se le puso la piel de gallina y rezó para que él no se hubiera dado cuenta.

—Es el mío —dijo Josh, que torció la boca como si hubiera chupado un limón al ver el mensaje en la pantalla.

—¿Algún problema?

Josh tiró el teléfono detrás de él.

—No.

Luego se llevó un puñado de palomitas a la boca.

—Está claro que sí hay algún problema. Vamos. ¿Quién te envió un mensaje?

—H. D. Pruitt.

—¿Por qué me resulta familiar ese nombre?

Josh se agachó para recoger una palomita que se le había caído.

—Porque es el director ejecutivo de Black Hat.

Clara emitió un grito ahogado.

—¿Sobre el que escribió Toni?

—Sí. Tuve una reunión con él esta mañana y me ofreció una locura de trato. Seis cifras por ser el actor principal de sus películas de sexo duro.

«¿Qué narices hacían en esas películas?», se preguntó Clara.

—Antes de que te pongas loca, te diré que lo rechacé. Y, bueno…, me amenazó con ponerme en la lista negra.

—¿Que te qué? Josh, eso es terrible. Por no mencionar que es ilegal.

—Muy típico de Black Hat, por lo que yo sé. Me figuré que intentaría algo similar cuando acepté reunirme con él. No pasa nada. Me queda un año de contrato con ellos, pero ya completé mi cupo de películas. Me tomaré un descanso. No pueden demandarme ni nada por el estilo.

—Pero ¿qué vas a hacer durante un año? ¿Qué hay de tu talento?

Josh levantó las cejas.

—Supongo que tendré que volver a usar mi talento para disfrute personal.

A Clara se le paró el corazón.

—Los únicos derechos que no tengo bloqueados por contrato son los de voz en *off*.

Dejó de pensar en por qué le importaban tanto las «actividades de disfrute personal» de Josh y cerró los ojos.

—Espera, ¿estás diciendo que podrías narrar algo?

Él inclinó la cabeza a un lado.

—Sí, supongo que sí. Pero la gente no suele buscar un narrador para sus películas porno. Es un perfil más apropiado para programas de vida salvaje.

Clara se sentó más recta.

—Pero ¿y si no hicieras porno?

—Entonces no tendría trabajo.

A Clara se le ocurrió una idea.

—Okey, ¿recuerdas con lo que me ayudaste el otro día?

Él levantó un hombro y frunció el entrecejo.

Ella bajó la mirada a su regazo.

—Lo siento, no sé a qué te refieres…

—¡Oh, por el amor de Dios! ¿Recuerdas cuando me provocaste un orgasmo?

—¡Sí, claro! Ya sabía a lo que te referías, pero quería oírtelo decir.

Clara puso los ojos en blanco. «Idiota».

—Bueno, muchas mujeres tienen problemas como ese. Lo busqué.

—Pues claro que lo buscaste.

—Sus parejas no saben cómo hacer que se vengan. O saben solo una forma de hacerlo y al final resulta aburrido y ya no funciona —una vez Clara salió con un ingeniero que decía que cualquier postura que no fuera el misionero le provocaba migrañas—. Pero tú podrías ayudarlas. Me dijiste que querías producir algo. ¿Y si hicieras un producto entre el porno y la educación sexual?

Josh se frotó la nuca.

—¿Una guía de cómo lograr el orgasmo?

—¡Sí! Exacto. Podrías dar consejos, trucos y… no sé… recursos centrados en el placer sexual de las mujeres. Tus fans te lo comprarían seguro.

Josh se mordió la uña del pulgar.

—No es una mala idea, pero los gastos iniciales asociados a algo así aumentarían rápidamente. Estás hablando de contratar actores, alquilar un estudio de sonido. Necesitas un montón de equipo caro. Iluminación, montaje, alojamiento de la web, marketing. Tengo dinero ahorrado, pero me lo gastaría todo antes de empezar a ganar algo, aunque pusiera algún tipo de suscripción.

—Bueno, yo podría ayudar a pagarlo.

Más de una vez había pensado en financiar la creación de arte significativo con el dinero que tenía. Es cierto que no se le había pasado por la cabeza este tipo de negocio en particular, pero no se oponía. De hecho, apenas podía respirar de lo que le entusiasmaba la idea.

—¿Qué? No. No voy a aceptar tu dinero.

—¿Por qué no? Muchos proyectos tienen inversores. Tengo un fondo fiduciario disponible. No lo sugeriría si no creyera en el concepto.

—No. En serio. Prestar dinero arruina las amistades.

A Clara se le subieron los colores.

—¿Me consideras tu amiga?

—Claro que eres mi amiga, y preferiría que lo siguieras siendo.

—Pues no te preocupes entonces por lo del dinero. Este proyecto ayudaría a muchas mujeres. Es algo que necesitan... No —se corrigió—. Es algo que se merecen —se puso de pie. Aquel era uno de esos momentos en los que una persona debe levantarse—. Las mujeres necesitan saber que su placer importa. Si creamos el recurso adecuado, el mundo ya no tendría excusas para no saber cómo funciona el clítoris.

Josh se le quedó mirando.

—No me creo que hayas dicho «clítoris» a todo volumen. No sé si ahora mismo te tengo miedo o me pones cachondo. Posiblemente ambas cosas. ¿Estás segura de que solo has bebido dos copas de vino?

Ojalá la mitad femenina de la población no se sintiera atraída por él.

—¿Significa eso que lo harás?

Bajó la vista a sus manos juntas sobre su regazo y se quedó atípicamente quieto.

—¿Por qué yo?

¿Es que no se daba cuenta?

—Eres la inspiración perfecta. Sabe Dios que no quiero inflar más tu ego, pero me imagino que eres una entrada al porno para un montón de mujeres. Debe de ser tu gran… personalidad.

A Josh le apareció una sonrisa en la cara.

—Estoy segurísimo de que en alguna parte de ese discursito tuyo he oído el cumplido más bonito que me han hecho nunca —Josh se levantó del sofá y chocó el hombro contra el suyo—. Pero, ya sabes, ¿no necesito a las mujeres para una idea como esa? No soy precisamente una autoridad en el cuerpo femenino.

Clara resopló.

—Por supuesto. Pero es que no tendrías que hacerlo solo.

—¿Estás ofreciéndote voluntaria?

—¿Yo? Oh, no. Claro que no —se le nubló la vista solo con pensar vincular su nombre a un proyecto como ese—. Tú piensa en mí como una bolsa de dinero anónima. Debes de conocer a alguien, a una mujer que no le importe ponerse delante de una cámara —se quedó mirando al techo—. Desnuda.

—Conozco a muchas así. Pero ¿alguien que no se sienta disuadida por la amenaza de Pruitt? Eso reduce la lista considerablemente. Me viene a la cabeza una persona, pero eso complicaría un poco la situación.

—Bueno, llámala.

Clara sabía que se refería a Naomi Grant y que aquella idea de negocio que se le había ocurrido probablemente facilitaría el escenario para su inevitable reconciliación. Intentando ignorar el pánico que sintió, Clara se dio cuenta de que acababa de darle a Josh un boleto para salir de su vida y no volver a verla.

Capítulo 16

♡ ♡ ♡

Josh aprendió la definición de la palabra «incómodo» bajo la iluminación de discoteca de una bolera en West Hollywood.

—Clara, me gustaría presentarte a Stu… Eh…, quiero decir, a Naomi Grant —dijo al cabo de una semana y media, levantando la voz por encima del choque de los bolos cuando presentó a su exnovia a la última mujer que había tocado sexualmente.

Había intentado ser estratégico con la ubicación donde exponer su propuesta de negocio. No debía ser nada corporativo ni recargado. El boliche le pareció una buena opción porque le permitía a todo el mundo tener las manos ocupadas, pero no había previsto que la única pista libre a las dos de la tarde de un domingo sería una entre una fiesta de cumpleaños con niños de primaria y un grupo de la tercera edad entrenándose para la liga.

Clara se cambió de mano el par de zapatos para jugar a los bolos y así dejar libre la derecha y tendérsela a Stu para que se la estrechara.

—Encantada de conocerte. ¿Prefieres que te llame Naomi o… Stu?

—Si me llamas Naomi, hay más posibilidades de que te conteste —dijo, y echó un vistazo al boliche echando chispas por los ojos.

Los tres estaban en un pequeño círculo clavando la mirada los unos en los otros y con zapatos en las manos que no les pertenecían.

—¿Vamos? —preguntó Josh, e hizo un gesto para que las dos mujeres pasaran delante de él y eligieran sus bolas.

Mientras Clara llevaba puestos unos jeans y una simple camisa blanca de manga corta, Naomi se había vestido con unos pantalones cortos de cuero ridículamente diminutos y una de sus viejas camisetas de Metallica cortada, de forma que iba enseñando los hombros y el estómago. Al menos por fuera, las dos mujeres no tenían nada en común, aparte del hecho evidente de que ambas eran hermosas. Josh contuvo las ganas de salir corriendo.

—La próxima vez no lo dejes elegir la actividad —le dijo Naomi a Clara.

Esta asintió con la cabeza.

—Anotado.

—Estoy justo detrás de ustedes.

Ambas se quedaron mirándolo con las manos en las caderas. ¿Cómo se le había ocurrido que aquello era una buena idea?

Ah, sí, porque los mendigos no pueden elegir. Y después de que en los últimos días Clara le confirmara varias veces, estando sobria, que aún quería financiar aquel proyecto, estuvo de acuerdo en aceptar el dinero. Ahora le tenía que asegurar que encontraría a la mejor «actriz principal» posible. Nadie más en la industria tenía la combinación letal de talento, inteligencia y conocimiento de los negocios que tenía Naomi. Por desgracia, a veces no lo podía ver ni en pintura y otras quería tirárselo hasta reventarlo, por lo que la negociación podía ser bastante complicada.

Después de un par de incómodas rondas tanto de bolos como de cerveza, Clara le dio un codazo discreto a Josh.

—Deja de retrasarlo —dijo entre dientes mientras Naomi esperaba que saliera su bola por la máquina—. Lo hemos repasado cien veces durante estos últimos días. Pregúntaselo ya, antes de que se nos pase la oportunidad.

—¿Ahora? ¿Tú crees? Solo hemos jugado veinticuatro tiradas.

Clara arrugó la frente.

—Ahora. Pierdo atractivo conforme paso más segundos al lado de esa mujer —sacó del bolso el contrato que había redactado un abogado para ellos y empujó los papeles con fuerza contra el pecho de Josh—. Te lo digo no como tu amiga ni como tu roomie, sino como tu socia: si no le pides que mire estos documentos en los próximos cinco minutos —sus ojos grises destellaron peligrosamente—, voy a hacer que te los comas.

Josh tragó saliva.

—Okey.

Naomi volvió de su turno.

—Oye, Stu, ¿te sientas un segundo? Hay algo que quiero..., bueno, que queremos hablar contigo.

Expuso la situación, tocando la mayoría de los puntos principales del proyecto propuesto por Clara. Cuando terminó de hablar, ella se recostó en la dura silla de plástico. Misión cumplida. Tal vez ahora podrían pedir unos nachos.

—Bueno, ¿qué te parece?

Naomi se quedó mirando a Clara y a Josh por encima de su cerveza.

—A lo largo de los años he oído una buena cantidad de propuestas locas, pero tengo que reconocer que esta se lleva la palma. Quieren hacerle un corte de mangas a Black Hat ¿y pretenden usar mis brazos, por no mencionar otras partes de mi cuerpo, para hacerlo?

Josh se inclinó hacia delante y apoyó los codos en las rodillas. Bajó la voz para que el niño del cumpleaños con un sombrero de papel no los oyera.

—El concepto solo funciona si tenemos a una mujer al frente. Nadie necesita un sitio web centrado en cómo hacer que los hombres lleguen al orgasmo. Clara dice que tenemos que seguir las necesidades del mercado.

Clara le dio un buen trago a su cerveza y luego la bajó con la mano temblorosa. Josh pensó que no debería haberle suplicado que lo acompañara, pero creía que no podía hacer esto sin ella.

—Vamos, Stu. No soy lo bastante arrogante para pensar que lo sé todo sobre el placer de las mujeres. Pero si presto mi dulce voz como presentador guapo, podría funcionar.

La mirada asesina de Naomi con sus ojos ardiendo de furia hubiera hecho saltar la pintura a un Buick.

Clara fue al rescate de Josh.

—Puedes contratar a quien quieras: escritoras, directoras, montadoras, todas las trabajadoras que necesites. Les advertiremos del riesgo con Pruitt, pero la gracia del plan es que no necesitamos la distribución de Black Hat. Josh tirará de sus Darlings y tú aportarás tus propios fans. Eso son bastantes seguidores para que las cosas funcionen. De todos modos, si nuestro objetivo es atraer también al público masculino, necesitamos una zanahoria.

—¿Soy yo la zanahoria?

Naomi le hizo un gesto con la mano al que alquilaba los zapatos, que no le había quitado el ojo de encima desde que había entrado al boliche.

—Eres más que una zanahoria —dijo Clara—. Por separado, son dos de los nombres más importantes de la industria, y la idea de que vuelvan a juntarse para crear algo destinado a las mujeres, centrado en su experiencia y satisfacción, atraerá la curiosidad de la gente. Puedo ayudar con la cobertura en prensa. Estoy aprendiendo mucho en la empresa de relaciones públicas de mi tía. Ya tenemos el gancho. Una página centrada en el placer sexual de las mujeres no debería ser revolucionaria, pero lo es un poco, ¿no crees?

Naomi enarcó una ceja bien depilada.

—¿Cuánto sabes exactamente sobre dar placer a las mujeres?

El tono era civilizado, pero se leía entre líneas: «¿Quién eres tú y qué te da derecho a entrar en nuestro mundo?».

Clara se enderezó.

—No tanto como me gustaría, pero aprendo rápido.

Naomi le lanzó una mirada a Josh.

—¿Es aquí donde entras tú, Romeo?

Él sabía que Naomi pensaba que había seducido a Clara en una especie de neblina sexual, pero no era el caso. No era más que una buena persona que quería usar su dinero para ayudar a la gente. Y la había llevado hasta allí y se la había dado de comer a una leona porque él solo creía en su potencial cuando tenía a esa chica a menos de tres metros de distancia. Le sudaba la frente y trató de ahogarse en su cerveza.

Naomi movió el pie y la suela de su zapato de boliche golpeó el linóleo.

—Entonces ¿qué es?, ¿porno con más besos, con mejor iluminación, con pétalos de rosa?

—No es porno —dijo Josh—. Es educación sexual con maquillaje. Un tipo de formación menos fría y más entretenida. Hecha para adultos.

Clara siguió su hilo argumental.

—Ustedes dos pueden hacer que sea algo divertido, excitante. Son expertos en el placer. El principal objetivo sería didáctico, no estimulante. Las personas ante las cámaras desarrollarían diferentes posiciones y técnicas, y Josh y tú podrían explicar lo que están haciendo y por qué funciona. A cada persona le funciona una cosa distinta, así que nunca nos quedaríamos sin material.

—Podríamos dar consejos y recomendaciones para hacer en pareja y también para el autoplacer de las mujeres —añadió Josh, sintiéndose como el Robin de la Clara Batman.

—Suena curioso —dijo Naomi—. Pero dará igual cómo lo llamen. La sociedad ve mujeres desnudas y enseguida piensa en porno.

—Pero tiene un objetivo totalmente distinto. Queremos reescribir la narrativa centrándonos en establecer una intimidad saludable en la que haya las mismas oportunidades de tener orgasmos —respondió Clara mientras en la pista de al lado celebraban un pleno particularmente bueno con una ronda de fuertes gritos.

Naomi agarró su bola y, después de preparar el lanzamiento, la lanzó por la pista y derribó nueve bolos. Entonces dijo por encima del hombro:

—Es una visión muy dulce. Ilusoria y prepotente, pero dulce sin duda.

—Debería haberme quedado en casa —le susurró Clara a Josh.

Sin embargo, él no estaba dispuesto a tirar la toalla.

—Por eso te necesitamos, Stu. Sé que, viendo la dirección que está tomando la industria, desearías poder cambiarla, desmantelar la máquina desde dentro. ¿Cuántas veces has tenido que trabajar con un hombre que te ha hecho sentir asquerosa?

—Josh me contó que has tenido problemas con productores y directores que han querido obligarte a hacer cosas que tú no querías hacer —añadió Clara, retorciendo las manos—. Esta es tu oportunidad de llevar la voz cantante, de hacer lo que quieras con quien quieras trabajar. Con total libertad creativa.

—Vamos, Stu. ¿A cuántos de nosotros les dan una oportunidad como esta?

Naomi entrecerró los ojos.

—¿Quién financia esta benevolente empresa? Supongo que tú no acabas de recibir una herencia.

—Pues yo —Clara levantó la mano y después enseguida se la metió debajo del muslo.

Naomi se rio.

—¡Vaya! Qué giro de los acontecimientos más inesperado. ¿Tú serías mi socia creativa? Estás llena de sorpresas.

—Mi participación sería exclusivamente financiera, si eso es lo que te preocupa.

—Justo eso es lo que me preocupa —Naomi se giró hacia Josh—. Lo haré, pero solo si esta de Connecticut está involucrada en el desarrollo, el reparto, el montaje y el proceso entero.

Clara se quedó pálida.

—¿Por qué quieres que participe?

—Implica mucho riesgo. Me da igual de lo que quieran convencerse ustedes dos. Estoy tratando esto como una decisión de negocios. Una muy seria. Si solo llegamos a la gente que ya consume porno, estaremos demasiado encasillados. Tú eres el público objetivo. El tipo de mujer que vería esto, que se beneficiaría de esto, si tenemos éxito, ¿no? Te necesito como representante de la típica mujer estadounidense, de lo que quiere saber y de lo que sería dar un paso demasiado lejos. Además, si te implicas más en el juego, habrá menos posibilidades de que te eches atrás y retires el dinero.

—Solo estoy cómoda con la desnudez en las obras renacentistas e incluso en ese caso a veces me acaloro demasiado.

Naomi le dedicó una sonrisa auténtica que le transformó la cara. Del hielo al infierno.

—Esa es mi última oferta, Connecticut.

Josh agarró a Clara del codo.

—No tienes que hacer esto. Es demasiado. Ya tienes un trabajo de tiempo completo. Encontraremos a otra persona.

—No hay nadie más —contestó Clara entre dientes—. No como ella —se secó las manos en los jeans y tendió la mano para que Naomi se la estrechara—. Trato hecho, pero te advierto desde ya que a lo mejor necesito una *chaise longue*.

Capítulo 17

♡ ♡ ♡

Clara nunca había visto a tanta gente haciendo *topless* fuera del sur de Francia. Habían tardado dos semanas en registrar su nuevo negocio, obtener un número de identificación fiscal federal, abrir una cuenta bancaria y conseguir todos los permisos y licencias necesarias que exige la ley de California, y ahora por fin estaban listos para empezar a contratar actores para su proyecto, hasta la fecha sin título.

Dos semanas más de mentirle a su madre respecto a que pasaba «todo su tiempo libre» visitando museos y refrescando su griego antiguo. Cada vez que Lily quería hablar por Skype, Clara le decía que el wifi no iba bien, y le dolía el estómago de tanto mentir, pero no podía dejar de hacerlo.

Josh, Clara y Naomi habían alquilado un estudio pequeño en Burbank para llevar a cabo las audiciones. Por supuesto, Naomi se presentó con un aspecto más chic del que nadie tenía derecho. «Ese es el tipo de mujer que elige Josh». Con unas piernas y un pelo impresionantes, y una clavícula lo bastante prominente para sacarte un ojo.

No podía seguir fantaseando con él. Ella nunca sería como Naomi. No rezumaba *sex appeal* ni se metía a los hombres en el bolsillo con solo unas pocas palabras. Josh se acostaba con mujeres cañón y no con ratones de biblioteca.

Naomi y él habían organizado la logística del personal mientras Clara trabajaba durante el día para Jill. Pero, aun así, fiel a su palabra, lo revisaba todo. El extraño trío mantenía llamadas de seguimiento todas las noches.

Ese día iban a ver a varios actores experimentados de cine para adultos y a un puñado de estudiantes que Naomi había captado en su programa de psicología en la Universidad Estatal de California. Además de estar buenísima, Naomi también era una genio y estaba estudiando una maestría en Psicología social y dinámica familiar. Clara se aseguró de que todo el mundo firmara un acuerdo de confidencialidad.

Querían conseguir para el reparto variedad ambiental y distintos tipos de cuerpos, y necesitaban personas que estuvieran cómodas delante de la cámara y con el riesgo que suponía hacerlo, y que creyeran en la misión del proyecto.

Clara estaba en la fuente de agua del pasillo, rellenando su botella reutilizable, cuando Naomi salió de la sala del *casting*.

—Hasta ahora, todo bien, Connecticut, pero hoy empieza la diversión de verdad. ¿Estás nerviosa?

Clara pensó en mentir, pero decidió que, como los animales, Naomi seguramente oliera el miedo.

—Sí.

—No pasa nada mientras que los nervios no te impidan hacer tu trabajo —Naomi se ajustó los tirantes de su camiseta sin mangas.

—Recuérdame cuál es mi trabajo.

—Control de calidad.

—Okey —Clara miró hacia el pasillo—. Aquí hay mucha más gente de la que esperaba.

—Oye —la voz de Naomi se relajó de granito a pizarra—, puedes hacerlo.

El voto de confianza le sorprendió, pero le pareció bonito. Clara sonrió.

—Gracias.

—Pero si no puedes, preferiría saberlo ahora.

Su sonrisa desapareció.

—Eso es menos reconfortante.

Naomi se encogió de hombros y se marchó.

—Hummm… Creo que ya se llenó tu botella —dijo una voz de hombre detrás de Clara.

Se dio la vuelta y se encontró a un guapo desconocido señalando su botella rebosante de agua. De hecho, tenía un mentón similar al de Josh, aunque el de este hombre no era tan fuerte y le faltaba la barba incipiente dorada que Clara había llegado a apreciar en su roomie.

—Perdona.

Se apartó de su camino.

—No pasa nada —el hombre le mostró una dentadura blanca y perfecta—. ¿Viniste a las audiciones?

—No… Bueno, sí —Clara se bajó las mangas de su chamarra favorita—. Soy parte del equipo de *casting*. No soy actriz.

—Tiene sentido. Me acordaría de una chica como tú —le tendió la mano—. Soy Matt. Masterson. Conozco a Josh y a Naomi de cuando rodamos *Orgasmo infinito*.

—Ah —se rio nerviosamente—. Okey.

—¿La has visto?

—No —retrocedió por prudencia un paso—. No, me temo que soy un poco novata en esto de la pornografía.

—Bueno, si quieres alguna recomendación o… —se inclinó hacia ella y Clara pudo oler la menta en su aliento— una demostración práctica, estaré encantado de ayudarte —volvió a enseñarle su magnífica y brillante dentadura.

«Este tipo debe de lavarse los dientes diez veces al día».

Clara intentó no tartamudear.

—Esa es una oferta muy generosa, Matt.

—Apártate, Masterson.

No había oído llegar a Josh por detrás.

—Ah, hola.

—Solo estaba siendo amable, Darling.

Matt no era tan alto como Josh y tuvo que inclinar un poco la cabeza para mirarlo a los ojos.

—Dirige tu amabilidad hacia otra parte. Vamos con retraso —Josh apoyó la mano ligeramente en la espalda de Clara, unos centímetros más abajo de donde terminaban sus omóplatos, y la condujo con cuidado a la sala de conferencias—. Tenemos que irnos —usó un tono mucho más suave con ella que con Matt.

Clara se acercó a él para susurrarle mientras caminaban:

—¿Qué opinas de ese tipo? ¿Deberíamos considerarlo para el proyecto? La verdad es que parece… higiénico.

Le llegó el perfume especiado del jabón de Josh e inhaló de forma superflua. Él retiró la silla de ella y luego la suya.

—Supongo que a las mujeres les gusta —respondió marcando las sílabas.

Clara se quedó mirando la lista que había hecho en su libreta la noche anterior en un esfuerzo por que se le ocurriera un sistema de clasificación para los posibles actores.

—No crees que estuviera ligando conmigo, ¿verdad?

—Por supuesto que estaba ligando contigo.

Josh tenía la punta de su bolígrafo en la boca y dejó una ligera marca en el plástico con los dientes. Clara se encontró sonriendo a su libreta.

—¿En serio? Creo que me habría gustado.

Costaba saberlo. No tenía mucha práctica recibiendo atención masculina.

—Matt no es un tipo para ti, te lo digo yo.

—¿Por qué?

—Porque tú deberías estar con un médico o un bombero… —Josh suspiró—. O como mínimo con un maestro de educación infantil.

—Ah, ya lo entendí —dijo, dejando caer los hombros.

La boca de Josh se inclinó hacia abajo.

—¿Qué entendiste?

—No soy lo bastante… sexy —se le encogió el estómago. Matt probablemente había desplegado sus encantos ante ella porque pensaba que así podría conseguir un papel.

Josh dejó caer el bolígrafo.

—¿De qué carajo estás hablando?

—Sé que tengo demasiadas sudaderas y no sé, por más que quiera, cómo usar un rizador de pelo —bajó la voz—. Hasta mis sostenes más bonitos son de colores neutros.

Josh cerró los ojos y apoyó la frente en la palma de su mano.

—Eso no es lo que estoy diciendo.

—No pasa nada —se tragó su incomodidad—. No tienes que dorarme la píldora. Ha sido así toda mi vida.

«Everett jamás habría dejado tirada a Naomi».

—Clara…

Josh puso la mano encima de donde ella había empezado a juguetear nerviosamente con los pulgares en el regazo.

—¿Están preparados ustedes dos? —Naomi se sentó en la silla libre detrás de la mesa y Josh se inclinó para recoger su bolígrafo, llevándose su mano consigo—. Tenemos una fila en el pasillo.

—Sí. Estamos listos.

Clara se encogió lo máximo posible. Las piernas, los hombros y el cuello. La opinión de Josh sobre su habilidad para calentar la sangre de un hombre no le sorprendía porque confirmaba su desalentadora autoevaluación. No hacía nada allí, entre tanta gente guapa y con tanta experiencia sexual.

—Número uno, por favor —resonó la voz de Naomi con autoridad.

Entró una morena rellenita con todo un brazo tatuado y un *piercing* en la nariz.

—Marissa Martínez —dijo.

—Hola, Marissa. Antes de que empecemos, ¿ya firmaste los formularios de autorización, el cuestionario de los intérpretes y el contrato de confidencialidad?

Clara agradecía que Naomi hubiera tomado la iniciativa en esta parte del proceso. Ella hablaría con miles de abogados, notarios y banqueros si no tenía que averiguar cómo determinar que alguien tenía lo necesario para actuar en un proyecto como el suyo de educación sexual.

—Sí —Marissa le entregó un montón de papeles—. Ahí tienes.

Naomi examinó los formularios.

—Veo aquí que declaraste que estás cómoda con el desnudo integral, los actos sexuales en solitario o con uno, dos o tres compañeros. Tanto hombres como mujeres. Perfecto.

—¿Y leíste los documentos sobre el riesgo de Black Hat? —Josh, en especial, insistía en asegurarse de que todas las personas que participaran fueran conscientes de todo lo que implicaba el asunto.

—Sí. No me sorprende, sinceramente. Tengo amigos a los que se les ha echado encima el estudio. Los amenazaron con ponerlos en la lista negra y cosas peores.

—¿Peores? —preguntó Clara a Josh articulando los labios en silencio, sintiendo cómo aumentaba su pánico.

Él se estremeció antes de volver a centrarse en Marissa.

—Me alegro de que alguien haga frente a esos idiotas —la joven desplegó un trozo de papel que llevaba en el bolsillo de sus pantalones cortos—. Me gustó mucho el manifiesto de la empresa que facilitaron.

Clara aguzó el oído. Lo había escrito ella, era su única contribución a esa parte del proceso: ayudar a buscar individuos con ideas afines. Eran un par de párrafos sobre de dónde había salido la idea, una visión de cómo el proyecto ayudaría tanto a las mujeres como a sus parejas, y que se trataba de una compañía comprometida con el respeto de todo el mundo involucrado.

Naomi le pasó una carpeta por la mesa.

—Clara, ¿por qué no lees los requisitos para la audición?

Clara se movió en su asiento.

—¿Yo?

Josh le hizo un gesto alentador con la cabeza.

—Eh… Okey —agarró la hoja—. Primero, por favor, quítate la ropa.

Se le encogió el estómago, pero Marissa sonrió mientras empezó a bajarse los pantalones antes de que Clara hubiera terminado la frase. Vio que no había acertado poniéndose una chamarra para esa ocasión. En cuanto Marissa estuvo totalmente desnuda, Naomi y Josh tomaron unas notas. Clara escribió la palabra «desnuda» en cursiva en su propio cuaderno para no quedar poco profesional.

—¿Lista para seguir? —Naomi usó una voz más amable con Marissa que la que jamás había usado con Clara o Josh—. Sabemos que este proceso puede ser incómodo. Te recuerdo que puedes parar en cualquier momento.

Marissa se rio.

—Te lo agradezco, pero he hecho esto un millón de veces. Además, mi cuerpo es increíble.

—¿La temperatura de la sala está bien? —Josh había insistido en que pusieran la sala a la agradable temperatura de veintitrés grados.

—Ah, sí. Esto es mucho mejor que las audiciones habituales en un congelador.

—Hemos estado en tu lugar. Estamos intentando que el proceso sea lo más cómodo posible. Clara, creo que podemos pasar a la siguiente parte.

—Claro, sí —dobló el papel al agarrarlo—. Por favor, ponte cómoda y…

«Dios santo».

Josh le tocó la frente.

—¿Estás bien?

Clara se obligó a decir las palabras ignorando el pitido en sus oídos.

—Y provócate un orgasmo. Hay lubricante. Usa, si quieres, cualquier tipo de lectura o material visual para ponerte a tono.

—No hay problema.

Marissa se recostó en el cómodo diván que Naomi había traído y que había cubierto con una sábana limpia, y procedió a estimularse los pechos.

—¡Ay, madre mía! —Clara automáticamente miró hacia el techo.

Naomi se aclaró la garganta.

—Si no te importa, amplifica tus reacciones. Queremos asegurarnos de que todos se sienten cómodos vocalizando el placer.

Clara se obligó a tener contacto visual con la intérprete mientras Marissa levantaba el pulgar de la mano que no tenía entre los muslos.

Jamás había visto nada tan explícito en la vida real. Aunque Marissa parecía estar pasándosela bien, Clara no podía dejar de sudar.

—¿Qué opinas, Clara? —la cara de Naomi no parecía amenazadora, pero Clara reconocía una prueba cuando la veía—. ¿Te gustaría que Marissa probara alguna otra técnica en particular?

—No, creo que ya vale. Quiero decir, que está bien así.

Naomi asintió con la cabeza.

—Marissa, improvisa, si quieres, diciendo guarradas.

La actriz soltó una retahíla de frases que hicieron que Clara pasara de tener la cara caliente a estar ardiendo.

—Por favor, discúlpenme un momento —se apartó de la mesa y salió corriendo al pasillo en dirección a la calle. Necesitaba llenar sus pulmones de aire fresco.

Cerró los ojos. Intentó visualizar unos jardines zen y recordar cualquier mantra de meditación de las clases de yoga de cuarenta y cinco dólares a las que había estado yendo en Manhattan. No podía seguir adelante. La prueba estaba en sus manos temblorosas. Se había estado engañando a sí misma. Los había engañado a todos.

—¿Clara? —Josh había salido corriendo tras ella—. ¿Estás bien?

Ella se acercó tambaleante a un banco que estaba junto a la entrada del edificio.

—Lo siento. Creía que podría con esto. Creía que podría estar tranquila y serena, pero está claro que no es así.

Josh se sentó a su lado y le retiró el pelo del cuello sudoroso mientras ella trataba de controlar su respiración.

—No, soy yo el que debe disculparse —recorrió su rostro con los ojos y le pasó el pulgar por el lateral del cuello con ternura—. Todo esto es culpa mía.

Su mano era como un bálsamo, calmaba a Clara tanto física como mentalmente.

—¿De qué estás hablando? Te pedí que hicieras una página web donde apareciera gente desnuda y luego va y me tiemblan las rodillas el primer día.

—Hay una gran diferencia entre la desnudez teórica y la real. Yo lo sabía y tú no. Te vi sonrojarte en cuanto te diste cuenta de que tendríamos que compartir el mismo cuarto de baño —logró esbozar una ligera sonrisa ante el recuerdo—. Ahora estamos intentando crear esta web y eso es un salto enorme para ti —le metió el pelo por detrás de la oreja, preocupándose por ella de un modo que la hacía sentir bien a pesar de la humillación que sentía—. No me extraña que el proceso te haya puesto la cara como un tomate.

«Bueno, esa es una imagen poco halagadora».

—Debería haberme preparado más. Podría, no sé, haber leído más números de *National Geographic* —Josh entrecerró los ojos. Estaba intentando no reírse de ella—. Marissa no estaba haciendo nada malo ni vergonzoso ahí dentro —Clara señaló el edificio con la barbilla—. Es que yo sigo siendo una mojigata.

Josh juntó las yemas de los dedos.

—Eso no es tan malo, ¿sabes?

Ella se rio. Era una de esas risas amargas que dolían.

—Claro.

—Lo digo en serio. Es dulce y a lo mejor hasta… sexy, en realidad.

Clara resopló.

—No me vengas con esas. Que no esté relajada no es sexy. Marissa y Naomi, mujeres que se sienten seguras de sus cuerpos, sí son sexis. Yo soy una película infantil de dibujos animados sobre un conejito.

Josh se levantó y la tomó de la mano, entrelazando los dedos y ayudándola a ponerse de pie. Aprovechó entonces la mano que los unía para inclinarle a Clara la cabeza hasta que lo miró.

—No, no lo eres. ¿Tienes idea de cuántas fantasías eróticas he tenido con aquel overol que llevabas puesto?

Clara arrugó la nariz.

—Estás bromeando —notó algo caliente en su interior hasta que se dio cuenta de que había dicho «con aquel overol que llevabas puesto» y no «contigo». Probablemente, se había imaginado el cuerpo flexible de Naomi vestida con el overol.

Josh se pasó la mano libre por el pelo y las puntas le quedaron hacia arriba.

—No. Por desgracia. Eres como una mina de oro sin explotar. Esperando que un hombre… o una mujer… te descubra. Que encuentre todas tus capas ocultas, que revele las profundidades de la Clara sensual que sé que está ahí dentro, en alguna parte —usó sus manos unidas para tirar de su barbilla—. Eres un desafío.

Clara se quedó mirando hacia abajo, donde sus pies apuntaban hacia los de Josh. La ridícula idea de acercar sus caderas hacia las de él, de salvar los escasos centímetros entre ambos cuerpos, se le pasó por la cabeza, pero la descartó enseguida. Podía bromear con querer estar con ella porque bromeaba con que quería estar con todo el mundo. Cuanto antes dejara de engullir las migajas de su atención, mejor. Aun así, se le secó la garganta y deseó no haber dejado la botella dentro. Clara se lamió los labios.

—¿Crees que algún día alguien aceptará ese desafío?

Josh se mordió con fuerza el labio inferior y cerró los ojos.

—Carajo, sí —abrió los ojos de golpe—. Bueno, en teoría. Lo más probable es que sea alguien con una gran colección de mocasines y pinzas para billetes.

«Ya». Alguien opuesto a él. A este paso, Josh iba a intentar armarla con su optometrista en algún momento de la semana siguiente.

—Pero, oye, si no quieres hacer esto —dijo él, poniéndose serio—, entraré ahí y cancelaré el asunto.

A pesar de los frívolos comentarios que había hecho hacía unos instantes, pudo ver en sus ojos que no bromeaba. Le acarició los nudillos con el pulgar. Era un buen hombre. «Un buen amigo», se recordó.

—No, estoy bien. La mente lo controla todo, ¿no?

Clara era adulta. Podía soportar algo de desnudez. Un puñado de orgasmos. De eso trataba esta locura, ¿no? Si aceptabas la incomodidad del estigma social, aprendías algo que podía mejorarte la vida exponencialmente. Quizá, cuando Everett volviera de su gira, ella tendría una lista de nuevos movimientos en su repertorio. Le iba a explotar la cabeza.

Los hombros de Josh se relajaron de forma visible, aunque el calor no se había retirado del todo de sus ojos.

—Exacto. Mira, cada vez será más fácil. Te acostumbrarás. Toda esa incomodidad acaba desapareciendo al cabo de unos días. Te darás cuenta de que todos somos humanos. Todos tenemos cuerpos y terminaciones nerviosas. Atracción y orgasmos… —la mirada se le fue al cuello de ella y tragó saliva—. Es una respuesta biológica.

—Okey —le quitó un hilo del hombro y dejó la mano ahí—. Es ciencia.

Los músculos de Josh se tensaron bajo sus dedos.

—Si te ayuda, podría empezar a andar por la casa desnudo como táctica de insensibilización.

—Sí…, quiero decir no. Creo que eso me mataría.

—Bueno, si cambias de opinión, ya sabes dónde encontrarme.

Clara puso los ojos en blanco.

—Ya me las arreglaré.

—Okey.

Josh entrecerró los ojos como si quisiera decir algo más, como si buscara una pista en alguna parte de su cara.

Clara abrió la puerta para volver al estudio.

—Iré a casa y veré un montón de películas porno.

El modo en que Josh se quedó boquiabierto hizo que todo aquel bochornoso calvario hubiera valido la pena. Dio unos toquecitos con el pie en el suelo.

—¿Vienes?

—Estoy intentando no venirme ahora —murmuró él.

Capítulo 18

♡ ♡ ♡

A Josh no le sorprendió que Clara no hubiera ido nunca a una *sex shop*. Entró a la tienda con los ojos abiertos de par en par, como si se estuviera adentrando en una bola de nieve erótica en mitad del Valle.

—Qué tranquilo está —susurró antes de dirigirse al primer pasillo.

Él agarró un carro de la parte delantera de la tienda y la siguió.

—¿Qué esperabas? ¿Que sonaran gemidos a todo volumen por los altavoces?

Tenían muchas cosas que hacer para el proyecto y una limitada cantidad de tiempo para llevarlas a cabo.

—Parece todo muy limpio.

En cualquier instante iba a sacar una lupa.

La tienda tenía las paredes blancas, los suelos de madera y unos bonitos carteles escritos a mano que señalaban cada sección. Como la mayoría de las *boutiques* que habían abierto en los últimos cinco años en Los Ángeles, se parecía a una cafetería artesanal. Salvo que, en vez de café con leche, el pizarrón de detrás del mostrador enumeraba distintos sabores de lubricante orgánico.

—¿Te basaste en una película de los setenta para suponer cómo sería esta experiencia?

Josh había intentado desesperadamente evitar que Clara lo acompañara en esa etapa del viaje. Habría ido mientras ella estuviera a buen recaudo en su trabajo diario, pero la encargada de la tienda que le había prometido hacerle una rebaja en juguetes sexuales solo trabajaba los fines de semana.

A pesar de que se había esforzado por agarrar las llaves aquella mañana sin hacer ruido mientras Clara holgazaneaba en el sofá, el tintineo del metal fue como un cencerro y ella salió corriendo, ansiosa por hacer más prácticas de manejo. Ya lo había engatusado para concederle cuatro viajes al volante de su coche esa semana. Después de recogerla del trabajo, se habían pasado las tardes recorriendo varios barrios de Los Ángeles, parando a cenar en restaurantes desde Koreatown a Pasadena. Había que reconocer que con las prácticas habían cambiado las cosas. Conducía mucho mejor desde aquella primera salida fatídica. Ahora podía salir a la autopista sin que apenas se le acelerara la respiración.

Josh no había encontrado la manera de decirle que no a aquellos ojos de corderito en los casi dos meses que llevaba viviendo con ella. Así que ahora tenía que pasar la próxima hora conteniendo una erección mientras Clara examinaba con detenimiento objetos e instrumentos que inspiraban perversiones. No le hacía falta un estímulo explícito para que se le pusiera dura. Ahora ya, incluso ver a Clara cepillarse los dientes hacía que se le acumulara la sangre en la entrepierna.

—¿Necesitamos esto? —le pasó unas esposas.

Josh ignoró el modo en que su pene saltó ante el descarado entusiasmo en su tono de voz.

—¿Cincuenta dólares? ¿Por un plástico? Ni de broma. Rompería esas cosas endebles hasta en sueños.

A Clara se le cortó la respiración.

—¿Ah, sí?

Josh asintió con la cabeza y se imaginó liberándose del ridículo artilugio para reptar por su cuerpo desnudo.

—Es bueno saberlo —con cuidado devolvió la mercancía a la estantería—. Pero ya te dije que no te preocupes mucho por el presupuesto. Tenemos dinero suficiente en la cuenta.

—No se trata del dinero —aunque se había pasado casi una hora la noche anterior buscando preservativos al por mayor en internet—. Quiero que todo sea perfecto.

Echó al carro unas cuantas vendas de raso para los ojos y se mordió el interior de la mejilla. Habría dado cualquier cosa por saber con qué fantaseaba Clara. Si alguno de aquellos accesorios aparecía en sus sueños. Si él aparecía en sus sueños.

Se había acostado en la cama la noche anterior con la mano envolviendo su verga, imaginándose a Clara tocándose bajo aquellas ridículas bragas de algodón, fingiendo que ella lo deseaba como él la deseaba a ella. Desesperada, devoradora, tan ansiosa de él que tenía que contener sus gemidos con el dorso de la mano. Si su cerebro trabajara la mitad que su verga, tendría algo de lo que presumir. Josh no quería decirle a Clara que, además de las pelotas hinchadas, tenía un caso importante de bloqueo del escritor.

El proyecto entero dependía de su capacidad para crear el nuevo *Kama Sutra*, y no podía quitarse de encima los nervios que amenazaban con comerse sus entrañas. En cuanto terminaran de comprar en la *sex shop*, tendría que ponerse a escribir. Un panorama realmente aterrador.

—Tengo miedo —las palabras salieron de él como el agua de un grifo que gotea.

Clara bajó la caja de dilatadores anales, que había estado examinando con la frente arrugada, y miró a su alrededor.

—¿De qué?

Josh respiró hondo.

—De echarlo todo a perder. Siempre me he presentado y he apuntado mi verga donde alguien me decía. Ahora, si fracaso, hay mucho más en juego. Cuando nadie esperaba nada de mí, no podía defraudar a nadie.

Se apretó el puente de la nariz. «Excepto a mi familia, pero eso es otra historia».

—Oye —Clara le pasó una taza en la que se leía «Ahoga tus penas cogiendo»—. Tengo fe absoluta en ti.

Se relajó cuando advirtió que ella intentaba no reírse. Al menos había una persona que estaba divirtiéndose con todo aquello.

Clara agarró un vibrador de treinta centímetros.

—¿Te imaginas usar esto?

Josh se cubrió los dientes con los labios y enarcó una ceja.

—Ya —a ella le subieron los colores a las mejillas y devolvió con cuidado la caja a la estantería—. Claro que te lo imaginas.

Señaló el siguiente artículo que le llamó la atención, un juego de bolas chinas de acero inoxidable.

—¿Esto es como los cubos de hielo reutilizables para el whisky?

Josh se sentía como un *sherpa* sexual. El problema era que prefería hacerle una demostración práctica. «No pienses en frotar su dulce coñito con la mano. No pienses en su grito ahogado al meter el frío metal dentro de su cuerpo caliente y apretado. No…». Levantó unos muros mentales y, tratando de llegar a su cerebro secuestrado por las hormonas, agarró un juego a la izquierda del que ella había seleccionado y lo puso con cuidado en el carro.

—En realidad, son para metértelas dentro. Para fortalecer el suelo pélvico. Pero también puedes usarlas para controlar el orgasmo.

—¿Para controlar el orgasmo? —sus palabras estaban cargadas de curiosidad.

Él tragó saliva, intentando controlarse.

—Cuando mantienes el cuerpo excitado, pero pospones el orgasmo o… lo retienes.

—¿Por qué agarraste ese juego? —preguntó ella con voz más ronca de lo normal.

Josh se inclinó hacia ella hasta que olió su perfume y cerró los ojos un momento para intentar recomponerse.

—Vienen con… eh… un control remoto —sus narices estaban casi tocándose. Con apenas una inclinación de cabeza, podría capturar sus labios. Cada movimiento exagerado del pecho de Clara provocado por la respiración rompía otro hilo del débil control de Josh.

Apartó los ojos de ella y repasó la lista de la compra arrugada en su puño.

—Ya terminamos en este pasillo.

Cuando Clara desapareció al doblar la esquina, con cuidado se colocó bien los jeans.

Unos minutos más tarde, ella se quedó delante de una fila de paquetes tanto rato que Josh abandonó la búsqueda de los anillos para el pene con el fin de ver qué había cautivado su atención. Los artículos en cuestión resultaron ser unos látigos con Naomi posando en el envoltorio, con un corpiño de cuero y un labial rojo que parecía venenoso. Se había olvidado de que tenía su propia línea de productos.

—No sabía que Naomi tenía tantos productos —dijo Clara, tensando los hombros—. ¿Has progresado en tu plan de reconciliarte con ella?

—Llevo ya un tiempo sin pensar en eso —un jarro de agua helada empapó su excitación—. Los dos hemos estado muy ocupados.

En ese momento supuso que aquella seguía siendo su situación de vida futura más probable. No dejaba de olvidársele que su casa actual tenía fecha de caducidad. Que tarde o temprano Everett regresaría y lo echaría de una patada.

—¿Has sabido algo de Everett últimamente?

Clara no había mencionado nada, pero eso no significaba que no se llamaran o se mandaran mensajes sin que él se enterara.

—He recibido por correo unas cuantas postales y una funda térmica promocional para cerveza con el nombre del grupo

—negó con la cabeza—. No sé cuánto tiempo más voy a poder inventarme excusas cada vez que mi mamá llame y me pregunte por él.

Clara le dio la vuelta a una caja de pinzas para pezones de aspecto agresivo para no ver la imagen.

—¿Qué pasa con tu mamá? No creo que evitar a alguien que vive en la otra punta del país sea tan difícil.

Ella se detuvo delante de un expositor de revistas y frunció el entrecejo.

—Quiere que sea como ella. Se supone que debo encontrar a un hombre respetable de buena familia y sentar cabeza. Tener algunos bebés y dirigir la organización benéfica que yo elija.

—Suena aburrido —Josh hizo una mueca—. Bueno, a menos que sea lo que tú quieres.

—Creo que parte de mi problema es que he pasado tanto tiempo intentando complacerla a ella y a mi papá que nunca he pensado mucho en lo que yo quería. Y ahora…

Josh encontró un rayo de esperanza en esas últimas palabras…

—¿Y ahora?

—No importa —Clara se alisó la falda—. Si mis papás descubren la verdad, lo de mi trabajo con Jill o… ya sabes, tú. ¡Ay, Dios mío! Se morirían.

La lava fluyó en su estómago.

—Entonces lo de fraternizar con estrellas del porno está prohibido, ¿no?

No debería haberle sorprendido. Desde el instante en el que ella había llegado, él había sabido que nunca lo consideraría más que una parada técnica en el camino hacia las cosas que ella quería de verdad.

—Y que lo digas. Los Wheaton tienen una óptica muy sensible. Mi mamá no quiso que saliera con un asistente jurídico mientras estaba estudiando la carrera porque iba en scooter. Se supone que soy una buena chica, y que ellos no tienen que preocuparse de que pueda avergonzarlos.

Josh apretó la mandíbula. De vez en cuando se permitía olvidar de dónde venía Clara. En aquel momento, aquella ignorancia deliberada le sentó fatal.

—¿Y a tu mamá le gusta la idea de que Everett y tú estén juntos?

Clara se inclinó y recolocó los artículos del carro, pues él los había puesto de cualquier manera.

—Le gusta su familia. Le gusta saber de dónde viene y cómo se crio. Estoy segura de que ella y la señora Bloom eligieron nuestra vajilla de boda cuando estábamos en secundaria —su voz adquirió cierto tono de crispación—. A nadie parece importarle que Everett y yo nunca nos hayamos besado.

Una satisfacción malvada se extendió por el pecho de Josh. Aunque Everett Bloom lograra casarse con ella algún día, él siempre sería el primer hombre que le había provocado un orgasmo. Pero si Clara tenía la versión de Greenwich de un matrimonio concertado, ¿qué carajo estaba esperando Everett? Josh apenas podía pasar más de quince minutos con ella sin querer comérsela hasta que se le desencajara la mandíbula.

—Lo siento, pero ¿cómo es posible que lleves enamorada de ese tipo desde que eran adolescentes y no se hayan besado nunca?

—Bueno, a veces la expectación de un beso es mejor que la experiencia en sí.

Josh siguió su mano mientras recorría el dobladillo de su vestido con los dedos, exponiendo un centímetro más de su pálido muslo.

Si creía eso, desde luego necesitaba practicar más.

—Estoy segurísimo de que besarse físicamente es mejor.

—Eso es porque estás acostumbrado a la gratificación inmediata —Clara le dedicó una sonrisa a lo gato de Cheshire al pasar delante de él, dejando a Josh justo detrás de ella—. La mitad del placer está en pensar en el beso. Obsesionarse con la boca de la otra persona, imaginarse la forma de sus labios y el sabor de su lengua. Visualizar sus manos en tu pelo o cómo te abraza —se paró y se giró hacia él—. Puedes pasarte una noche entera preguntándote si alguna vez te tomará desprevenida y te dejará sin aliento en mitad de una frase. O si se acercará tan despacio una mañana que el deseo te hará encoger los dedos de los pies y te quemará las yemas de los dedos.

Josh se clavó las uñas en las palmas de las manos lo bastante fuerte como para dejarse marca. A su cuerpo no le importaba que estuviera describiendo su anhelo por otro hombre. No le costaba imaginar que se refería a él en cada una de las frases.

—¿Sabe a canela o a whisky? —Clara se pasó distraídamente la yema del dedo índice por el labio inferior mientras le sostenía la mirada—. Te lo imaginas una y otra vez, de mil formas distintas, sosteniéndote contra la pared y presionando su cuerpo contra el tuyo mientras tiemblas de deseo, anhelando que te lo haga.

Josh dirigió la mirada a la pared de ladrillo expuesto que estaba detrás de ella. No le costaría nada llevarla hasta allí y que la piedra áspera se apretara contra su cuerpo suave antes de bajar la boca a su cuello mientras con las manos le subía aquel fino dobladillo de algodón hasta la cintura.

Clara se quedó mirando fijamente sus labios.

—O tal vez no lo haga. Tal vez apenas roce su boca contra la tuya y te obligue a bajar la barbilla y suplicar.

Josh emitió un sonido, una mezcla de gruñido y gemido.

El ruido pareció sacar a Clara de su estupor.

—¿Estás bien?

—Sí —la palabra salió en un registro equivocado. Lo intentó de nuevo—: Sí. Estaba pensando que a lo mejor deberías escribir para la página web.

—¿Yo? ¿En serio?

Se concentró en mantener los ojos por encima de las fosas nasales de ella.

—Se te da bien canalizar tus emociones. A mí pensar tanto en el sexo sin practicarlo me está secando el cerebro.

La verga presionaba con fuerza la cremallera. Ella tenía razón. El cuerpo de Josh no entendía el concepto de desear sexo y no tenerlo. Para él era un martirio esa constante exposición al objeto de deseo sin ninguna esperanza de cruzar jamás la línea de meta.

—Sé a lo que te refieres. Es demasiado esto de pensar tanto en gente sexy haciendo cosas sexis con juguetes sexis —se abanicó con la mano—. Nunca había dicho tantas veces la palabra «sexy» en mi vida.

—Sí, tienes razón.

No podía hacer ninguna de las cosas que quería. Todas implicaban distintas partes del cuerpo de Clara. El sudor le apareció en la frente mientras veía cómo le brillaban los ojos. Tuvo que hacer un gran esfuerzo para no ponerse de rodillas y rogarle que pusiera fin a su sufrimiento.

—Es como que te pique algo y que no te puedas rascar.

Su lengua rosa recorrió su labio inferior, más rosa.

Se quedó boquiabierto.

—Sí.

Dios, hasta su voz estaba empezando a excitarlo. ¿Era posible que estuviera tan cachondo?

—Bueno, supongo que deberías canalizar toda esa energía en una dirección productiva.

A Clara se le agitó la respiración.

Josh esperó que «una dirección productiva» significara «entre sus muslos» en código.

Ella negó con la cabeza como para aclararlo.

—¿Has intentado escribir un diario?

Josh echó la cabeza hacia atrás y parpadeó como un estúpido.

—Lo siento. ¿Dijiste escribir un diario?

—Sí. Deberías aprovechar toda tu energía erótica como combustible para las escenas de la próxima semana.

—Ah, sí. Ese es el plan.

El hecho de que nunca hubiera intentado crear algo intelectual con su libido no significaba que no fuera capaz de hacerlo. El hecho de que nunca hubiera escrito nada más largo que un correo electrónico tampoco tenía que ser un mal augurio. Tomaría toda su lujuria acumulada, todos esos impulsos inagotables y… los empaquetaría. Los presentaría bien y serían útiles para otras personas.

Cuando por fin llegaron a la caja, Clara colocó la compra para que la encargada pudiera cobrársela.

La mujer alta con una cresta rosa hizo la cuenta, incluyendo el prometido descuento de treinta por ciento, y les pasó un impresionante número de bolsas.

—Si no les importa que lo pregunte, ¿todo esto es por trabajo o por placer?

Clara se sonrojó y dijo:

—Supongo que podríamos decir que nuestro trabajo es un placer.

En cuanto llegaran a casa, Josh iba a encerrarse en su habitación a escribir hasta que se le cayera la mano.

Capítulo 19

♡ ♡ ♡

Clara se había puesto a propósito la pijama menos sexy que tenía para ayudarse a sofocar el fuego de su libido. Aunque normalmente llevara conjuntos para dormir más cómodos que seductores, aquella noche se había pasado y llevaba puesto una pijama de hombre que le quedaba muy grande y que había pedido por error las últimas Navidades. Tenía un aspecto ridículo, como si el fantasma de su bisabuelo le hubiera escupido encima, pero no le importaba. Al menos la pijama neutralizaba sus pensamientos lascivos.

Por enésima vez en la última hora, apartó los ojos de la pantalla de la computadora colocada en la mesa de centro para dirigirlos a la puerta cerrada de la habitación de Josh. Detrás de aquel fino listón de madera, sabía que estaba escribiendo fantasías clasificadas X. Toda la humedad de su boca se trasladó a su sexo.

Ir a esa *sex shop* había sido un error. Ver a Josh elegir artículos para su proyecto con autoridad y experiencia había disparado mil sensores de placer en su cerebro. Tiró de la parte superior de la pijama para retirar la tela de su piel acalorada. El algodón no era tan transpirable como afirmaban los fabricantes.

Para completar su lista de tareas de la noche, tenía que obtener un nombre de dominio. Por desgracia, Josh, Naomi y ella no habían acordado todavía cómo llamar al proyecto. No le parecía que Eyaculady.com y Todorgasmo.com, las últimas sugerencias de Josh, tuvieran gancho.

El hombre del momento abrió la puerta de su habitación.

—Hola.

Llevaba una libreta negra desgastada en las manos.

—Hola —Clara cruzó las piernas—. ¿Qué tal va?

—Va bien —señaló con la libreta abierta en su dirección y pasó varias páginas llenas de su letra oscura y puntiaguda—. En cuanto empecé, resultó que tenía mucho que decir.

Clara tragó saliva.

—Me imagino.

«Muchas cosas». Un millón de fantasías con Josh se reprodujeron en bucle en su mente. Clara necesitaba algún tipo de medicamento antilibido. O un psicólogo. Probablemente, ambas cosas.

Él se sentó en el sofá junto a ella. Lo bastante cerca como para que ella sintiera el calor que despedía el cuerpo de Josh. Apretó los dientes para evitar inhalar su olor.

—El problema es que no sé si algo de lo que he escrito es bueno o si estoy llenando la página de basura.

—¿Quieres que le eche un vistazo?

—En realidad, estaba pensando que quizá podría leértelo en voz alta —dijo con un toque de inseguridad—. Ya que se supone que será una narración —Josh se apartó un mechón de rizos de delante de sus ojos—. Si a ti te parece bien. Como va de sexo... Si no, podría llamar a Naomi.

—No —dejó su computadora bajo la mesa de centro y se colocó de cara a Josh con las piernas recogidas delante de ella—. Te escucho.

—Ah, okey. Genial. Bueno, es una parte de la serie introductoria. Para parejas que están conociéndose sexualmente y descubriendo lo que funciona. Pensé que, en vez de meterme de lleno, la mujer, la intérprete en nuestro caso, podría enseñarle a su pareja cómo se da placer a ella misma, para que él se haga una idea de dónde le gusta que la toquen y con cuánta presión.

—Eso suena inteligente.

Clara se obligó a apartar la vista de su boca. «Maldita sea». Le tenía muchas ganas.

—Okey. Empiezo, ¿eh?

—No dejes para mañana lo que puedas hacer hoy.

Se armó de valor. «Nadie ha muerto jamás de una sobredosis de deseo».

—Empieza ayudando a tu pareja a ponerse a tono —Josh modificó un poco su pronunciación para que las sílabas salieran con más autoridad que la voz que ponía normalmente al hablar. Vertió la magia de su carisma en esas palabras inocentes, haciéndolas graves y tentadoras—. Pídele que describa una de sus fantasías favoritas. Conforme se vaya sintiendo a gusto, anímala para que se toque las partes del cuerpo estimuladas por la historia.

Josh bajó la libreta mientras Clara subía y bajaba la mano por el muslo.

—¿Qué te parece ese ejercicio? Lo sugirió Heather, una de las amigas de Naomi de la Universidad Estatal de California, que es sexóloga titulada.

Clara sintió la lengua grande en la boca.

—Creo que está bien. Y también me gusta el tono que usas, grave y lento. Es sexy, pero sin pasarse.

Las comisuras de la boca de Josh subieron.

—Gracias.

Le cayó uno de sus rizos temerarios delante del ojo y Clara se metió las manos en el pantalón de la pijama para evitar recorrer los brillantes mechones de pelo con sus dedos.

Él pasó unas cuantas páginas de su libreta.

—Luego escribí algo solo para la actriz, aunque creo que deberíamos darle libertad creativa para explorar sus propios deseos. La idea sería que exploráramos varias zonas erógenas empezando por la boca, las orejas, el cuello, y luego bajemos por el cuerpo, deteniéndonos en los pechos.

—¡Vaya!

Su cuerpo ansiaba que él le tocara cada uno de los sitios que había mencionado.

—Oh, buena idea.

Josh escribió la palabra «clavícula» en su libreta y Clara se dio cuenta de que había empezado a recorrer la suya con dos dedos, imaginando que lo hacía la boca de él. Se apresuró a meterse la mano debajo del trasero.

—Creo que muchos hombres descartan la estimulación de los pezones porque no saben cómo hacerlo bien. Las mujeres a menudo pasan más tiempo explorando esa zona en sus propios cuerpos que sus parejas.

Los pechos de Clara se pusieron más duros con cada palabra que salía de aquellos labios perfectos. Levantó la vista para ver a Josh pasarse una mano por la boca mientras clavaba la vista en su pecho.

—Podríamos probarlo —dijo él—. El ejercicio. Si quieres. Es normal sobrestimularse la primera vez que consideras el placer como profesión. Cuando entré en el negocio, por poco se me cae el pene de todas las sesiones individuales que hice y tuve que bajar la intensidad.

—He notado un aumento de mi apetito... sexual —una gota de sudor se deslizó entre sus senos—. Supongo que, en cierto sentido, tenemos la obligación como directores creativos de asegurarnos de que funciona lo que estamos sugiriendo —el pulso le llegó a un *stacatto* alarmante—. No estaría bien aparecer en el plató, con los actores a los que estamos pagando, y hacerles perder el tiempo con algo que no se ha comprobado detenidamente.

Clara vio que sus ojos ardían con una expresión de deseo que no había visto nunca en su vida.

—Sí, no es que vayamos a acostarnos —dijo Josh.

—No —estuvo de acuerdo Clara, respirando con dificultad—. Desde luego que no vamos a acostarnos.

—Es masturbación —cambió de posición en su asiento—. Totalmente normal. Y antes dijiste que últimamente ha aumentado tu apetito sexual.

Clara asintió con la cabeza. Al ver el enorme bulto en los pantalones de Josh, entreabrió los labios. Mil alarmas pitaron en sus oídos, advirtiéndole de que los límites se derribaban, mientras las manos se le iban al dobladillo de la parte de arriba de la pijama.

—La verdad es que sí.

—Seguro que, si te tocaras, si aliviaras tu deseo, estarías muchísimo más concentrada en el trabajo. Tanto en el que haces en la empresa de Jill como en el que llevas a cabo en nuestro proyecto —«muy buena observación»—. Y una mente relajada es más creativa —Josh dejó la libreta delante de su regazo—. Siempre estoy leyendo sobre los beneficios a largo plazo para la salud de los orgasmos regulares.

Los dedos se le paralizaron.

—¿Ah, sí?

—Claro.

—Entonces ¿qué hago…? ¿Me quito la parte de arriba y me toco los pechos? —eso sonaba a lo que haría una persona cachonda, liberada sexualmente y dueña de sí misma.

Josh se aclaró la garganta.

—Parece un buen comienzo.

Una combinación de nervios y ardiente excitación le puso la carne de gallina en los brazos.

—¿Puedo hacerlo? —las palabras le salieron en forma de pregunta.

Él devoró su boca con la mirada.

—Creo que deberías.

Clara intentó poner su cuerpo en acción.

—Parece que no puedo mover los brazos —¿cómo se atrevían sus extremidades a traicionarla?—. Lo siento. Si ni siquiera me gusta estar desnuda cuando estoy sola —dijo—, mucho menos con público.

—¿Qué hay de malo en estar desnudo?

Un triste suspiro salió de la boca de Clara.

—Bueno, nada si tienes tu aspecto. Pero cuando yo estoy desnuda, todo está blando y se bambolea —se inclinó hacia delante para ocultar sus curvas.

Josh negó con la cabeza.

—Esas son las mejores partes —se remangó la camiseta que llevaba puesta—. ¿Cambiaría algo si te dijera lo atractiva que me pareces?

—¿Qué?

Los intentos de Clara por actuar como si nada se esfumaron.

—¿Ayudaría que te dijera lo sexy que me pareces? Objetivamente hablando, por supuesto —le enseñó otra página de su cuaderno—. Es uno de los consejos para la pareja. Si la mujer con la que estás se pone nerviosa o le cuesta expresar una fantasía, declarar tu deseo por ella puede ayudar a mejorar las cosas.

Clara se quedó con la mente en blanco.

—Okey. Sí, probemos a ver.

Josh se tomó su tiempo mirándola. Empezó por la parte superior de su cabeza y fue bajando hasta los pies tapados con los calcetines. Ella se quedó quieta mientras él recorría su cuerpo con la vista.

—Bueno, hay muchas cosas buenas —dijo tan bajo que ella casi no le oía—. Está lo evidente que noto cuando entras en una habitación —empezó a enumerar las cosas con los dedos—. Tu pelo es bonito. Brillante y oscuro. Y siempre lo estás moviendo, de modo que me llega, quiera o no, el olor de tu champú cuando estoy sentado en el sofá. Y después están tus pechos, claro. Dios, tus tetas son una tortura. Insistes en esconderlas en esas ridículas camisetas de cuello alto. ¿Por qué lo haces? Se merecen que les dé el aire fresco. Es verano en Los Ángeles, por Dios —se frotó la mandíbula como si le doliera—. Creo que me he imaginado veinte maneras distintas de arrancarte la camiseta solo para echarles un vistazo.

Apenas habían empezado, y la respiración de Clara estaba acelerándose mucho. Tal vez estaba a punto de desmayarse.

—Pero lo que de verdad me vuelve loco es más sutil —continuó—. El tacto de tu piel cuando te ayudo a salir del coche y cómo resplandece tu cara. También me gusta eso que haces cuando arqueas la espalda al estirarte por la mañana. Ah, y ese lunar diminuto encima del labio. Como la X que marca un tesoro.

Levantó el pulgar para rozar su piel fina.

A Clara se le entrecerraron los párpados. El anhelo le inundaba la garganta y le dificultaba respirar. ¿Había dicho alguna vez alguien tantas cosas bonitas sobre ella de una sentada? Sí, eran superficiales, pero también eran muy dulces. Oír a Josh admirar su cuerpo compensaba de algún modo cada una de las veces que un niño en primaria la había llamado rolliza o se había burlado de sus dientes grandes. No pudo luchar contra el deseo repentino y arrollador de abrir la boca. Cuando cedió al instinto, Josh dejó que su dedo se deslizara entre los labios de ella. Clara no se pudo contener y llevó la lengua por la áspera yema del pulgar, saboreando la sal mientras él cerraba los ojos y gemía.

—Enséñame qué te gusta —dijo él con los ojos todavía cerrados. Era una petición, una orden y un ruego, todo al mismo tiempo.

Y de pronto Clara necesitó hacerlo. Daba igual si a ella no le gustaba ninguna parte de su cuerpo. Lo que importaba eran las palabras de Josh y la manera en que la elevaban a una posición poderosa. Le había ofrecido la oportunidad de prender la chispa del deseo detrás de sus ojos hasta que ardiera. Sería una tonta si no lo aprovechaba.

Antes de ponerse nerviosa de nuevo, recogió las piernas detrás de ella para sentarse sobre los talones.

—Esto es profesional, ¿verdad? ¿Estamos haciendo esto por el bien del proyecto?

Josh respiraba lenta y regularmente por la nariz, manteniéndose rígido.

—Sí, por supuesto. Ahora mismo estamos trabajando.

Sus ojos eran todo pupilas. Clara dio las gracias por que Josh fuera un gran actor. ¿A quién le importaba que estuviera fingiendo desearla en ese instante? Parecía muy real. Relajó los hombros cuando él confirmó que, en efecto, aquello era parte del trabajo y que lo que sucediera a continuación no significaba que ella sintiera algo por Josh. Podía sobrellevar el hecho de desearlo, pero algo más profundo..., tener algo más con Josh era imposible. Inaceptable. La receta perfecta para un corazón roto.

Pero aun así podía satisfacer una de sus fantasías. Tan solo una única e inofensiva confesión. Por el bien común.

Se quitó la parte de arriba de la pijama con un solo movimiento fluido. Por suerte, la tela no se le enganchó en los codos.

El ventilador del techo llevó aire fresco a su piel recién expuesta. Por supuesto, el sostén que había elegido ese día era demasiado pequeño. Los pechos se le derramaban por encima del tejido color crema y sin adornos.

Josh se quejó como si alguien le hubiera clavado un cuchillo desafilado.

—Voy a quemar cada uno de esos putos suéteres de cuello alto sin mangas que tienes. ¿Cómo es posible que sean tan buenos ocultando tus tetas?

Clara agachó la cabeza y se rio un poco, un murmullo gutural que sonaba como si fuera de otra persona, pero que quedaba bien saliendo de su garganta.

—¿Ahora el sostén?

Necesitaba que la fueran guiando, pero también le gustaba la idea de anunciar los pasos que iba dando y que Josh se volviera loco. En efecto, cuando lo miró a los ojos, vio que él se sacudía como un hombre disfrutando de la silla eléctrica.

—¿Quieres que pare? —fingió un tono de preocupación.

Él le dedicó su sonrisa más encantadora para tranquilizarla, con los hoyuelos en pleno efecto.

—Ni se te ocurra.

Clara se levantó y se dio la vuelta para quedar de espaldas a él, con la esperanza de que, al no mirarlo directamente a los ojos, le resultara más fácil quitarse el sostén, un gran obstáculo para su inseguridad. Se inclinó un poco hacia delante y llevó las manos atrás para desabrocharlo, buscando a tientas el broche.

—Déjame ayudarte.

Mientras Josh lo desabrochaba con destreza, se desvanecieron más reservas. Dejó que el dorso de los dedos le rozara la espalda antes de retirar la mano.

—Si te niegas a darte la vuelta, es muy probable que arda espontáneamente.

La respiración de Josh había dejado de ser lenta y regular. Sonaba como si intentara subir un tramo de escaleras llevando una carretilla. Clara se dio la vuelta, forzando a su cuerpo a no obedecer el impulso de taparse mientras Josh se lamía los labios, con la vista clavada de forma descarada en su pecho.

—Lo que estoy a punto de decir te va a sonar a lugar común —dijo él, tras inhalar sonoramente por la boca—, pero, por favor, créeme si te digo que he visto miles de tetas en mi vida y jamás he tenido tantas ganas de llevar mis manos, mi boca y, voy a ser sincero del todo, mi verga a un par como las tuyas.

A Clara se le calentó la cara ante aquel ridículo elogio.

—Nadie en su sano juicio pensaría que eso es un lugar común.

Aun así, bajó sus omóplatos, sacando más pecho, y se agarró cada uno con una mano hasta que la pesada carne se derramó por encima de sus dedos. «¿Ves? Esto apenas cuenta como segunda base». Llevar a un nivel de intimidad las metáforas adolescentes de beisbol le resultaba curiosamente reconfortante. El talento de Josh casi le bastaba para convertirla en una desvergonzada. Dejó que los pulgares le rozaran los pezones, sintiendo la oleada de placer que aquel pequeño gesto le enviaba por el vientre hacia el clítoris. Llevaba un tiempo sin tocarse de esa manera y casi siempre se avergonzaba tanto del tamaño de sus pechos que hacía como si no existieran.

—Okey. Bueno, hummm…, pues en mi fantasía, estoy en una playa… —lo miró. «Contigo»—. Y el sol me calienta la piel —sus ojos devoraron los amplios hombros de Josh. «Y tú estás desnudo»—. Estoy tomando el sol en *topless*.

Él apretó los puños.

«Para tentarte».

Le entraban ganas de retorcerse por la atención que él prestaba a sus pechos, primero lenta y después variando la presión. Se había olvidado de que acariciar sus tetas podía aumentar su placer de forma más completa que cuando empezaba a tocarse el sexo. Clara cerró los ojos y echó la cabeza hacia atrás hasta que los largos mechones de pelo le rozaron la mitad de la espalda.

—Saber que te gusta que jueguen con tus pechos me ha quitado al menos cinco años de vida.

El puro deseo en su voz la hizo derretirse. Clara no había contado con que Josh le dijera guarradas cuando accedió a este plan. Sus palabras lo hacían todo más excitante y urgente, y deliciosamente indecoroso.

Abrió los ojos y se lo encontró lidiando con el control. Se movió hasta tenerla enfrente en el sofá, con cada centímetro de su larga y esbelta figura inclinada hacia delante, a la expectativa. Ella dejó que sus ojos vagaran por entre sus piernas y se pellizcó con fuerza los pezones con el pulgar y el dedo índice. El bulto en los pantalones de Josh era verdaderamente obsceno, y él parecía no ser consciente de que había empezado a mecer las caderas con sutileza.

—Deberías sacártela —dijo ella, y de inmediato se tapó la boca con la mano.

Josh se quedó paralizado.

—¿Qué?

Clara apartó despacio los dedos de los labios.

—Tu... verga —envolvió con la boca la palabra que él había usado antes—. Deberías sacártela y tocarte. Si quieres... —agachó la cabeza—. Lo siento. No debería haber dicho eso. Me dejé llevar.

—¿Estás de puta broma?

Josh se quitó la camiseta, ofreciéndole una vista de sus abdominales marcados al levantar los brazos. Se bajó los pantalones y los calzoncillos tan rápido que a ella apenas le dio tiempo a pestañear antes de ver que él ya estaba agarrándosela.

—Madre mía —le tembló la voz mientras la temperatura de la habitación subía—. Es como si un cuadro de Caravaggio se hubiera apuntado al gimnasio.

Josh dejó la mano quieta en la base de su grueso falo.

—¿Está bien... así?

—Sí.

Estaba mucho más que bien. La verdad es que la pantalla de su computadora no le había hecho justicia. No era de extrañar que él se enojara al perder todos esos dólares en productos propios. Las mujeres de todo el país probablemente se habrían gastado sus ahorros para la jubilación en una reproducción en silicona de lo que Josh tenía ahí.

—¿Vas a...? —él señaló con la cabeza los muslos que aún tenía tapados con la pijama—. No tienes ni idea de las ganas que tengo ahora mismo de verte.

Clara habría dado lo que fuera para que Josh siguiera mirándola justo así, por lo que se bajó los pantalones para quitárselos.

—Mier-da —dijo él cuando se quedó desnuda. Dejó de moverse. De hecho, Clara no estaba segura de si también había dejado de respirar—. Por favor, tócate el coño. Por favor. Sé que estoy suplicando. Sé que no es nada varonil, ni fino, ni cool. Pero, por favor, Clara... Me estoy volviendo loco —Josh habló con un tono de voz dolorido.

La lujuria ciega le dio la confianza necesaria para llevar su mano temblorosa al vientre y dejar que los dedos se deslizaran despacio entre sus muslos. En el momento en que su mano entró en contacto con su sexo, tanto ella como Josh soltaron un improperio.

Él se acercó tanto a ella que el aliento de sus fuertes suspiros ardía en su cuello. Ella gimió cuando sacudió las caderas, buscando la penetración, rogándole al hombre que tenía a su lado. Los ojos de Josh se oscurecieron, más salvajes, hasta que pareció la víctima de un naufragio de feromonas.

De repente todo, la presión de su mano y el placer que provocaba, se duplicó. Josh se tocaba con un movimiento uniforme, tragando saliva cada vez que su pulgar rozaba la cabeza de su pito. Dejó la boca abierta mientras la veía tocarse a ella, cada vez más próxima al orgasmo.

Sin pensarlo ni tener intención, Clara gimió la palabra que se había prohibido a sí misma pronunciar:

—Josh.

El sonido de su nombre en sus labios pareció destrozarlo. Su cuerpo entero empezó a sacudirse.

—Dilo otra vez —le pidió con los dientes apretados. El antebrazo que se movía aplicaba tanta fuerza que se le notaban las venas. Bajó la voz a una letanía—. Sigue diciendo mi nombre.

Ella lo miró a los ojos mientras insertaba dos dedos en su sexo apretado, incapaz de encontrar sitio en su mente para la vergüenza.

No cuando su respiración era tan entrecortada como la de él.

No cuando perseguía un orgasmo que prometía destrozarla.

Tenía todo el sentido convertir el nombre de Josh en un mantra. Aunque él no estuviera tocándola, podía sentirlo por todas partes. Su cuerpo despedía ondas por el calor y la energía contenida.

Todo lo que ella siempre había opinado sobre el sexo y su cuerpo se convirtió en agua pasada mientras se movía como una mujer que nunca se había disculpado por buscar su propio placer. «Que mire». No le importaba que viera el movimiento frenético de su mano para darse justo aquello que quería.

Su presencia actuaba como una privación sensorial, todo aumentaba y se focalizaba en un único punto.

—Por favor, dime que ves lo increíble que estás ahora —dijo él, poniendo los ojos en blanco cuando la vio añadir otro dedo. Entonces él aumentó la intensidad de su masturbación—. Haría cosas terribles, Clara, por sufrir la tortura perfecta de verte una y otra vez hacértelo.

No la tocó, pero las palabras se hundieron en su piel.

Clara estaba absorta en él. Se ahogaba en sensaciones. Estaba tan distraída que cuando ya perdió el control por completo, no solo gritó de placer, sino por la sorpresa. Se le cerraron los ojos cuando dejó que el orgasmo se extendiera por su cuerpo sin huir. Al parpadear, vio a Josh mirándola a la cara y el visible anhelo en sus ojos prolongó las sacudidas de su cuerpo.

No fue hasta después de un rato, al verla relajarse por fin y desplomarse en el sofá como un fideo blando, cuando Josh se permitió venirse, pintando su vientre con la prueba de su deseo. El sudor empezó a enfriar su cuerpo tembloroso. Nada le había sentado tan bien como la ilusión de Josh anhelándola.

La sala estaba en silencio, salvo por la mezcla de sus respiraciones desesperadas.

—Eso fue… —dijo Josh al final—. Bueno, lo que hiciste… Tu cuerpo es…

—Espero que esas frases terminen en elogios.

Clara sonrió mientras le pasaba un puñado de pañuelos de la caja que había encima de la mesa auxiliar, agotada, feliz y distinta a la mujer que era una hora antes.

—Sí, claro —respondió Josh mientras se miraban a los ojos.

La habitación se llenó con algo más que atracción y lujuria desenfrenada. Él apretó la mandíbula y Clara fue la primera en apartar la vista.

Él señaló con el pulgar por encima del hombro.

—Debería ir a tomar notas. A escribir mis conclusiones, si lo prefieres.

Clara buscó en el suelo su pijama.

—Sí, claro. Hazlo —contempló su trasero desnudo mientras se levantaba para marcharse, zigzagueando un poco—. Ah, y ¿Josh?

Se dio la vuelta, sosteniendo su ropa hecha una bola delante de su cintura.

—Diría que tu estrategia desde luego funciona.

Emitió un jadeo que era casi una risa.

Después de que Josh volviera a encerrarse en su cuarto, Clara se lavó y se puso una pijama limpia. Luego levantó su computadora del suelo y escribió una sola palabra en el buscador de dominios.

Sonrió al añadir a su carrito lo que había seleccionado. Por fin. Su proyecto en ciernes tenía nombre. Una palabra a la espera de ser reclamada. Una que latía al ritmo del pum-pum de su corazón.

Sinvergüenza.

Capítulo 20

♡ ♡ ♡

Clara Wheaton ya había sentido bastante vergüenza en su vida. Se había caído por las escaleras delante de todos los de su clase, había usado el pronombre francés equivocado al dirigirse a un nativo, y una vez había gritado por accidente «abortar» cuando se topó con un exnovio en una bodega de Manhattan. Después de haber soportado todo eso, decidió no dejar que sus «prácticas de sala» con Josh arruinaran el extraño vínculo innombrable que compartían.

Lo nccesitaba. Ahora tanto profesional como personalmente. Se limitaría a volver a trazar los límites entre ellos. «Sin daño, no hay delito». Probablemente, sería buena idea dejar de rescatar los recuerdos de él tocándose. Solo era una propuesta.

En un intento desesperado por volver a su zona de confort y conocer a los intérpretes y el equipo que habían contratado durante el transcurso de la semana, Clara convenció a Josh para hacer una parrillada en el patio trasero de Everett.

Las fiestas en casa eran una habilidad arraigada en las mujeres Wheaton, prácticamente desde el nacimiento. Clara sabía doblar las servilletas de catorce maneras distintas, aunque ese talento no era útil en esta situación.

En su esfuerzo por parecer relajada y sin pretensiones, había comprado vasos de plástico y alquilado mesas y sillas plegables. Había llegado incluso a permitirle a Josh escribir en las invitaciones que cada uno llevara algo.

—Nadie de nuestra edad puede aparecer en una fiesta con las manos vacías sin sentirse como un idiota —le había dicho él—. Al menos deja que traigan cerveza.

Clara se había consolado preparando una gran cantidad de salsas para adaptarse a las preferencias alimenticias de todos. Ella seguía siendo la anfitriona y después del espectáculo que había montado en el *casting*, esta era su oportunidad de hacer amigos. De demostrarles a todos que no era una jefa ni una banquera, sino una de ellos. Con deliciosos aperitivos y una conversación estimulante.

Al acercarse la hora del inicio de la fiesta, Josh salió de su habitación con una camiseta hawaiana ordinaria.

—¿En serio vas a ponerte eso?

No sabía por qué se molestaba en preguntar. Echó unas frambuesas frescas en un cuenco de ponche.

—Pues claro —Josh robó una pieza de fruta antes de que ella pudiera darle un manotazo para impedírselo y se la metió en la boca—. ¿Así te vestiste?

Clara se alisó la falda larga de su vestido *vintage*. Tenía el cuello *halter* y a ella le parecía encantador.

—¿No te gusta?

—No, sí me gusta —le recorrió con la mirada su figura—. Pero es blanco, y estamos a punto de celebrar una parrillada en el jardín trasero, con ponche rojo.

Clara frunció el entrecejo. No había pensado en eso.

—A lo mejor podría ponerme el delantal mientras comemos.

Sacó del armario un montón de tela a cuadros y holanes y lo extendió para que lo inspeccionara.

—Parece de marca.

Se giró hacia el refrigerador y Clara vio que Josh llevaba una tirita en la sien.

Se puso de puntitas para examinar la zona magullada.

—¿Qué te pasó aquí?

Seguramente no se le había ocurrido echarse antiséptico.

—Nada —Josh se apartó—. Que soy torpe.

Sonó el timbre.

—Llegan temprano —Clara se estrujó las manos—. Todavía no me ha dado tiempo de colocar en la mesa las tarjetas con los nombres.

Josh la llevó hacia la puerta por los hombros.

—Ve a recibir a nuestros invitados. Yo pongo las tarjetas.

Clara echó los triángulos de papel con los nombres de cada persona escritos con su letra en las manos de él ahuecadas y se apresuró a ir a abrir.

Naomi estaba en el umbral junto a otras personas del reparto y miembros del equipo que Clara conocía, pero de quienes no recordaba sus nombres. Naomi le colocó en los brazos una gran bandeja de plástico con verduras.

—No las corto ni las cocino.

—Okey —sinceramente, la idea de Naomi blandiendo un cuchillo era aterradora—. Gracias por venir. Esto es perfecto —Clara señaló la puerta que llevaba a la parte de atrás—. La fiesta es por ahí.

Fue recogiendo la comida conforme entraban los invitados en sandalias y camisetas sin mangas, presentándose y agradeciéndole la invitación. Había más gente de la que ella había contado. Lo bueno era que había un montón de comida.

Después de preparar algo a última hora, Clara se unió al resto del grupo en el jardín. A pesar de que había música puesta, la escena no había conseguido el aire de alegre camaradería que ella esperaba inspirar. Advirtió, confundida, que algunos de los chicos habían convertido sus tarjetas en pelotas de futbol. Oh, vaya… Al menos les encontraban alguna utilidad. Se abrió camino para llegar donde Josh y Naomi estaban hablando en un rincón. Con más que su típica falta de interés, ella le pasó despreocupadamente algo pequeño y negro a él, como el padre de Clara le daba una propina al valet parking, y captó el final de la frase que acompañó al gesto encubierto.

—… eso es lo mío y todo lo de Ginger.

Josh se metió aquella cosa en el bolsillo cuando se dio cuenta de que Clara se acercaba.

—¿Ya terminaste en la cocina?

Volvieron a relucir sus hoyuelos.

—Eh…, sí. ¿Va todo bien por aquí?

El cerebro de Clara buscó una docena de explicaciones para aquella entrega y una de las menos ridículas era que Naomi le hubiera pasado una especie de llave electrónica para una mazmorra sexual secreta. Pero ¿qué tipo de cosas guardaba esa llave? Era más probable que fuera una USB de algún tipo, lo que era… solo un poco menos desconcertante. «De todas maneras, no es asunto tuyo», le recordó una voz remilgada en su cabeza.

—Creo que hemos empezado un poco flojos.

Josh miró con el ceño fruncido a la reunión poco entusiasta. Ahora que lo mencionaba, la fiesta no estaba precisamente animada. Casi todos los invitados parecían tan incómodos como se sentía Clara.

—Tienes que fomentar la interacción —dijo Naomi—. La mitad de esta gente no se conoce. Has reunido a un montón de desconocidos y ¿eso que suena es Shania Twain en tu celular? —se quedó mirando a Clara de forma acusadora—. No me extraña que sea incómodo.

«¿A quién no le gusta *Man! I Feel Like A Woman!*?».

—Hummm. Tengo una idea. Tengo en mi habitación una lista de preguntas, desarrollada originalmente por Marcel Proust para suscitar una conversación significativa. Podría ir por ella…

—No —dijeron Josh y Naomi al unísono.

Él quitó la música y llamó la atención de los invitados.

—¿Qué tal una ronda del viejo juego yo nunca…?

Un par de personas intercambiaron una sonrisa pícara. Otros se rieron y fueron a rellenarse las copas.

—Tú sí que sabes, Darling —dijo una mujer que se había presentado como Stacy.

Su acompañante, uno de los que se había cargado las tarjetas de los nombres, gritó emocionado y se terminó su cerveza antes de tirarla al suelo.

—A los actores de cine para adultos les encanta el juego de yo nunca porque les da la oportunidad de alardear de todas las relaciones sexuales que han mantenido —explicó Naomi mientras llevaba a Clara a la mesa para jugar.

«Interesante». Clara había jugado unas cuantas veces estando de campamento y sabía que en la mayoría de los casos las preguntas se centraban en actividades ilícitas. Aunque se imaginaba que lo que este grupo consideraba «ilícito» sería muy diferente a lo que dirían los monitores del Campamento Sparrow.

De todos modos, los juegos con bebidas eran una buena idea. Un lubricante social relajaría a todo el mundo. Se sirvió un vaso de ponche y se unió a la contienda.

—Muy bien, gente. Empezaremos a jugar mostrándonos las manos con todos los dedos extendidos y doblaremos un dedo cada vez que hayamos hecho alguna de las cosas que se dicen. Quien acabe primero con todos los dedos flexionados puede tomarse una cerveza al final de la ronda. La última vez que jugamos con la norma de que se tenía que beber por cada cosa que se había hecho, no quedó nadie sobrio —Josh sonrió—. Empezaré yo. Yo nunca me he tirado a los dos miembros de un matrimonio.

Su ex y algunas otras personas flexionaron un dedo. Clara bajó las cejas antes de que alguien advirtiera su sorpresa.

—Yo nunca me he venido tanto como para desmayarme —dijo Stacy y cayeron varios dedos más.

Clara cambió el peso de un lado a otro. Jamás había considerado esa posibilidad. «¿Cómo podía…?».

—Yo nunca he cogido diez veces en un día.

Josh fue uno de los que bajó un dedo. Pero… eso desafiaba la ciencia. Clara necesitaba llamar a un médico.

—A mí nunca me han ofrecido un millón de dólares por acostarme con alguien una noche.

Solo Naomi bajó un dedo al oír eso.

Clara se giró hacia ella.

—¿En serio?

—No lo acepté —le aseguró ella.

—Yo nunca he rechazado un millón de dólares —dijo el siguiente jugador.

Naomi le enseñó el dedo medio que, convenientemente, era el único que le quedaba levantado en la mano derecha.

Todas las cabezas se giraron hacia Clara cuando le tocó a ella.

—Hummm… ¿Yo nunca me he roto un hueso?

—¿En una erección? —Stacy bajó un dedo a medias—. ¿Te refieres a como cuando le rompes la verga a alguien mientras te lo estás tirando? Porque eso sí que lo he hecho.

Clara se obligó a no retroceder ante esa imagen mental.

—No, me refiero a un hueso normal —levantó un brazo e hizo como si llevara un cabestrillo.

Stacy se desinfló.

—Oh.

Le tocaba a Naomi.

—Yo nunca me he tirado a un famoso.

—¿Qué defines como «famoso»?

—De la lista B para arriba —aclaró Naomi.

—Mierda. Por los pelos —dijo el acompañante de Stacy—. Yo nunca me he tirado a un líder mundial.

Ahora la mayoría de las personas solo tenía la mano izquierda alzada e incluso había algunas que ya habían flexionado alguno de los dedos. Los diez dedos de Clara extendidos resaltaban como una señal de neón declarándola una paria. Un par de personas la miraron con las cejas enarcadas.

—Se supone que tienes que bajar un dedo cuando hayas hecho algo —le susurró Stacy, sirviéndole de poca ayuda.

—Ah, vaya… —dijo ella, estirando el cuello para intentar ver la mesa de las bebidas—. Creo que nos estamos quedando sin hielo. Voy a ver.

Clara entró en la cocina y abrió el refrigerador, dejando que la ráfaga de aire le enfriara las mejillas acaloradas.

—¿Necesitas ayuda?

Cerró la puerta y se encontró de cara a Josh.

—No. Lo siento. Sé que estoy convirtiendo en una costumbre lo de salir corriendo de los sitios.

—Ese juego no era divertido para ti, ¿eh?

—No mucho. Mi vida sexual es muy convencional.

Respiró por la boca y apartó la mirada. «A excepción de lo que he hecho contigo».

—Podemos jugar a otra cosa.

—No es el juego, Josh. Mírame. No encajo. Vuelve a salir ahí y diviértete. Estoy segura de que nadie está a gusto por mi culpa.

—Ay, no inventes. Nadie piensa eso de ti. Todos quieren conocerte. Eres un misterio para ellos.

—«Misterio» es una bonita palabra para decir «bicho raro». Los populares de la preparatoria solían llamarme «aguafiestas».

Clara había intentado integrarse en el grupo de los nuevos amigos de Everett cuando él empezó a atraer la atención por estar tan bueno, pero a ella nunca le había resultado fácil moverse en ambientes informales.

Josh se le acercó y la envolvió en un abrazo.

—Ya no estás en la preparatoria —dobló las rodillas para que a ella le resultara cómodo apoyar la barbilla en su hombro y aplicó la presión perfecta a su abrazo. El olor a ropa recién lavada inundó la nariz de la chica—. Clara, esa gente de ahí fuera está alardeando. La mitad de las cosas son exageradas, te lo aseguro. Además, nuestras vidas sexuales no son lo más común. Tú has hecho millones de cosas que ninguna de esas personas ni siquiera ha intentado.

Ella se apartó un poco, agradecida por que él hubiera esperado a que fuera ella quien se separara primero. Una parte de ella hubiera podido quedarse entre sus brazos para siempre.

—Sí, es verdad.

—Levanta una mano.

Clara le hizo un gesto con la mano para que lo dejara correr.

—Vamos. Lo digo en serio. Levántala.

Ella puso los ojos en blanco y levantó la mano derecha.

—Yo nunca he hecho un doctorado.

Clara bajó un dedo antes de decir:

—Y mira todo lo bueno que me ha traído.

—Yo nunca he conseguido que las coles de Bruselas sepan bien.

—Todo está bueno si lo fríes con grasa de tocino —respondió Clara, pero sonrió un poco a su pesar. Se había comprometido a hacer que Josh comiera verduras, costara lo que le costara.

—A mí nunca se me ha ocurrido una idea para empezar mi propio negocio.

Esa sí era buena. Estaba orgullosa de Sinvergüenza.

—Yo nunca he sido lo bastante generoso para financiar a unos trabajadores del sexo de lo más variopintos a los que ningún banco les hubiera dado ni la hora.

La voz de Josh expresaba el respeto que sentía por ella y Clara se sonrojó antes de bajar el dedo anular y encogerse de hombros.

—Creo en ustedes, chicos.

Josh se tocó la tirita en la frente.

—Yo nunca he hecho que alguien se estampe contra el marco de una puerta porque salía del cuarto de baño con una toalla minúscula.

Clara ladeó la cabeza. No sabía a qué se refería con eso.

Josh alargó la mano y le bajó el último dedo.

Ya lo entendía.

—¿Qué? ¿Esta mañana?

Él le dedicó una sonrisa autocrítica.

—Puede que creas que no encajas, pero esas personas de ahí fuera están tan intimidadas por ti como tú por ellas. Si te relajas, ellos también se relajarán. Te lo prometo —le dio un golpecito en el brazo—. Bueno, salgamos antes de que Felix se termine toda la salsa de cangrejo.

Había entrado a aquel negocio con el pie izquierdo, pero, con Josh al lado, quizá debería dejar de decirse a sí misma que «los populares» nunca iban a aceptarla.

—Gracias.

El ruido de la fiesta continuaba fuera.

—De nada, Wheaton.

Josh tenía que controlar sus sentimientos por su roomie. Sus síntomas físicos habían empezado a causarle daño corporal. ¿Y los mentales? Bueno, esos se habían vuelto tan potentes que apenas podía pasar diez minutos sin pensar en Clara. Lo único que sabía era que siempre quería que estuviera feliz. Cuando sonreía o se reía, se sentía bien, poderoso. Si algo le hacía daño, quería aplastarlo todo como Hulk.

Había agradecido que ella sugiriera celebrar la fiesta, una oportunidad para desfogarse que no implicaba un orgasmo. Su verga estaba oficialmente en confinamiento después de casi haberle soltado «Eres la chica de mis sueños» mientras estaba sumido en un frenesí sexual viendo el cuerpo de Clara desnudo. Su capacidad de deseo le aterraba.

—Vamos, Darling. Estamos haciendo los equipos para jugar a darle la vuelta al vaso. Naomi y tú son los capitanes. La batalla de los ex.

Naomi atrajo su atención. Sabía que lo había visto yendo detrás de Clara hacia el interior de la casa después de la debacle anterior. Josh le hizo un breve gesto con la cabeza y vio que ella relajaba los hombros. Su actitud fría no lo engañaba. A Naomi empezaba a gustarle Clara, quisiera ella o no.

—Elige tú primero —le dijo ella, señalando con la mano a los invitados reunidos que querían jugar.

Josh encontró a Clara donde estaba recolocando los vasos de plástico cerca del barril de cerveza. A pesar de la conversación que habían mantenido en la cocina, él sabía que a ella le encantaría pasar el resto de la fiesta haciendo las tareas de anfitriona de la fiesta en vez de interactuar con los demás.

—Wheaton —la llamó desde el otro lado del jardín—. Tú vas conmigo.

Se giró hacia él con los ojos muy abiertos.

—¿Yo? —miró a los invitados que había a su alrededor—. No. Tranquilos. En este juego no participo. Jueguen ustedes.

Josh negó con la cabeza y le hizo una seña con el dedo.

—Ven aquí.

Había convertido en su misión personal asegurarse de que pasara lo que quedaba de la parrillada divirtiéndose.

Clara obedeció con una renuencia evidente mientras Felix y Max colocaban las largas filas de vasos a cada lado de la mesa y los llenaban de cerveza *light*.

Josh tiró de Clara hacia su lado de la mesa y chocó su cadera contra la suya.

—El truco está en la muñeca.

—Ya sé cómo jugar a darle la vuelta al vaso —levantó la barbilla, desafiante—. He pasado los últimos nueve años en varios campus universitarios.

—Muy bien —dijo Josh—. Naomi y yo somos los pilares, así que quédate a mi lado y así compensaré cualquier retraso.

Clara se cruzó de brazos.

—¿Por qué estás suponiendo que voy a retrasarme?

No le dio tiempo a responder antes de que Felix se subiera a una silla y gritara:

—Okey, gente. Empiecen a mi señal. El primer jugador de cada equipo tiene que contestar a mi pregunta antes de empezar a beber. ¿Preparados? ¿A quién preferirías cogerte, a Papá Noel o al conejito de Pascua?

Se formó una creciente algarabía con las respuestas a voces del primer jugador de cada equipo, mientras el resto de sus miembros los vitoreaban y los espectadores los abucheaban con las manos ahuecadas a modo de megáfono. Una descarga de espíritu competitivo recorrió la espalda de Josh.

Contuvo la respiración cuando se aproximó el turno de Clara. «Por favor, que no se ponga nerviosa». Josh casi no pudo mirar cuando la jugadora que tenía delante de ella, Stacy, salió en desbandada. El otro equipo les ganaba terreno mientras ella intentaba una y otra vez agarrar el vaso. Josh apretó los dientes.

«Mierda». Ahora la ronda terminaría en el turno de Clara y volvería a sentirse fatal. No podía soportar verla disgustada. Era como ver a un cachorro con una pata rota. Josh decidió no analizar por qué le importaba tanto que Clara encajara con sus amigos.

Por fin Stacy dejó su vaso. El otro equipo acabaría en cualquier momento. «Maldita sea».

Pero entonces…

Josh se quedó boquiabierto cuando Clara se bebió toda la cerveza de un trago y le dio la vuelta al vaso al primer intento, utilizando solo el dedo índice.

—¿Qué carajo estás esperando? —Clara tenía las mejillas encendidas y la cerveza brillaba en sus labios cuando le gritó.

Josh salió de su estupor y le dio la vuelta a su propio vaso, mientras que Naomi tenía problemas al otro lado. El vaso cayó tras unos cuantos intentos y ganaron en el ultimísimo segundo, en una confusión de cerveza rubia sin gas y gritos de admiración de sus compañeros de equipo.

Sin pensarlo, Josh agarró a Clara de la cintura y giró con ella en círculo haciendo que su falda se moviera.

Ella se rio en sus brazos y se le iluminaron las mejillas.

—Bájame o te vomitaré encima y ambos tendremos un problema.

—A Josh le fascinan los problemas —dijo Naomi, cruzándose de brazos y entrecerrando los ojos mientras observaba su abrazo.

Él quería atribuir su expresión amarga a su reputación de mala perdedora, pero eso no explicaba por qué se sentía tan culpable. De inmediato, dejó de dar vueltas y bajó a Clara con reticencia. Una idea aterradora provocó un incendio en su cerebro. «Mierda». Si no se andaba con cuidado, los problemas no serían lo único por lo que se fascinaría.

¡Cómo se sentía cuando estaba con Clara! El corazón se le aceleraba en cuanto aparecía, ansioso de su aprobación, y se reía de todo lo que decía. No había reconocido las señales. Siempre había creído que había nacido inmune.

Se aclaró la garganta, abrió una cerveza y dejó que el líquido amargo permaneciera en sus papilas gustativas como un aviso. «No, no es posible».

—¿Cómo aprendiste a hacer eso? —le preguntó a Clara.

Ella levantó un hombro hacia la oreja.

—Siempre se me ha dado bien darle la vuelta al vaso.

Le sacó la lengua y fue a ayudar a Felix a organizar una segunda partida.

Josh intentó no entrar en pánico.

No le importaba admitir que quería acostarse con Clara. Ni siquiera que le gustaba mucho como persona. Le resultaba fácil hablar con ella, más que con la mayoría de la gente, incluso de cosas que nunca compartía con nadie. Pero eso no significaba que quisiera ser su pareja. Nunca había querido ser el novio de nadie. No le interesaban todas las responsabilidades y expectativas que eso suponía.

No podía estar enamorándose de Clara. No iba a enamorarse de ella. Las leyes de la evolución no debían permitirlo. Se le quedó mirando mientras se reía por algo que había dicho Felix. Frunció el ceño. ¿Qué era tan divertido?

Naomi le ofreció un plato con salsa de espinacas y unas galletas saladas.

—No lo hagas.

—No estoy haciendo nada.

Se limpió las palmas en los pantalones cortos antes de servirse la comida.

—Bien. Porque de todas formas no funcionaría.

Aunque Naomi usó el mismo argumento que él mismo se había dado hacía unos minutos, se encontró apretando los puños.

Su madre solía decir que, si querías que algo sucediera, solo tenías que decirle a Josh que no podía hacerse.

Capítulo 21

♡ ♡ ♡

Clara intentó concentrarse en el comunicado de prensa para el último acto de Toni, cuyo fin era recaudar fondos, pero había tenido que leer el mismo párrafo cuatro veces porque Josh no dejaba de emitir desde el otro lado del estudio suspiros que la distraían. Se pasó el dorso de la muñeca por el ojo y lo ignoró.

Josh había jurado que solo necesitaría veinte minutos para llevar a cabo una última comprobación del equipo antes de que empezaran a filmar al día siguiente, pero ya llevaban allí más de una hora mientras él inspeccionaba de manera obsesiva aquel modesto espacio de trabajo.

El equipo desde luego parecía profesional. Un mínimo de personal, dos estudiantes de cine de la UCLA, habían alquilado todas las luces, cámaras y micrófonos necesarios. Naomi había ido antes para dar luz verde, pero Josh no se fiaba de lo que dijera nadie.

Clara debería haberle dicho que fuera sin ella cuando mencionó que se acercaría en coche a Burbank después de cenar. Pero aquella mañana le había ofrecido un juego de llaves duplicadas y no quería que pensara que estaba rechazando el gesto.

Al menos se había llevado consigo su trabajo. Entre la empresa de relaciones públicas y las horas que había dedicado a Sinvergüenza las últimas semanas, no tenía tregua. Si no terminaba aquellos comunicados de prensa para el día siguiente, incluso su tía, que era una persona extremadamente tranquila, le arrancaría el pellejo.

Otro suspiro lastimero le hizo levantar la vista, solo que en esta ocasión se encontró a Josh acostado de espaldas, empujando las caderas hacia arriba.

Se quedó boquiabierta mientras sus ojos inhalaban aquella imagen sensual.

—¿Qué demonios estás haciendo?

Él debía darse cuenta de que ella no tenía tiempo para analizar cualquier sentimiento poco amistoso que pudiera haber desarrollado hacia él, para averiguar dónde estaban los límites de vivir juntos, trabajar juntos y ahora acaramelarse. Ella había tomado la decisión ejecutiva de culpar de todo a las hormonas reprimidas y continuar adelante. Esperaba que él también hubiera hecho lo mismo. Josh se detuvo a mitad del levantamiento de caderas y se tapó la cara con ambas manos.

—Encuadraron fatal la toma. El ángulo es demasiado amplio. Le cortaron los pies a Lance.

—¿Estás seguro?

Clara recordaba vagamente a Lance de las audiciones. Tenía unos *piercings* muy singulares.

—Estoy casi seguro. Hazme un favor, mira por el objetivo y dime si ves mi cuerpo entero en la toma.

Josh mantuvo la posición del puente con una facilidad asombrosa. Por lo que ella sabía, no se mataba entrenando en el gimnasio, aparte de correr. ¿Todos esos músculos eran de tener sexo? «Despreciable».

Se acercó con cuidado al trípode y se puso de puntitas para asomarse por el visor.

—Tienes razón. Se corta en tus rodillas.

Josh se puso de pie y miró al suelo.

—Mierda. Vamos a tener que volver a poner toda la cinta adhesiva. Lo fijaron todo unos centímetros demasiado a la derecha.

—¿No podemos limitarnos a mover la cámara?

—No a menos que quieras mover todas las luces y los micrófonos. Necesitaríamos una escalera.

Señaló algo que parecía un plumero y que estaba encima de su cabeza.

Clara advirtió la cinta fluorescente que había por el suelo.

—¿Estas pequeñas marcas indican dónde van los actores?

—Sí. Ginger y Lance vinieron esta mañana y Naomi marcó todas las posiciones para la escena inicial.

—Así que ¿tenemos que mover la cinta? Eso parece bastante sencillo.

—Algo así. Para saber dónde tenemos que ponerla, necesitaríamos recolocar las posiciones. Tú tienes más o menos la misma altura que Ginger y yo soy igual de alto que Lance, pero…

A Clara empezaron a sudarle las manos.

—¿De qué tipo de posiciones estamos hablando?

A Josh se le encendieron los ojos.

—Las que favorecen el orgasmo para las mujeres durante las relaciones.

A ella se le aceleró el pulso al aproximarse donde él estaba. Se lo estaba temiendo.

—De acuerdo —contestó con voz temblorosa mientras ella luchaba por controlar su excitación. A pesar de sus grandes esfuerzos, no logró convocar sus defensas para no tocarlo. La expectación inundó su pecho—. Ensayemos rápido las posiciones. Estoy agotada, y todavía tengo que encontrar un sinónimo coloquial para «magnánimo» —añadió, frunciendo el entrecejo para que él no viera que aceptaba aquel salaz ejercicio para aprovecharse de su increíble cuerpo.

Josh parpadeó unas cuantas veces.

—Perdona, ¿te estás ofreciendo a simular todas las posturas sexuales requeridas para esta escena?

Su tono de incredulidad hizo que ella misma se lo cuestionara.

—Creía que estabas sugiriendo que eso era lo que teníamos que hacer.

—Ah —Josh se apoyó sobre sus talones—. Sí, es lo que se tendría que hacer. Eso sin duda.

Inmediatamente, se puso en cuclillas y empezó a arrancar la cinta del suelo. En cuanto las quitaron todas, Josh se puso detrás de la cámara y le hizo un gesto a Clara para que se colocara en una postura específica.

—Quédate ahí —le pidió, y luego fue corriendo y se acostó de forma que sus hombros quedaran alineados con la posición actual de los pies de la chica.

—Okey. Ahora siéntate a horcajadas sobre mi muslo y pon la cinta a la altura de nuestros pies.

¿Por qué tanto «sentarse» como «muslo», dos palabras aparentemente inofensivas, sonaban obscenas al salir de la boca de Josh?

—Pero... Llevo falda.

A Josh se le cortó la respiración.

—Si quieres, yo me siento sobre tu muslo.

Clara se masajeó las sienes. El inmenso cuerpo de Josh estaba acostado frente a ella como un festín lascivo.

—Tú dime en qué dirección me pongo.

—De rodillas, de espalda a mí, coloca una pierna a cada lado de mi pierna izquierda.

Clara se sujetó el dobladillo mientras se agachaba con cuidado para colocarse en la posición que él le había indicado, hasta que el trasero quedó casi alineado con la entrepierna de Josh y apoyó la pantorrilla en la parte interior de su muslo. No alcanzaba a comprender cómo dos personas podían tener la confianza suficiente en sí mismas para intentar una maniobra así de complicada mientras estaban desnudas. Por mucho que lo intentara, no podía imaginarse cómo las partes necesarias de sus cuerpos se alinearían.

—¿Dónde pongo el pie? —se movió hacia atrás hasta que se le resbaló el tenis y chocó contra algo que sacó un quejido de dolor de Josh.

—Ay, Dios. Lo siento muchísimo —se puso de pie con torpeza y se quedó sin poder hacer nada mientras Josh se colocaba en posición fetal, agarrando sus innombrables—. ¿Voy a buscarte hielo?

—Estoy bien —la vena que palpitaba en su cuello decía lo contrario.

—¿Y si hay un daño permanente? Las mujeres de Estados Unidos necesitarían un día libre para llorar la pérdida de la preciada herramienta de Josh Darling.

—Por favor, cállate.

Los ojos se le llenaron de lágrimas.

Clara lo observó con impotencia mientras él respiraba lenta y profundamente durante varios minutos, hasta que por fin estiró el cuerpo.

—Ya puedes volver a colocarte —dijo Josh con mucho menos entusiasmo que la primera vez que le había pedido que se pusiera de rodillas—. Con cuidado.

En cuanto ella hizo lo que él le había ordenado, Josh arrancó con los dientes un par de trozos de cinta del rollo y se los pasó.

—Marca con una pequeña X el lugar donde están nuestros pies.

Ella se inclinó hacia los dedos de sus pies y notó que la falda se movía con ella.

—¿Estás seguro de que a las mujeres les gusta esto?

—Sí —respondió Josh con un tono de voz más duro—. Es un concepto similar a la vaquera inversa. En esta postura, la mujer controla la profundidad, la velocidad y el ángulo —movió las caderas—. Bueno, pasemos a la siguiente postura.

Ella vaciló.

—No quiero volver a lastimarte.

Él hizo un gesto para quitarle importancia.

—No te preocupes. Tengo la verga asegurada.

Clara se llevó la mano al pecho.

—¿Lo dices en serio?

—No, claro que no —Josh llevó el peso de la parte superior de su cuerpo hacia sus codos—. Pero me gustó la cara que acabas de poner. La siguiente postura es con la chica encima, así que si puedes…

—Sí, sé cómo tengo que ponerme.

Clara intentó adoptar una actitud femenina mientras se colocaba a horcajadas. Se apoyó a propósito sobre el vientre de Josh en vez de arriesgarse a hacerlo en la zona peligrosa que se encontraba por debajo de su cinturón y se ahuecó la falda para no mostrar una cantidad exagerada de muslo.

Se recogió el pelo detrás de las orejas.

—¿Está bien así?

—Casi.

Josh colocó una mano en la mitad de su espalda y la empujó hacia él con suavidad.

—¿Qué estás haciendo? —la pregunta sonó más bien como un chillido.

Había conseguido llegar tan lejos sin encontrarse con su erección. No es que necesariamente tuviera una. Seguro que no. Sobre todo teniendo en cuenta el golpe que acababa de darle. Además, él se ganaba la vida con eso, sin las capas de ropa. Clara adoptó una expresión profesional.

El calor de las yemas de los dedos de Josh a través de la seda de su blusa le provocaba un cosquilleo placentero que subía y bajaba por su espalda. La guio hasta que los pechos de ambos entraron en contacto.

—Este es el ángulo.

—Ya veo —contestó ella, intentando ignorar cómo sus pezones rozaban el pecho de Josh cada vez que respiraba—. Siempre había creído que debía sentarme recta. Ya sabes, para hacer palanca. Esto es mucho más íntimo —inhaló por la nariz mientras estudiaba la dura línea de su mandíbula—. Pero no tengo mucho espacio para… rebotar —seguro que le estaba saliendo humo por las orejas.

A Josh se le marcaron los hoyuelos.

—En realidad, no tienes que rebotar. Bueno, puedes hacerlo si quieres, a mí me encantaría verlo —bajó la vista solo un momento—. Pero en el tutorial, sugerimos más un movimiento de vaivén para que tu clítoris entre en contacto con mi hueso del pubis.

Para darle más rigor profesional, Josh ofreció la excitante descripción con la cara seria.

—¿Y eso cómo va? —preguntó ella con un hilo de voz. Su olor, una embriagadora mezcla de piel y jabón, había provocado una niebla de lujuria que había entrado en su cerebro y lo había cubierto.

—Te lo puedo enseñar, pero… eh… tendría que poner las manos en tu trasero.

—No pasa nada —dijo Clara con toda la dignidad que pudo reunir.

¿Qué había pasado con su fuerza de voluntad?

Josh la agarró, remangando la delicada tela de su falda hasta que las yemas de sus dedos tocaron su piel desnuda y cerró los ojos cuando, desde ese punto de apoyo, la llevó contra su pelvis describiendo con fluidez un ocho.

«Santo cielo…». Ella se mordió el labio para evitar gemir. La fricción de la áspera tela de sus jeans contra el fino tejido de su ropa interior era exquisita.

—Ay, Dios mío.

—¿Estás bien? —preguntó Josh, quedándose quieto y apretando la mandíbula tan fuerte que se le contrajo un músculo de la mejilla.

Clara murmuró una confirmación y cerró los ojos con fuerza. Si abría la boca, diría algo desesperado. Algo obsceno. Sabía que podía venirse fácilmente si él repetía aquel movimiento.

Josh se movió para agarrarla de las caderas.

—Todavía tenemos que poner la cinta —dijo él con la respiración entrecortada.

Clara no podía creer que hubiera desperdiciado un segundo de su vida sexual con cualquier otra postura que no fuera esa. Apoyó las palmas en el suelo, una a cada lado de su cara, y se meció sobre él mientras sus senos se arrastraban por su pecho. Cuando abrió los ojos, él la estaba mirando.

Ella se mordió el labio inferior tan fuerte que saboreó la sangre. El sexo en seco estaba terriblemente infravalorado.

—Maldita sea, Clara. Me estás volviendo loco.

Volvió a agarrarle el trasero y abrió los dedos para amasar su piel recalentada.

Ella se frotó deliberadamente contra él mientras aumentaba su placer.

—Oh, Dios... Me vengo.

Él le estaba agarrando las nalgas con tanta fuerza que imaginó que se despertaría al día siguiente con las marcas de sus dedos. Al pensarlo, tembló contra él.

—No pares.

—Lo que tú digas —gruñó Josh mientras la llevaba esta vez más para abajo, hacia su inconfundible erección.

—¿Saben? Es incluso mejor si se quitan la ropa —dijo Naomi con voz seca.

Josh y Clara se pusieron enseguida de pie o al menos lo intentaron. Los pies de ella resbalaron en el brillante suelo laminado y movió los brazos en el aire para tratar de recuperar el equilibrio.

—¡Carajo! —exclamó él cuando el codo de Clara se le clavó en el plexo solar.

—No exactamente —Naomi examinó su manicura—. Pero estoy segura de que si hubiera aparecido diez minutos más tarde...

Clara abrió la boca para disculparse o dar algún tipo de explicación. Lo que le saliera primero.

—Soy una mujer paciente, pero como pronuncies las palabras «Esto no es lo que parece», voy a ponerme loca.

—Stu… —el susurro de Josh contenía trazas tanto de agotamiento como de advertencia.

—Clara, por favor, ¿nos das un momento? —Naomi enseñó los dientes como una pantera rabiosa.

La indecisión ancló los pies de la joven en el suelo. Por un lado, probablemente no debía abandonar a Josh. Al fin y al cabo, ella era tan responsable como él de lo que acababa de pasar. Por otro lado, Naomi era su ex. Una ex con la que, por lo que ella sabía, él aún esperaba reconciliarse. ¿A lo mejor Josh quería tener la oportunidad de explicarle el problema de la cinta directamente? Y a Clara no le apetecía quedarse y oírle menospreciar su reacción de aficionada al probar lo que dos profesionales como ellos probablemente consideraban una postura habitual.

De todas formas, recogió despacio sus cosas por si Josh quería hacerle una seña de que necesitaba que se quedara para darle apoyo moral. Incluso se agachó para atarse los zapatos.

—Clara, está bien —dijo él sin apartar los ojos de Naomi—. Nos vemos ahora en el coche.

Mientras huía, se le pasaron por la mente mil escenarios distintos en tecnicolor de lo que estaba sucediendo en la parte trasera del estudio. Puso en marcha el motor y encendió la radio, porque los dos resultados más probables de un desacuerdo entre Josh y Naomi eran los gritos y el sexo, y no le apetecía escuchar ninguna de las dos cosas.

Naomi señaló el corazón de Josh directamente con un dedo amenazador.

—No podías dejarlo, ¿eh?

Josh suspiró. Ya estaba ahogándose en las arenas movedizas de sus sentimientos por Clara y lo último que necesitaba en esos momentos era un sermón de su exnovia.

—No puedo creer que hayas puesto en juego el futuro de ambos por caliente.

—No hables así de ella. Clara y yo no estábamos cogiendo.

Al menos, no de la manera que Naomi estaba acusándolo. ¡Por Dios! ¿Cuándo se le había complicado tanto la vida?

—Vaya —ella retrocedió un paso y el vestido le envolvió las rodillas—. Nunca creí que vería el día en que me mentirías —extendió los brazos—. Sabía que iba a pasar esto. Lo supe en cuanto ella se instaló en la casa. No te puedes resistir a una mujer que no se comprometerá nunca contigo.

Josh ignoró el ardor de vergüenza en su garganta.

—No sabes de lo que estás hablando. Estábamos arreglando un error. Uno del que tú no te diste cuenta, por cierto. Las marcas del suelo estaban mal colocadas.

¿Había sido necesario que ambos se pusieran en el suelo? Probablemente no. Pero Clara tenía puesta esa faldita de pliegues tan mona y no se pudo resistir.

—Yo no cometí ningún error —Naomi se acercó a la cámara pisando fuerte y miró por el objetivo—. ¿Estás hablando del encuadre de la toma? Josh, saqué el gran angular para que lo limpiara un profesional —sacó el caro objetivo de su bolso—. Lo que hay ahí es el objetivo estándar. Vine a cambiarlo. Y ahora, gracias a tus travesuras apasionadas, Lance y Ginger tendrán que venir mañana una hora antes para arreglar este desastre.

Él se frotó la nuca.

—Ah.

Tenía sentido. «Mierda». Los nervios y querer tenerlo todo preparado, sumado a la sensación cada vez más vertiginosa que tenía en cuanto Clara estaba a menos de tres metros de él, le habían hecho sacar conclusiones precipitadas.

Naomi dio unos golpecitos en el suelo con el pie.

—Además, aunque yo hubiera cometido un error, lo que ustedes dos estaban haciendo no era fijar el encuadre.

—¡Por Dios! Tienes razón, ¿okey? Mira, si te hace sentir mejor, recibí una patada accidental en las pelotas —todavía tenía un ligero dolor de estómago—. ¿Crees que no sé que Clara Wheaton es inalcanzable para mí? Es una genio rica y culta, y yo soy un tipo degenerado que dejó la universidad con más pito que cerebro.

Todos creían que eran los celos de lo que tenías que preocuparte cuando intentabas salir con alguien y te dedicabas a aquella profesión, pero no era más que la punta del iceberg. Los celos suponían que las personas fuera de la industria aceptaban las implicaciones morales y sociales de su trabajo, que no les importaría presentar a alguien que se dedicara al porno a compañeros de trabajo o a los padres. Que el objeto de tu afecto podía imaginarse estar a tu lado delante de los amigos y la familia, y declarar su amor y lealtad a alguien que a grandes rasgos el resto del mundo consideraba inmoral. Clara había dejado claro que su familia jamás lo aceptaría.

Naomi frunció el entrecejo.

—¿Cuándo fue la última vez que te acostaste con alguien?

Miró al techo, intentando hacer memoria. Una visión de Clara, con los ojos cerrados y la boca abierta mientras arqueaba la espalda de placer, le apareció en la cabeza. Clara no contaba. Ahora que se paraba a pensarlo, quizá hacía tiempo que no se tiraba a nadie.

—Ha pasado demasiado tiempo —soltó Naomi—. Si tienes que pensarlo, es que ha pasado demasiado tiempo.

—He estado ocupado.

Empezar un negocio era un trabajo más laborioso de lo que pensaba.

—Sí —Naomi resopló—. Ocupado enamorándote de alguien inapropiado. ¿Alguna vez te has parado a pensar en toda la gente que saldría perjudicada si le rompes el corazón a Clara? ¿Qué ocurrirá con Sinvergüenza cuando no soporten estar juntos en la misma habitación? —se pasó las manos por el pelo—. Si ella retira el dinero, esto se acabó.

—¿Quién dijo que vaya a romperle el corazón?

No quería hacerle daño a Clara. Sí, quería tirársela, pero se había tirado a muchas personas y a todas parecía haberles gustado. Por primera vez en mucho tiempo, tenía mucho más que el sexo en la cabeza. Aquella palabra imposible le volvió a aparecer en la mente, pero se la guardó. Más tarde, cuando estuviera a solas, podría sacarla de la caja y examinarla.

—No me insultes fingiendo que no sabes de lo que te estoy hablando —dijo Naomi.

Ahora fue Josh quien levantó las manos en el aire.

—De lo que estás hablando no es asunto tuyo.

—¿No es asunto mío? Tú eres el que lo ha convertido en mi asunto. Y no solo en el mío. ¿Qué hay de todos los actores a los que hemos convencido para seguirnos en esta misión suicida contra Pruitt? ¿Qué pasará con ellos cuando desaparezcan los cheques?

—Muy bien —levantó las manos—. Ya lo dejaste claro. Dejaré en paz a Clara.

—Júramelo.

Naomi tendió la mano a la espera de que él se la estrechara.

Josh se quedó mirando sus uñas rojas como la sangre e intentó no expresar con la cara el miedo que sentía.

—No seas dramática.

—¿Te parece que estoy actuando ahora? Júrame que no te acostarás con Clara ni tendrás ningún otro tipo de implicación loca y sentimental con ella, o me retiro del proyecto esta noche.

Llevó la mano hacia él hasta que Josh se la estrechó brevemente.

—¿No crees que estás siendo un poco hipócrita ahora mismo? Tú y yo lo hicimos.

Quería que Stu le dijera que estaba bien, que sí, que Clara y él encontrarían el modo de que lo suyo funcionara. No estaba del todo seguro de que sobreviviera a la alternativa.

—No puedo creer que sigamos manteniendo esta conversación. Tú y yo no intercambiamos dinero. Pero lo que es más importante es que sabes tan bien como yo que la única razón por la que nuestra relación funcionó fue porque, la mayor parte del tiempo, nos dejábamos en paz el uno al otro.

Eso era cierto.

—Yo nunca te presioné ni tú intentaste controlarme. Siempre asumimos el hecho de que éramos dos personas a las que les gustaba coger juntas y que intentaban mantener desesperadamente las cámaras rodando —le dedicó su sonrisa característica, en la que apenas movía la boca, pero le brillaban los ojos—. Me gustabas porque nunca tenía que preocuparme de que te enamoraras de mí, Josh.

No soportaba que tuviera razón.

—Para tu información, eres digna de ser amada. Si le das a alguien la mínima oportunidad.

Naomi se encogió de hombros.

—En ese caso, supongo que nunca lo sabremos.

Josh tragó saliva. Tenía que preguntárselo.

—¿Y si Clara es diferente?

Sabía que no tenía razón, que había dejado que el encaprichamiento con su roomie fuera demasiado lejos. Pero sus sentimientos hacia ella eran demasiado complicados, demasiado poderosos, para retroceder ahora. En el gran orden de las cosas, ¿amar a Clara Wheaton era tan malo?

Naomi negó con la cabeza.

—Nadie es diferente. Todos quieren la fantasía, pero nadie quiere la realidad.

—Lo digo en serio, Stu. Deberías haberla visto cuando quise dejar el porno. Todo esto, esta idea loca, lo hizo porque cree en mí —se frotó la cara con la mano. No podía reconciliar las palabras de Naomi con las acciones de Clara—. Suena ridículo, lo sé, pero por primera vez en mi vida alguien quiere que esté a la altura de mi potencial o lo que demonios signifique eso.

—Lo sé —la boca de Naomi era una línea fina y recta.

—Cree que es blanda, pero a veces pone esa mirada… Ni siquiera sé cómo describirla.

Naomi suspiró.

—Como si pudiera comer uñas para desayunar.

Josh sonrió mirándose los zapatos.

—Sí.

Cuando Naomi habló, su voz sonó muy seria.

—Por eso te hice jurarme que no te acostarás con ella.

Capítulo 22

Todo lo que podía ir mal fue mal la mañana de la primera gran presentación de Clara al equipo de campaña de Toni Granger.

Se quedó dormida porque se olvidó de poner el despertador la noche anterior. No pudo lavarse los dientes porque se le acabó el dentífrico, se golpeó el dedo del pie en la sala con uno de los amplificadores descarriados de Everett y, lo peor de todo, no había señales del autobús a Malibú, su archienemigo.

No era la primera vez esa mañana que deseaba que estuviera Josh en casa. Ya la había llevado al trabajo antes, pero apenas lo había visto desde que habían empezado a grabar para Sinvergüenza hacía unos días. Después de dejarla en casa la noche anterior, se había vuelto a ir en taxi a tomar unas copas con el equipo y no había regresado.

Intentó no pensar en la manera en que los ojos de Ginger lo habían devorado cada vez que él le daba instrucciones para una escena, o que Naomi todavía lo tenía a sus pies con tan solo un susurro. ¿Habría pasado la noche con alguna de ellas? ¿O con ambas? Tragó saliva. El corazón se le subió a la garganta y cerró los ojos por el dolor. Como Josh pasara su tiempo libre no era de su incumbencia, pero eso no significaba que no le importara.

Además, lo más probable era que estuviera exagerando y solo estuviera ocupado con asuntos de negocios. No podía negar que Sinvergüenza era un agujero negro de trabajo, pero tampoco podía deshacerse de la sensación de que su ausencia repentina de la casa coincidía especialmente con que Naomi los encontrara en el estudio la otra noche. Cuando por fin él se había subido al coche, había estado extrañamente callado. Se había limitado a preguntarle si quería conducir.

Ella le había robado miradas en los semáforos de camino de vuelta a West Hollywood, tratando de averiguar qué pensaba, pero el cielo nocturno había pintado sombras en su rostro, reduciéndole la mandíbula, los pómulos y los huecos bajo los ojos.

El coche se llenó de las palabras que quería decirle, pero que no podía pronunciar. Los hombres como Josh no respondían preguntas como «¿Qué ocurre entre nosotros?» de chicas con las que ni siquiera se habían acostado.

Clara intentó mantener una actitud tranquila e indiferente, pero estaba cada vez más torpe y distraída. Era como si la presencia de Josh en su vida hubiera sido la cuerda que mantenía su barco amarrado a la orilla y de pronto la hubiera soltado a la deriva.

Se pasó el dorso de la mano por la frente húmeda y, con un pie en la acera, se asomó por la calle. Nada.

Miró la hora. Las 8:07. Si el autobús aparecía dentro de tres minutos, solo llegaría cinco minutos tarde a su reunión con Toni. Cinco minutos tarde a una reunión a las nueve y media era plausible con el tráfico que había en Los Ángeles. No era bueno, pero sí excusable. El tipo de fallo que se te podía perdonar con una disculpa encantadora.

8:08. Cada minuto que esperaba le arrebataba sus opciones de un transporte alternativo. Era la hora pico para los trabajadores de la ciudad. Si pedía un coche ahora, tardaría al menos veinte minutos en pasar a recogerla.

No le quedaba más remedio que llamar a Jill.

Su jefa descolgó solo después de un tono, así que Clara supo que también había estado contando de manera obsesiva los minutos que faltaban para la reunión.

—Eh, ¿qué pasa?

Clara oyó las débiles grietas que se abrieron en la experta calma de su tía.

Haciendo malabares con el teléfono, se cambió al otro brazo el montón de impresos que llevaba.

—Lo siento mucho. Me quedé dormida y el autobús no llega.

La verdad sabía amarga.

Se había quedado dormida después de pasarse media noche esperando a que Josh llegara a casa. De algún modo había dejado que sus sentimientos por él entraran en territorio traicionero. Conforme transcurrían los días, la manera de preocuparse por él tenía que ver cada vez menos con ser amigos; pero una relación sentimental entre ellos era imposible. Patéticamente absurda. A su familia le daría algo si se enteraban de que vivía bajo el mismo techo que alguien tan carne de cañón para la prensa amarilla. Además, por lo que ella sabía, Josh no era de los que tenían novia. Al menos no una que fuera como ella. Se habían desahogado juntos unas cuantas veces, pero como le había dicho aquella primera semana, a él no le costaba separar el sexo de los sentimientos. Clara quería creer que había aprendido la lección cuando Everett se marchó, así que ¿por qué se ponía tan enferma al pensar en Josh tocando a otra que no fuera ella?

—No sé qué hacer —dijo Clara, medio para Jill y medio para ella—. Ya llevo aquí veinticinco minutos. Quizá tendrías que empezar sin mí.

Hubo una larga pausa al otro lado de la línea y supo que su jefa, su tía, quería elegir las palabras con cuidado.

—No puedo empezar sin ti. Tú tienes la presentación. Si no estás aquí cuando llegue Toni, no estoy segura de que no se dé la vuelta y se marche por donde vino.

«Mierda».

El montón de impresos que Clara sujetaba entre sus brazos incluía semanas de investigación, meticulosos pronósticos y modelos de rentabilidad de la inversión avanzados. Llevaban semanas trabajando sin descanso en la primera ronda de propuestas para la campaña. No era el tipo de cosa que alguien, ni siquiera Jill, pudiera volver a crear en treinta minutos.

—Podría enviarte el archivo para que lo imprimas en la oficina.

La ansiedad le arañaba la garganta.

Su tía suspiró.

—Con esta impresora vieja que tenemos, saldrá una basura. Por eso contamos con una impresión profesional. Tendré que cambiar la reunión para otro día —su tono de voz resignado y entrecortado hizo que Clara cerrara los ojos.

Así que una se sentía así cuando defraudaba a las personas que quería. Visualizó la cara de su madre con el ceño fruncido. Había visto esa mirada dirigida a su padre y a Oliver infinidad de veces, pero nunca a ella.

Clara dudó un momento.

—No, no lo hagas. Ya se me ocurrirá algo. Llegaré a tiempo.

¿Qué decían sobre hacer promesas que no estabas segura de poder cumplir? Colgó el teléfono. Había hablado sin pensar. «8:13».

Los fuertes rayos del sol golpeaban su espalda y amenazaban con derretirla allí mismo. Buscó en su bolso un pañuelo de papel y su mano rozó un metal frío y afilado. Era la llave que le había dado Josh. Su voto de confianza.

Empezó a caminar por la manzana de vuelta a casa hasta que la reluciente pintura negra del Corvette le guiñó el ojo desde la entrada. Se figuraba dónde estaría Josh en ese momento, probablemente acostado desnudo en la cama, besando el hombro de su conquista de la noche anterior. El estómago de Clara amenazó con rebelarse.

Se enojaría si llevaba el coche sin él. La idea de aprovecharse de la llave sin permiso le hizo negar con la cabeza ante su propia línea de pensamiento. No podía infringir la única regla que

Josh le había puesto. Por no mencionar que le temblaban las piernas con tan solo imaginarse conduciendo sola.

Pero Jill la necesitaba. Su tía había asumido un gran riesgo al contratarla para trabajar en un proyecto tan importante. No podía permitir que su empresa sufriera las consecuencias de la falta de profesionalidad de una ayudante que acababa de entrar. Tenía que aceptar la responsabilidad por haber querido abarcar demasiado.

Josh la dejaba conducir el Corvette casi todas las noches para ir al estudio, e iría directo a casa después de la reunión. Tras teclear su número en el celular, se quedó mirando los dígitos. «8:15». ¿A quién pretendía engañar? Si se lo pedía, estaba claro que le iba a decir que no y entonces se quedaría sin opciones.

Clara cerró los dedos alrededor de la llave hasta que los bordes se clavaron en su palma. «Por favor, que no me odie por esto». Miró por última vez a ver si llegaba el autobús y corrió hacia el coche.

Los treinta segundos que tardó en colocar el asiento del conductor para adaptar el espacio a su estatura casi la detienen. El asiento parecía resistirse a deslizarse hacia delante, como si el Corvette quisiera salvarla de sí misma. El silencio inundaba el interior vacío y, cuando giró la llave en el contacto, hasta el repentino rugido del motor la sobresaltó.

Josh lo entendería. Tenía que hacerlo.

—No es tan grave —le dijo Clara al asiento vacío del copiloto unos minutos más tarde. Si mantenía un flujo constante de conversación, casi podía fingir que Josh la acompañaba.

Pero entonces los niveles de adrenalina empezaron a descender y el pánico amenazó con dominarla. Tragó saliva al acelerar para mantener el ritmo del tráfico. Hasta entonces solo había tenido que incorporarse dos veces.

Mientras trataba de relajar las manos en el volante, se dio cuenta de que los dedos se le habían entumecido un poco. En cuanto la reunión terminara, Jill y ella llevarían el coche de vuelta a casa y Josh jamás se enteraría de lo que había hecho. Ensayó las frases de la presentación una y otra vez en su cabeza.

Por fin salió en la interestatal y se detuvo en el stop de la intersección a unas manzanas de la empresa.

«Ya casi estoy».

El Corvette había entrado en el cruce cuando Clara oyó el familiar chirrido del neumático contra el pavimento seguido de un crujido metálico.

Capítulo 23

♡ ♡ ♡

—Disculpe, señorita. Estoy buscando a la delincuente sospechosa Clara Wheaton.

Josh entró a la habitación del hospital con la ropa arrugada de la noche anterior. A pesar del tono bromista, tenía ojeras y señales evidentes de tensión.

Su presencia familiar tranquilizó a Clara, como nadie más lo hacía.

—Josh —dijo como alguien pronunciaría «¡Guau!» al ver una estrella fugaz cruzar el cielo.

Pero entonces se acordó de que no se merecía que fuera corriendo a verla como el caballero de un cuento de hadas con su reluciente armadura. Inhaló por la boca temblorosamente y contuvo las lágrimas, reacia a que Josh le ofreciera su consuelo en vez de la regañina que se había ganado.

Parecía llevar semanas sin verlo, en vez de horas. Se había acostumbrado demasiado a tenerlo cerca. A la anchura de sus hombros y la pendiente pronunciada de su nariz. A la manera en que la hacía reír incluso cuando su cerebro insistía en trabajar horas extras. Clara había tomado el regalo de su amabilidad y lo había aplastado con el pie. ¿Por qué siempre le parecía tan guapo? Apartó los ojos de su cara el tiempo suficiente para advertir el ramo de flores que agarraba sin fuerzas en la mano.

—Alto ahí —dijo Josh—. Oye, ¿te duele? ¿Quieres que vaya a buscar a la enfermera?

Se acercó más a la cama con la cara demacrada y llevó el dorso de la mano a la frente de Clara.

—¿Qué estás haciendo? —dijo ella, mirándolo desde debajo de su palma.

La parte superior de las orejas de Josh estaba sonrosada.

—Siempre me hacía sentir mejor cuando me lo hacía mi mamá. Como si se tomara en serio cualquier tipo de dolor.

Pasó el pulgar cálido por el rastro que la lágrima de ella había dejado.

Le había robado el coche y había arruinado su amistad. ¿Por qué estaba tan tranquilo? ¿Por qué era tan dulce? Se le tensaron los hombros, esperando que gritara o, peor, que expresara en voz baja su decepción.

Josh debió de confundir su culpa con dolor, porque dijo: «Tranquila, tigre. Has tenido un día intenso» y después, al parecer recordando las flores que sostenía en la mano, se las dejó con cuidado en el regazo.

El monitor de signos vitales se aceleró. Era frívolo y una estupidez, pero Clara no soportaba que la viera con aquella horrible bata de hospital. Consideraba la escena demasiado melodramática dado que solo había sufrido un pequeño accidente de tráfico. El daño a su orgullo tardaría más en curarse que las heridas que había sufrido.

A pesar de sus protestas de que se encontraba bien, tan solo un poco alterada, los paramédicos habían insistido en llevarla al hospital para que la revisaran, ya que tenía la presión muy alta. Intentó explicar que su respuesta fisiológica se debía a que le preocupaba la reacción de su roomie y de su jefa, pero su razonamiento no apaciguó a los profesionales médicos.

Al menos la habían dejado firmar un formulario de autorización para ir con Jill, que había ido a buscarla de inmediato, dejando a Toni Granger en la sala de espera, por lo que no había tenido que ir en ambulancia. Una vez allí, no encontró ningún argumento convincente para evitar las horas de las pruebas y la espera correspondiente. Acababa de conseguir convencer a Jill para que volviera a la oficina y comprobara los daños cuando Josh llegó.

Clara apuntó con la barbilla al techo en un esfuerzo por contener las ganas de llorar. Si miraba a Josh, perdería el control de nuevo. ¿Por qué él actuaba como si ella no hubiera hecho nada horrible y egoísta? Si su familia le había enseñado algo, era que, cuando defraudabas a la gente, sufrías las consecuencias. En el mejor de los casos, herías los sentimientos. En el peor, aparecías en los periódicos e ibas a la cárcel. No te regalaban flores y desde luego no te hablaban con tanto cariño.

—Lo siento, están un poco marchitas —Josh le dio la vuelta a las flores para que viera la cara menos aplastada y se las puso debajo de la nariz—. Puede que… eh… me haya sentado en ellas por accidente al venir aquí.

El corazón le latía con fuerza, no le cabía en el pecho. La ternura de Josh torturaba su sentimiento de culpa.

—Lo siento, Josh. Sé que debes de estar furioso, pero, pase lo que pase, te aseguro que tu coche saldrá de esta como nuevo.

Una arruga minúscula apareció entre sus cejas.

—Wheaton, ahora mismo el coche me importa una mierda. Alguien intentó aplastarte.

Él continuaba sosteniendo su cara, acariciando de arriba abajo su mandíbula como si estuviera hecha de cristal.

—Eso no es exactamente verdad. El tipo se confundió. No es de la ciudad, como yo, y no está acostumbrado a manejar por Los Ángeles. Se sentía fatal, Josh. En serio. Estaba hecho polvo.

Recordó al hombre mayor con el pelo entrecano y su enorme bigote sentado en el bordillo al lado de ella, con la cara entre las manos.

—Hummm… —murmuró mientras recorría con su mirada la cara, el cuello y los brazos de Clara, y hasta retiró las sábanas para examinarle las piernas—. ¿Dónde te lastimaste?

—Tengo un traumatismo en el cuello y los hombros. El cinturón de seguridad hizo más daño que nada.

«Me preocupa más que no me perdones nunca cuando veas lo que le pasó a tu coche».

—¡Por Dios! —pasó un dedo con mucho cuidado por la línea rojísima que le atravesaba la clavícula—. ¿Te van a dejar hospitalizada?

Clara se estremeció, pero no por el dolor. En cierto modo, aquellas caricias le provocaban más estragos en su corazón que cualquiera de sus flagrantes giros previos.

—No. Me hicieron pruebas y todo está bien —aquellos roces probablemente no significaran nada para él, pero ella, una vez, había pasado treinta minutos convencida de que dejar que un chico te tocara la pierna en un cine se equiparaba a un momento apasionado de intimidad—. Me dijeron que estaban preparando el alta. ¿Cómo supiste dónde encontrarme?

Josh retrocedió.

—Me llamó la policía. El coche está registrado a mi nombre. No te preocupes, les dije que te había dado carta blanca para tomarlo prestado, así que no estás metida en un lío —se miró los zapatos—. Ojalá me hubieras llamado. Lance bebió demasiado en el bar anoche, así que me quedé en su sillón a dormir para asegurarme de que estaba bien. Si hubiera sabido que necesitabas ayuda, habría venido a casa antes.

Clara se recostó en las almohadas.

—Entré en pánico. Quería llamarte, pero creí que te enojarías.

—¿Por qué no hay ninguna silla aquí? Hazme un lugarcito —al tomar asiento, ocupó el espacio que ella le había hecho y un poco más—. Sí, estoy enojado, tonta. Me diste un susto que casi me muero. Llegué a casa y no estaba el coche. No había una nota. Nada —negó con la cabeza—. Me volví loco. Creía que alguien lo había robado y temí que tú hubieras estado en casa en ese momento y te hubieran hecho daño.

Josh le retiró el pelo de la frente y sus ojos buscaron los de ella.

—No deberías haber agarrado el coche sin pedírmelo, pero si creíste por un segundo que no iría a buscarte si me necesitabas… —le dedicó una sonrisa lo bastante sexy para acabar con una legión entera de enfermeras—. Bueno, entonces no eres tan lista como crees.

Clara se llevó la mano al corazón, esperando en vano evitar que se le escapara del cuerpo.

—Aun así, lo siento. No tienes ni idea de lo mucho que lo siento. Tomé el coche porque no quería defraudar a Jill ni a Toni —juntó las manos en el regazo—. No intento excusarme. Lo que hice no tiene excusa, pero creo que te mereces saber por qué lo hice. No soporto defraudar a la gente —Clara soltó una risa burlona—. Pero, aun así, termino haciéndolo. Siento muchísimo que esta vez tú hayas sido una de esas personas.

—Clara —Josh le levantó la barbilla hasta que la miró a los ojos—. ¿De qué estás hablando? Ese tipo de perfección es imposible. Nunca vas a complacer a todo el mundo. No me entiendas mal. Eres buena, pero nadie es tan bueno.

Clara apretó la cara contra su pecho, para que no viera sus bochornosas lágrimas. Olía a dulce, como a azúcar glas.

—¿Volviste a comprar donas?

Él apoyó la barbilla en la parte superior de la cabeza de ella.

—¿Tú qué eres, un sabueso? Sí, okey, te compré una dona de «que te mejores» cuando fui a buscarte las flores, pero había un tráfico horrible de camino aquí y tuve que comérmela. Como sustento. Fue una emergencia.

—Me lo merezco —dijo Clara, intentando ocultar lo gracioso que le parecía.

—Bueno, es que estampaste mi Corvette.

—Muy cierto.

—¿Quieres saber cómo conseguí ese coche?

La tomó de la mano y empezó a describir unos circulitos sobre sus nudillos con el pulgar.

—¿Esa historia va a hacerme sentir mejor o peor?

—Bueno, pertenecía a mi abuelo.

—¿Destrocé una herencia familiar? ¿En serio?

—No. No, escucha. No he terminado. Toma. Bebe agua.

Josh le puso en la mano un vaso de plástico que tenía en la mesita.

—Mi abuelo compró el 'Vette en 1976. Lo llamó su coche de la crisis de mediana edad. Bueno, le encantaba. Recuerdo verlo durante toda mi infancia encerando y abrillantando ese trasto. Mi abuela decía que siempre buscaba una excusa para estar al lado del coche.

Josh le tapó las piernas con cuidado con la manta, que se había deslizado un poco.

—Total, que cuando yo ya tuve edad para conducir, mis padres no podían permitirse ni de broma comprarme un coche. Ni de puta casualidad —realzó la historia con gestos exagerados de las manos—. Pero un día llegué a casa después de clase y allí estaba mi abuelo con el Corvette estacionado en la entrada, enseñándome las llaves.

Clara se animó al ver la cara iluminada de Josh.

—No podía creérmelo. Le dije que no podía aceptarlo. Aunque era un imán para las chicas, sabía cuánto adoraba ese coche. Pero me miró a los ojos y me dijo: «Quédatelo, por favor. Dártelo, hacerte feliz, me hace sentir mejor que el día que me lo dieron».

Josh agarró el vaso de agua vacío y lo devolvió a la mesita.

—Para mí ese coche siempre ha representado la idea de que las personas son más importantes que las cosas. Hasta las cosas que adoras. Verte conducirlo este verano, superar tu miedo... ¡Carajo! Incluso imaginarte reuniendo el valor suficiente para arrancar el motor tú sola esta mañana... —levantó la vista y la miró a los ojos—. En cierto modo me hace sentir mejor que el día que me lo dieron.

—Esa es una historia muy buena.

Josh se movió para recostarse en las almohadas y con cuidado le rodeó los hombros con un brazo.

—Gracias, eso creía.

—Josh, ¿cómo voy a poder compensártelo?

—No me preocuparía por eso, Wheaton —susurró, llevando los labios a su sien—. Tienes una pinta superridícula con esa bata de hospital y va a ser un largo camino.

Capítulo 24

♡ ♡ ♡

—Ay…, ayyy…, ay… ¡Ay!

Josh oía que Clara alternaba los gritos con los quejidos. Estaba en el baño, donde se había encerrado después de insistir en que podía bañarse ella sola, a pesar del traumatismo cervical. El médico había accedido a darle el alta con la recomendación de que descansara y tomara ibuprofeno dos veces al día hasta que el dolor remitiera. Pero ella se negaba a reconocer que mantener su estricta rutina diaria ahora incluía desafíos inesperados.

Josh apoyó la cabeza en la barata madera contrachapada de la puerta que los separaba. Llevaba de pie fuera del baño quince minutos, desde que ella había entrado, por si se caía o algo parecido y tenía que echar la puerta abajo.

—Por Dios, Clara, déjame ayudarte.

Hasta entonces había pasado la mañana yendo por ahí como un patito despistado. Desde encima de la barra de la cocina la vio pasando el rato en el sofá, suspirar dramáticamente y darse la vuelta. Al cabo de unos minutos, entró en la cocina y abrió el refrigerador antes de decidir que era demasiado esfuerzo sacar a puñados los cereales de la caja. Los cereales de él.

Él se ofreció a hacerle unos huevos revueltos o un sándwich de queso, sus dos especialidades, pero ella le dijo que no se merecía comida caliente después de que el mecánico dijera que el Corvette estaría fuera de servicio durante al menos una semana.

Estaba actuando como si haber hecho una cosa mal no pudiera perdonarse nunca y eso estaba sacando de quicio a Josh. Solo alguien que no hubiera hecho nunca nada malo pensaría que tomar prestado un coche se merecía este nivel de autoflagelación.

Sintiéndose vencido por su terquedad, usó el estúpido sistema de los tres golpes en la puerta para pedir entrar que Clara había impuesto en sus ridículas normas.

—Por supuesto que no —gritó ella para hacerse oír por encima del ruido de la ducha.

—Clara, esto es una locura. El médico dijo que no tienes que levantar los brazos por encima de la cintura hasta que remita el traumatismo cervical. Eso es la mitad de tu cuerpo. Yo soy el que tiene que estar a tu lado todo el rato. Si apestas, es mi nariz la que sufre.

El sonido del agua se cortó de golpe.

—Pero tendrás que verme desnuda. Otra vez. Eso infringe las pautas para la convivencia armoniosa.

—Esta semana he visto por lo menos veinte cuerpos desnudos mientras grabábamos para la página web y no ha pasado nada.

Era un riesgo laboral. Años de correrías delante y detrás de las cámaras habían amortiguado sus sentidos sexuales. Aunque sí había funcionado con mujeres guapísimas cada día, durante las últimas semanas era como si llevara orejeras o los lentes sucios durante el rodaje. No entraba nada.

—Piensa que tu figura magullada no va a despertarme ningún deseo sexual. Esto es muy simple. Te duele. Hueles mal. Déjame entrar ahí. Será tan impersonal que creerás estar en un tren de lavado.

Al cabo de un momento, Clara abrió la puerta, envuelta en una toalla que sostenía con una mano.

En el minúsculo cuarto de baño había fácilmente diez grados más que en el pasillo y estaba lleno de vapor. Josh parpadeó un par de veces para aclarar su visión. El efecto del ambiente combinado con ver a Clara con el pelo mojado y la piel salpicada de agua era… impresionante.

—Cielo santo…

Su escote le hizo ver las estrellas.

Clara se tapó más los pechos con la toalla. Él no tenía el valor de decirle que cuanto más se cubriera con la toalla, más deseaba ahogarse en el valle de sus deliciosas tetas.

Okey. Puede que lo hubiera calculado mal. Resultaba que no era totalmente inmune. Se había olvidado de que estar en el plató implicaba que había más gente, trabajando, hablando y comiendo. Implicaba cámaras, luces, vestuario, maquillaje y otros artificios.

Al ver a Clara en la intimidad de aquel espacio pequeño y caliente, le entraban ganas de arrancarle la toalla y lamerle cada centímetro de su cuerpo.

«Mierda».

—Lo siento —se disculpó y se apartó de ella para calmarse.

Probablemente estaba asustándola. «Está herida, idiota. Necesita ayuda, no a ti babeándole encima».

Cerró los ojos y pensó en un embotellamiento en el tráfico.

Pensó en lavarse los dientes. Un embotellamiento mientras se lavaba los dientes. «Ahí está». Eso le sirvió.

Se dio la vuelta para encontrársela con una gota de agua bajándole por la nariz. Se le encogió el corazón.

—Perdón —volvió a disculparse con la lengua espesa—. Sobrevaloré mi propia resistencia.

—¿A qué te refieres?

Su voz frágil atravesó su estupor lascivo, al menos por un instante.

Finalmente, advirtió las manchas azules y moradas que tenía en el cuello, y enderezó los hombros con el renovado propósito de ayudarla.

—Nada, que tendría que haberme preparado más antes de entrar para ayudarte sin lucir una erección desenfrenada.

Al oír sus palabras, los ojos de Clara se fueron a la entrepierna. Se lamió el labio superior, y aquel breve gesto le hizo a él casi doblarse.

—¡Mierda!

«Tráfico. Dentista. Perlas de abuela».

Clara abrió mucho los ojos.

—Lo siento. No vi nada. De verdad.

Mantuvo los ojos fijos en el lavabo detrás de él.

—Vamos a lavarte.

Se acordó de que iba a tener que meterse en la regadera con ella. Desnudo. Las pautas no incluían esta mierda.

Clara parecía haber llegado a la misma conclusión porque había dirigido la mirada a las baldosas del suelo.

—No tenemos que hacerlo —dijo él, tomando la salida del cobarde—. Podría llamar a Jill.

Sí, Jill. No habría peligro de que su tía tuviera un orgasmo al ver el cuerpo convaleciente de Clara.

El pelo mojado de Clara goteaba dejando un charquito a sus pies.

—Está bien. Estoy bien. ¿Tú estás bien?

—Sí —Josh tragó saliva dos veces—. Estoy bien.

«No es más que una mujer desnuda. Es solo otra mujer desnuda. Vista una, vistas todas. No es para tanto».

Se quitó la camiseta como si fuera una tirita. Mientras se entretenía desvistiéndose, su pito continuaba haciéndose una idea equivocada. Cuando llevó la mano al cierre de sus jeans, cometió el error colosal de mirar a Clara. La chispa en sus ojos y el ansia que ella no sabía cómo esconder hicieron que le temblara el pulso.

«Me muero».

Se dejó los calzoncillos puestos.

Se le pegarían al cuerpo y le resultarían incómodos en cuanto se mojara, pero incluso aquella fina capa de algodón le parecía un escudo contra el canto de sirena que emitía la piel de Clara.

Giró el grifo para que volviera a salir agua caliente y mantuvo la mano debajo del chorro hasta que estuvo a una buena temperatura para entrar por las puertas de cristal.

—¿Lista?

Ella sujetó la toalla durante otro largo rato, pero luego asintió brevemente con la cabeza y la colgó en un gancho junto al lavabo antes de aceptar la mano que él le tendía para ayudarle a entrar. Había menos de medio metro de espacio delante de él para ella.

«Vamos, tú puedes». Josh había creído que estaría a salvo si no tenía una perspectiva directa de sus tetas, pero la dulce curva de su cintura hacia aquel melocotón perfecto que tenía por trasero era casi peor. Sobre todo teniendo en cuenta que ahora solo había unos diez centímetros entre su pene cubierto de algodón y el cuerpo suave y resbaladizo de Clara.

Cuando ella se giró para mirarlo por encima del hombro, probablemente porque estaba respirando como un asmático, dijo con esfuerzo:

—Date la vuelta.

No pretendía que sonara como una orden brusca, pero no lograría ayudarla a bañarse sin más si tenía contacto visual con ella. Necesitaba olvidarse de cómo era. Con el paso de los años había perfeccionado el carisma que le había dado Dios hasta convertirlo en un arma bien trabajada. Había utilizado su encanto de forma inconsciente durante tanto tiempo que Josh Darling era una extensión natural de sí mismo. Pero no podía arriesgarse a flirtear con Clara, no ahora que sabía que tal vez estaba enamorándose de ella.

Agarró su champú floral y se echó un poco en la mano. Su cabeza era un lugar seguro por el que empezar. No había nada erótico en su cabello. Aparte de lo sedoso que era.

—Cierra los ojos —las palabras le rasparon la garganta.

Le masajeó con los dedos las sienes con movimientos rápidos y eficaces. Pero Clara no jugaba limpio. Echaba la cabeza hacia atrás ligeramente, hacia sus manos, y él empezó a bajar el ritmo, mirando cómo se le abría un poco la boca cuando aplicaba suficiente presión. Hacía ruiditos, emitía gemidos susurrantes, y él no sabía si eran en señal de placer o de dolor.

—¿Está bien así?

Clara se mordió el labio y asintió con la cabeza.

¿Qué le estaba pasando? Se estaba volviendo loco. ¿No había hecho cosas cincuenta veces más obscenas con cinco mujeres a la vez? ¿Por qué tanto drama por estar lavándole la cabeza a una chica anglosajona protestante de bolsillo?

Continuó moviendo las manos hacia la base del cráneo, donde al presionar con los pulgares ella empezó a gemir. Estaba siendo imposible recordar que se suponía que aquello no eran los preliminares, sobre todo cuando le podía ver fácilmente los pezones por encima del hombro.

Después de lo que pareció un millón de años atado a un potro de tortura, le tocaba enjuagarle la cabeza. La guio bajo la regadera, evitando cualquier roce innecesario. Tuvo un breve respiro cuando el agua le cayó encima…, pero entonces se dio cuenta de que todavía tenía que lavarle noventa por ciento de su cuerpo.

—Voy a seguir enjabonándote —anunció su misión por el bien de ambos.

—Okey —contestó Clara, pero mantuvo los ojos cerrados, probablemente para hacer como si aquello no estuviera sucediendo.

Josh agarró el gel de baño y posó los ojos en la esponja vegetal verde lima. Pero por mucho que supiera qué debía hacer, no podía renunciar a tocar su piel. El líquido frío se calentó enseguida en su palma. Clara era mucho más pequeña que él y se tendría que arrodillar para llegar a la parte inferior de su cuerpo.

Por suerte, la ducha era lo bastante larga para que él pudiera ponerse de rodillas. El contacto con el suelo duro y frío redujo su excitación por un momento.

—Espera —dijo, sin saber si se lo decía a ella o a sí mismo.

Abrió los ojos como una princesa despertando de un sueño y él guio su mano hasta su hombro para que se apoyara y pudiera mantener el equilibrio mientras él le agarraba el pie izquierdo y se lo ponía en su muslo flexionado.

Cualquier conato de timidez entre ambos desapareció y fue sustituido por una emoción pasional y palpitante cuando ella se inclinó hacia delante para acomodarse. Seguro que era consciente de que esa posición le proporcionaba a Josh unas magníficas vistas de su coño.

Le pasó las manos resbaladizas por el jabón a lo largo del pie y le rodeó el tobillo para luego masajearle la pantorrilla. El muslo se le tensó cuando él lo enjabonó y, cuando sus dedos llegaron a las nalgas, ella estaba empujando las caderas hacia delante, extendiendo una invitación que él no tenía fuerzas para rechazar.

—Por favor, no hagas eso —le pidió Josh con voz entrecortada—. Clara, no puedo aguantarlo.

Ella abrió los ojos de golpe.

—No pretendía… No intentaba dar a entender que… Lo siento —dijo, y se dispuso a cerrar el grifo de la regadera, con la mitad del cuerpo cubierto de jabón.

—No —la palabra salió demasiado alta, retumbando en el pequeño espacio, y corrigió su volumen—. No pasa nada, ¿recuerdas? —Josh apretó los dientes—. Intenta estarte quieta.

Se apresuró a lavarle el resto del cuerpo, sintiéndose como Keanu intentando desactivar una bomba. Clara no volvió a cerrar los ojos.

Finalmente, terminó enjuagando la fina piel detrás de las orejas, retrocediendo hasta que apoyó la espalda en la fría pared de cristal.

—Ya está. Listo.

Se merecía una puta medalla.

—Genial —dijo Clara, de pie bajo el agua con mirada insegura—. Gracias… por ayudarme —echó los hombros hacia atrás.

Probablemente, Josh debería haberse inventado una excusa por su erección. Se moría por tirársela allí mismo. Por supuesto no iba a hacerlo. No podía. Aunque ella también quisiera. Aunque se lo suplicara. «Oh, Dios mío, por favor, que no me lo suplique».

¿Y por qué no podía tirársela...? «Ah, okey». Porque se lo había prometido a Naomi. No podía romper su palabra. Su promesa. Sinvergüenza había llegado muy lejos en las últimas semanas. La gente contaba con él. Por fin estaba haciendo algo importante.

Clara dio un paso hacia él y luego otro. Él podría haber sacado la lengua y le hubiera lamido los labios a Clara.

—¿Qué estás haciendo? —su voz salió más áspera que el cemento.

Naomi estaba gritando en su cabeza: «¡No! ¡Para! ¡No lo hagas!».

Clara cerró los ojos e inclinó la cabeza ligeramente, con cuidado. Josh levantó una mano temblorosa para sostenerle la cara. Tenía tantas ganas de besarla que le dolía. Había soñado con saborearla tantas veces que había perdido la cuenta. Besar a Clara se había hecho imprescindible. Como si su carnoso labio inferior tuviera el antídoto al veneno que llevaba meses corriendo por sus venas. Todos los argumentos contra aquel momento vacilaron en su cerebro como bombillas fundidas.

«A la mierda». Salvó el último par de centímetros entre ellos hasta que sus cuerpos mojados se apretaron de las rodillas al pecho.

Clara se resbaló y casi se cayó, emitiendo un gritito mientras su barbilla chocaba contra el hombro de él.

Josh la sostuvo por debajo de los brazos.

—¿Estás bien?

Ella se llevó una mano a la cabeza.

—Sí, eso creo. Me mareé un poco.

«Mierda». ¿Y si tenía una conmoción cerebral y no se la habían detectado? Agarró una toalla y la envolvió en ella antes de ayudarle a sentarse encima de la tapa del inodoro.

—Quédate aquí y pon la cabeza entre las piernas —eso era lo que decían en la tele, ¿no?—. Voy a traerte un vaso de agua.

—Josh, estoy bien. Se me pasó.

Extendió la mano y alzó la vista para mirarlo, con gotas de agua en las pestañas.

—No te preocupes —dijo, saliendo marcha atrás del cuarto de baño con los calzoncillos empapados—. No voy a permitir que nada más te haga daño.

«En especial yo».

Capítulo 25

Durante el resto de la semana, Josh trató a Clara como si fuera una paciente con neumonía. Salió a comprarle sopa de pollo con fideos y jugo de naranja con y sin pulpa, a pesar de que ella había protestado y le había asegurado que no le pasaba nada a su sistema inmune.

Se negó por completo a dejarla ir al estudio después del trabajo en la empresa de su tía y le ordenó que se tomara un tiempo de descanso.

Así que aquella noche, mientras Josh le daba instrucciones a gente guapa de cómo hacer que el otro tuviera un orgasmo, ella disfrutó de la típica noche de viernes de Clara Wheaton, que consistía en limpiar el interior del refrigerador. Tal vez hasta se volvía loca y descalcificaba la cafetera.

El mensaje de Josh había sido alto y claro. No la quería. A pesar de las «señales» que su corazón desesperado suponía detectar, había llegado tan lejos como para salir huyendo de la habitación cuando le había servido su cuerpo desnudo en bandeja de plata.

Al parecer, una fuerte erección a veces no era más que una consecuencia biológica.

Cuando sonó el timbre de la puerta, no se molestó en quitarse los guantes de goma amarillos antes de ir a ver quién era.

—¿Es usted la señora Wheaton?

El repartidor sostenía un ramo impresionante.

—Sí.

Firmó con su nombre, aceptó con cuidado las coloridas flores y esperó a tener la espalda apoyada en la puerta cerrada para meter la cara en el ramo e inhalar. Los tallos cortados contrastaban vistosamente con las flores silvestres envueltas en plástico que Josh le había llevado al hospital.

Sin mirar la tarjeta sabía que eran de su padre. O más bien que su madre se las había enviado usando la tarjeta de crédito de su padre. Algunas mujeres recibían con regularidad flores de pretendientes, pero Clara no era una de ellas.

No. Con la reciente excepción de su estancia en el hospital, le habían regalado ramos no por su atractivo, sino por graduarse o por sus cumpleaños. Hasta había habido algunas flores agridulces por San Valentín que olían tanto a fresias como a lástima.

Ya no se entregaba a la fantasía juvenil de poesía acompañada de rosas, así que cuando vio la tarjeta doblada metida detrás de unos pétalos, la firma hizo que su mano volara al corazón acelerado.

> *Clara, tu mamá me dejó un mensaje de voz en el que me decía que habías tenido un accidente. Parecía creer que yo estaba cuidando de ti, así que se me ocurrió que lo menos que podía hacer era mandarte flores. Espero que pronto vuelvas a estar recuperada. Nos vemos a finales de agosto. Con amor, Everett.*

La palabra «amor» fue como una bofetada, porque sabía que Everett no lo había puesto en plan romántico. Seguro que había escrito aquello sin darle muchas vueltas, como ella a veces le escribía una carta a su tía abuela Barbara. Pero aun así…

Llevaba esperando catorce años aquellas cuatro letras.

—Amor.

La palabra era incluso mejor si la pronunciaba en voz alta.

Su madre había ignorado su deseo expreso y había llamado a Everett directamente para ver cómo se encontraba. La distancia física entre Los Ángeles y Greenwich no atenuaba la tenacidad de Lily Wheaton.

Le dio un vuelco el corazón mientras iba a poner las flores en agua. Everett regresaría en poco más de dos semanas y cabía la posibilidad de que fuera su último encuentro. Un nudo extraño se le formó en el estómago. Casi se había olvidado de él.

Y eso era algo que solo podía agradecer a una persona.

Clara no le debía a Everett ninguna fidelidad, claro, pero al mismo tiempo, no había duda de que cuando regresara, las cosas cambiarían. Para empezar, Josh tendría que mudarse. ¿Por qué le dolía tanto solo pensarlo?

Frunció el entrecejo. Que Everett volviera a casa era bueno, ¿no? Clara por fin tendría la oportunidad de pasar tiempo con él, que era para lo que había ido a California..., pero ¿a qué precio? Los días en que había planeado preparar la iluminación perfecta y actividades nostálgicas y ponerse ropa que le favorecía le parecían muy lejanos. Como si fueran planes que pertenecieran a una persona totalmente distinta.

Como no veía ningún jarrón, agarró una maceta y colocó el ramo como mejor pudo en el alféizar de la ventana. Las flores de Josh ya ocupaban el espacio en su mesita de noche.

Se quitó los guantes de goma y fue a su habitación. Después de varios minutos buscando, encontró sus accesorios atrapa-Everett en el armario, detrás del impermeable que no había tocado desde que había llegado. Sacó la pequeña sombrerera al porche trasero. Si hurgaba en el baúl de los recuerdos, tal vez descubriría por qué se había arriesgado tanto por un chico que se había largado.

Se acomodó en una silla Adirondack con la pintura descarapelada y sacó un puñado de fotografías. El pulgar se le enganchó primero en una donde salían ella y Everett en la liga infantil de futbol, abrazados por los hombros. Él tenía los tenis y las espinilleras salpicadas de barro, mientras el uniforme de Clara estaba sospechosamente inmaculado.

Everett siempre la elegía en clase de gimnasia, aunque todos la molestaran. Eran una pareja. Una conclusión inevitable. Pero no lo eran.

Se había entusiasmado mucho con ir hasta allí para renovar sus lazos; sin embargo, ahora se daba cuenta de que estaba nerviosa por el regreso de Everett a Los Ángeles. Para bien o para mal, cuando él la dejó plantada en su puerta, por primera vez en su vida tuvo que escribir su propio destino. Nadie podría haberse imaginado que le gustaría tanto la libertad.

El anonimato desde luego tenía sus ventajas. La gente allí no relacionaba directamente su apellido con una biblioteca ni con un ala de un hospital, como sucedía con la gente que había conocido en el este. Nadie decía a los cinco minutos después de toparse con ella: «Ah, sí, claro que conozco a tu padre» o «Qué pena los problemas que tu hermano está dando a tus padres».

En Los Ángeles, Clara tenía su propia identidad. El futuro no estaba escrito en piedra.

—Los mosquitos te van a comer para cenar.

Josh salió con una vela de citronela.

—Les encanto —dijo ella.

Estaba más considerado que de costumbre. La libreta que llevaba bajo el brazo le indicaba que había ido a casa directamente desde el plató.

—Es tarde —frunció el ceño—. Deberías estar en la cama.

—Tienes que dejar de hacerla de madre. Estoy bien, de verdad. Ahora mismo podría pararme de cabeza —suponiendo que hubiera aprendido a hacerlo alguna vez.

Josh acercó una silla a la de ella.

—¿Qué estamos mirando?

Le pasó la caja con las fotos. Sí, contenían pruebas de varias fases complicadas de su vida, pero Josh ya la había visto desnuda tanto emocional como físicamente. No tenía nada que ocultarle. El corazón le latía con fuerza… recordándole todas las cosas que habían compartido. «Bueno, okey, tampoco habían compartido tantas».

La noche tenía esa energía estival única cuando el aire se hace más denso y chispeante. Cuando cada respiración huele a libertad y el cielo parece tan contento de deshacerse del sol que suspira aliviado. Si Clara no tenía cuidado, una noche como aquella era posible que la achispara.

—Mira cómo sales aquí —Josh se quedó mirando una foto en primer plano de segundo curso—. No has cambiado nada. ¿Qué niña de siete años lleva un chaleco de lana?

Clara sonrió con timidez.

—Ese lo elegí yo misma.

—Pues claro —le pasó una foto del equipo de debate de sexto—. Me gusta ese flequillo.

—A mi mamá le encantaba ese corte de pelo. Aunque yo no tenga bastante frente para lucir flequillo —Clara arrugó la nariz—. Hasta secundaria no me atreví a pedirle que me lo dejara crecer. Si sigues rebuscando, verás mi fase en la que llevaba una cinta en el pelo.

—Espera, esta es la mejor —Josh le pasó una Polaroid descolorida. Estaba posando junto a un roble enorme, enseñando la horrible dentadura que tenía antes de la ortodoncia—. Yo también los tenía separados.

—No me digas.

Josh tenía una sonrisa perfecta, con hoyuelos y todo.

—Sí, sí —fue a encender la vela con un fósforo que sacó de una caja que llevaba en el bolsillo de sus Levi's desgastados—. Los tenía muy separados, y estaba convencido de que me daban personalidad con P mayúscula. Lloré cuando me pusieron aparatos y me los juntaron —Josh siguió mirando fotos—. Espera un momento —le dio unos golpecitos a una imagen con el pulgar—. ¿Quién es este bombón?

Clara miró la foto y luego se quedó con la vista clavada en la oscuridad del jardín trasero.

—Mi mamá.

—Tienes sus ojos.

«Pero no su cinturita ni su elegancia perfecta. Ni su paciencia ni su autocontrol».

—Nunca había visto otro par con ese tono pizarra.

Clara se movió en su asiento. Nadie nunca había mencionado el color de sus ojos.

—Ella no sabía que le estaban tomando esa foto. De haberlo sabido, no habría dejado que se la tomaran. ¿Ves? —señaló los pies descalzos de su mamá. En la foto, Lily estaba en la cocina bebiendo un vaso de té helado con el sol poniéndose a su espalda—. Siempre le gusta ir impecable, de pies a cabeza. Solo al final del día, cuando ya estaba de vuelta en casa y se quitaba los tacones, dejaba de ser la directora de la junta y se convertía en una mamá.

—Apuesto a que es pura dinamita.

—Normalmente —respondió Clara. Y después por alguna razón añadió—: Lloró el día que me fui. Cuando me vine aquí, quiero decir. Está acostumbrada a tenerme a solo una hora en tren.

El canto de los grillos llenó su silencio.

—Ni siquiera me llevó en coche al aeropuerto. Me dijo que era una egoísta por dejarla sola —Clara respiró hondo—. Creo que tenía miedo. Mi familia ha pasado por mucho y mi mamá siempre se ha llevado la peor parte. Es la que se encarga de arreglar los desastres que provocan otras personas. Le prometí que nunca tendría que preocuparse por mí, pero entonces me desperté un día y todo en mi vida estaba a disposición de los demás. No tenía nada mío.

—Así que viniste aquí.

Josh le pasó otra foto de Everett y ella, aunque esta era del último año en la preparatoria. Clara reconoció el vestido amarillo y la quemadura de sol en la nariz del viaje de fin de curso. Los brazos y las piernas de Everett habían ganado volumen.

Parecía un chico a punto de convertirse en un hombre. Estaban sentados en el cofre del Wrangler, esperando a que empezara el ensayo de la ceremonia de graduación.

—Mi mamá pudo elegir su vida, pero yo nunca podía pedir lo que quería. Es algo que siempre me ha molestado mucho —dijo Clara.

Josh apoyó los codos en las rodillas y hundió la barbilla entre sus manos.

—No me había dado cuenta de que hacía tanto tiempo que estabas enamorada de Everett.

Clara asintió.

—Desde que tengo memoria.

La arruga entre sus cejas se hizo más profunda.

—No lo entiendo.

—¿A qué te refieres?

¿A la idea de querer a alguien que no te correspondía? No le costaba creer que Josh no se hubiera encontrado nunca en esa situación.

—A ti y ese chico. ¿Es por el hoyuelo que tiene en la barbilla? ¿Porque es de buena familia? ¿Por su herencia?

—No —Clara se apartó el pelo de la nuca—. La verdad es que ninguna de esas cosas me preocupan. Creo que la respuesta es más sencilla —negó con la cabeza cuando asimiló la verdad—. Creo que he querido a Everett durante tanto tiempo porque siempre me parecía que existía la posibilidad de que podríamos estar juntos en algún momento.

Josh jugueteó con la manga de su camisa, evitando mirarla a los ojos.

—Yo siempre estaba buscando el interruptor correcto, ese momento único que le haría ver lo buenos que somos el uno para el otro. Mi vida se ha construido en torno a ritmos y rutinas. Ir detrás de Everett se convirtió en algo familiar. Cómodo. Nadie se preocuparía por mí si podía ir de su brazo.

A su lado, los hombros de Josh se tensaron.

—¡Dios! Eso suena patético. Me mudé a la otra punta del país, lejos de mi familia y de mis amigos, por Everett, que no me ve ni cuando estoy justo delante de él.

Se le revolvió el estómago de la vergüenza.

Josh negó con la cabeza.

—¿En serio no lo ves?

Clara bajó la foto y se llevó la mano a la sien.

—¿Qué? —no sabía si quería un buen trago o catorce horas de sueño.

Josh se levantó y empezó a caminar de un lado a otro del porche. Sus zapatos golpeaban la madera con cada brusco movimiento hasta que apretó los puños y plantó los pies.

—Mierda.

Ella se preocupó por su cuero cabelludo cuando se pasó las manos por el pelo con una fuerza alarmante. El pecho le subía y le bajaba debajo de su camiseta.

—Oye, no se me ocurre una manera educada de decirte que, si ese tipo —señaló la foto de Everett en la que estaba acostado en el suelo— no se pone de rodillas y te suplica coger contigo, es un imbécil —levantó las manos—. Si no se levanta todas las mañanas y reza por el privilegio de besarte y tocarte y, Dios, por solo mirarte, entonces es que está fatal.

Clara se quedó boquiabierta. Desapareció cualquier sonido, salvo la voz de Josh.

—Clara… —parte de la oscuridad en su mirada se desvaneció—, si Everett no ve que eres increíble y dolorosamente hermosa, y tan sexy —cerró los ojos como si estuviera sufriendo un instante— que casi me la dejo en carne viva pensando en cómo mueves la boca, entonces el patético es él y está cometiendo el mayor error de su triste vida.

Capítulo 26

♡ ♡ ♡

Sus palabras quedaron flotando en el aire y, por un instante, Josh se sintió genial. Admitir lo mucho que le gustaba Clara, desafiar las ideas equivocadas que tenía sobre sí misma, fue como si por fin hubiera cortado la tensa cinta que llevaba oprimiéndole el pecho las últimas semanas.

Pero entonces ese instante se acabó y tuvo que sufrir las consecuencias de sus palabras. Al ver los enormes ojos de Clara, se dio cuenta de que tal vez había cometido un error. Con un puñado de frases torpes e impulsivas, había desatado una nueva realidad. Había hecho justo lo que se había prometido no hacer. Clara y él habían evitado diligentemente todas las miradas robadas y los roces persistentes, pero ahora se dirigían a una narrativa alternativa, en la que ella sabía que él la quería más allá del deseo físico.

Naomi se lo iba a desayunar cuando se enterara de esto. Los discursos apasionados traicionaban el juramento que le había hecho de que dejaría en paz a Clara.

Se debía decir a su favor que había intentado evitar a su roomie, había hecho lo posible para crear distancia entre ellos por mucho que ansiaba estar cerca de ella. Mierda, hasta había considerado acostarse con otra persona para tranquilizarse. Por desgracia, pensar en otras mujeres hacía que se le encogieran las pelotas y amenazaran con metérsele dentro del cuerpo.

Tal vez lo había estropeado todo. Simplemente había tratado de que dejara de infravalorarse como lo hacía. Los amigos hacían eso por sus amigos continuamente. Aunque la mayoría no hubiera necesitado hacer referencia alguna a sus genitales. Se había dejado llevar un poco. La idea de que Clara, adorable por naturaleza, no le resultara atractiva a alguien le sacaba de quicio. Josh no es que se creyera muy inteligente, pero Everett Bloom era un tonto de primer grado.

Hasta con la camiseta enorme y los shorts andrajosos que llevaba en ese momento, Clara le quitaba el aire. La única parte de su cuerpo que no se la ponía dura era su barbilla.

Ella movió la boca unas cuantas veces, formando distintas letras que no consiguieron salir por sus labios.

—¿Qué? —le preguntó él. Sentía que su confesión lo había dejado completamente vulnerable ante ella.

—¿Estás diciendo que me deseas?

Las palabras temblaron en el aire nocturno.

«Mierda». Tenía la esperanza de que ella no le pidiera que confirmara sus palabras. La página web se iba a publicar en menos de una semana. Aunque no quería admitirlo, Naomi tenía razón respecto a su historial. Pero ¿qué iba a hacer? ¿Mentir? ¿Decirle a Clara que no? ¿Que decir que se venía la mayoría de las noches pensando en ella era una metáfora?

—Sí, te deseo. Pero quiero dejar una cosa clara, no te estoy pidiendo nada. Sé que tú no piensas en mí así.

Puede que Clara lo encontrara sexy, pero nunca consideraría de verdad salir con él. Al menos no le había preguntado si estaba enamorado de ella. Jamás se le había dado bien mentir.

—No estoy bromeando —se agachó y apagó la vela para no tener que mirarla a los ojos—. Pero no me interesa ser tu premio de consolación. Si quieres esperar a que Everett vuelva, podemos olvidarnos de esta conversación, ¿okey?

Cuando se le pasó el entusiasmo, las entrañas se le ennegrecieron.

—Así que esto es lo que se siente —dijo Clara, tan bajo que casi no la oyó—. Es como si alguien agitara un refresco y lo abriera dentro de mi pecho.

Josh puso una mueca.

—¿Y eso es bueno?

Sonaba doloroso, pero algo en sus ojos le daba esperanza.

—Es increíble —dijo, masajeándose debajo de la clavícula mientras le dedicaba una leve sonrisa.

Josh se arrodilló delante de ella y llevó despacio las manos hacia su cara.

—¿Cómo es de increíble exactamente? Si no te importa que lo pregunte.

Clara se frotó la mejilla contra su palma.

—Digamos que cuando imagino el momento más increíble de mi vida, normalmente voy mejor vestida.

Josh recorrió su mandíbula con el pulgar, dibujando la topografía de su rostro. Al acercar las bocas, él vio que parpadeaba al cerrar los ojos.

—Si quieres, estoy preparado para ayudarte a quitarte esa pijama.

Capturó con los labios su risa asustada y suspiró cuando la saboreó por primera vez al entrar en contacto con su lengua. El olor de su champú floral, tan familiarmente tentador, lo rodeaba, despertando en él recuerdos de ella cargados de lujuria: mojada, desnuda y con ganas. Era imposible que abrazar a Clara fuera mejor de lo que se había imaginado. Todo su cuerpo se reavivó bajo la presión de su delicioso beso. A riesgo de asustarla con la intensidad de sus ansias desmesuradas, trató de ser más tierno. Le exigió a su cuerpo ir más lento. Esa noche, Josh quería demostrarle a Clara de lo que era capaz.

Ella pasó los dedos por entre sus largos rizos y él se estremeció cuando recorrió con las uñas su cuero cabelludo. Los besos eran lo que más costaba fingir en un rodaje. Josh había pasado horas practicando cómo inclinar la cabeza y mover la boca para que pareciera que su pareja de reparto le importaba. Se notaba que no estaba interpretando nada por la urgencia que impulsaba aquel momento. La intensidad de su deseo mezclada con la alegría le golpeaba en la cabeza. Josh le agarró el labio inferior con los dientes y mordió la piel tierna hasta que ella emitió un grito ahogado.

Naomi tenía razón. Estaba loco por hacer lo que estaba haciendo; había demasiado en juego. Qué pena que ya no le importara. Drogado por la suavidad de Clara, por el dulce pinchazo de su mordisco al devolvérselo, Josh se entregó. ¿Cómo algo que le hacía sentir tan bien iba a ser malo? Puso a Clara de pie. Quería más de ella. La quería toda.

Cuando sus bocas aumentaron el frenesí, besarla ya no era una opción. Tocarla, desearla, resultaba tan crucial como el oxígeno.

Ella pasó las yemas de los dedos bajo la cinturilla de sus jeans e hizo que se le tensaran los músculos del estómago. ¿Por qué le sorprendía que ella quisiera tener ya el gran final de aquello que había ido creciendo entre ambos?

Josh la agarró de las muñecas.

—Más despacio. Estoy intentando saborearte.

Solo tienes una oportunidad con una chica como ella, y no pensaba malgastarla con la gratificación instantánea. Clara emitió un pequeño gemido, y aquel sonido fue directo a su verga. Cedió y deslizó una de sus piernas entre las de ella. Ella aprovechó la oportunidad para mecerse contra el muslo. Si su verga antes estaba dura a medias, ahora podía clavar clavos. Cuando ella bajó la boca a su cuello y ejerció presión, él empezó a contonear las caderas sin descanso. Clara, con su cuerpo, lo llevó hacia la puerta trasera.

—¿Sabes? Esas sudaderas que usas son engañosas. Me parece que no eres tan buena chica como aparentas —recorrió su mandíbula y la clavícula con besos muy ligeros mientras su espalda chocaba contra el lateral de la casa—. No puedo creer que esto esté pasando de verdad.

Josh pasó los nudillos por la franja de abdomen caliente que asomaba por encima de los pantalones cortos de Clara. Su control legendario amenazaba con disolverse. Quería besarla durante tanto tiempo y tan bien que a ella se le doblaran las piernas, pero resultaba que era él quien estaba apoyándose en la pared para no caerse. Clara levantó una pierna para rodearle la cintura y se apretó contra él tan descaradamente que él soltó un improperio.

Ojalá supiera a quién quería, ¿a Josh Darling o a Josh Conners? El pánico que hacía temblar a Josh no se debía al miedo escénico. Algo más importante le bloqueaba las rodillas.

En los últimos dos años había eliminado del sexo cualquier contenido emocional. No solo en sus actuaciones, sino también con Naomi. Ella no permitía que los sentimientos se mezclaran con su felación.

Mientras pasaba los dedos por el pelo de Clara, Josh no estaba solo disfrutándola, sino que estaba saboreando el momento. El miedo se había unido al deseo que corría por sus venas.

Podía coger con las mejores, pero ahora no se trataba de coger. Quitarse la ropa esa noche pondría a prueba su habilidad no solo para abrirse la bragueta, sino para abrirle su corazón a Clara.

Le acarició suavemente las sienes y luego apoyó las manos en sus hombros, ignorando los senos de manera tan evidente que ella soltó un quejido de frustración y le golpeó el pecho con los puños en señal de protesta.

—Son dignos de saborear, te lo aseguro —le dijo ella con aspereza, llevando las manos a su bragueta.

—Dios —musitó él mientras notaba sus pequeñas manos calientes dentro de sus jeans—. Eres perfecta, ¿lo sabías?

Llevó las manos a sus pechos dándole a cada uno exactamente lo que quería. Josh respiró por la boca de forma entrecortada.

—Mierda.

Clara se arqueó cuando la tocó.

—¿Josh?

Mantuvo su postura, pero la miró a los ojos, y el ruido blanco de la calle retumbó en sus oídos.

—Estamos a punto de tener sexo, ¿verdad? —preguntó ella mordiéndose el labio inferior.

Él se rio y apoyó la frente en la suya.

—Sí, Wheaton —le dio un besito entre las cejas—. Vamos a tener sexo.

La idea de no alcanzar sus expectativas le aterraba, pero al ver sus mejillas sonrosadas y su boca exuberante, supo que no le quedaba otra opción. Le daría a Clara todo lo que tenía, aunque eso lo matara.

Capítulo 27

—¿Estás cómoda si dejamos las luces encendidas?

Josh estaba en la puerta con el pelo revuelto por los dedos de ella y los labios hinchados por la boca de ella.

El corazón de Clara se agitaba dentro de su caja torácica.

—Sí —contestó. Había hecho un montón de locuras en los últimos meses, pero esta definitivamente iba a ser la mayor.

Josh la miró con unos ojos que prometían observarla mientras ella se deshacía debajo de él.

Pero, aun así, Clara se quedó quieta. Se conocía a sí misma, sabía que nunca había conseguido separar el sexo del amor. Y con Josh el riesgo era todavía mucho mayor. No solo le gustaba cómo era, sino que lo respetaba como profesional. ¡Mierda, si hasta sabía que le resultaba fácil convivir con él! Enamorarse de Josh sería ridículamente fácil, así que acostarse con él debería representar un riesgo imposible. Amar a Josh iba contra cualquier sueño que su familia hubiera ideado para ella, contra cualquier futuro que ella se hubiera imaginado tener.

A lo mejor aquellas paredes bastarían para protegerla. A lo mejor podía tener unas relaciones sexuales increíbles, de esas alucinantes en las que la tierra tiembla, y de algún modo estar a salvo y que no le rompieran el corazón.

A diferencia de con Everett, esta situación estaba clara. Josh no le había prometido nada más que una culminación del implacable deseo entre ellos. No le había pedido una cita, ni que fuera su novia. Parecía sencillo: si podía encontrar la manera de jugar siguiendo sus reglas, podría ser feliz. Podría tener a Josh todo el tiempo que les quedaba.

«Por una vez, toma lo que te ofrecen sin esperar más». Una noche con Josh era más de lo que la mayoría de las mujeres podía esperar en su vida.

—Estás entrando en pánico.

Josh cruzó la habitación y fue a tomarla de la mano.

—No —mintió, clavando la vista en su hombro.

¿Era la cama un lugar demasiado prosaico? ¿Debería caminar de manera provocativa hasta el cuarto de baño y ponerse algo de encaje? ¿Cómo demonios iba a estar a la altura de su plétora de pervertidas experiencias? No tenía látigos ni cadenas. Ni vendas para los ojos ni juguetes. La novedad y la proximidad eran lo único que tenía que ofrecer. ¿Debía jugar la carta de la niña buena? ¿Fingir que era tímida, en vez de sentirse fiera y desenfrenada?

—Oye —le inclinó la barbilla—. No tenemos que hacerlo esta noche si no estás preparada —Josh la llevó hacia él y le acarició el pelo con la mano libre antes de besarla en la coronilla—. Yo sería el hombre más feliz besándote en el sofá.

—No —dijo Clara, desesperada, retirándose para levantar la mano que tenía libre hasta su cuello y agarrarlo por los rizos para acercarlo a ella. Vertió deseo en su beso, probablemente magullándolo por culpa de sus ansias—. Quiero decir… —se corrigió contra sus labios—, no, gracias.

Su cuerpo vibraba. Su boca debería incluir una etiqueta de advertencia. Josh la besó como un hombre que hubiera llegado a casa de la guerra. Como si el recuerdo de ella lo hubiera mantenido caliente mil noches solitarias.

Se besaron hasta que se le aferró al cuello para mantenerse de pie. Hasta que sus preocupaciones salieron de su cerebro. Josh la llevó de espaldas hacia la cama y le arrancó la ropa mientras cubría su cuerpo con el suyo. Menos mal. La ropa se había convertido en una carga insoportable. Para Clara, cada segundo que pasaba sin que él no tocara su piel desnuda era un segundo desperdiciado.

Notó su boca caliente y dulce detrás de la oreja mientras le quitaba la parte de arriba subiéndola por los pechos. Todo lo que él le hacía la llevaba a caer en picada a la lascivia, hasta el punto de que acabó arañándole la espalda a través del fino algodón de su camiseta.

—No sé cómo he de moverme… —le advirtió ella entre jadeos mientras él terminaba de quitarle la camiseta.

Josh se recostó para mirarla. El cabello dorado le caía por la frente, proyectando una sombra sobre sus ojos intensos. Él mismo se quitó la camiseta sin cuidado.

—Ya me preocuparé yo de los movimientos.

Se puso a Clara encima del regazo para que quedara sentada a horcajadas sobre él y le agarró el lóbulo de la oreja con los dientes de un modo que a ella le afectó directamente a su sexo.

Clara acarició sus anchos hombros. Quería saborearlo por todas partes. Lo deseaba de maneras que nunca había deseado a nadie: de forma frenética, animal y totalmente fuera de control.

Josh le ayudó a quitarse el sostén deportivo sin prestarle ni un segundo más de atención a la tela y empezó a acariciarle los pechos. Mientras la atormentaba, Clara se retorcía por el intenso deseo que le suscitaba.

—Por favor…

No tenía palabras para pedirle todas las cosas que quería.

Él sustituyó sus dedos por su boca y usó los dientes para ejercer una presión deliciosa. Cada movimiento de su lengua era perfecto. Clara nunca había considerado su cuerpo especialmente sexy, pero ahora se sentía nacida para el sexo, diseñada para el placer.

—¿Por favor qué? —le preguntó él antes de darle un mordisco de amor en la parte superior del pecho.

Clara se apartó de él para bajarle los pantalones cortos y los calzoncillos, antes de volver a sentarse y abrir los muslos.

—Calla…

Él gruñó y se inclinó hacia delante metiéndole una mano entre las piernas.

—Sabía que serías así —su voz cavernosa la hizo estremecerse—. Que te calentarías para mí, que estarías así de dispuesta. ¿Habías pensado en esto? —Josh movió en círculos la yema de dos dedos sobre su clítoris. Clara estaba tan mojada que ambos pudieron oírlo mientras la tocaba—. ¿Habías fantaseado con lo que estoy a punto de hacerte?

Ella sacudió las caderas y gimoteó.

—Sí… Ay, Dios… —todas las noches durante todos aquellos meses, los cuales le habían parecido años—. Sí…

Josh cerró los ojos durante un instante como si quisiera saborear su confesión. Se agachó y le levantó las caderas hacia su boca para recorrer su carne resbaladiza con los labios, los dientes y la lengua. Todas las cosas que Clara sabía que eran verdad, incluidos los límites del tiempo y del espacio, dejaron de existir. Josh la deseaba. Cada roce, cada sonido brusco que emitía, confirmaban lo inimaginable.

Más tarde, cuando hizo que se viniera en su lengua, gimió más como un animal que como una humana mientras le clavaba las uñas en los brazos. Josh la bajó con cuidado. Sus caricias reconfortantes prolongaron su placer y prepararon su cuerpo para más.

—Va a ser difícil.

La advertencia de Josh estaba en conflicto con sus ojos desorbitados.

—No me importa —dijo Clara cuando pudo inhalar aire suficiente para volver a formar palabras.

Al ponerse de pie, Josh la miró como si fuera algo muy preciado. El susurro del cierre al bajarse interrumpió el profundo silencio. Ella se permitió mirar, deteniéndose en los músculos que se movían bajo su piel dorada. Clara se lamió los labios. No podía decidir qué le gustaba más: la curva de su mandíbula, la forma de sus bíceps, la superficie marcada de su estómago, el fuerte descenso de sus caderas… La boca se le secó. «Su enorme verga».

Clara inhaló y soltó el aire despacio. Había visto los videos, lo había visto tocarse, pero ahora, al enfrentarse a la realidad de su tamaño y… contorno…, bueno, no era que no estuviera dispuesta —tenía los muslos empapados por lo mucho que lo deseaba—, pero el tamaño de su pene le parecía demasiado para ella.

Aun así, ¿alguna vez había estado con algún hombre que se hubiera mostrado tan seguro de sí mismo como él? ¿Tan fluido y salvaje?

La piel de Josh estaba caliente y resbaladiza por el sudor cuando Clara se inclinó hacia delante para pasar las manos por todas las partes que había consumido con los ojos.

—Tu cuerpo es increíble. Sé que lo sabes —los abdominales se contrajeron bajo las yemas de sus dedos—, pero no puedo evitar decírtelo —hundió los pulgares en la dura curva entre su pierna y la entrepierna—. En serio… Un diez sobre diez.

Josh aguantó su apreciación, la dejó tomarse su tiempo, hasta que ella lo miró a los ojos y se pasó la lengua por el labio inferior.

—Si sigues cogiéndome con los ojos de esta manera, todo esto va a terminar antes de que empiece —dijo él con una voz que estaba entre el humo y las llamas.

Él se agachó para volver a capturar su boca, pasándole las manos por el pelo. Con cada uno de aquellos besos que eran como droga, la respiración de Clara se volvía cada vez más entrecortada.

No quería reírse, sabía que no se debía reír ante un hombre que acababa de quitarse los pantalones, pero a su pesar dejó escapar una risita nerviosa por entre los labios.

Él se retiró.

—¿Qué pasa?

Clara se tapó el rostro con las manos.

—A veces tengo reacciones inapropiadas por el estrés.

En esta ocasión, fue él quien se rio y parte de la tensión desapareció de sus hombros.

—¿Te está estresando mi pito?

Clara hizo una mueca con los labios y asintió ligeramente con la cabeza.

Josh se encogió y se pasó una mano por la cara.

—Te entiendo.

—¿Ah, sí?

¿Había supuesto que tenía demasiada poca experiencia para que él entrara? ¿Era algo físicamente obvio?

—Sí, bueno, seguro que se te pasó el interés al pensar en mi trabajo. Probablemente, te estés preguntando si soy capaz de hacerlo sin cámaras...

Movió la mano con un gesto amplio debajo de su cintura. Todo su cuerpo mostraba indicios de derrota, aunque a su favor había que decir que la erección no había disminuido.

Clara frunció el entrecejo. «¿Que se me pasó el interés? ¿Está loco?».

Se recogió un mechón de pelo suelto detrás de la oreja y se inclinó hacia delante. La manera más rápida de demostrarle a Josh que le encantaba su pene no incluía palabras.

—¿Qué estás ha...? Oh, Dios... —suspiró Josh cuando ella cogió la punta de su erección entre los labios. Él le pasó los dedos temblorosos por el pelo mientras ella levantaba una mano para agarrársela por la base y le hizo gemir al pasar la lengua por la cabeza. Clara alzó la vista y le dio un vuelco el corazón al ver a Josh mirándola con una pasión lujuriosa. Normalmente, sus inseguridades la dominaban, pero esa felación no era para ella. Se trataba de demostrarle a Josh que la volvía loca.

A juzgar por cómo se le hinchaba al fondo de la garganta mientras le sostenía la mirada, a Josh no le importaba su falta de delicadeza.

—Oh, Dios…

Sus suspiros y sus reacciones la recompensaban por sus esfuerzos. Él le retiró el pelo de la cara en una coleta mal hecha, pero sin ejercer presión, y luego le pasó los dedos suavemente por la base del cuero cabelludo, haciéndola suspirar con la boca llena.

—Me estás volviendo loco, Clara. Mira lo que me estás haciendo…

En sus ojos castaños ella vio una intensidad que no se esperaba y cuando se retiró y bajó la vista, él le guio la cabeza con cuidado hacia arriba con el pulgar por su pómulo.

Ella vio la tensión en su mandíbula al moverse, cómo le pesaban los ojos y se le nublaba la vista, cómo se le tensaba el cuello. Josh, que por lo general era tan tranquilo y calmado, parecía extasiado.

Clara mantuvo los ojos en su cara mientras llevaba las manos a sus nalgas. Al hundir ligeramente las uñas en la carne, él echó la cabeza hacia atrás. El pulso en su cuello saltó. Animada, ella probó algo que había leído en *Cosmo*. Vaciló.

Él le agarró con más fuerza el pelo y dejó pasar el aire por entre los dientes, exhalando su nombre:

—Clara…

Josh retrocedió un paso, con los ojos atormentados, desesperados, y la puso de pie para alinear la espalda de ella contra su parte delantera.

—Llevo meses deseándote —le dijo al oído—. No quiero esperar más.

Recorrió con la mano su caja torácica y la cadera antes de ir entre sus piernas e insertar dos dedos y luego tres mientras con la otra mano la sostenía por la cintura.

Ella emitió un grito ahogado, tensándose a su alrededor, sin aliento ante la promesa de que la llenaran. Todo el oxígeno de la habitación se evaporó. A Clara le costaba el doble respirar. La sangre bombeaba en sus oídos tan fuerte que le preocupaba que le afectara a la visión. Cada átomo de su cuerpo pedía más.

—¿Tienes condón?

Se apartó de ella lo suficiente para sacar un paquete de aluminio del cajón de la mesita de noche y ponérselo.

Ella volvió a tumbarse, lánguida y tensa al mismo tiempo.

—¿Estás segura de esto? —le preguntó Josh regresando a la cama para cubrirla con su cuerpo. La adoración con la que la miraba, vulnerable y posesiva a la vez, hacía que a ella se le encogiera el corazón y, como respuesta, le envolvió la cintura con las piernas.

Él entonces recolocó las caderas frente a su sexo y ella vio cómo se le tensaba toda la musculatura del cuello e inhaló aire por la boca como si alguien le hubiera prohibido hacerlo cuando él la penetró, tan profundamente que tuvo la sensación de que se quedaba sin aire, y respiró agitadamente por la nariz durante unos segundos. Cada pequeño movimiento que él hacía al exhalar la recorría como si hubiera colocado la lengua en un cable de alta tensión.

Josh la besó en la sien antes de preguntarle con voz temblorosa mientras mantenía todo su cuerpo inmóvil:

—¿Estás bien?

—Sí.

Clara dijo su nombre entre jadeos y le suplicó mientras él siguió torturándola con su placentera inmovilidad hasta que ella le clavó los talones en la espalda. En ese momento, Josh bajó la mano hasta el punto donde sus cuerpos se unían y, aplicando una presión constante sobre su clítoris, empezó a embestirla. El sonido húmedo de sus caderas al chocar contra ella retumbó en los oídos de Clara.

Su clímax estaba tan cerca, tan cerca, tan…

—Oh, Dios. Me voy a…

—¿Sí?

Su sexo se le contrajo alrededor de la verga y no podía parar de gemir.

Josh, que aferraba sus nalgas con ambas manos, se la acercó más hacia él y se hundió en ella, manteniendo esa mítica postura. Cada célula del cuerpo de Clara estalló y se volvió a fusionar. Cuando regresó a la realidad, las pupilas de Josh estaban negras como el carbón. Estaba apoyado en los antebrazos, sosteniéndose encima de ella. Clara se dio cuenta de que estaba temblando mientras la miraba.

—¿Josh?

—Dame un segundo —dijo entre dientes.

Como de costumbre, ella no escuchó. Le pasó las uñas por la piel húmeda de su espalda desnuda, lo bastante fuerte como para dejarle marca.

Con una habilidad sorprendente que la dejó boquiabierta, Josh se giró para que ella quedara sobre él. El cambio de posición pareció acabar con cualquier reserva que él hubiera mantenido, porque en ese momento llevó las manos a sus caderas y la hizo descender por su cuerpo con una intención vigorosa. Ella reconoció la figura del ocho. El nuevo ángulo le hizo ver las estrellas. Josh estaba tocando partes de ella que ni siquiera sabía que existían.

La intensidad con la que la penetraba la estaba volviendo loca.

—Eres tan guapa que no puedo soportarlo, carajo.

Clara se llevó las manos a los pechos y se agarró los pezones con los dedos imitando lo que él le había hecho antes. Los ojos de Josh recorrieron un camino que iba desde su rostro a sus senos y acababa en el punto donde sus cuerpos se unían. Hasta que, finalmente, empezó a gemir y a sacudir las caderas dando las embestidas finales.

Clara sonrió como una gata contra su hombro mientras él describía círculos reconfortantes en sus hombros. Cuando ella se incorporó y se retiró el pelo de los ojos, él le acarició la mejilla y dejó la mano en el lateral de la mandíbula.

—He querido hacer esto desde el primer momento que nos vimos.

—Dijiste que creías que era una ladrona.

Los dos seguían tratando de recuperar el aliento.

—Sí —Josh le pasó la mano por la columna vertebral—. Iba a dejar que me robaras.

Llevó las palmas a su cintura y con cuidado desenredaron sus extremidades resbaladizas.

Cuando estuvo recostada a su lado, Clara estiró los dedos de los pies bajo las sábanas, comprobando que su cuerpo todavía le pertenecía.

—¿Tienes hambre? —Josh se incorporó y hundió los dientes juguetonamente en la piel donde su hombro se encontraba con su cuello—. Porque yo estoy famélico.

«Dios, ¡qué bueno está!». Una parte de ella quería tomar una foto de ese momento para que algún día, cuando fuera una anciana, pudiera recordar que una vez había cogido con un hombre que estaba como un tren.

En cierto modo, se había ganado aquel oasis con un hombre que la hacía sentirse divina. Ojalá pudiera quedárselo.

—Estaría bien comer algo.

—Genial. Sé adónde vamos a ir.

Levantó los pantalones de la alfombra.

—Pero si son casi las tres. No debe de haber nada abierto.

Josh fue al armario de ella y le lanzó una camiseta y su overol.

—Mujer de poca fe.

Clara agarró la ropa y sonrió, recordando lo que le gustaba a él aquel conjunto.

—Tengo que irme a trabajar dentro de unas horas. Toni tiene un acto importante para recaudar fondos y estamos a tope de trabajo.

Josh se quedó con las manos en la cintura.

—Okey, perdona —dijo, frotándose la nuca, avergonzado.

Pero entonces sintió de nuevo la sensación burbujeante de la alegría recorriéndola por completo. Esa noche no tenía por qué terminar. No si ella no quería.

—Vamos —dijo. Que se preocupara otra persona de su futuro. De las repercusiones de sus actos. Del dolor.

Ella tenía planes.

Le encantaba el desorden de esa vida tan colorida con la que se había topado. De repente palabras como «destino» y «suerte» no le sonaban tan tontas. Había otras mujeres que hacían cosas así todos los días, que se acostaban con hombres guapos sin exigirse nada mutuamente.

Josh no era el hombre de sus sueños.

Era algo mejor, algo más de lo que se había permitido imaginar jamás.

¿Y si Los Ángeles no era un error?

Vivía en una casa acogedora y tenía un buen trabajo y un proyecto gratificante, sorprendente y apasionante.

Carajo, hasta estaba progresando con Naomi.

Josh Conners y Clara Wheaton en teoría no tenían sentido, pero ¿y si de algún modo, aunque pareciera imposible, lo suyo podía funcionar…, al menos bajo las sábanas?

La besó en la sien.

—Creo que quizá seas lo mejor que me ha pasado en la vida.

Clara sintió un nudo en el estómago. Aquel momento era demasiado bueno. Demasiado. «No lo dice de verdad; estoy segura».

«Mierda». Se puso la ropa y los tenis. ¿Alguna vez alguien se había acostado con un profesional del placer sin perder el corazón?

Capítulo 28

♡ ♡ ♡

Josh siempre salía del Café de la Esquina de la Señorita Di Vina con la barriga llena y con diamantina pegada a la suela de los zapatos. Una hora después de coger con Clara, una *drag queen* famosa los recibía a ambos dándoles efusivos besos en las mejillas. La señorita Di los llevó a una mesa al fondo y les guiñó el ojo.

—Pidan lo que su corazón desee —dijo mientras les daba las cartas y un bote con lápices de colores, y después añadió susurrando de forma conspiratoria—: Pero tenemos los mejores waffles del barrio gay.

Clara pasó las palmas por el papel encerado café que cubría la mesa mientras Josh intentaba dejar de mirarla embobado. Bajo la tenue luz de los fluorescentes, tenía el aspecto de un ser inalcanzable. Parecía un juguete de Navidad demasiado caro. Ese cromo de deportes por el que siempre había salivado. Esa pizca de aprobación que nunca se había ganado.

Se sentó sobre sus manos para evitar tender el brazo y acariciarle la cara. ¿Acaso esa mujer se había adueñado de su voluntad? Y, además, parecía que se había quedado sin palabras. Normalmente, tras acostarse con alguien, solía sentirse más cómodo con esa persona. En más de una ocasión, se había valido del sexo para romper el hielo cuando una relación le resultaba extraña o incómoda.

De algún modo aquella noche había cruzado una puerta a una realidad alternativa, pues solo en un universo paralelo Clara le habría dejado abrazarla, besarla y tocarla sin una lista de razones a mano para justificar la intimidad. Sus células debían de haberse reconfigurado para darle esta oportunidad de amarla. Debían de haber pasado ya siete años.

Después de que un mesero tomara su orden, Josh se concentró en mirar los brillantes botones del overol de Clara. «Ay, mierda». ¿Y si creía que le estaba mirando fijamente las tetas? Y ahora, por supuesto, los ojos se le habían ido a las tetas, y sí, seguían siendo increíbles.

Clara extendió la mano por la mesa y le dio unos toquecitos en el antebrazo.

—¿Está todo bien?

—¿Qué? ¿Si estoy bien? Claro —eso sonaba demasiado informal. No quería que ella pensara que esa noche no había significado nada para él, que para él el sexo era igual con todo el mundo. Puso la mano encima de la suya—. Quiero decir que estoy bien. Muy bien. Estoy contento.

«Contento» era demasiado genérico. «Contento» era una palabra demasiado gastada. Necesitaba un adjetivo mejor, uno que transmitiera transformación. El entusiasmo de haber llegado a la cumbre. «Maldita sea, me metí en un lío».

Clara se recostó en la silla y entrecerró los ojos.

—Estás alucinando.

—No.

Se limpió las palmas sudadas en los pantalones cortos.

—¿Estás alucinando porque crees que yo voy a alucinar?

—Ahora sí que estoy alucinando.

—Bueno, pues tranquilo. Te prometo que yo también estoy contenta —pero veía algo triste en sus ojos. Clara recolocó los condimentos sobre la mesa para que el bote de Heinz estuviera delante y en medio—. Okey, por favor, cuéntame la historia de la cátsup.

—No, me da vergüenza.

Josh bajó la cara a sus manos.

Ella puso rectos los sobres de azúcar para que todos miraran en la misma dirección.

—Esa reacción no hace que tenga menos ganas de oírla.

—Es una tontería.

Pero al menos le daba algo en lo que pensar, aparte de en lo mucho que le gustaba el olor de su perfume y que quería rociar su almohada con él. ¿Existía un número de teléfono donde pedir ayuda para estas mierdas?

Dolly Parton cantaba suavemente por los altavoces de la cafetería y la mitad de los clientes sentados en la barra la acompañaban. Clara se mecía de un lado a otro y giró la mano en su dirección, expectante.

—Okey —respondió él, resignándose—. Cuando era niño, mis primos y yo nos gastábamos bromas. Éramos unos vándalos, y como yo era el pequeño, se me daba muy bien salirme con la mía.

Clara apoyó el codo en la mesa y la barbilla en la mano.

—No me sorprende.

—Una noche, cuando tenía siete años, culparon a mi primo Fred por una cosa que había hecho yo. Ahora no recuerdo si había quemado una excavadora de juguete. Bueno, el caso es que, como venganza, Fred esperó a que me quedara dormido, me llenó las manos de cátsup y después me hizo cosquillas con una pluma hasta que yo empecé a frotarme la cara.

—¿Eso es todo?

No comprendía la gravedad del asunto.

—Me desperté a oscuras con pegotes de esa cosa goteando de mis ojos. No sabes lo que quema el vinagre —se le cerró la garganta al recordar el agobiante olor que amenazaba con ahogarlo—. Me acobardé. Creía que se me caía la piel de la cara.

Clara escondió el bote de cátsup detrás de dos bolsas de gomitas y una jarrita de miel.

—Vaya trauma —dijo antes de que un sonido sospechosamente cercano a una risita se le escapara, a pesar de que se cubrió la boca con el antebrazo para contenerla.

Josh sonrió con autocrítica.

—Te dije que era una tontería.

—Y tenías razón.

La sonrisa de Clara fue tan brillante que Josh pensó que todos los fusibles de la cocina saltarían en cualquier momento. Se le tensó el pecho.

Hablar con las mujeres siempre había sido fácil para él. Le gustaban. A ellas les gustaba él. La cosa era sencilla.

Hasta ahora. No había nada sencillo con Clara.

—Será mejor que te lleves esa historia contigo a la tumba. No la conoce nadie que no sea de mi familia y para acallarlos los he chantajeado a todos.

—Puedes confiar en mí.

Tenía razón, Josh se dio cuenta de que sí podía confiar en ella. Aquella mujer que nunca debería haberle dado ni la hora había llegado a su puerta. El corazón se le subió a la garganta.

—Te volví a asustar —dijo Clara—. Tengo que admitirlo, si hubiera tenido que adivinar cuál de los dos se iba a poner más nervioso después del sexo, jamás habría dicho que serías tú.

—Lo siento. Normalmente no soy así.

Josh encorvó los hombros. Sí, tenía una buena reputación como compañero de cama. Sus parejas sexuales contaban con que les hiciera pasar un buen rato y se echaran unas risas, pero nadie esperaba nada más de él, ni siquiera Naomi.

—Esta noche parece importante —negó con la cabeza—. Eso sonó raro.

Clara iba a echar a correr en cualquier momento.

—No. Sé a lo que te refieres —sonrió ella con timidez—. Es como si hubiéramos provocado algún tipo de cambio cósmico al no actuar como solemos hacerlo —Clara exhaló y se metió el pelo detrás de las orejas—. Hagamos buen uso de estos lápices, ¿okey? Quien dibuje la mejor caricatura de nosotros dos podrá pedirle al otro que haga algo.

—¿Define «algo»?

Le aparecieron en la mente visiones morbosas de Clara en lencería doblando la ropa.

Ella agarró el lápiz que tenía más cerca y empezó a dibujar.

—Usa tu imaginación.

Josh se deslizó hacia delante en su asiento para esconder bajo la mesa la reacción instantánea de su cuerpo ante la promesa de su tono. Su imaginación era retorcida.

Al cabo de diez minutos, dejó el lápiz.

—Okey. El momento de la verdad.

Clara añadió un último detalle y luego fue a sentarse a su lado.

—¿Quién soy yo?

Él le añadió unas tetas verdes al monigote de Clara. Ella se rio y rozó el brazo contra el suyo. A Josh se le secó la boca.

—Veo que le diste precisión anatómica.

Señaló algunos detalles de la ilustración.

—Estamos viviendo una aventura. Tú tienes un telescopio y un mapa. Yo llevo una espada porque tú eres el cerebro de la operación y no podemos permitirnos perderte a manos de unos bandidos.

Ella se acercó más al mantel de la mesa y le rozó el antebrazo con el pelo.

—Parece que lleves dos espadas.

—No. Lo que tengo en la mano izquierda es una barra de pan, por si nos entra hambre.

—Nunca he conocido a un hombre que le gusten tanto como a ti los productos de la panadería.

Josh se dio unos golpecitos en la barbilla con el dedo índice.

—Y aun así le diste a mi cuerpo un diez sobre diez.

Las mejillas de Clara adquirieron el tono rosa del algodón de azúcar.

«Bésala, idiota. Ahora puedes», se dijo Josh. Pero ¿y si se apartaba? ¿Y si el motivo por el que estaba más tranquila que de costumbre era porque ya lo había probado y había decidido no repetir?

Se levantó de repente y Clara se puso recta para hacer lo mismo.

—Veamos el tuyo.

Ambos se sentaron en su lado de la mesa. Su dibujo le hizo quedarse sin aliento. Se las había arreglado para crear algo bonito con aquellos lápices viejos.

—¿Estamos nadando?

—No —señaló los remolinos azules que rodeaban las imágenes dibujadas—. Eso es el cielo.

—Entonces ¿estamos volando? —preguntó, y tragó saliva de forma bochornosa cuando alargó la mano para recorrer con el dedo la figura que representaba a Clara y que iba agarrada del brazo de él.

—Me inspiré en Chagall. A menudo cuando dibuja... amantes... están flotando el uno en los brazos del otro. Atrapados en algún lugar entre la vigilia y el sueño —se aclaró la garganta—. Como esta noche.

El pulso de Josh tronó en sus oídos y su voz salió reverente.

—No sé quién es Chagall.

Clara le pasó un lápiz.

—Este tono de azul me recordó a su obra. Es el terciopelo arrugado del cielo nocturno.

—Tengo que decirte algo —dijo él, sosteniendo ahora su corazón palpitante en las manos, dispuesto a confesar que quería estar con ella más de lo que había querido jamás nada.

La palabra «amor» se cernió sobre la punta de su lengua. Nunca había hecho aquello. No cuando importaba tanto.

Ella frunció el entrecejo y el miedo cruzó su cara.

—Aquí tienen —dijo el mesero, que llegaba con dos platos llenos de waffles.

Josh volvió nervioso a su asiento, carente de valor. Se lo diría al día siguiente, a la luz del día. Si es que ella todavía quería estar con él.

Se marcharon de la cafetería cuando el cielo de terciopelo azul de Clara reveló el naranja intenso del amanecer. Mientras la mujer de sus sueños esperaba junto a la puerta, Josh se apresuró a arrancar el papel café que cubría la mesa, se metió el trozo doblado en su bolsillo trasero y pidió un deseo.

Capítulo 29

♡ ♡ ♡

Aunque Clara todavía no era inmune a los cuerpos desnudos retorciéndose, al menos ahora podía mirar sin taparse los ojos con las manos. Los videos promocionales en su pantalla iban de educativos a eróticos, con Josh y Naomi narrando alternativamente. Mientras unos gemidos de placer sonaban por sus auriculares, ella cruzó los brazos por encima de los pezones con la esperanza de que nadie se diera cuenta de lo bien que funcionaba su último segmento de Sinvergüenza.

Los videos de Naomi siempre despertaban su interés, pero cada vez que oía la voz de Josh, Clara empezaba a respirar de forma entrecortada. Cuando él se acercó a su escritorio improvisado en el estudio, a Clara le dio un vuelco el corazón al acordarse de la última vez que la había descubierto viendo algo erótico, la búsqueda en Google que lo había iniciado todo. Al darle a la pausa, contuvo las ganas de minimizar la ventana de su computadora.

—¿Es ese el material promocional que mandó Naomi? ¿Qué te parece?

Josh acercó una silla. Se había remangado la camisa y la vista del vello dorado salpicando la piel fibrosa de sus antebrazos la hizo salivar. ¿Acaso un ser humano había tenido alguna vez un aspecto tan… apetitoso? Acostarse con él la noche anterior había hecho entrar a su cuerpo en su ciclo infinito de deseo. Había estado en el acto de Toni todo el día reviviendo instantes de la noche y abanicándose hasta que al final se escabulló temprano para encontrarse con Josh en el estudio.

—¿Clara? —él movió una mano delante de ella—. ¿Me escuchaste?

—Ah, sí. Perdona. Hiciste un gran trabajo describiendo el uso de los mordiscos en la guía para la estimulación oral del pezón.

Su cara alcanzó más o menos la misma temperatura que la superficie del sol. ¿No podía haber elegido algo menos explícito que comentar, como por ejemplo la música de fondo?

Josh se tiró del cuello de la camisa.

—Gracias. Me… eh… alegro de que lo apruebes —el aire entre ambos ardió cuando se acercó a ella—. Si necesitas consultarme algo más sobre ese asunto, no dudes en preguntarme.

Clara no pudo dejar pasar la oportunidad.

—Creo que, como socia de Sinvergüenza, una demostración práctica me resultaría profesionalmente muy útil para entender cómo funciona este recurso.

Josh bajó la voz para que solo ella pudiera oírlo.

—Anoté tres nuevas escenas que se me ocurrieron mientras estaba trabajando hoy. Por alguna razón, me levanté especialmente inspirado esta mañana.

Clara ocultó una sonrisa tras sus labios. A ella también se le habían ocurrido unas escenas, pero… ¿a quién estaba engañando? Nunca podría limitarse a tener sexo esporádico con Josh precisamente. Su única opción era tener una conversación sincera con él sobre lo que significaban el uno para el otro. Clara creyó haber visto la noche anterior una esperanza en sus ojos que reflejaba la suya propia. Era horrible no permitirse contemplar un futuro con él y no sabía cuánto más iba a poder soportar.

—La verdad es que quería hablar contigo de lo de anoche.

—Okey —Josh se giró para echar un vistazo a la sala—. ¿Podríamos hablar de eso más tarde?

Oh. A lo mejor estaba intentando mandarla a paseo después de todo.

Él sacó dos entradas de su bolsillo trasero.

—No te olvides de que dentro de dos horas vamos a ver *Rocky*.

Claro. Ella había comprado las entradas hacía semanas y las había colgado en el refrigerador. Josh debió de haberlas agarrado al salir esa mañana. Cuando las compró, pensó que compartir una maratón de películas con Josh sería una alternativa platónica que le podría servir, pero ahora... Tragó saliva.

—Ginger dijo que la idea que le diste de seducir a la cámara en esa última escena funcionó.

El cumplido llevó un calor agradable al pecho de Clara.

—Todos están siendo muy amables. Creo que me han dado más abrazos en las últimas semanas que en toda mi infancia.

Josh frunció el ceño.

—Es típico de los Wheaton reservarse el contacto físico para las ocasiones especiales —se explicó ella—. Además, todos han empezado a llamarme Connecticut. He decidido creer que me lo dicen con cariño.

—Naomi tiene maneras extrañas de demostrar su afecto.

—Pedirle que dirigiera el proyecto fue muy acertado. Tiene muchas ideas. No sabía que el sexo pudiera llegar a ser tan divertido.

—Desde luego Stu no tiene miedo de reírse de sí misma o de sus compañeros en el dormitorio —dijo Josh.

—Pero también ha contado historias increíbles. Ella y el resto de los actores. Es como si estuvieran lo bastante cómodos con el sexo como para revelar otros planos de intimidad. Yo me suelo preocupar por el aspecto de mi cuerpo o por si mi pareja sexual está imaginándose a otra persona cuando cierra los ojos —Clara negó con la cabeza. Ahora todo aquello había quedado en el pasado, antes de Josh—. Pero parte del material que Naomi ha dirigido es increíble. Creo que nuestros videos podrían ayudar a la gente a ver cómo es el sexo cuando hay auténtica confianza en la pareja, y el interés de la prensa ha sido tremendo. Tengo programadas un montón de entrevistas para ambos para la próxima semana.

Clara estaba disfrutando poniendo al servicio de Sinvergüenza los conocimientos que había adquirido durante el doctorado, pero era muy consciente de que Josh y Naomi todavía eran los que más tenían que perder si el proyecto salía mal. Los antiguos amantes continuaban siendo los únicos nombres importantes asociados a esa empresa. Su reputación tenía que sostener la página, al menos hasta que crearan una base de suscriptores.

—Los comunicados de prensa que escribiste eran magníficos. Me imagino que se te da muy bien unir los negocios con el placer.

Clara se inclinó hacia él. ¿Y si la besaba allí mismo, delante de todo el mundo?

—Perdón —una rubia con lentes que llevaba un cinturón de herramientas se puso delante de ellos—. ¿Puede alguno de los dos darle el visto bueno a este diseño de iluminación antes de que empiece a hacer agujeros en las paredes?

Josh saltó de su silla como si alguien le hubiera echado brasas en su regazo.

—Ah, hola, Wynn. Stu mencionó que habías venido de visita a la ciudad, pero no sabía que te había puesto a hacer trabajos manuales durante tus vacaciones.

La rubia sonrió con ironía en dirección adonde Naomi estaba inclinada sobre unas pruebas de fotografía.

—Se quiso cobrar un antiguo favor.

—¿Te presentaron a Clara? Es el cerebro y la plata de esta operación. Clara, Wynn es carpintera y escenógrafa de profesión, y la única persona que conoce todos los secretos de Stu.

Wynn alzó un par de palmas callosas.

—Solo porque la conocí casi inmediatamente después de que saliera del útero.

Clara enarcó una ceja.

—Nuestras mamás fueron a la misma clase de Lamaze y se hicieron inseparables —le aclaró la chica.

—Ah… Bueno, encantada de conocerte. Es muy generoso de tu parte ceder tu tiempo libre para ayudarnos.

Clara le tendió la mano y Wynn se la estrechó.

—De nada. Da gusto trabajar en un sitio donde la gente al mando no te mira como una imagen de archivo para el disfrute del hombre blanco —se giró hacia Josh—. Sin ofender.

—No pasa nada. Clara puede aprobar tus diseños. Tiene mejor ojo. Yo me voy a edición para intentar ser útil —se excusó Josh.

Wynn le pasó los bocetos. Cada imagen detallaba la manera en que la luz y las sombras jugarían en el plató favoreciendo la interpretación de los actores.

—¡Vaya! Estas proyecciones de la trayectoria de la luz son increíblemente útiles —Clara estudió las imágenes, buscando si cambiaría algo o si se quedaban cortos. Aquel diseño no solo era práctico, era arte—. Supongo que no es posible que podamos convencerte de que te mudes a Los Ángeles y trabajes con nosotros de tiempo completo, ¿no?

La rubia arrugó la nariz.

—Tentador, pero no. Mi familia, mi trabajo y mi novio están en Boston. Hannah hace que parezca fácil salir de la ciudad, pero yo soy una mujer hogareña empedernida.

Clara asintió.

—Tenía que intentarlo. Tienes mucho talento. ¿Dónde aprendiste todo esto?

La cara de Wynn se desmoronó.

—No me crie entre hermanos.

—¿Perdona?

—Lo siento, me salió solo —Wynn puso una mueca—. Casi siempre que alguien elogia mi trabajo, lo siguiente que me preguntan es si me crie en una casa llena de chicos. Ya sabes, en las películas las chicas que saben cambiar una rueda o lanzar la pelota siempre atribuyen sus habilidades a la proximidad de la testosterona.

—Ah, sí. Bueno, yo tengo un hermano y estoy segura de que no tendría ni idea de qué hacer con tu cinturón de herramientas.

Naomi dejó una taza de café al lado del codo de Clara. ¿Seguro que la bebida no era un gesto no verbal de aceptación?

—Gracias.

Clara se inclinó hacia el líquido humeante con la esperanza de darse un baño de cafeína facial. Apenas había dormido cuatro horas la noche anterior. En ese instante sus párpados le pesaban diez kilos cada uno.

—Parece que lo necesitas —todo lo que Naomi decía sonaba como una amenaza, pero Clara ahora sabía que tenía buena intención—. ¿Ya se conocen?

—Sí. Estaba admirando el trabajo de Wynn.

—Tiene tanto talento que ofende. Es prácticamente perfecta —Naomi suspiró—. Ojalá no fuera trágicamente heterosexual.

Wynn le dio un beso a su amiga en la mejilla.

—Y hablando de eso, voy a echar un clavo, pero no con ninguno de sus actores.

Naomi se giró hacia Clara.

—¿Por qué estás ensuciando mi estudio?

Recogió un puñado de bolas de papel arrugado que había esparcidas alrededor de la computadora de Clara.

Uy. Clara no se había dado cuenta de cuántos intentos de logo había acumulado mientras veía los tráileres. Llevaba años sin dibujar nada que no fuera para sus propios ojos, pero al inspirarse la noche anterior en Chagall para Josh, había liberado impulsos artísticos latentes. «Entre otras cosas». Siempre había asociado a Chagall con el amor, y no con un amor cualquiera. Él pintaba el amor romántico de los mitos y los cuentos de hadas. El amor verdadero. El que había entre almas gemelas. Un amor que Josh y ella jamás podrían tener, aunque quedarse dormida en sus brazos le había resultado desconcertantemente apropiado.

Naomi se quedó mirando una de las primeras imágenes que Clara había esbozado: un par de tipos de letra que descomponían el nombre del proyecto, Sinvergüenza, de modo que, aunque seguía estando escrito como una sola palabra, se leía más como una afirmación declarativa: Sin. Vergüenza.

—¿Te gusta? Creí que…

—No tienes que explicármelo.

—Okey.

¿Debía mencionarle el cambio en su relación con Josh? No quería ocultar esa información a su socia. Naomi parecía valorar la honestidad por encima de todo. Pero ¿y si se quedaba alucinando? ¿O decidía que ella no era lo bastante buena para su ex?

—¿Puedo hacerte una pregunta? —las palabras salieron de Clara antes de que pudiera pensárselo mejor.

Naomi la miró con los labios fruncidos.

—Una.

Clara plantó los pies y se puso más recta.

—¿Crees que las personas pueden cambiar?

Lo que quería decir, pero no pudo expresar era: «¿Crees que alguien como yo podría pegar con alguien como Josh?».

Naomi no respondió enseguida. Se recogió el pelo en un chongo y lo atravesó con un bolígrafo para sujetárselo como Clara creía que solo funcionaba en las películas. Al responder, lo hizo con una voz reflexiva y unos ojos penetrantes.

—Poder, sí pueden. Si las circunstancias son apropiadas. Pero tienes que querer, y la mayoría de la gente no quiere —respiró profundamente—. O te tiene que pasar algo muy importante. Algo que no te deje más opciones.

Algo —«no, alguien»— muy importante le había pasado a Clara, pero no sabía si los efectos durarían.

Naomi se quedó mirándola.

—Así me metí en el porno.

—¿Ah, sí?

Al vivir con Josh y colaborar con muchos tipos de actores distintos, el campo semántico de trabajador del porno se había visto enriquecido significativamente para ella.

—Lo creas o no, en la preparatoria tuve una experiencia perfecta. Seguramente, no fui tan buena estudiante como tú —Naomi sonrió con suficiencia—, pero sacaba buenas calificaciones, era la capitana del equipo de futbol, la jefa de grupo y todo eso. Hasta tenía el novio perfecto.

Naomi frunció los labios como si hubiera chupado un limón.

—La vida se me derrumbó prácticamente delante de los ojos cuando el susodicho novio perfecto compartió en internet unas fotos privadas que me había suplicado como regalo para su décimo octavo cumpleaños. Verás, le había dicho que no estaba preparada para acostarme con él —dijo con voz grave.

Clara envolvió con los brazos los hombros de la otra mujer sin pensarlo. Esperaba que Naomi rechazara el contacto físico, pero en su lugar apoyó la barbilla encima de la cabeza de Clara y suspiró.

—Si le cuentas a alguien esto, lo negaré, y luego te mataré.

Al final se separaron avergonzadas y cuando Naomi volvió a hablar, permitió que saliera el dolor en su voz.

—Sabía que, hiciera lo que hiciera, aquellas imágenes las verían personas sin mi permiso. Sabía que daría igual los años que pasaran, daría igual lo que quisiera lograr, porque algunas personas siempre me definirían basándose solo en mi cuerpo. Así que me adelanté a los acontecimientos y me tomé mis propias fotografías. Pensé que, si saturaba el mercado, podría reducir el valor de las imágenes que había publicado aquel tipo. Que podría recuperar mi cuerpo bajo mis propias condiciones.

—Eso es muy… —empezó a decir Clara.

—¿Impulsivo? ¿Inmaduro? ¿Estúpido?

—Valiente.

Naomi la miró a los ojos.

—Estaba aterrorizada y tan enojada que no podía pensar con claridad.

Agarró el café de Clara y se lo puso en las manos. Ella le dio un trago.

—¿Y tu familia? ¿Tus amigos? ¿Apoyaron tu decisión?

—No les pedí permiso entonces y no tengo pensado pedirles perdón ahora. Incluso Wynn, que entiende por qué tuve que marcharme, no puede comprender por qué nunca volveré —levantó las manos delante del pecho—. No estoy invitándote a que me abraces de nuevo.

—No lo haría ni en sueños.

—La mayoría de la gente haría cualquier cosa por evitar el cambio —Naomi se retiró del hombro su pelo del color de las llamas—. Y hay muchos que, tras probar algo nuevo, luego intentan volver a su vieja vida en cuanto las cosas se ponen difíciles. Recuérdalo antes de hacer una locura. A veces creemos que queremos algo hasta que nos toca vivir con las consecuencias.

La respuesta no era pesimista, tan solo se basaba en una buena dosis de realidad que Clara ya esperaba por parte de Naomi.

Mientras el café amargo se movía por su lengua, intentó no cerrar los ojos. Quería creer en el cambio, en que podía abandonar su antigua vida, dejar atrás sus antiguas responsabilidades, su equipaje, por Josh, si él quería estar con ella. «Ah, sí. Clara siempre puede aguantar los golpes. Disfruta de la vida a lo grande».

Pero Naomi tenía razón. Era fácil intentarlo. Tragarse la inseguridad provocada al trabajar con tantas mujeres guapas que sabían mucho más del sexo de lo que ella podía jamás imaginar. Esquivar las llamadas de su mamá y echarle la culpa a la diferencia horaria. Avivar la fantasía de Josh y ella viviendo felices para siempre después de que su pausa como actor ayudara a postergar los miles de obstáculos que se interponían en su camino.

Aquello eran unas vacaciones de verano de la vida real, pero, tarde o temprano, el verano llegaría a su fin. Ella tendría que enfrentarse a su familia, tendría que elegir entre la vida para la que la habían preparado y la que pendía del horizonte, excesivamente tentadora, pero que suponía renunciar a todo lo que ella tenía en gran estima.

—El cambio siempre viene acompañado de un costo —dijo Naomi—. Pero aun así vale la pena intentarlo. No porque haya unas probabilidades especialmente buenas, sino porque ¿cuál es la alternativa? El esfuerzo tiene su valor. Valor de tocar las partes en carne viva y sangrantes de nuestra alma, abrirlas a la luz del sol y esperar que se curen.

Clara captó el mensaje. Si quería un futuro con Josh, tendría que luchar por él.

—¿Sabes? Eres la primera persona que he conocido que creo que de verdad podría cambiar el mundo.

Naomi sonrió por encima del hombro mientras se marchaba.

—Dime algo que yo no sepa.

Capítulo 30

♡ ♡ ♡

Josh no se detendría ante nada para conseguir tener una cita de verdad con Clara.

Le había encantado compartir aquel desayuno con ella en mitad de la noche, pero quería algo más formal. Una salida bien organizada que no tuviera nada que ver con los ratos informales que habían pasado juntos durante semanas. Todo había cambiado para él después de la noche anterior. Ahora necesitaba averiguar si a Clara le pasaba lo mismo.

Había estado todo el día sintiéndose como un adolescente, inexperto e inseguro, andando con cautela. Había pasado suficiente tiempo con Clara antes de su encuentro sexual como para saber que lo que había pasado entre ellos era más que una atracción común y corriente.

Quería plantar la bandera. Demostrarle que ponía toda la carne en el asador.

No le importaba que aquella maratón de películas hubiera sido idea de ella. Desde que habían visto *Speed*, cada vez que pensaba en persecuciones de coches y rehenes, se acordaba de Clara. La veía sorprendentemente sedienta de sangre para ser una mujer que una semana antes no le habría dejado aplastar una araña que había aparecido en la bañera.

—Probablemente, debería haber intentado llevarte a un lugar más romántico que a los multicinemas.

La ayudó a salir del coche alquilado.

—¿Estás bromeando? Me encanta *Rocky*. Sylvester Stallone me enseñó a dar puñetazos.

—¿Sabes dar puñetazos?

Clara plantó los pies y apretó sus pequeños puños. Su postura no era mala.

—Okey —Josh levantó la mano para enseñarle la palma—. Dame fuerte.

La sonrisa de Clara lo calentó y la chica le propinó un puñetazo que resonó y no con una insignificante cantidad de fuerza.

Él sacudió la muñeca.

—¡Vaya! No estás bromeando. A veces me inquieta lo peleonera que eres.

Josh dejó la mano en la parte baja de su espalda para conducirla adentro.

Se había vestido para una cita nocturna con una camisa blanca almidonada y sus mejores jeans, pero aun así se sentía como un imbécil al lado de Clara. Ella se había quitado su sudadera y se la había echado sobre el brazo, revelando un vestido negro que no le había visto puesto antes, sujeto con dos minúsculos tirantes que él podría, y esperaba, retirarle más tarde con los dientes.

Se había acostumbrado a su belleza a bajo volumen en casa. Sin maquillaje, con sudaderas y el pelo recogido en la parte superior de la cabeza como un rollito de canela. Verla ahora tan arreglada, a la luz natural, lo dejaba sin respiración. La noche anterior no había usado las palabras apropiadas cuando le había dicho lo que sentía por ella. Desde luego no había usado la palabra que había estado rondando por su cerebro desde la parrillada.

Pero no pasaba nada. Podía hacerlo bien. Esa noche se declararía como era debido. No se basaría en sus características físicas, sino que le diría a Clara que le hacía querer recitar poemas épicos. Si lo dejaba, haría lo que estuviera en su mano por poner ciudades a sus pies, navegaría durante catorce años solo para encontrar el camino de vuelta a su cama.

—¿Sabías que *Rocky* es una estimulante historia de determinación y coraje y también una historia de amor para la posteridad? Es un auténtico lujo —Clara usó la voz de sabihonda que a él le volvía loco.

—Tú crees que todo es romántico. Intentaste convencerme de que *La momia* era una historia de amor.

—¡Pues claro que *La momia* es una historia de amor! —Clara se puso las manos en las caderas—. ¿Estás loco o qué?

—¿Que si estoy loco? No me extraña que te guste esa película. Estás a un par de lentes de pasta de convertirte en bibliotecaria —intentó pensar en un cumplido digno de ella. ¿Cómo podía transmitirle lo mucho que significaba esa noche para él sin decir algo tan ridículo como «Te brillan los ojos como diamantes»?

Clara levantó la nariz.

—Gracias. Los bibliotecarios son los pilares de la sociedad.

Josh quería echarla hacia atrás sobre su brazo, como en uno de esos movimientos de baile antiguos, y besarla en la boca mientras todos a su alrededor les aclamaban.

Había tenido que pasar desapercibido en el estudio para no atraer la atención de Naomi. Lo último que necesitaba en ese momento era tener que ocuparse de aplacar la ira de la exnovia que se había convertido en su socia.

De algún modo, desafiando las leyes de la lógica y la ciencia, Clara parecía estar de verdad interesada en él. Era el hijo de puta con más suerte del mundo.

—Siguiente —llamó el que recogía las entradas.

Josh se dio cuenta de que él y Clara se habían quedado en la fila sonriéndose embobados.

—Perdón —se disculpó ante la pareja mayor que había detrás de ellos.

—No pasa nada —contestó la mujer, dando unas palmaditas en el brazo de su compañero—. Nos acordamos de cómo era todo al principio.

Josh pensó que Clara protestaría, pero se limitó a dedicarle una tímida sonrisa.

El orgullo añadió dos centímetros a su altura. Una desconocida los había confundido con una pareja. No, espera. Una desconocida los había identificado como una pareja.

A Josh le dio un vuelco el corazón de alegría y consiguió asentir con la cabeza.

Mientras se acercaban al puesto de comida, Clara lo tomó de la mano y él procuró disimular su estremecimiento. Josh había participado en encuentros sexuales de todo tipo, pero nada de eso había hecho que sus venas bombearan felicidad como ir de la mano de Clara.

Ella leyó la carta.

—¿Compramos M&Ms o Skittles?

—Está claro que tenemos que comprar M&Ms y echarlos a las palomitas.

—¿La gente hace eso?

Josh apretó el muslo contra el de ella.

—Ay, Clara. Quédate conmigo y te enseñaré todo un mundo nuevo.

Encontraron sitio en las últimas filas del cine. No en la ocupada exclusivamente por adolescentes que iban a toquetearse, pero sí lo bastante cerca de ellos para que Josh pudiera al menos rodearla con el brazo.

—¿Estás listo? —Clara lo miraba con un entusiasmo palpable.

Josh sacó la lengua entre los dientes.

—¿Para hacer ruido?

Le lanzó una mirada asesina por burlarse.

—¡Oh, no! Las palomitas calientes están derritiendo todos los M&Ms —dijo entonces, y le enseñó la prueba. Clara había capturado con el pulgar y el índice el bocado perfecto: dos palomitas unidas por el chocolate derretido de los M&Ms. Josh se inclinó hacia delante y aceptó lo que le estaba ofreciendo con los dientes, dejando que sus caninos arañaran con cuidado las yemas de los dedos de Clara. La mezcla de dulce y salado y el contacto con su piel casi le hizo marearse de placer.

Clara se sonrojó y agarró un puñado para ella. Al cabo de unos instantes de masticar, se recostó en el asiento.

—Eres un genio.

—Vaya. ¿Más cumplidos?

Ella asintió con solemnidad.

—En serio. Eres el paquete perfecto.

Josh examinó la sala medio vacía fingiendo estar muerto de vergüenza.

—Oye, deja de hablar de mi paquete. Este es un cine familiar.

Cuando ella se rio contra su hombro, él maldijo en silencio por las vibraciones que sintió en su corazón rugiente. Se encontró agachándose y oliéndole el pelo: «Estoy perdido».

Las luces se atenuaron y empezaron los cortos. Él nunca había visto *Rocky*, pero conocía la historia: un hombre que a nadie se le habría ocurrido que pudiera competir terminaba manteniéndose en pie en el cuadrilátero con un campeón.

Speed. *Duro de matar*. *Rocky*. A Clara parecían gustarle los que llevaban las de perder. Josh le tomó la mano, pasó los labios por el dorso de sus nudillos y se preguntó por qué no se había dado cuenta antes. Ella apoyó la cabeza en su hombro cuando empezó a sonar la música del principio.

Durante la película, Clara se iluminaba cada vez que Josh se reía y le apretaba la mano cuando el asunto se ponía crudo para el semental italiano.

Cuando llegara a casa, Josh decidió que le escribiría una carta a su directora de la preparatoria para decirle lo mucho que se había equivocado con él, ya que se había convertido en el tipo de hombre que salía con Clara Wheaton.

—Bueno…, ¿qué te pareció? —Clara prácticamente salió brincando del cine.

Josh se habría sentado de nuevo para ver cualquier otra cosa que la hiciera resplandecer como con esa película.

—Me gustó. Rocky es muy adorable. Apollo era genial. Adrian está muy buena.

Clara se detuvo en mitad del pasillo.

—Bueno, ¿cuál fue tu parte preferida?

El resto de los que salían del cine los miraron mal cuando tuvieron que rodearlos.

—Hummm... —Josh le pasó el brazo por los hombros y le hizo un gesto con la mano a un hombre con el ceño fruncido cuando el pasillo se vació—. Disfruté mucho cuando te inclinaste hacia delante en la butaca e hiciste como si boxearas con Sylvester Stallone.

Clara bajó la barbilla.

—Puede que me haya excitado un poco. Y hablando de excitarse... —lo llevó a un rincón y lo besó.

—Solo tenemos quince minutos antes de que empiece la secuela —dijo contra sus labios al figurarse que lo mataría si se perdían los créditos iniciales.

—Quizá podríamos verla en casa.

A Josh se le movió el pene.

—¿En casa? ¿Quieres decir que no quieres ver a tus héroes peleando en la gran pantalla?

Clara salvó la distancia entre sus caderas y le metió la mano en el bolsillo trasero.

—Pensé que podría enseñarte unos cuantos movimientos de boxeo.

—Okey, pero las reglas dicen que todos los luchadores tienen que ir sin camiseta.

Ella gritó cuando él le dio una palmadita amistosa en el trasero y empezó a dirigirla hacia la puerta. Si por él fuera, no saldrían de la cama las próximas cuarenta y ocho horas.

—Ya sabes lo mucho que me gustan las reglas —le miró parpadeando con sus tremendos ojos seductores—. Uy, qué crees… Olvidé el suéter en el cine. Espera un segundo. Voy a recuperarlo.

Clara había subido doce escalones, cuando se paró. Su postura cambió de inmediato. Se puso recta y cruzó los brazos por encima del pecho antes de dar otro paso pequeño pero decisivo hacia delante, lejos de él.

—Toni, hola. Me alegro de verte —su voz cambió un tono.

Josh reconoció a Toni Granger —había visto su foto en los periódicos—, aunque ahora iba vestida más informal. Era más alta en persona de lo que suponía.

—Hola, Clara. Se me ocurrió sacar al equipo para darles un incentivo moral de última hora —Toni señaló a un grupo de unas siete u ocho personas que esperaban haciendo fila para entrar en la segunda sala del cine—. Su jefa los ha tenido trabajando hasta tarde el sábado. Te estuvimos buscando, pero Jill dijo que ya te habías ido porque saldrías con alguien.

Clara se retorció las manos.

La fiscal del distrito miró hacia donde Josh estaba esperando.

—¿Él es el joven?

Le dedicó una sonrisa amable.

—No, por supuesto que no —contestó Clara, poniéndose pálida.

A Josh le sentó cada palabra como un puñetazo en el plexo solar.

—No —repitió, machacándolo sin piedad—. Solo le pregunté si sabía dónde estaban los baños —Clara lo miró a los ojos, desesperada y suplicando—. Gracias otra vez por tu ayuda.

—No hay de qué —contestó él, y arrastró los pies hacia la salida.

Había recorrido medio estacionamiento cuando Clara corrió a su lado.

—¡Josh! ¡Josh, espera! —lo agarró por la manga con los dedos—. Lo siento muchísimo.

Algo dentro de él quería gritar de dolor, pero se contuvo.

—No pasa nada.

Sabía muy bien que nadie se tragaría un cuento de hadas sobre una princesa y una estrella del porno.

—¿Dónde está tu suéter?

Ella negó con la cabeza.

—No lo sé. No me importa el suéter. Me importas tú. No…, no podía arriesgarme a que alguien de su equipo de campaña te reconociera.

Clara se mordió el labio inferior.

Él alargó sus zancadas hasta que ella quedó varios pasos por detrás. ¿Cuántas veces se había reído la gente cuando se enteraban de su profesión? ¿O balbuceaban y se negaban a mirarlo a los ojos? ¿Cuántas personas le habían llamado asqueroso? Debería estar acostumbrado a ese tipo de reacciones desde hacía años.

Pero nada de eso podía compararse a lo que acababa de hacer Clara. Aunque llegara a vivir cien años, jamás olvidaría cómo lo había mirado cuando creyó que alguien a quien respetaba podía enterarse de que tenían una relación. Incluso ahora, la diferencia en su lenguaje corporal reflejaba el abismo que se había abierto entre ambos.

Había sido un estúpido al pensar que una chica como Clara lo consideraría un igual.

La bilis le subió por la garganta.

—Lo entiendo, Clara.

—Son políticos —se quedó mirándose las manos—. Todo el mundo está nervioso por la campaña de la reelección. Por favor, entiéndelo.

—No importa. No te flageles —a pesar de lo triste y patético que era, no podía evitar fingir que no estaba dolido. Se habría muerto si ella hubiera sabido lo cerca que había estado de creer que aquella noche significaba algo especial—. No es que esto fuera una cita de verdad.

Clara retrocedió un instante.

—Ah, claro. Ya.

Estaba cavando su propia tumba. Ahora todo tenía sentido: esa calma fuera de lo normal. Ella jamás había pensado que pasarían de la cama. Quería que desapareciera la culpa de su cara. No era culpa suya que él se hubiera hecho falsas esperanzas.

—Estamos divirtiéndonos, pasando el rato.

Su voz sonó muy lejana en sus propios oídos.

Los ojos de Clara se volvieron del gris de mil tormentas.

—Ya. Lo sé.

Deseó poder cambiarle el sitio a Rocky Balboa. Habría dado lo que fuera en ese instante por darle con fuerza a un trozo de carne congelada y correr hasta vomitar. Quizá entonces pudiera sustituir el dolor emocional, que era como ácido en su estómago, por dolor físico, que era algo a lo que podía enfrentarse.

Si el mundo fuera justo, Josh podría haber sido capaz de entrar en un cuadrilátero a luchar por lo que quería. Si el mundo fuera justo, habría tenido una oportunidad.

Capítulo 31

El dolor de Josh le hacía tener antojo de azúcar, así que Clara y él aparecieron en el estudio a la mañana siguiente con unos *brownies*. Se suponía que no tenían que ir por allí hasta mediodía, pero él no podía estar más tiempo con ella atrapado en casa.

Cuando sugirió ir antes al estudio, su roomie, porque eso era lo que sería ella siempre para él, estuvo de acuerdo. Pero había dirigido la mirada al gancho junto a la puerta donde estaban colgadas las llaves del coche de alquiler y se había estremecido como si les hubieran salido unas grandes patas peludas.

—No pasa nada —dijo él al comprender que no quería ponerse al volante de nuevo después del accidente—. Yo manejo.

Mientras hablaba de trabajo con Naomi, Josh hizo un gran esfuerzo por fingir que no tenía un gran cartel en la frente donde se leía «Me acosté con Clara y jamás lo superaré».

Como su exnovia le había advertido, enredarse con su socia y roomie lo dejaba sin un lugar donde lamerse las heridas. No podía huir de Clara. Cada vez que se daba la vuelta, estaba allí tan guapa y despreocupada, lo contrario a su alma podrida. Lo peor era que seguía intentando disculparse una y otra vez, y con ello solo conseguía que él se sintiera peor. Nunca se había sentido tan solo como cuando se metió en su cama vacía la noche anterior, sabiendo que ella estaba acostada a pocos metros de él, pero a la vez a kilómetros de distancia. Se había equivocado al pensar que las cosas con ella serían diferentes. Se hallaban a años luz uno del otro.

Lo contaría como una pequeña victoria si al menos podía evitar que Naomi detectara su gran error de juicio. Por suerte, su ex parecía distraída.

Josh continuó paranoico toda la mañana, convencido de que había señales de su indiscreción por todas partes. Por un momento, creyó ver un chupetón en su muñeca, pero resultó ser chocolate.

Debía de ser el karma. En el pasado, le habría encantado la idea de retozar sin compromiso, pero se trataba de Clara. ¡De Clara! Ojalá nunca la hubiera probado.

Solo le quedaban unas semanas. Luego él se mudaría. Ella no sería la primera persona que vería cuando se despertara y la última a la que daría las buenas noches antes de irse a dormir. Dios, se sentía enfermo.

Al notar una mano en el hombro, se detuvo y se quitó los audífonos para darse la vuelta y encontrar el objeto de su amor no correspondido.

Se le atascó la respiración en la garganta al verla, por cómo el top ligero que llevaba puesto le dejaba al aire los brazos y los hombros. Fingió toser para ocultar su reacción. Aunque ella mantenía una distancia prudente entre ambos, a Josh le llegó el olor a bronceador en su piel. De algún modo, ella había transformado su cerebro para que ahora encontrara excitantes todas aquellas cosas que antes eran normales y corrientes. Ni siquiera llevaba escote, carajo.

—Kiana está genial, ¿verdad que sí? —dijo Clara, mirando la pantalla por encima de su hombro, ajena al efecto que tenía sobre él.

Josh se obligó a mirar de nuevo el video, donde una rubia estaba disfrutando de las caricias de su compañero. La toma se centraba en su reacción. Clara admirando abiertamente a otra mujer en pleno placer era demasiado para él en ese momento. Su cerebro posterior se incorporó y gruñó.

—¿Ya lo habías visto?

—Sí, claro. Estaba allí cuando lo rodaron la semana pasada —respondió, despreocupada.

El conocimiento sensorial que había obtenido la otra noche solo había avivado el deseo por ella. Se puso en pie de repente, necesitaba poner más distancia entre ellos, necesitaba pensar en otra cosa que no fuera lamerle la piel caliente y húmeda.

—¿Quieres pedir comida tailandesa para almorzar? —preguntó Josh.

—Oh, hummm…

Se quedó embelesada con un chasquido en el vinilo de la mesa.

—Clara tiene planes —dijo Naomi acercándose a ellos—, pero yo me comeré unos fideos contigo.

—¿Planes?

Miró a Clara para que se lo aclarara. ¿Desde cuándo Clara tenía planes que no lo incluyeran a él?

—Tiene una cita —contestó su ex, y con una mirada le ordenó que no protestara—. Se la organicé yo hace dos semanas. Mi dentista es guapo y está soltero. Quedaron en Griffith Park a las dos.

—Una cita a ciegas, ¿eh? —intentó preguntar Josh como una persona normal, una persona con menos que perder.

Clara asintió con la cabeza.

—Naomi insistió porque no he salido mucho desde que me mudé aquí.

Josh la había besado, la había abrazado y había estado dentro de ella, y aun así prefería salir con un tipo que no conocía.

—Está sonando tu teléfono —dijo Naomi, pasándole el aparato. Sus cejas levantadas decían: «¿A ti qué te pasa?».

Al ver quién llamaba, puso una mueca.

—Es Bennie.

Movió el pulgar para mandar la llamada al buzón de voz. Todo iba mal y no sabía cómo arreglarlo. Tenía que hablar con Clara. Ya.

—Contesta —le dijo Naomi.

La fulminó con la mirada.

—¿Hola?

—Darling —sonó la voz de su agente en su oído—, ¡cuánto tiempo! Espero que no hayas creído que ya habías terminado conmigo.

—¿Qué quieres, Bennie?

—Bueno, bueno... Vigila ese tono. Alguien menos caritativo podría ofenderse. Te llamo para ponerte al corriente de algunos avances en la industria que pensé que podrían resultarte interesantes. Creo que conoces a Paulo Santiago y Lucie Corben.

Por supuesto que Josh conocía esos nombres. Paulo era el editor que le había dado el *software* para el montaje final a cambio de unas cervezas, y Lucie era una maquillista que le contaba unos chistes colorados que le hacían reírse tanto que lloraba y acababa estropeándose el maquillaje en el que ella tanto se había esmerado. Eran dos de sus personas favoritas en el negocio.

—Ve al grano.

—Ya no tendrán en cuenta a ambos para futuras producciones de Black Hat.

Tapó el micrófono del celular con la palma de la mano.

—Pruitt está cumpliendo sus amenazas.

Naomi maldijo para sus adentros.

—Eres un pedazo de mierda, Bennie. Hacerle el trabajo sucio a ese cabrón es rastrero hasta para ti —dijo Josh al teléfono.

—Oye, chico. Yo soy el mensajero. Por cada día que pase sin que firmes un nuevo contrato, aumentará la lista de personas que se encontrarán sin trabajo. Y si estás pensando en tentar a la suerte, déjame recordarte que los *holdings* del señor Pruitt son grandes. Tiene un montón de recursos prescindibles. Puede permitirse esperar. Si cambias de opinión respecto a firmar, ya sabes dónde encontrarme —dijo antes de cortar la llamada.

«A diferencia de las personas que están en el punto de mira» era el subtexto implícito. Josh sabía que Paulo y Lucie eran trabajadores autónomos, como muchos de los empleados de Pruitt. Pensó en los hijos de Paulo y en los caros tratamientos de la terapia hormonal en curso de Lucie.

No podía dejar que sufrieran por su culpa. Por sus errores. Dio un golpe con el puño sobre la mesa tan fuerte que las patas se tambalearon. Aquella semana estaba siendo como una patada en toda la boca.

—Maldita sea. ¿Por qué Pruitt está haciendo todo esto para que yo pase por el aro? La industria del porno está llena de tipos blancos con el pito enorme.

—No creo que se trate solo de ti —dijo Naomi—. Hemos causado revuelo con nuestra disidencia. Se está corriendo la voz de nuestro pequeño proyecto. La gente está llamando, dispuesta a desertar, sin importar los riesgos. Tenemos entrevistas programadas para la semana que viene. Creo que Pruitt está enviando un mensaje. Que va a aplastar a cualquiera que se oponga a él. Si no lo corta de raíz, se podría encontrar con una revuelta masiva.

—Bien —dijo Clara desde una esquina—. Perdón. Eso está bien, ¿no?

—Llevas un par de semanas alrededor de unos cuantos trabajadores del sexo, ¿y de repente quieres armar una rebelión? Naomi arqueó una ceja bien delineada.

Clara se encogió de hombros con timidez.

Josh se hundió en la silla plegable. La cabeza le daba vueltas. No había manera de justificar su egoísmo. «Mira el precio que hay que pagar». ¿Cómo iba a dejar que sufrieran personas que le importaban cuando él tenía el poder para detener todo aquello?

—No puedes firmar ese contrato —dijo Clara—. Si firmas, Pruitt y Bennie ganarán. Además —se cruzó de brazos—, de todos modos, no hay nada que le impida despedir a gente después de conseguir lo que quiere. Estarías perdiendo la influencia que tienes ahora.

Josh se frotó los ojos con las palmas.

—Mi influencia ya no importa. No podemos contratar a toda la gente que trabaja en la industria del porno —respondió—. Los bolsillos de Black Hat son más hondos que incluso los tuyos.

Naomi negó con la cabeza.

—Tenemos que aguantar el tiempo suficiente para llegar a los medios de comunicación. Solo faltan unos días.

Clara sonrió esperanzada. Ella, Naomi y muchas otras mujeres increíbles habían cedido su tiempo, conocimiento y experiencia para que esta pequeña y probablemente infructuosa rebelión pudiera ver la luz.

Josh miró la parte superior izquierda de la pantalla de su computadora, el *banner* en la página web, lo primero que vería la gente cuando la visitaran, diseñado por Clara, que a su vez se había basado en un boceto de Naomi, rescatado entre cien destinados al bote de basura. «Sinvergüenza», con las letras saliendo de la tierra como brotes frescos.

Podía hacerlo por ellas.

Aunque Clara le hubiera roto el corazón. Aunque continuara desconcertándolo, enfureciéndolo por lo mucho que hacía que la deseara. Si quería ir a la guerra con un monolito del porno, bien, lo menos que podía hacer era cabalgar a su lado.

Josh agarró su mochila para buscar una sosa USB negra que se había guardado para tenerla a mano. Llevaba meses añadiéndole cosas de forma esporádica. Incluso con todo lo que había en juego, no estaba seguro de tener el valor de hacer nada con él, pero sostenerlo, saber que disponía de él, le ayudaba a respirar con más facilidad. No importaba lo que les aguardara las próximas semanas, Josh había subestimado a Black Hat por última vez.

Capítulo 32

♡ ♡ ♡

Clara hizo una mueca de dolor cuando Toni Granger salió al escenario de la Iglesia Baptista del Condado de Los Ángeles.

Era su tercera aparición en la campaña. Jill y ella la habían estado acompañando en las últimas dos semanas y la tendencia estaba clara. Toni necesitaría un milagro para ganar al presuntuoso súper oponente financiado por el PAC, con aquella bocota y sus grandes promesas.

—La enterraron —Jill coincidía con la valoración de Clara de la actuación de su cliente en el Foro de los Candidatos—. Hizo que parezca demasiado blanda frente a los actos criminales.

Le dio un sorbo al café instantáneo que tenía en un vaso desechable, cortesía de la escasa mesa de refrigerios del acto.

Previamente, aquella misma semana, los defensores de su oponente habían lanzado una desagradable propaganda de desacreditación contra Toni. Estaba claro que la audiencia la conocía y se había mostrado de acuerdo con el oponente mientras disparaba estadísticas fuera de contexto para combatir cada una de las ideas y propuestas de Toni Granger.

—Es una candidata reformista —dijo Clara, cambiando el peso a la otra pierna e intentando defender a su cliente—. Está proponiendo reformar la encarcelación masiva del sistema penal.

Los pies de Clara latían dentro de sus zapatos de tacón.

Josh se encontraba en la sala esa mañana cuando ella estaba preparándose para acudir a ese acto. Se había acostado en el sofá para comerse unos waffles congelados, justo al lado de donde Clara había dejado sus zapatos de trabajo preferidos. Llevaba evitándolo tres noches. Desde que había vuelto de la mediocre cita con el dentista. Una cita a la que, para empezar, ella no había querido ir. Se había pasado todo el picnic pensando en Josh. No podía dejar de pensar en él. La noche anterior se había despertado diciendo su nombre a la almohada.

Tenía que superar lo de su roomie, y rápido. Le había dejado bien clarito que entre ellos quedaba descartado nada más allá del sexo después de haberlo humillado en el cine. Qué pena que su corazón no pudiera separar el deseo del amor tan fácilmente.

De todas maneras, ojalá no se hubiera acobardado y se hubiera atrevido a acercarse al sofá para agarrar sus zapatos. En algún momento de la última hora, los dedos de los pies se le habían entumecido.

—El material que le dimos no resulta lo bastante atractivo para el público.

Cuanto más trabajaba Clara para Toni, más la admiraba. La funcionaria intentaba luchar por la igualdad y la justicia, pero este era un trabajo muy poco agradecido. Clara advirtió que no se daba ni un solo acto en que un hombre blanco y mayor se acercara a Toni e intentara explicarle cómo debía hacer su trabajo.

—Este tipo de material la pone nerviosa —Jill tiró el café a un bote de basura que había por allí cerca—. Vamos, querrá informarnos.

Su tía abrió camino hacia el vestíbulo de la iglesia donde el actual fiscal del distrito estrechaba la mano con entusiasmo fingido a votantes en potencia.

Los ojos de Toni encontraron a Jill al mirar por encima de la cabeza de un anciano feligrés y le hizo un gesto sutil para que fuera a la sala que habían preparado antes del acto. Jill y Clara la esperarían allí. A esta última se le cayó el alma a los pies al ver a su cliente. Tenía la típica expresión de su mamá de «No estoy enojada, tan solo decepcionada».

Al cabo de unos minutos, Toni se reunió con ellas en la sala y cerró la puerta detrás de ella para dejar fuera el estruendo de la multitud. Sostenía una carpeta bajo el brazo.

—¿Debería hablar con Tricia si vamos a cambiar la estrategia de comunicación? —preguntó Jill, refiriéndose a la jefa del personal de campaña de Granger, y se levantó de la silla plegable en la que estaba sentada.

—No —respondió Toni—, no será necesario, gracias.

Clara había pasado infinidad de horas observando, haciendo preguntas —unas mejor recibidas que otras— y aprendiendo todo lo posible sobre su clienta. Sabía que el bonito traje gris pizarra que llevaba ese día antes pertenecía a su mamá. Y que Toni solo se ponía aquel tono carmesí de labial cuando necesitaba valor. «Hoy se vistió para la batalla. Tal vez esto sea de verdad el final».

—Clara, ¿puedo hablar contigo en privado un momento? —la voz de la fiscal del distrito tenía un tono áspero extraño.

La joven levantó la vista de su libreta, sorprendida.

—¿Seguro que no quieres hablar con Jill?

—Seguro.

Su tía le hizo un gesto de ánimo con la cabeza mientras salía con dignidad de la pequeña sala.

—Clara —empezó a decir Toni, sentándose en el lugar que Jill había dejado libre—, llevamos unos meses trabajando codo con codo. Me caes bien. Eres lista y trabajadora, y no temes pedir ayuda cuando no sabes hacer alguna cosa.

—Gracias —contestó Clara, halagada, pero notó algo en el modo de apagarse la voz de Toni al final de su última frase que la alertó de que había algún problema.

La fiscal del distrito miró por la pequeña ventana de la sala hacia donde estaban unos amigos y familiares hablando entre los coches, poco dispuestos a despedirse. Cuando sus ojos volvieron a dirigirse a Clara, tenía una mirada de preocupación.

—Sé que a mi campaña le queda un suspiro. He visto el resultado de las encuestas. Le pagué a tu tía y a toda la demás gente de mi equipo de campaña para fingir que la situación no está tan mal, pero a ti no se te da tan bien ocultarlo. Veo en tus ojos que sabes que no me quedan muchas opciones si quiero mantener mi trabajo. Por eso quería preguntarte qué me aconsejarías que hiciera si descubriera que alguien que está trabajando en mi campaña está implicado en una actividad que podría perjudicarme mucho si llegara a hacerse pública.

Clara pensó en la poca ventaja que había ganado recientemente Toni, en aquel primer día en la oficina de Jill cuando había hablado de crear una ciudad mejor, más segura para todos. Se imaginó a Josh antes de conocerlo, antes de que hubiera hecho ni un solo video de entretenimiento para adultos. Él le había contado historias de cuando tenía tres trabajos para poder pagar una renta. Pensó en Naomi y Ginger y en sus historias de acoso en el plató. Las cosas que «tenían que aguantar» porque «eran parte del negocio». Le dolía pensar en las innumerables personas contratadas por Black Hat que un día se despertarían y se encontrarían en la lista negra porque habían hecho algo que había enfurecido a una empresa corrupta.

Toni podía protegerlos, a ellos y a todos los demás votantes. Las personas con las que Clara iba en el autobús por la mañana. Las mamás con los bebés que lloraban, los ancianos con bastón. Todos ellos se merecían a un fiscal del distrito que luchara por mantenerlos a salvo.

Clara sabía qué hacer cuando se enfrentaba a un escándalo. Había oído la frase muchas veces de niña en la casa de los Wheaton, de varios abogados y asesores que aconsejaban a la familia: «Minimizar el daño».

Cuando habló, su voz fue clara y estuvo llena de confianza.

—Te diría que despidieras discretamente a esa persona. Distánciate. Haz una única declaración y luego no muerdas el anzuelo cuando te llamen para hacer comentarios. Pasará lo bastante pronto si no alimentas el ciclo de noticias. Siempre surge otra historia, una nueva noticia morbosa.

Toni se sacó la carpeta de debajo del brazo y se la pasó a Clara. Cuando habló, no sonó enojada, pero sus palabras fueron duras, resignadas.

—Mi director de campaña me puso esto encima de la mesa esta mañana.

Clara agarró la carpeta y la abrió. Dentro había un puñado de artículos impresos de internet. Varias páginas de chismes y publicaciones de entretenimiento que reconoció.

Había una palabra que destacaba en los titulares: SINVERGÜENZA. Por un instante, el pecho se le infló de orgullo. «Lo conseguimos». Pero entonces los ojos encontraron un nombre en el impreso y no era un nombre que esperara ver allí.

Junto a los nombres de Josh Darling y Naomi Grant, como propietarios, había un tercer nombre. La vista se le nubló por un momento, pero no cambió las letras impresas en la página. Decía: Clara Wheaton.

Sus manos temblorosas pasaron una página tras otra. Al primer artículo le seguían otros más que ampliaban la noticia. Varios periodistas mencionaban su nombre como financiadora del proyecto y uno incluso decía: «la principiante que pone en marcha un proyecto porno con Josh Darling y Naomi Grant».

«Oh, no. No. No». No podía vomitar en el traje de la mamá de Toni.

—Clara —dijo Toni—, apoyo tu derecho de hacer lo que tú quieras con tu dinero y tu tiempo, pero debes saber que no puedo permitir que relacionen mi campaña con algo así cuando mi oponente dirige una plataforma de valores familiares. Has estado conmigo en los actos. Nos han fotografiado juntas. Uno de esos artículos menciona que trabajas en la empresa de tu tía. Es solo cuestión de tiempo que alguien nos relacione.

Toni tenía razón, claro. Un escándalo a estas alturas de la campaña era veneno. ¿Cómo podía Clara haber puesto en peligro de esa manera la campaña de Toni y la empresa de su tía? ¿Cómo no había pensado en que podía perjudicar a personas que le importaban? Solía tener cuidado…, pero todo lo de Sinvergüenza había ido muy rápido. Pero ¿cómo…? Se había asegurado de que su nombre no apareciera en ninguna copia de la web ni en los metadatos. Todos los actores habían firmado un acuerdo de confidencialidad. Y había dejado su nombre fuera de los comunicados de prensa que había escrito para Josh y Naomi antes de que programaran las entrevistas. La única manera de que esos periodistas se hubieran enterado de su relación con el proyecto, que se hubieran preocupado por alguien como ella, era que uno de los fundadores famosos de la página la hubiera mencionado directamente.

Después de todo lo que Naomi había vivido en la preparatoria, Clara no podía imaginársela traicionándola así. «Pero entonces solo quedaba…».

Josh no haría eso. Sabía lo mucho que significaba para ella su reputación. Aunque cómo había sucedido aquello no importaba; el problema era que el daño ya estaba hecho. Y Jill y Toni sufrirían las consecuencias. Qué lío.

Se zarandeó mentalmente. Ya habría tiempo para regodearse más tarde en la autocompasión. Ahora mismo necesitaba centrarse en arreglar las cosas.

—La empresa de mi tía no tiene nada que ver con la web de Sinvergüenza. Mi tía ni siquiera sabe que estoy trabajando en ese proyecto. Por favor, no lo pagues con ella.

Jill estaba ahí fuera, en alguna parte, probablemente preguntándose qué estaba ocurriendo, bebiendo más de ese café horrible para mantener las manos ocupadas. Su tía estaba muy orgullosa de que su agencia, más famosa por trabajar con actores de la lista D y músicos envejecidos, pudiera ofrecer sus servicios a alguien como Toni Granger, estaba orgullosa de que pudiera tener un mayor impacto. Perder la campaña de Granger no solo le rompería el corazón, sino que podría ahuyentar a futuros clientes.

Toni se levantó.

—Clara, tú formas parte de mi equipo de relaciones públicas. Necesito que hables con tu tía y encuentres la manera de arreglar esto. Lo siento. No puedo permitirme jugarme mi carrera por ti.

—Lo entiendo —las palabras le supieron a gis en la boca—. Voy a arreglarlo.

Toni le echó un último vistazo a Clara, con los ojos preocupados, y se marchó.

Al cabo de unos instantes, Jill regresó con un bolígrafo detrás de la oreja y un panquecito que no tenía muy buen aspecto en la mano.

—¿Qué demonios pasó?

Clara le enseñó la carpeta, incapaz de hablar.

—Vaya —su tía levantó tanto las cejas que casi le llegan al nacimiento del pelo—. ¿Has usado tu fondo fiduciario para apoyar un programa dedicado a fomentar la igualdad de oportunidades para tener orgasmos a gran escala? —frunció los labios y asintió con la cabeza, impresionada—. Es genial.

—Salen mujeres desnudas masturbándose en la página de inicio.

Jill se atragantó con un bocado del panquecito y en la sala solo se oyó su tos seca durante treinta segundos. Clara había alcanzado un inesperado nivel de rebelión, incluso para los generosos valores de Jill Wheaton.

La chica se habría reído si todo su mundo no estuviera desmoronándose.

—Tienes que despedirme —se obligó a decir las siguientes palabras—. Emite un comunicado en el que me denuncies a mí y a la página.

Jill se dio un ligero puñetazo en el pecho, aún recuperándose del ataque de tos. Cuando se le despejó la garganta, dijo:

—No voy a hacer eso. Somos familia.

La última de las defensas de Clara se rompió en mil pedazos.

La definición de Jill de la familia, de lo que hacían los unos por los otros y cómo se perdonaban, desafiaba todo lo que Clara había conocido hasta entonces. Pero sabía muy bien el daño que un rumor podía causar, y lo peor de todo era que este era cierto.

—No queda más remedio. Puse tu agencia en peligro y probablemente Toni pierda la campaña por mi culpa. Ya viste al tipo ese ahí arriba. No se lo piensa dos veces antes de golpear. Mañana a estas horas estará en todas las noticias: «Una empleada que trabaja en la campaña de Granger vende porno». No sonrías… —dijo, reprendiendo a su tía.

¿Acaso no sabía Jill que debía fruncir el ceño y suspirar profundamente como si estuviera juzgando la existencia de Clara? Esa era la única forma de hacerle saber a alguien que te había decepcionado.

Su tía no se rendía.

—Tiene que haber otra manera de salvar este asunto. Necesito un poco de tiempo para dar con ella.

A Clara se le llenaron los ojos de lágrimas. ¿Cómo había tenido tanta suerte de tener a esa mujer no solo como miembro de su familia, sino también como jefa, aunque esto último no sería por mucho tiempo? El resto de los Wheaton no sabía lo que se estaba perdiendo. Hacía una década, Jill había luchado por amor, y Clara ahora se daba cuenta de que no había parado nunca de hacerlo.

—No hay otra manera. Sabes que no.

Jill no respondió, pero Clara vio en sus ojos que estaba de acuerdo.

Capítulo 33

♡ ♡ ♡

Sus rodillas pedían piedad contra el suelo de linóleo, pero Clara disfrutaba de la incomodidad mientras limpiaba la cocina con un vigor y una diligencia normalmente reservada para alguien que ocultaba la escena de un crimen.

Durante las últimas horas, había tenido mucho tiempo para reflexionar sobre su situación actual y preparar un coctel saludable de ira y miedo. Fregar era el único antídoto que conocía.

Patsy Cline cantaba por un altavoz portátil que estaba en la barra. La banda sonora para el dolor. Clara había pasado toda su vida intentando complacer a los demás y de algún modo había acabado no complaciendo a nadie. Ni siquiera a sí misma.

La maldición de los Wheaton no se andaba con miramientos.

Sobre las cinco en punto, Josh entró y casi se tropezó con ella, colocada como estaba a cuatro patas delante de la puerta de la cocina. Se puso en pie y se sacudió los pants.

Lucía esa sonrisa que hacía que las mujeres se desmayaran, pero ella se armó de valor y fue directa al grano.

—¿Le dijiste a la prensa que yo aporté los fondos para Sinvergüenza? —cada palabra de Clara iba cargada de furia.

La sonrisa de Josh desapareció y frunció el ceño.

—¿Qué?

A ella se le encogió el corazón.

—¿Ya viste esto?

Le pasó los artículos impresos.

Josh agarró los papeles y empezó a negar con la cabeza, moviendo sus rizos dorados.

—Espera… ¿Qué carajo? Clara, ¿ya viste lo que dice aquí, en la página tres? «El agente de Darling, Bennie Mancusso, dice que la pareja de estrellas sensuales le debe su éxito a su inversora, una célebre miembro de la alta sociedad de Manhattan, Clara Wheaton».

Josh maldijo entre dientes.

Clara se quedó parada.

—¿Cómo sabe tu agente cómo me llamo?

Él siguió pasando las páginas.

—Sin duda, Black Hat está detrás de todo esto. Apuesto lo que quieras a que sus abogados pueden oler un rastro de papel a dos kilómetros. El banco, el alojamiento de la web, el equipo alquilado… No debe de costar tanto relacionar todos esos gastos contigo si alguien ha estado investigando lo suficiente. Bennie y Pruitt probablemente pensaron que haciendo público tu origen minarían la página web.

Ella estranguló la esponja en sus manos.

—¿Cómo puedes sonar tan tranquilo?

La cara de Josh se endureció.

—Mira, esto es malo, no voy a fingir que no, pero recuerda que también sentiste miedo antes de que empezáramos. Antes de saber en lo que podía convertirse este proyecto. Pero ¿ahora? Tus huellas están por todo Sinvergüenza —sus ojos reflejaron cautela—. Creía que estabas orgullosa de lo que habíamos construido juntos.

Ese era el problema. Le encantaba el proyecto. La gente, el ambiente, su estudio diminuto. Todas las cámaras, los micrófonos y los monitores. A Clara incluso le gustaban aquellos juguetes salvajes de cuyos nombres no se acordaba. ¿Por qué otra razón se había esforzado tanto y se había quedado sin dormir o sin alimentarse bien para poner en marcha Sinvergüenza?

Aunque nadie más usara la página, Clara ya había aprendido mucho creándola. Y no solo sobre cómo tener mejores relaciones sexuales. Era su primera obra de arte.

Pero ahora todo lo que había sacrificado estaba corrompido. Nada de esa alegría y ese orgullo que le había hecho sentir Sinvergüenza cambiaba el hecho de que su participación pública en la empresa implicaba un alto precio. Su nombre. Su nombre real se veía comprometido.

Su cabeza estaba a punto de estallar mientras el olor a cítrico desarrollado químicamente subía desde el suelo recién fregado y se le metía por las fosas nasales. Nunca sería capaz de cortar el vínculo entre su identidad y el sexo explícito.

—Esos artículos me costaron mi trabajo.

Se dio de bruces con la realidad tan dolorosamente como la primera vez.

Había fracasado. Más que fracasado. Había enviado su incipiente carrera a la basura.

—Trabajo en relaciones públicas y gestión de la reputación para una campaña política —dijo—. Este escándalo puede que termine con la candidatura para la reelección de Toni y deja una gran mancha en el historial de la empresa de Jill. No puedo arreglar todo eso. Ahora cuando se busca Clara Wheaton, ¿sabes qué aparece? —levantó los brazos al aire—. No es mi tesis sobre Renoir. Son tetas y culos.

Josh pasó por su lado, con los labios apretados, a pasos cortos y agitados, para servirse un vaso de agua.

—Lo siento —le dijo finalmente después de dar un sorbo.

Clara se enfureció.

—Pues no me da la impresión de que lo sientas mucho.

Josh dejó el vaso sobre la barra con tanta fuerza que la superficie del agua tembló.

—Siento que hayas perdido tu trabajo, ¿okey? De verdad —se le tensó la boca—. Siento que haya salido a la luz tu secretito vergonzoso. Siento que por un día hayas experimentado un poco de la reacción negativa a la que me llevo enfrentando yo desde hace dos años. Pero tengo que decirte que, de todos los escándalos políticos vinculados con el sexo que existen, este parece bastante poco importante, carajo.

Clara abrió y cerró la boca como un pez. ¿Estaba de verdad… enojado? «¿Con ella?».

Cerró las manos en puños a sus costados.

—¿Sabes qué? La verdad es que no, no lo siento. ¿Sinvergüenza no iba de que no se castigara a las mujeres por buscar placer y de hacer saber a sus parejas que no deberían sentirse avergonzadas por querer aprender cómo dárselo? ¿No era eso lo que nos decías? ¿Cuándo vas a dejar de actuar como una hipócrita y a empezar a predicar con el ejemplo?

—Creo en la página web hoy igual que ayer, pero creer eso no cambia quién soy. No significa que esté preparada para dejar atrás todo lo que quiero. En cuanto mi mamá se entere de esto…

Josh cerró los ojos y echó la cabeza hacia atrás.

—¿Puedes dejar de esconderte detrás de tu familia? Eres una mujer adulta, Clara. Tienes veintisiete años, por el amor de Dios. ¿A quién le importa si tu mamá se enoja?

—A mí me importa —¿es que no veía lo mucho que le dolía aquello? ¿Que apenas se sostenía derecha el tiempo suficiente para discutirlo?—. Me gusta que mi mamá se sienta orgullosa de mí. Tal vez para ti sea fácil ignorar lo que los demás opinen de ti, pero yo no soy así.

Se quedó helado.

—Nunca tuve una oportunidad, ¿verdad?

A Clara le desconcertó el cambio dramático en su tono de voz.

—¿De qué estás hablando?

—¿Por qué te acostaste conmigo? —preguntó con una voz que sonaba extrañamente fina.

Clara clavó la vista en sus labios y vaciló.

—No lo sé.

—Sí, sí que lo sabes. Venga. Lo hiciste. Al menos reconócelo.

El ardor de su mirada le atravesó la piel. Se sintió como una presa atraída hacia una trampa con un dulce señuelo.

—Quería hacerlo. Me gustas. ¿Es eso lo que quieres oír?

—Entonces ¿fue solo sexo? —él mantuvo el tono lo bastante suave como para hablar del tiempo.

Clara le mintió y se mintió.

—Sí —había sido el mejor sexo que había tenido. Un sexo que le había dado la vuelta a todo aquello en lo que ella creía.

—Pero tú no tienes sexo esporádico —dijo él—. Me lo dijiste la primera noche que te toqué.

Clara se estremeció. Qué tonta había sido al pensar que podría separar el sexo de los sentimientos. ¿Acaso no sabía que enamorarse de ese hombre la arruinaría?

—Nuestra situación era diferente. Ambos sabíamos que no podíamos ir más allá.

El sentimiento era cierto, pero saberlo no la había protegido.

Josh hizo un gesto de desagrado con la boca.

—No recuerdo que hayamos hablado ninguna vez sobre ello. ¿Sabes lo que pienso? —bajó la voz—. En realidad, no estás disgustada por haber perdido el trabajo ni por haber tenido que dejar la campaña de Toni Granger. Estás aterrada por que alguien pueda haber descubierto qué es lo que te avergüenza de esta situación.

Clara negó con la cabeza anticipando la acusación que sabía que en parte se merecía.

Josh se inclinó hacia ella tanto que hubiera podido contarle las pestañas.

—El Greenwich que hay en ti se está preguntando si estoy mintiendo ahora mismo. Sé que no puedes evitar preguntarte si fui yo el que dio tu nombre a esos periodistas. O peor, si he sido capaz de contarles cómo sabes.

Por primera vez, el atractivo sexual de Josh la hizo sentirse ordinaria en vez de querida. Era un experto y sabía muy bien cómo dar placer, pero también podía destruir a alguien.

—Tú misma lo dijiste, quieres que tu mamá se sienta orgullosa de ti y lo último que querría oír es que su niñita se cogió a una estrella del porno.

Clara levantó la barbilla. No le daría la satisfacción de asustarla.

—Jamás tendría que haberme acostado contigo.

—Ah, okey. No seas así —la cara de Josh se había convertido en una dura máscara—. Los dos sabemos por qué lo hiciste. Para que, dentro de unos años, cuando tu marido rico y con la cara roja se ponga encima de ti bajo las sábanas, puedas cerrar los ojos y recordar cómo te retorcías sobre mi verga.

Clara emitió un grito ahogado cuando le llegó su insulto. Josh tenía una puntería certera.

—¿A ti qué te pasa?

No reconocía a ese hombre. No era el que le había comprado comida preparada y la dejaba manejar su coche. No era el que se había acostado junto a ella en su cama en el hospital ni el que la había besado como si fuera la última mujer en la Tierra.

—Creía que era obvio —Josh soltó una risa amarga—. Estoy enamorado de ti.

Se confesó como un hombre condenado a muerte. Como si no importara decir la verdad porque no existía un mañana.

Clara se quedó helada. Se había imaginado aquel instante en momentos de debilidad, pero nunca de esa manera. Las palabras que deberían haberlo significado todo parecían carentes de significado.

—¿Qué parte de esto es amor? —el tono dolorido de su pregunta retumbó en la cocina—. Estoy segura de que nunca te has parado a considerar la realidad de una relación sentimental entre nosotros. Bueno, pues yo sí. Y lo primero que advertí fue que, si estuviéramos juntos, Josh, uno de los dos acabaría perdiendo algo. Yo podría perder a mi familia, y tú, tu carrera. Dos cosas que adoramos. Dos cosas sobre las que hemos construido nuestra vida. Dos piezas de nosotros que jamás encajarán.

—No puedo creer que me estés eliminando de tu vida sin más. ¿No tengo la opción de defender mi caso?

Sonaba herido, pero sobre todo sonaba como un hombre atrapado por su pasado. Un hombre que siempre había sabido que no podía ganar y que ahora deseaba no haberlo intentado jamás.

—Josh, no soy idiota. Me he pasado horas cada día rodeada de tus antiguas amantes. He visto tus videos de cinco estrellas. Aunque no volvieras a actuar cuando tu contrato venza el año que viene, te aburrirías conmigo a las dos semanas, al cabo de un mes como mucho. No podré competir nunca con todas esas mujeres.

—No me lo puedo creer. Escúchate. Ya tomaste una decisión. Estás sacando conclusiones precipitadas sobre cosas que puede que pasen o no dentro de un año, cuando ni siquiera hemos tenido la oportunidad de ver cómo vivimos juntos siendo algo más que roomies. Quieres hacer lo correcto más que querer ser feliz —dijo Josh como un adivino.

A Clara le ardieron los ojos.

—Tengo que salir de aquí.

Una vez la había acusado de no vivir en el mundo real, pero ahora él era el que estaba imaginándose una fantasía que no podía cumplirse.

—Espera —la voz de Josh sonó muy lejana, como si ella se hubiera hundido en el fondo del mar mientras él se quedaba en la superficie—. No huyas.

Iba a agarrarla de la mano y ella vio el miedo en sus ojos.

Clara escondió los brazos a su espalda.

—Este no es mi sitio —echó la cabeza hacia atrás para que las lágrimas se le quedaran en los ojos—. No queda nada para mí en esta casa.

Por segunda vez ese verano, hizo las maletas.

Capítulo 34

♡ ♡ ♡

Hacía tiempo que Josh no conducía por la autopista odiando su vida, pero no le costó volver a su vieja costumbre. Cuando Clara se marchó, no pudo quedarse en casa. Todas las habitaciones le traían recuerdos y promesas fantasma de lo que podría haber sucedido si no hubiera hecho daño sin querer a la mujer que amaba.

Había agarrado las llaves y se había subido al coche sin ningún plan. Sin destino. Sin darse cuenta de que manejar ahora le recordaba tanto a la persona de la que intentaba olvidarse como cualquier habitación de la casa.

Todo le dolía. Jamás habría pensado que los párpados pudieran doler. No podía dejar de ver a Clara retroceder cuando él le había soltado todas esas mentiras sobre el futuro juntos. Cuando había escupido los mismos estereotipos repugnantes que Bennie había usado contra él en la cara de ella. Daba igual lo mucho que le doliera su rechazo. Repartir leña como un animal herido era inaceptable.

Josh deseaba sentir algo de ira. Hacia Bennie, hacia Clara o incluso hacia sí mismo. La ira no le habría vaciado las entrañas como la angustia, no habría dejado que lo único que quedara de su cuerpo fuera una cáscara hueca. Al menos no al principio.

De algún modo, lo había vuelto a hacer. Josh siempre había tenido el extraño don de hundir cualquier barco en el que ponía el pie. Repasó una y otra vez su conversación con Clara para intentar precisar, al milisegundo, el momento en el que la había cagado. Bajó la ventanilla hasta que el viento de la carretera le dio en la cara.

En cuanto averiguó lo que había pasado, debería haberle ofrecido a Clara consuelo en vez de elegir satisfacer su ego. Podría haber ido por Bennie o al menos prepararle a Clara una taza de café. Sin embargo, le había dado una rabieta infantil porque ella no apreciaba que la hubieran arrojado al mundo que él había elegido. Su miedo y enojo al ver que habían relacionado públicamente su nombre con Sinvergüenza habían sido otro cruel recordatorio de que ella no quería que la relacionaran públicamente con él.

Para colmo de males, había escogido el peor momento posible para decirle que la amaba. Había arruinado ese instante. Por supuesto, ella no se lo había creído. Mezclado con su remordimiento era un buen montón de culpa.

Aunque él no hubiera sido el que había revelado su nombre a la prensa, había pensado hacerlo, pero porque le había parecido mal no reconocerle el mérito de la idea del proyecto y su participación durante todas aquellas entrevistas. Sinvergüenza no existiría sin Clara. Ni él ni Naomi querían llevarse todo el mérito, a pesar de que les encantara ser el centro de atención. Pero Josh quería socios que se enfrentaran al pelotón de fusilamiento con él.

Pensándolo bien, el silencio de la petición de Clara de ser una socia silenciosa era ensordecedor. ¿Había creído alguna vez que podrían ganar? ¿O había considerado su inversión, tanto en él como en la empresa, una causa perdida desde el principio?

Sinvergüenza representaba todo lo que a él siempre le había gustado del porno. Una celebración del sexo y del placer que no pedía disculpas. Sin todo lo que le molestaba de ciertos estudios: la sobreproducción, narrativas extremas que confundían la fantasía con la cosificación, los actores y el equipo tratados como basura para que la máquina les chupara todo su potencial. Pero Sinvergüenza sin Clara no tenía sentido para él.

Josh empezó a sudar cuando paró delante de la casa de sus padres. No tenía previsto conducir hasta allí. No conscientemente. Pero le pareció un castigo apropiado. Ahora veía lo bajo que había caído. Podía hacer una lista de todas las personas a las que había hecho daño. Apagó el motor y dejó que el silencio lo envolviera.

Ya fuera por la interferencia del destino o simplemente porque era un mal momento, su mamá estaba en la puerta principal, con la mano alzada para protegerse los ojos del sol mientras se agachaba para recoger el periódico. Josh respiró hondo y salió del coche.

—¿Sabes? Te pareces mucho a mi hijo.

Sus palabras fueron lo bastante altas para que fueran más allá de la hierba. El césped tenía ese aspecto de recién cortado, con todas las hojas lineales, que solo duraba unas horas después de que su padre arrastrara por el jardín la vieja máquina que se negaba a sustituir. Josh quería lanzarse de cabeza, llenarse las manos de las hojas cálidas y afiladas hasta que los dedos se le pintaran de verde y pudiera fingir que nunca se había marchado.

Sin embargo, arrugó la cara cuando notó la maraña de emociones que sintió al ver a su mamá, tan familiar y a la vez dolorosamente distante.

—Hola, mamá.

Tenía el pelo del color del trigo mezclado con gris recogido en un chongo apretado. Llevaba puesta una de esas camisas de pescar de su padre y unos pantalones pirata blancos, deshilachados en los bordes. Cuando se acercó a él, caminó con cuidado por la acera, con el tipo de pasos cortos y urgentes que le indicaban que el suelo de la entrada era como brasas bajo sus pies descalzos.

—«Hola, mamá», ¿eh? ¿Es eso todo lo que me dices después de dos años? —se detuvo en el césped a unos pasos de él—. Siempre fuiste un caradura.

Mirarla, mirar sus manos, su fuerte mandíbula y las pecas que le salpicaban las mejillas, tan idénticas a las suyas, le producía un agudo dolor en el pecho. Se sentía fatal, como si el corazón se le hubiera podrido y se estuviera echando a perder dentro de él. Todas las razones por las que se había marchado de casa, todas las razones por las que había huido, le parecían ahora estúpidas y egoístas.

—Te he extrañado.

Josh nunca había tenido un don especial para las disculpas.

Su mamá se cruzó de brazos y no cedió ni un centímetro.

—Estás en un lío.

—Lo sé —respondió, sorprendido de encontrar alivio en las palabras. Al menos estaba hablando con él.

—Un lío muy gordo —levantó la barbilla para compensar el hecho de que era unos treinta centímetros más alto que ella—. No sé muy bien cómo castigar a un hombre de veintiséis años que ya no vive bajo mi techo, pero créeme, encontraré el modo.

Él quiso sonreír, pero sabía que a su mamá no le gustaría.

—No lo dudo.

—Tienes un aspecto horrible —dijo la mujer con ese tono suave y amable que solo saben poner las mamás cuando no están juzgando, sino más bien lanzando un reproche. «¿Cómo te atreves a no cuidar a mi niño?». Le pasó los pulgares con cuidado por las bolsas bajo los ojos.

Josh intentó no pensar en Clara. Era extraordinario que solo con tener su nombre en la cabeza se estremeciera. Recuperarla le parecía imposible. El resultado más probable de su pelea era que él se pasaría el resto de su vida pensando en ese verano e intentando liberarse de su arrepentimiento. Estaba perdido. Tanto literal como metafóricamente. Y justo como cuando era pequeño, había hecho lo único que tenía sentido. Había regresado a su hogar, a la casa de las contraventanas azules.

—No debería haber tardado tanto en venir.

Su mamá retrocedió, colocándose bien los lentes en las orejas con un gesto que le retrotrajo directamente a la cocina antes de su primer día de quinto curso.

—Eso es cierto.

—Te hice daño.

Se veía en cómo le sostenía la mirada sin pestañear.

—Sí.

Aquella sola palabra fue todo lo que hizo falta para que Josh perdiera el control. Dobló el brazo para taparse la cara y empezó a llorar.

—Ven aquí —lo envolvió en sus brazos—. Parece que me llevas ventaja en lo de castigarte.

—Lo siento —dijo.

Las palabras eran frágiles, temblorosas e insuficientes.

—Lo sé —le retiró el pelo de la frente con caricias lentas—. A veces eres un desastre. Pero eres mío.

Lo sostuvo el tiempo suficiente para que le empapara el hombro de la camisa.

Dios, se sentía como una mierda. Por tener unos padres tan buenos como los suyos y dejarlos voluntariamente, cuando a tantas personas les arrebataban la singular seguridad de tener a una mamá que las abrazara.

Al final ella se retiró, secándose sus propios ojos.

—Bueno, ¿vas a entrar o nos quedamos aquí fuera y continuamos montando un espectáculo?

Asintió con la cabeza y la siguió adentro, con la garganta demasiado sensible para hablar.

—Ni me trajiste flores —murmuró mientras cerraba la puerta detrás de él, provocándole una risa que pareció más un ladrido.

Una vez en el interior, ella se dirigió al fregadero y dejó que corriera el agua sobre sus manos durante tanto tiempo que él supo que estaba aprovechando el momento para recomponerse.

—Tu padre está en la tienda —dijo antes de que él pudiera preguntar.

La cocina minúscula estaba tal como la recordaba. El tiempo no pasaba por la casa de los Conners. El mismo mantel alegre. El mismo montón de libros de cocina. El mismo refrigerador cubierto de innumerables fotos de familia y amigos.

Josh no lo pudo evitar. Se acercó y pasó una mano temblorosa por encima de las caras de los bebés de sus primos. Habían crecido mucho desde la última vez que los había visto. ¿Con qué demonios los estaba alimentando Beth?

La boca se le hizo agua al oler la salsa de tomates picantes que se estaba haciendo en la sartén. Cuando se dio la vuelta, su mamá le había puesto un cuenco de sopa en la mesa. Por lo visto, su enojo no anulaba sus ganas constantes de alimentarlo.

—No te mereces mi comida, pero soy una mujer benevolente —dijo, mirando la cuchara que había dejado dentro del cuenco.

Aunque le pareciera surrealista, retiró una silla para sentarse. El primer bocado actuó como un elixir. El dolor que sentía por la pérdida de Clara no desapareció, pero la vista se le aclaró y dejó de sentir el cuerpo como si fuera a volverse contra él en cualquier momento. La sopa de algún modo llevó el calor a rincones de su corazón que se le habían entumecido hacía mucho tiempo. La sensación de estar en casa era abrumadora.

A pesar de toda la parafernalia de normalidad, la tensión en la habitación era palpable. Después de unas cucharadas, retiró el cuenco.

—Si quieres gritarme, grítame.

Su mamá sacó varias cosas del refrigerador y las dejó sobre la barra. Josh tenía le impresión de que estaba intentando evitar mirarlo.

—No voy a gritarte. Aunque sé por la expresión de tu cara que te haría sentir mejor —untó mantequilla en el pan con unos movimientos bruscos, de enojo—. ¿En qué demonios estabas pensando?

Josh levantó las manos en señal de rendición. Sabía que la había cagado de mil maneras y le costaba saber cuál era la que más le había molestado a ella.

—Creía que no me querrías ver.

Dejó el cuchillo sobre la barra con un fuerte golpe.

—¿Y por qué pensaste una tontería tan grande?

—Bueno, para empezar, la última vez que te vi fue cuando te dije que hacía películas porno, y tú te quedaste pálida y luego saliste corriendo de la habitación.

—¡Por Dios santo, Joshua, es que fue impactante! A lo mejor tu generación es de mentalidad más abierta, pero en mi época la pornografía todavía llamaba la atención —agarró el cuchillo y continuó untando la mantequilla durante un rato más antes de parar otra vez—. Además, me lo dijiste cuando intentaba sacar del horno un pavo de diez kilos. Necesitaba un momento para procesar esa noticia.

—Fue más que un momento —refunfuñó, reducido al niño que había recibido regulares reprimendas en aquella mesa de la cocina.

—La cuestión es… —echó queso en el pan al azar— que cuando volví a la cocina, te habías marchado. Y cuando intenté llamarte al día siguiente, te habías cambiado de número de teléfono.

Se había asustado. Josh no soportaba ver a su mamá disgustada. Evitarla le había resultado mucho más fácil. No esperaba que le gustara tanto actuar en películas porno como luego descubrió, ni encontrarse sin querer construyendo una vida con Stu. Cuanto más tiempo se mantenía alejado de sus padres, más le costaba salvar la distancia que él había impuesto.

El incómodo momento de silencio lo rompió su mamá al sacar una sartén de un armario y dejarla sin demasiado cuidado sobre la estufa. Cuando habló, su voz sonó de la manera que él sabía que ella había estado intentando evitar.

—¿Tienes idea de cómo me sentí? Me diste un susto de muerte. Estuve preocupadísima durante semanas. Abordé a Curtis Bronson en la farmacia y lo amenacé con un cortaúñas para averiguar que te habías ido a vivir con una novia nueva.

Echó mantequilla en la sartén y silbó.

—No me enojé por que eligieras el porno. Me enojé porque elegiste el porno en vez de a nosotros.

De entre todo lo que se le había ocurrido, nunca se había planteado eso, que su silencio era lo que había destrozado a sus padres. A los veinticuatro años, se sentía un fracasado. Nadie esperaba nada de él, y justamente nada era lo que les daba.

—Supuse que no me quedaba otra que elegir.

El pan cayó en la sartén caliente y chisporroteó. El olor a pan tostado le trajo otro recuerdo doloroso.

Su mamá al final se dio la vuelta para mirarlo.

—Eso es lo peor. No nos diste una oportunidad ni a mí ni a tu padre. Nos dejaste al margen antes de poder reaccionar. Me sentí como una mala mamá, no porque eligieras practicar sexo delante de las cámaras, sino porque no confiaste en mí lo suficiente para que te demostrara mi amor apoyándote en eso.

Josh se dio cuenta de que había interiorizado mucho del estigma que rodeaba a su profesión. Había dejado que modificara su visión de aquella noche de noviembre y los posteriores efectos colaterales.

—Me dije a mí mismo que te estaba haciendo un favor al mantenerme alejado.

Ella suspiró y se giró para darle la vuelta al sándwich de queso.

—Con tus prisas por protegerte del dolor, siempre eres el primero en sacar conclusiones precipitadas.

La verdad de esa afirmación era innegable. Se había precipitado en apartar a Clara antes de que ella pudiera condenarlo de la misma manera que había huido de su familia.

—Si te hace sentir mejor, he llegado a aceptar que es una estrategia horrible.

—Le debes a la gente que te quiere el beneficio de la duda.

Apiló los sándwiches humeantes en un plato.

Josh se frotó los ojos y emitió un quejido por el idiota absoluto que se había permitido ser durante tanto tiempo.

—Lo siento mucho, mamá.

Se sentó delante de él llevando el plato consigo y separó el sándwich en dos mitades hasta que se vio el queso fundido como en uno de sus anuncios de la tele.

—Tira.

Se le contagió su sonrisa cuando su mamá le pasó su sándwich de queso.

—¿De verdad no te importa que haya hecho esas películas?

—Mira, he tenido dos años para procesar esa información y siempre llego a la misma conclusión: lo que me importa es que estés bien y seas feliz. Y, bueno, tu papá me bloqueó la computadora para que por accidente no te viera montando a nadie. Mientras estén esas tres cosas, eres adulto y respeto tus decisiones.

La aceptación y el amor significaban más para él de lo que podía expresar.

—Gracias.

—Siempre he creído en el poder infinito de tu bondad, Joshua. Eso sí, sea cual sea el tipo de sexo que elijas tener, delante o detrás de las cámaras, de lo que estoy segura es de que no quiero oír hablar de ello. Ahora voy a comerme el resto de este sándwich de queso y cuando haya terminado, me gustaría hablar durante el resto de la tarde de cosas que no incluyan tus genitales.

—Sí, señora.

Josh le dio un bocado a su sándwich y dejó que se le cerraran los ojos.

Con su mamá había sido fácil, pero tendría que disculparse de nuevo cuando llegara su padre a casa. Y sobre todo sabía que le debía a Clara más de una disculpa. Josh la había visto enfrentarse a sus miedos una y otra vez en los últimos meses. Ahora le tocaba a él.

Tenía todas las piezas. Solo le faltaba el valor para encajarlas.

Capítulo 35

♡ ♡ ♡

La temeridad bombeaba en las venas de Clara Wheaton con tanta potencia como cualquier otro veneno. Siguiendo los pasos de muchas mujeres despechadas en el pasado, se había gastado una cantidad absurda de dinero en un vuelo y un vestido diseñado para hacer jadear a los hombres. En cuanto salió del aeropuerto de Las Vegas —la última etapa en la gira del grupo de Everett—, desapareció toda la humedad de su cuerpo. Bueno, al menos lo que quedaba del llanto desconsolado que había provocado suspiros de preocupación a varios pasajeros. Supuso que la mayoría de la gente lloraba al marcharse de la Ciudad del Pecado para volver a casa y no cuando se dirigían a ella.

El paquete de pañuelos que había metido en su bolso antes de salir de viaje no había sido suficiente para secar todas las lágrimas que le había provocado su discusión con Josh. Una discusión que había acabado destrozando su armadura para protegerse del mundo. Se sentía abierta en canal. En carne viva.

«Enamorado. Había dicho enamorado», y lo había hecho tras decir que jamás encontraría a nadie mejor que él. A pesar de todo lo que había aprendido durante todos esos años, no tenía ningún plan de contingencia que cubriera este tipo de implosión emocional. Durante mucho tiempo se había negado a permitirse satisfacer la idea de construir un futuro romántico con Josh. Dos personas tan diferentes como ellos no encajaban; si intentaban estar juntos, lo único que conseguirían sería provocar una carnicería. Lo habían intentado y habían terminado siendo ellos las primeras víctimas.

Volver al plan original, también conocido como la Operación Everett, en teoría tenía sentido. Clara necesitaba recordarse lo que quería para poder dejar de pensar en un amor que jamás podría tener.

Intentando menear las caderas, entró en un bar de mala muerte a las afueras de la ciudad que apestaba a cebolla frita y cerveza rancia. Mantener el contoneo con el equipaje a remolque no era tarea fácil, pero había cambiado su reputación de miembro conservador de la alta sociedad por la de una campeona del clítoris. Así que actuaría como tal. Algún tipo de atractivo sexual por ósmosis debía de haber sucedido después de todo el tiempo que había pasado rodeada de personas que se distinguían por elevar los niveles de la libido. Y… de ciertas extremidades. La planta del zapato de tacón se le quedó pegada en el suelo pegajoso y se tropezó. «O no».

A las siete de la tarde, en el bar solo había unos pocos clientes, pero la página web del grupo de Everett decía que actuarían dentro de media hora. Un pequeño escenario con un único pie de micro y un amplificador con no muy buen aspecto que habían dejado tirado boca abajo ocupaban la mayor parte de la pared del fondo.

—¿Perdone? —Clara llamó la atención del arisco mesero—. Estoy buscando a Everett Bloom y el Chute de Adrenalina.

Señaló con un trapo hacia la puerta que había por un pasillo oscuro.

—Mira ahí atrás. Creo que salió a fumar.

—Gracias.

Clara se envolvió con sus brazos y caminó con cuidado sobre el montón de cáscaras de cacahuates que inundaban el suelo. Reunirse con Everett se suponía que haría que atravesara la niebla deprimente que la había engullido desde que se había marchado de la calle Danvers. Sin embargo, simplemente se sentía entumecida.

—En realidad... —se dio la vuelta—, ¿podría tomar un shot de su mejor tequila, por favor?

Cruzó los dedos por que el ardor del alcohol le recordara que estaba viva.

El mesero le pasó la bebida con una sonrisa de admiración.

—Cortesía de la casa.

Al menos sabía que el vestido funcionaba.

Se encontró a Everett sentado en el bordillo del estacionamiento con un cigarro apoyado entre dos dedos. La puesta de sol dibujaba un halo estelar encima de su cabeza.

Esperó que le diera un vuelco el corazón como un hot cake en el aire.

No ocurrió.

Era como si hubiera dejado el órgano vital en West Hollywood.

—Ey —dijo, intentando no toser.

No es que fuera su mejor saludo.

Everett se giró y se quedó boquiabierto.

—¿Ce? ¡Ay, Dios mío, niña! —apagó el cigarrillo en la calzada, se levantó y la envolvió en un abrazo de oso—. ¿Qué estás haciendo aquí?

Retirándose el pelo de la cara de donde él por accidente le había llevado sus densos rizos al labial, se hizo la despreocupada.

—Se me ocurrió venir al concierto.

—¡Vaya! —señaló con la barbilla sus maletas—. ¿Tienes pensado mudarte aquí?

—No exactamente. Yo..., eh... —«Solo es embarazoso si dejas que sea embarazoso»—. Voy de vuelta a Nueva York. Esto es una escala.

—¿Qué? —puso cara larga—. ¿Ya se acabó la aventura? ¿En cuántos líos te pudiste meter en el transcurso de un verano?

—Te sorprendería.

Su risa se transformó en una mueca de dolor.

—Imagino que sí. No puedo creer que estés aquí —los ojos de Everett la recorrieron de pies a cabeza—. Estás diferente.

Clara intentó no ponerse nerviosa. Había esperado mucho tiempo a que él la mirara con un interés desenfrenado. Así que ¿por qué le entraban ganas de quitarse el maquillaje y ponerse una sudadera? Everett siempre la había visto con su mejor aspecto. Impecable. Josh, en cambio, la había visto cubierta de harina y huevo crudo, con ropa de estar por casa que la hacía parecer una papa humana y con la bata horrible del hospital, herida y magullada. Por no mencionar que también la había visto sin ropa. Él la miraba de la misma manera cuando iba desnuda que cuando iba de pipa y guante.

Everett señaló su figura.

—¿Te hiciste algo?

Sabía que se refería a si se había teñido el pelo, si había perdido peso o si llevaba otro tono de labial. Pero la respuesta más sincera iba más allá de su aspecto.

Aquel verano había hecho muchas cosas diferentes.

Aunque en teoría estaba terminando el verano de la misma manera que lo había empezado —sin trabajo, soltera y a la búsqueda de casa—, había aprendido hacía poco que a veces los hechos solo cuentan la mitad de la historia.

Si su nombre nunca hubiera aparecido en esos artículos, ahora sería todo muy diferente. Había visto la botella de champán que Josh había comprado hacía unas semanas y había intentado esconder detrás de los pomelos al fondo del refrigerador. En otra vida, estarían brindando por su éxito ahora mismo y las burbujas le harían cosquillas en la nariz cada vez que él la hiciera reír.

—¿Sabes? —dijo, flexionando las piernas para sentarse al lado de Everett en la acera—. Creo que tal vez sea una cobarde.

Él se pasó una mano por la cabeza, despeinándose el pelo oscuro.

—Ay, no inventes.

—Lo digo en serio —todavía sentía el tequila ardiendo en su garganta, soltándole la lengua—. Pasé un montón de años en la Facultad de Bellas Artes estudiando durante horas a los artistas, tratando de comprender sus estilos y motivaciones, sus miedos y su dolor, pero nunca fui capaz de hacer algo que llevara mi firma.

Sinvergüenza podría haberlo cambiado todo si hubiera tenido el valor suficiente para decir que era su proyecto.

—Hay cosas peores que tener miedo —dijo Everett suavemente—. Siempre he estado muy orgulloso de ti por tu doctorado. Por mantener la historia del arte viva. Te imagino en un museo en alguna parte, demostrándoles a todos que eres mucho más lista que ellos. Te queda el camino que has elegido.

El futuro que describía había sido siempre el plan. El Guggenheim. El traje hecho a medida. Toda una vida preservada en una sala climatizada.

—Soy más que un trabajo —las palabras salieron tal cual. Una verdad sin acusación. La primera lección, aunque no la última, que había aprendido de Josh.

Dentro, oyó que el grupo estaba empezando a afinar. El redoble era casi visible en el sofocante calor de Nevada. ¿Por qué había ido hasta allí?

Bien mirado, era estúpidamente obvio que Everett nunca iba a desearla. Nunca iba a echar la vista atrás a su amistad y querer más. Nunca iba a quedarse acostado despierto en la cama preguntándose en qué se había equivocado. Nunca iba a ver su nombre en la sección de noticias de sociedad de los domingos y arrepentirse. Hollywood le había prometido que, si su amor era verdadero, si perseveraba lo suficiente, si se le ponía delante una y otra vez, al final, su mejor amigo de la infancia se enamoraría de ella.

Pero la vida real no tenía en cuenta el libre albedrío.

No importaba cuántas razones tuviera para que Everett la amara. Él no la quería de una forma romántica, que era lo que ella siempre había deseado. Y hasta que no dejara de esperar un amor que creía que iba a llegar, no sería capaz de imaginarse un futuro con otra persona.

Everett se pasó las manos por las pantorrillas cubiertas por los jeans.

—Supongo que ya no eres la chica con los labios teñidos por una paleta de hielo que intentaba mojarme en la piscina.

Ella soltó una risita tonta. Extrañamente dolorosa. ¡Dios, qué pesadilla! Llevaba todo el verano esperando una especie de cierre. Que Everett dijera algo o hiciera algo que terminara la historia de su aventura amorosa unilateral. No era de extrañar que no pudiera pasar página respecto a Everett. Como artífice de su propio sufrimiento, Clara era la única persona que podía concluir aquel peregrinaje emocional.

Él miró hacia atrás por encima de su hombro, dando unos golpecitos con el pie sobre el cemento, con un ritmo nervioso e impaciente.

—Debería volver adentro.

Cuando Everett se levantó, dándole la espalda por segunda vez aquel verano, ella se dio cuenta de que estar a su lado no la alteraba en absoluto. Respiraba con tranquilidad. No le ardía la cara. El único impulso contra el que luchaba era el de mirar el reloj. En algún momento de los últimos meses, había recolocado a Everett en su memoria y su estima, y la evolución había ocurrido de manera tan gradual que no lo había advertido hasta ese instante.

Sabía por qué le había gustado. Seguía siendo guapo. Seguía pronunciando su nombre como una caricia. Catorce años de fantasía acumulaban mucho tejido cicatricial. Pero Everett ya no era «el que se le escapó». No, ese título estaba en peligro inminente de pertenecer a otra persona.

Puede que Josh hubiera actuado como un idiota creído, pero un mal día no cambiaba el hecho de que se había pasado el verano haciéndola sentirse excepcional en todos los sentidos.

Everett era... Consideró unas cuantas palabras, y todas ellas solían atribuirse con más frecuencia a las mujeres: caprichoso, despistado, un muñeco. «Me imagino que no hay tantos términos fácilmente disponibles para los hombres».

La idea de amar a Everett de repente le resultaba a Clara ridícula. Un aspirante a estrella del rock que vivía del dinero de su padre y que olvidaba devolverle las llamadas. No necesitaba a Everett Bloom con su hoyuelo en la barbilla, sus Ray-Ban y sus disculpas poco entusiastas. Qué incómodo catalizador para caer en desgracia.

«Es increíble lo mucho que puedes equivocarte con una persona. Contigo misma».

Clara apretó los labios para evitar sonreír. Se preguntó si sería el hecho de verlo en retrospectiva o el tequila que vibraba en sus venas lo que había transformado la tragedia en comedia. Descartar los viejos sueños era sorprendentemente liberador.

—He estado enamorada de ti durante mucho tiempo —dijo exhalando, sacando la verdad al aire nocturno.

Everett se quedó helado.

—Clara... —empezó a decir, pero entonces no pareció muy inclinado a continuar la frase, como si su confesión fuera un inconveniente, más que otra cosa.

¡Ay, por Dios santo! Ella había sido la que había estado enamorada durante catorce años. Lo menos que podía hacer era escuchárselo decir.

Se pasó el pulgar por la ceja.

—Solo lo dices porque nos conocemos de toda la vida.

Lo recorrió con la mirada y, al final, la apartó, tranquila e imparcial. Los últimos resquicios de la puesta de sol en el cielo se rindieron al anochecer y en aquellos azules imposibles, Clara vio a Chagall. Vio a Josh cuando el pelo se le caía en los ojos. Su corazón, que había estado gritándole en el pecho todo el día, por fin encontró el modo de hablarle a su cerebro.

—Creo que tienes razón —Everett había eclipsado su ambición, su impulso, su deseo, todas las cosas que ahora más le gustaban de sí misma. Todas las cosas que Josh celebraba—. Creo que estaba enamorada de mi idea del amor. De la pasión y las relaciones de pareja. De alguien dándome la mano. De mi nombre en los labios de un hombre que me quería. Ansiaba la certeza. El entusiasmo y el consuelo de saber a quién iba a encontrarme en casa al final del día.

Era extraño haber querido algo durante tanto tiempo, haberle dado tantas vueltas en su cabeza hasta que la imagen se había descolorido y desgastado como la de una antigua foto Polaroid. Se había consumido tanto por el anhelo en su corazón que, cuando consiguió lo que siempre había querido, apenas pudo reconocerlo.

—Pero, aun así, asocié esa fantasía contigo durante más tiempo del que me gustaría admitir.

—He sido un amigo de mierda —Everett soltó un largo suspiro—. Lo siento. Querría decirte que en todos estos años no sabía cómo te sentías, pero sí lo sabía. Lo sabía y fingía no saberlo porque así era más fácil. No quería perderte. Siempre has estado ahí para mí.

Era una respuesta horrible, pero sincera, y después de todo tampoco importaba tanto. Se lo tomó como un pinchazo.

—¿Sabes lo que es gracioso?

Everett sacó un nuevo cigarro del bolsillo y lo encendió.

—Dios, espero que sea algo bueno, porque ahora mismo me siento como un total imbécil.

Clara agarró el cigarrillo de su boca y lo tiró al suelo. Aunque no estuviera enamorada de él, no quería que muriera de un cáncer de pulmón.

—Al final no me fallaste. No fue algo que hayas hecho adrede, claro, pero sí por pura chiripa. Porque me llevaste a la calle Danvers. Me llevaste a Josh.

Everett levantó las cejas.

—No me digas que el tipo de Craigslist…

Ella suspiró.

—Creo que tal vez sea el mayor error que he cometido.

—La Clara Wheaton que yo conozco no comete errores.

Silbó para sus adentros.

—Supongo que ya no me conoces.

Los meses que había pasado en Los Ángeles habían sido algo más que Josh. En algún lugar de un chalet destartalado de West Hollywood, había construido Sinvergüenza y una versión de sí misma que admiraba.

Sinceramente, ¿qué más daba si la gente sabía que había invertido en fomentar el placer de las mujeres? Durante veintisiete años había tenido un historial intachable y lo único que había conseguido era una vida de la que quería huir con cualquier pretexto. Quizá era su sangre Wheaton o el haberse enamorado perdidamente de la última persona que esperaba, pero, de algún modo, al final Clara había desarrollado cierto gusto por el escándalo.

Se puso de pie con la cabeza ya a kilómetros de distancia.

—Tengo que salir de aquí.

—¿Qué quieres decir? Acabas de llegar. El grupo sale a tocar dentro de diez minutos.

Se puso de puntitas y le dio un beso rápido en la mejilla.

—Lo siento, niño —dijo, llamándolo como él siempre se refería a ella. Tras echarle un vistazo al reloj y hacer unos cuidadosos cálculos, confirmó la manera más rápida de volver con Josh. Podía esperar, tomar un vuelo al día siguiente, pero de pronto la idea de ponerse al volante, de confiar en sí misma y conducir exactamente hacia donde ella quería ir le resultaba innegablemente atrayente. Sí, el latido de su corazón todavía estaba en marcha. Era probable que las manos aún le temblaran un poco cuando las pusiera sobre el volante, pero Clara sabía ahora que la mayoría de las veces lo que daba miedo, aquello en lo que gastas más tiempo y energía para convencerte de que no debes hacerlo, es lo que hace que la vida merezca la pena—. Oye, en realidad sí necesito que me hagas un favor.

—Lo que quieras —Everett se encogió de hombros—. Te debo una bien grande.

Clara extendió la mano con la palma hacia arriba.

—Voy a necesitar tus llaves.

Capítulo 36

♡ ♡ ♡

Lo último que quería hacer Josh a los dos días de perder a Clara era hablar con más periodistas. Pero si no lo podía hacer bien con la mujer a la que amaba, al menos estaría presente en el proyecto en el que ambos creían.

Así que Josh estaba sentado en el estudio de grabación de la emisora de radio KXZR en Torrance. Siguiendo el miniprograma de prensa que Clara había preparado para ellos hacía semanas, Naomi y él iban a salir en el popular programa de entrevistas de Dana Novak. Había intentado contactar con Clara llamándola y enviándole mensajes de texto, pero debía de haber apagado el teléfono. «Se fue» apareció en su cerebro en letras de neón.

El pelo cano y muy corto, característico de la famosa presentadora, brillaba bajo las luces mientras les formulaba una serie de preguntas. Josh intentó sonreír. Los grandes audífonos que le había dado la ayudante de Dana Novak le hacían sudar las orejas. Hasta entonces, no habían mencionado a Clara, pero sabía que era cuestión de tiempo.

—¿Cómo decidieron empezar Sinvergüenza? —Dana tenía una voz radiofónica perfecta, clara y directa—. Soy la primera en reconocer el triste estado de la educación sexual en Estados Unidos, pero ustedes han ido un poco más allá, han ido del porno (y además con tu ex, debo añadir) a ser los creadores de un negocio que promueve el placer femenino.

Josh le hizo un gesto a Naomi con la cabeza para que respondiera ella. No le apetecía hablar. No quería malgastar otro segundo sin buscar a Clara, pero ella lo había amenazado con despellejarlo vivo si se perdía la entrevista, y su ex era precisamente una mujer de palabra.

—Entramos en el proyecto con diferentes perspectivas, pero un objetivo común —contestó Naomi—. Los dos creemos que el sexo es mejor, para todos, cuando la pareja entiende el cuerpo del otro, cuando se dan permiso para comunicarse, experimentar y crecer. El placer no es de talla única. El buen sexo está en constante evolución y debería ocurrir lo mismo con el discurso que lo rodea —Naomi le dedicó media sonrisa—. Resulta que Josh y yo tenemos más relaciones sexuales que la media, así que hemos aprendido unos cuantos trucos que compartimos en la página web, pero sin duda no lo sabemos todo. Nunca podríamos haber hecho realidad Sinvergüenza solos.

Dana apoyó la barbilla en la palma de su mano.

—Ah, sí. Tienen un puñado de colaboradores creativos. Pero les diré que la que más me interesa, y supongo que ya lo adivinaron, es Clara Wheaton, una joven de la alta sociedad. Antes de Sinvergüenza, nunca había participado en el entretenimiento para adultos, pero su familia tiene una lista de escándalos tan larga como mi brazo. ¿Qué le hizo pasarse al lado salvaje? —miró a uno y después al otro—. ¿O quizá debería preguntar cuál de ustedes la hizo pasarse al lado salvaje?

Josh sabía que ese momento llegaría. Aun así, se le aceleró el pulso al oír el nombre de Clara.

—No vamos a hablar de la señorita Wheaton —respondió al micrófono con un tono monótono que no admitía discusión.

—Uh, ¿detecto una ligera actitud protectora? ¿He dado con el triángulo amoroso más atrevido del país?

Josh se quitó los audífonos y se puso de pie.

—Terminé —lo que vio al darse la vuelta lo dejó sin aliento—. ¿Clara?

Una nueva oleada de dolor estalló dentro de él al verla. Su belleza le recordaba que había echado a perder la mejor oportunidad de felicidad que había conocido. Quería lanzarse a sus brazos. Sin dignidad, de forma pegajosa, agarrándola bien. Después de las últimas cuarenta y ocho horas, quería inhalarla.

Pero no podía.

Aún no.

Ella le honró con una sonrisa.

—Hola.

El cartel luminoso rojo que indicaba que estaban en el aire proyectó un resplandor rosado en sus mejillas.

—¿Eres Clara Wheaton? ¿La inversora? —Dana Novak sin duda lo captó al momento.

—Sí.

Clara se retiró el pelo de la cara.

Josh no supo en ese instante si quería reír o llorar. La metáfora de Clara sobre el refresco por fin tenía sentido. La emoción dentro de él no iba a ninguna parte, sino que se le había quedado alojada detrás de la caja torácica.

—Perfecto. ¿Podemos ponerle una silla? —Dana le indicó a una joven que los estaba observando desde detrás de una gran ventana—. Damas y caballeros, hoy tenemos a una invitada sorpresa.

—¿Qué estás haciendo aquí? —Josh se le quedó mirando fijamente.

No entendía su presencia. Una parte de él creía que, si parpadeaba durante demasiado rato, desaparecería. Estaba claro que ella no quería que la gente la relacionara con Sinvergüenza, así que ¿por qué había aparecido durante una entrevista en directo? Fueran cuales fueren sus motivos, él prefería una habitación donde estuviera ella a una donde no estuviera.

La ayudante de Dana le acercó un micrófono a Clara y acompañó a Josh de vuelta a su silla.

—Vine a decirte algo, Josh —dijo Clara con la boca a un par de centímetros del micro.

—¿Quieres decirme algo ahora, cuando nos están escuchando cientos de personas?

—Miles —lo corrigió Dana.

—Sí —Clara tragó saliva—. Sé que dije que lo que había sucedido entre nosotros no era más que sexo.

Josh miró a su alrededor, a los espectadores. No tenía ni idea de lo que estaba sucediendo ni de si era bueno. Aun así, la palabra «sexo» en los labios de Clara bastaba para ponérsela medio dura.

Naomi se sentó más recta en la silla. «Ahí va el secreto».

Dana juntó las manos y Josh supo por la expresión de su cara que pensaba que la entrevista se había puesto mucho más interesante.

Clara continuó:

—Pero nuestra relación es mucho más que eso. Vine a decirte a ti, y por lo visto a un puñado de desconocidos que están escuchando, que estoy enamorada de ti —los latidos de Josh retumbaron en sus oídos. Se mordió la lengua y notó un sabor metálico en la boca—. Siento haber estado demasiado asustada para aceptarlo antes. Siempre había creído que el amor te provocaba inquietud, ese tipo de obsesión que te pone a mil. Creía que el amor era sinónimo de añorar, de anhelar. Que tenía que doler.

Josh leía entre líneas. Le estaba diciendo: «Creía que el amor se parecía a Everett». Mierda, odiaba a ese tipo.

Clara respiró hondo y le inclinó la barbilla hasta que él la miró directamente a ella en vez de a sus puños apretados.

—Pero el amor no es así. Al menos no para mí. Amarte es como darme un baño caliente después de toda una vida estando empapada hasta los huesos de frío.

El pecho de Josh se infló cuando intentó tomar bastante oxígeno para procesar aquella revelación.

Clara lo tomó de la mano.

—Es tener a alguien que me ve, más allá del artificio y la pose, y que ha decidido que soy más que suficiente.

Él cerró los ojos y pasó la punta de su nariz por el dorso de la mano de ella, saboreando sus palabras y su piel suave como un pétalo.

La voz de Clara ganó fuerza.

—Mi amor por ti es una adicción. Estar contigo no me proporciona una sensación retorcida de reconocimiento por mi vida. Nunca has sido una aventura que tuve para salir de mi sistema. Nuestro amor es... libertad. El tipo de amor por el que la gente da su vida.

A Josh se le nubló la vista. No podía procesar aquel giro de los acontecimientos.

Clara debió de malinterpretar su silencio porque acercó más la boca al micro.

—Aunque quiero dejar claro que el sexo es increíble. Mejor de lo que parece en la pantalla. En serio. No tienen una idea.

Naomi se aclaró la garganta.

—Okey. Perdón. Josh, el motivo por el que Sinvergüenza existe es porque me animaste a dejar de disculparme por lo que quería y lo que merecía. Listas, pautas, manejar fatal, y todo lo demás. Eres todo lo que nunca supe que necesitaba, pero no puedo imaginarme mi vida sin ti y, francamente, no quiero imaginármela.

Josh se quedó ahí sentado, estupefacto por su buena suerte. Ni en un millón de años se hartaría de Clara. De su optimismo y de su valor. De sus besos desesperados y su fe por la gente por la que merecía la pena luchar.

Naomi lo miró con los ojos entrecerrados.

—Será mejor que hagas algo, Josh. Si no la besas tú pronto, lo haré yo.

Él se libró de su estupor y se puso en pie, levantando a Clara de la silla.

La deseaba más en ese momento de lo que había deseado nada en toda su vida. Le sostuvo la cara con ambas manos.

—Un gran discurso.

—Gracias —metió el pulgar en su hoyuelo—. Se me fue un poco con lo del sexo al final.

—Pero lo retomaste bien.

Llevó su boca a la suya y Clara envolvió su cuello con los brazos. El mundo de él se enderezó sobre su eje cuando sus labios se encontraron en una tierna presión. No estaba seguro de merecerla, pero sí estaba segurísimo de que nadie se la iba a arrebatar.

Josh jamás se había imaginado que tendría ese tipo de dulzura con Clara.

Dana aplaudió.

—Entonces ¿esto significa que en el futuro veremos tutoriales de ustedes dos para Sinvergüenza?

Clara se quedó helada en sus brazos, con los ojos llenos de inseguridad.

—Supongo que podemos hacer un video de cómo besarse. Besarse totalmente vestidos. Ah, y con canciones lentas de R&B.

—Vamos a necesitar más tiempo para ensayar antes de que esté preparada para hacerlo con público. De hecho, tenemos que irnos a practicar. Ahora mismo —dijo Josh sin apartar los ojos de Clara—. Naomi puede seguir con la entrevista —a Josh le dolían las mejillas de tanto sonreír—. Por favor, discúlpennos.

Prácticamente sacó a Clara a rastras del estudio hacia el pasillo.

—Siento mucho el modo en que actué —dijo él en cuanto se cerró la puerta tras ellos—. Fui un completo imbécil. Quiero que sepas que…

Clara miró el ascensor antes de agarrarlo de la camisa y arrastrarlo hacia la puerta que daba a las escaleras, por las que no pasaba nadie. Cuando la puerta se cerró tras él, le pasó los dedos por el pelo y adaptó sus curvas a sus huecos.

—Cuéntamelo luego —le susurró al oído.

Josh no necesitó que le dijera más. Le agarró el trasero y la levantó del suelo para que pudiera rodearle la cintura con las piernas antes de llevarla contra la pared y besarla apasionadamente el cuello por debajo de la oreja.

Clara gimió con desenfreno.

—¿De verdad estamos haciendo esto? ¿Aquí?

Si aquel día era un sueño, él no quería despertarse.

Ella llevó las caderas contra él.

—¿Crees que podrás soportarlo?

Josh se rio en sus labios.

—Cariño, todavía me quedan unos cuantos movimientos que no has visto.

Le apoyó las nalgas en la barandilla de la escalera que recorría la pared.

—Qué bonito vestido —dijo mientras le subía la tela por encima de la cintura. Con dedos impacientes, le apartó la ropa interior—. Dios, Clara. Tienes un coño perfecto —dijo cuando la encontró empapada y preparada para él.

Ella apretó los muslos alrededor de sus caderas y gimoteó cuando le mordió el hombro.

—Te quiero. Te quiero muchísimo.

Josh soltó una grosería como si hubiera dicho algo guarro y sacudió las caderas contra ella.

—Si me vengo en los pantalones por el sonido de tu voz y este sexo en seco, voy a perder toda mi reputación.

Clara se rio por lo bajo mientras cerraba los ojos e inclinaba la cabeza hacia atrás.

—Entonces ¿qué estás esperando?

Josh no perdió ni un segundo. Se metió la mano en el bolsillo para sacar un condón. «Por suerte, las viejas costumbres nunca mueren». Lo abrió desgarrando el envoltorio con los dientes y se lo puso.

—Esto es increíble, de verdad. Sé que está pasando porque estás aquí y eres maravillosa, pero…

—¿Josh? —dijo Clara con la voz entrecortada por los jadeos.

—¿Sí?

Le agarró las nalgas, alineándole las caderas hasta hundirlas en ella. Cuando Josh sintió su verga rodeada del calor de ella, bajó la cabeza hasta su hombro con un gemido de tortura.

—Okey.

Con una mano detrás de cada rodilla de Clara, inclinó el ángulo de su pelvis para que el glande le rozara el punto G. Quizá no sería capaz de hacer que se viniera dos veces en una escalera, pero sí que iba a intentarlo.

Josh se encontró vergonzosamente cerca del orgasmo mientras la oía gemir y gimotear. Las manos de ella se hundieron en sus escápulas cuando levantó más su muslo contra su cadera y notó el temblor a su alrededor. Clara le mordió donde el cuello se encontraba con el hombro cuando encontró el placer.

—Eres increíble.

Podía tirarse horas contemplando cómo se mordía el labio y se retorcía mientras tenía un orgasmo.

Clara le puso las manos en la nuca para llevar su boca a la de él.

—¿Cómo carajo puede ser mejor estar contigo que la posibilidad de un verano entero lleno de fantasías?

Cada palabra evocaba una nueva y magnífica imagen en su cerebro hasta que Josh jadeó al borde del infinito. Ambos, muertos de hambre y saciados. Su definición de felicidad ampliada para abarcar aquel momento perfecto y salvaje.

Josh hundió las yemas de los dedos en la piel sedosa de sus muslos y apretó los dientes para evitar gritar cuando su propio orgasmo lo sacudió. Apoyó su frente sudorosa en la de Clara.

—No puedo creer que seas real.

Salió de ella y la ayudó a bajar de la barandilla.

Clara se apresuró a pasarle un puñado de pañuelos de papel que sacó del bolso.

—El sexo en un lugar público es tan bueno como pensaba, pero lo que viene después es sin duda menos glamuroso.

Josh se rio mientras se limpiaba y volvía a ponerse los jeans.

El bolso de Clara empezó a sonar.

—Es Jill —dijo, al ver la llamada entrante en la pantalla.

—Tal vez deberías contestar.

—¿Hola? —saludó Clara, inclinándose para llevarse el aparato al oído.

Se le habían puesto las mejillas rojas como un tomate.

—Tienes que venir aquí —Josh oyó que Jill vociferaba las palabras con el tono seco de alguien tratando de no entrar en pánico—. Estoy en mi oficina y Toni Granger acaba de aparecer preguntando por ti.

Clara se quedó mirando a Josh y se pasó la lengua por el labio inferior.

—¿Ahora? —abrió muchos los ojos—. Okey. Okey. Llegaré lo antes posible.

Después de una breve parada en el baño para refrescarse, se dirigieron al estacionamiento.

—Vamos. Yo manejo —dijo Josh, tomándola de la mano.

Clara se detuvo en seco.

—La verdad es que vine en coche.

Él recorrió con la vista el estacionamiento.

—¿Qué? ¿De dónde sacaste un coche?

—Bueno, es una historia un tanto graciosa…

Capítulo 37

♡ ♡ ♡

Bien mirado, Josh se tomó la noticia del viaje espontáneo por carretera con un aplomo extraordinario.

—¿Me gusta que corrieras a ver a ese tipo en cuanto tuviste oportunidad? No —Josh sonrió—. Pero al mismo tiempo, me gusta la idea de que le pidieras las llaves a ese imbécil para volver directamente a mí.

Clara notó mariposas batiendo las alas en el estómago. Había ido de una montaña rusa emocional a otra, y ¿ahora Toni quería verla?

Josh le apretó la mano cuando llegaron a la oficina de Jill.

—¿Qué pasa por ese bonito cerebro tuyo?

—Estoy un poco nerviosa —muy nerviosa—. En el estudio me estaba bombeando la adrenalina por las venas, muchas endorfinas, pero ahora tengo que enfrentarme a las consecuencias de mis acciones.

—¿Te arrepientes? —preguntó él con una voz extrañamente neutra.

—Por supuesto que no. Si a otra gente no le gusta mi vida, no me importa.

Josh negó con la cabeza.

—Tengo que conseguirte un libro con frases *millennial* o algo así. Frases como esta son la razón por la que los teleoperadores siempre están intentando venderte medicamentos para la osteoporosis.

Él vaciló cuando llegaron a la puerta de Jill.

—A lo mejor debería esperarte aquí.

Clara apretó los labios contra su mejilla.

—Por favor, acompáñame. Pase lo que pase, me gustaría presentarte a mi tía.

Tensó la mandíbula.

—Tú delante.

—Buenos días —saludó Clara, tomando a Josh de la mano cuando entraron a la sala de conferencias donde aguardaban Jill y la fiscal del distrito—. Perdón por haberlas hecho esperar.

—Ningún problema —Toni Granger se irguió con su imponente estatura—. Entiendo que lo más probable es que no esperaras saber de mí —la fiscal del distrito se giró hacia Josh—. Encantada de volver a verte, Josh.

Clara retrocedió involuntariamente un paso.

Josh se quedó mirando al cielo con las manos cruzadas a la espalda. A Clara se le puso la carne de gallina.

—Ya puedes imaginarte mi sorpresa —dijo Toni— cuando salí esta mañana a mi porche delantero a recoger el periódico y me encontré en mi casa a este joven que me sonaba un tanto familiar —la fiscal puso una mano en el hombro de Josh—. Cuando le pregunté qué creía que estaba haciendo, me dijo que tenía una información valiosa que darme. Una información relevante para mi campaña. Me pasó una USB y me dijo amablemente que esperaría fuera por si tenía alguna pregunta.

Clara le lanzó a Josh una mirada que decía: «¿Qué carajo?». Tenía que darle una buena explicación.

—Bueno, he de reconocer que mi primer instinto fue darle una paliza por meterse en mi propiedad privada, pero algo en sus ojos me hizo decidir escucharlo.

Josh levantó las manos hacia el techo.

—Quiero aclarar que la situación era urgente. No quería malgastar un tiempo valioso esperando a que abriera su oficina.

Debería hacer algo para que no fuera tan fácil encontrar su dirección en internet si no quiere recibir visitas de los votantes preocupados.

—Me alegro de que me encontraras —dijo la fiscal del distrito pasándole la USB a Clara—. Josh recogió una gran cantidad de información para incriminar a Black Hat y a H.D. Pruitt.

Él se colocó delante de Clara, que de repente tenía la vista borrosa.

—Llevo unas cuantas semanas reuniendo correos electrónicos y mensajes de texto que documentan el comportamiento delictivo de Black Hat. Los actores y el equipo descubrieron lo que estaba tramando (no soy precisamente famoso por mi discreción, como ya sabes) y me contaron sus propias historias. Toni dice que tenemos pruebas de casi treinta violaciones de las leyes de empleo y trabajo. Stu incluso descubrió imágenes de producción que podríamos usar ante un tribunal.

—¿Qué? —la mente de Clara corrió en mil direcciones diferentes—. ¿Por qué no me lo habías contado?

—No estaba seguro de poder hacerlo, y sabía que, si te lo contaba, tenía que llevarlo a cabo. Necesitaba un motivo más importante que mi miedo. En cuanto te marchaste, supe que tenía uno.

La fiscal del distrito sonrió con la boca cerrada.

—También se ofreció para actuar como testigo en representación de la industria del entretenimiento para adultos. Dijo que pensaba que, si veían que él colaboraba con la oficina del fiscal, la comunidad de la industria del porno vería que no soy… ¿Cuáles fueron las palabras exactas que utilizaste?

Josh se sonrojó.

—Otra política imbécil que despotrica contra los trabajadores sexuales.

—Parecía preocupado por si no actuaba después de las pruebas que me había ofrecido, así que educadamente me recordó que en mi programa electoral había prometido que, cuando luchaba por la igualdad, no me olvidaba de los marginados ni los estigmatizados. Solo puedo imaginarme que obtuvo esa información de ti. También me pasó una copia de un informe que escribí hace cinco años —la dura mirada que tenía normalmente la fiscal del distrito se suavizó—. ¿Quieres contarle tú el resto?

Josh tomó a Clara de las manos.

—Le pedí a Toni que considerara permitirte volver a su equipo de campaña. Le dije que sabías cómo cambiar las cosas. Lo hiciste cuando entraste en mi vida y, si te diera otra oportunidad, harías lo mismo por ella.

Clara se abanicó.

—¿Puedo sentarme?

Josh le acercó una silla.

—¿Estás segura de esto?

Clara no podía creer el riesgo que la fiscal del distrito estaba dispuesta a correr.

Toni se giró hacia Jill.

—Estás a cargo de mis relaciones públicas. ¿Crees que interponer una demanda contra Black Hat bastaría para acaparar el interés de las noticias electorales?

—Veamos. Hay sexo. Dinero. Poder —Jill enumeró las palabras con los dedos y sonrió—. Sí. Debería funcionar.

—Bueno, Clara, ¿qué dices? ¿Estás dispuesta? —Toni sonrió con satisfacción.

La joven se giró hacia su tía. Jill era una de las mujeres más fuertes que conocía. Le había dado una oportunidad a Clara, sin hacer preguntas, incluso después de todo por lo que la habían hecho pasar los Wheaton. Jill se había mantenido firme en sus convicciones durante mucho tiempo y eso era admirable. Había luchado por ellas no con armas, sino con un firme silencio, aceptando el rechazo de su familia con más elegancia de la que se merecían. Había pagado un precio por sus elecciones, por su libertad, y las ligeras arrugas alrededor de los ojos marcaban la duración de la sentencia.

Jill le había enseñado mucho aquel verano, pero Clara no quería convertirse en ella. Los Wheaton habían soportado una infinidad de escándalos y era hora de aprender a perdonarse.

—Volveré. Pero tú tienes que venir a casa conmigo, a Greenwich, en Navidad.

Las cejas de su tía salieron disparadas hacia arriba.

—Podemos enfrentarnos a esto juntas. Dos ovejas negras que regresan al rebaño.

Clara contuvo la respiración mientras esperaba una respuesta. Estaba convencida de que su familia no le cerraría la puerta, pero sería más fácil si tenía a Jill a su lado. Los Wheaton debían estar orgullosos de las dos. Ninguna había hecho nada que un poco de destreza en relaciones públicas no pudiera arreglar.

—Me apunto —Jill envolvió a Clara en un abrazo—. Estoy orgullosa de ti —le susurró al oído.

—Puede que no seamos capaces de mantener del todo tu nombre fuera de los discursos de la oposición —dijo Toni cuando las dos mujeres se separaron—. Vamos a tener que empezar de inmediato y no habrá nada fácil. Incluso con las pruebas adecuadas, Pruitt contratará al mejor abogado defensor que pueda comprar con su dinero. Nos superará en todo lo que pueda, incluidas las relaciones públicas.

—Entonces pongámonos a trabajar.

Jill guiñó un ojo a su sobrina mientras acompañaba a Toni fuera de la sala de conferencias.

En cuanto se quedaron solos, Clara se giró hacia Josh.

—No puedo creer que hayas hecho esto.

Un juicio era algo más que mofarse de Pruitt. Mucho más que la pequeña y silenciosa rebelión de Sinvergüenza. Ir a juicio, atraer las miradas... Todo eso ponía en peligro el papel de Josh dentro de la comunidad del entretenimiento para adultos. Según le había contado antes, muchas personas de la industria lo verían como un oportunista en el mejor de los casos y como un traidor en el peor.

De pequeña, Clara había visto a sus padres hacer un montón de sacrificios por lo mucho que querían a sus hijos, pero nunca antes un hombre había hecho algo así por el amor que sentía por ella. ¿De verdad se lo merecía?

Había muchas cosas en Josh que eran demasiado buenas para ser ciertas. Después de tres meses de decirse a sí misma: «No es para ti. Esos ojos, esas manos, esa boca, esa amabilidad, ese humor; nada de eso te pertenece, no te engañes». Incluso oír la historia de una de las personas con mayor autoridad que había conocido le parecía surrealista.

—No lo hice por ti —dijo Josh.

Clara hundió los hombros.

—Ah.

—Pero fui capaz de hacerlo gracias a ti.

Recorrió la curva de su mejilla con el dorso de la mano. Cuando Josh la tocó, completó un circuito, de modo que la electricidad pasó de un cuerpo a otro, haciendo que cada centímetro de ella estuviera más vivo.

—Todo esto es muy gordo —dijo él—. No solo por cuánto te quiero ni por Sinvergüenza, sino por la oportunidad de ayudar, con el apoyo de Toni, a personas que me importan —dijo moviendo las manos con el mismo entusiasmo con el que hablaba—. Jamás pensé que yo podría serles útil. Hacer esto, testificar y tal, puede ayudar a crear un ambiente de trabajo más seguro para los trabajadores sexuales y a proteger a la industria de hombres como Pruitt; no lo veo como abandonar el porno ni convertirme en un traidor. Este caso beneficiará a todos los que se dedican a esto y alguna vez les han tomado el pelo.

Josh se frotó la nuca.

—Y okey, quizá sea poco para ti, Clara. Pero no me importa, porque cuando te fuiste hace dos noches, me di cuenta de que haría lo que estuviera en mi mano para demostrarte lo mucho que significas para mí —sus ojos volvieron a reflejar dolor—. Fui un estúpido y estaba asustado. Estaba tan seguro de que me rechazarías que te aparté. Quería señalarte como prueba de mi propia inferioridad. Dejé que la opinión de la sociedad de mi valía me declarara no apto antes de darte una oportunidad. Se me ocurrió que, si podía empezar ayudándote a recuperar tu trabajo, a lo mejor al menos me dejarías contarte el resto, la parte del «te quiero» —sacó una hoja suelta doblada del bolsillo—. Me tomé la libertad de hacer una lista de pros y contras.

—¿Ah, sí? —Clara se quedó mirando el documento—. Qué romántico.

—Ahora mismo hay en mi vida un montón de mujeres aterradoras, pero no me importa —dijo Josh—, porque cuando te miro a ti, Clara, es como si una bestia rabiosa dentro de mí se sentara sobre sus patas traseras y susurrara: «Por fin». Pero quiero asegurarme de que estás de acuerdo con esto. Con todo. Antes de seguir adelante, ¿has hablado con tu familia?

Clara cerró los ojos. Esa pregunta, entre muchas otras cosas maravillosas de aquel momento, le demostraba que Josh la había escuchado, que ella le importaba.

—No, todavía no. Pero no sé por qué creo que va a ir bien. Será doloroso, no me entiendas mal, pero ahora me siento mucho más a gusto con la incomodidad. Tenías razón. He puesto a mi familia de excusa para evitar lo que me daba miedo, incluso lo bueno, durante demasiado tiempo. Se acabó pedir permiso. Voy a elegir mi propia vida. Terminarán perdonándome. No aceptaré un no por respuesta.

—Vaya, hoy ha sido un gran día —dijo Josh con su sonrisa de buenorro—. ¿Cómo te sientes?

—Agradecida —Clara se puso de puntitas y le envolvió el cuello con los brazos—. Gracias. ¿Sabes? No creo que a la larga hubiera estado conforme con ser una socia silenciosa de Sinvergüenza, creo que al leer los comentarios de la prensa sobre nosotros y ver el montón de suscriptores me habrían reconcomido los celos. Este proyecto me importa demasiado. Quiero ayudar a Toni a ganar las elecciones y a acabar con Pruitt, pero creo que, cuando la campaña termine, me centraré en la página web durante un tiempo e invertiré en ella un poco más de mi fondo fiduciario.

Josh bajó las manos de su pelo, pasando por la cintura para juguetear con el dobladillo de su vestido. El roce de sus nudillos por la parte externa de sus muslos bastó para que una corriente de deseo le recorriera la espalda.

Cuando ella volvió a hablar, las palabras le salieron un poco entrecortadas.

—No todos los días te pones a derribar un imperio del porno.

Capítulo 38

♡ ♡ ♡

Dos años más tarde…

—Estás quemando el pavo —le susurró Clara al oído.

Bajó la temperatura del horno considerablemente, pero se puso de puntitas para darle un beso en la mejilla y suavizar el golpe.

—Tu papá dice que le gusta que el «pavo esté doradito y con la piel crujiente».

Josh se pasó el nudillo con timidez por el pómulo.

—A mí me parece que ya está bastante crujiente —Clara apretó las manos sobre los hombros de él, para alisarle la camisa arrugada—. Nunca te había visto tan nervioso.

—Esta es la primera vez que la familia Wheaton y la Conners celebran Acción de Gracias bajo el mismo techo. Por no mencionar a un par de intrusos descarriados —se dio la vuelta hacia el horno—. Me esfuerzo por alcanzar la excelencia.

Clara tiró del lazo del delantal a cuadros que llevaba Josh atado alrededor de las caderas.

—Sí, bueno, tu mamá dice que, si no sales ahí y le presentas a Toni, no tendrá más remedio que enseñarle a la fiscal del distrito tus vergonzosas fotos de bebé. Yo no me arriesgaría. Se trajo un álbum entero. Lo sé porque me lo enseñó a los cinco minutos de llegar.

—Le dije que Toni odia la cháchara —refunfuñó Josh—. Solo pasó para dejar un plato de sus famosos camotes.

—También da rabia que sea buena en tantas cosas diferentes —dijo Clara.

Después de que Granger fuera reelegida, Clara había dejado la agencia de relaciones públicas para trabajar a tiempo completo en Sinvergüenza, pero Toni había seguido estando presente en sus vidas.

Durante la batalla contra Black Hat, la fiscal del distrito había dicho que Josh había sido uno de los mejores testigos con los que jamás había trabajado, y lo consideró el arma secreta que le permitió lograr una victoria que muchos habían creído prácticamente imposible.

El día que declararon culpable a Pruitt y su imperio, consolidando el puesto de Toni en la historia de la función pública, la abogada invitó a Josh a formarse como testigo pericial para que pudiera continuar representando los intereses de la comunidad del entretenimiento para adultos en nombre de su equipo.

Él había aceptado su oferta y había continuado defendiendo la reforma de la industria porno, además de hacerse cargo de sus responsabilidades en Sinvergüenza.

Naomi llegó de la sala de estar y el detector de humos eligió ese momento para activarse.

—Tengo en la punta de la lengua un chiste sobre que ustedes dos sí saben calentar una habitación —la pelirroja agarró una silla para subirse a ella y agitar un trapo de cocina junto a la incesante sirena—. Estoy acostumbrada a apagar sus fuegos en el trabajo todos los días, Connecticut, pero cuando acepté tu invitación para comer en este día festivo, no sabía que tendría que enfrentarme a un incendio de verdad.

—¿Qué puedo decir? Cuando te enamoras del chico más bueno del mundo, aprendes a aceptar la amenaza de una combustión ocasional.

Clara miró a Josh con adoración hasta que su socia fingió vomitar de manera exagerada.

—Si no cortan ya esa mierda pastelosa, no me quedará más remedio que acostarme con tu hermano —dijo Naomi con un tono serio.

Clara emitió un grito ahogado.

—No te atreverías a acostarte con Oliver.

A pesar del sorprendente éxito de su página web, que ahora ya casi tenía treinta empleados a tiempo completo, a las dos mujeres aún les encantaba poner a prueba los límites de cada una.

—Ay, cariño —Naomi pestañeó y se bajó de la silla después de apagar la alarma—. No tendría ni que intentarlo —y se unió de nuevo a la fiesta.

—Tengo que ir ahí fuera.

Clara se disponía a salir cuando su mamá entró corriendo en la cocina.

—Tu hermano derramó Cabernet por encima de todas las páginas de sociedad.

Sostenía en la mano una página de periódico empapado. El vino tinto inundaba el titular: LOS ROOMIES QUE SE HICIERON SOCIOS DAN EL SÍ QUIERO: WHEATON SE CASA CON CONNERS.

—Ay, no te preocupes —dijo Josh y le guiñó el ojo a Clara mientras iba a buscar otro—. Tenemos ese ejemplar plastificado.

Una vez superada la crisis, Clara guio a su mamá de vuelta a la sala, y al regresar se encontró a su prometido jugueteando con el encendedor eléctrico.

—Se me ocurrió dorar los camotes —dijo como explicación—. Darles un toquecito.

—No tentemos al destino —dijo ella, quitándole el aparato de las manos—. No sé qué te dio.

—¿Es que tú nunca has hecho nada estúpido para impresionar a alguien que te gustara?

Josh la envolvió con sus brazos y se la acercó para darle un beso largo.

Agradecimientos

♡ ♡ ♡

Siempre pensé en escribir un libro, pero no esperaba que alguien lo leyera. La estupenda sorpresa de darme cuenta de que me equivocaba no habría sido posible, ni tan dulce, sin las siguientes personas:

Mi agente, Jessica Watterson. Gracias por ser tan buena vendiendo libros, pero también por hacer tan bien otros trabajos —como entrenadora, animadora y terapeuta de medio tiempo— que no aparecen en tu currículum, pero que podrían, si quisieras añadirlos. Te estaré eternamente agradecida por tu sangre fría. Gracias por sacar este libro adelante y encontrar el mejor lugar para él.

Mi editora, Kristine Swartz. Siempre me has hecho sentir como si esta historia fuera diferente y a la vez especial, y nos has guiado (a mí y al libro) para estar a la altura de ese potencial con tu destreza y empatía.

Jessica Brock, Jessica Mangicaro y todas las personas de Berkley que han ayudado a llevar esta historia a los lectores. Son las mejores en esto y todavía estoy pellizcándome porque no me creo que haya llegado a trabajar con un equipo tan excepcional.

Heather Van Fleet y Lana Sloane, las dos cambiaron mi vida cuando decidieron ser mis mentoras. Fueron las primeras personas en tomarse mi obra en serio. Sus huellas están en estas páginas. Las quiero. Gracias.

La organización de Pitch Wars, del pasado y del presente. Esta comunidad me ha dado el mejor regalo de mi vida, tanto de creación como de amistad. Nunca les podré recompensar, pero tengo pensado seguir intentándolo.

Toda mi clase de aprendices de Pitch Wars, pero sobre todo el grupo variopinto de Slack. Son mi familia elegida. Gracias por compartir cada paso de este viaje salvaje conmigo. No lo habría conseguido sin ustedes.

Mi lectora beta, Lyssa Smith. No sé qué habría hecho si no nos hubiéramos encontrado. Conmigo para siempre.

Lane Rodgers. Gracias por compartir conmigo tus conocimientos sobre la materia para este libro del modo más amable imaginable. Tu apoyo para esta historia y su objetivo de promover la industria de las películas para adultos de una forma positiva y acertada significa mucho.

Mi hermana de batalla en este debut, Denise Williams. No sé qué habría hecho sin poder compartir esta experiencia contigo. Me siento muy agradecida por respaldarnos mutuamente en todo momento.

Austin Chapter of Romance Writers of America (ARWA). Sobre todo quiero dar las gracias a Liz Locke y Nadine Latief por crear un hogar para mí en Austin y hacerme sentir que los sueños no eran solo sueños.

Los fundadores y la comunidad de All the Kissing. Han creado algo muy especial para el género romántico. Gracias por dejarme formar parte de ello.

Mis amigos de mi ciudad natal, con un agradecimiento especial a mis primeras lectoras, Emily e Ilona, que creyeron en esta historia y su potencial, y a Quinn, a quien no le encantan las comedias románticas y, aun así, me escuchó hablar de esta sin parar durante años. Su fe en mí me ha llenado muchos días, buenos y malos. Los quiero a todos mucho.

Mi mejor roomie, Jess DiFrancesco. Gracias por ser la primera persona en leer este libro. No podría haber sido de otra manera.

Meryl Wilsner y Ruby Barrett. ¿Qué puedo decir? Algunos días son los latidos de mi corazón. Otros días son mis suspiros profundos. Son mis lágrimas de risa y conflictos. Están en mis palabras. Gracias por su amistad.

Mi familia (inmediata y extendida). Gracias por su entusiasmo infinito respecto a mi obra, sobre todo porque les di muy poca información sobre el contenido de este libro e insistí constantemente en que no podían o no deberían leerlo. Cada vez que celebraban mi progreso o mostraban interés en mi trabajo, significaba mucho para mí.

Mi papá. Inspiraste y cultivaste mi amor por la lectura desde una edad muy temprana. Convertiste las librerías en mis lugares preferidos del mundo. Una vez me prometiste que siempre me comprarías libros y parece que no te arrepentiste de esa decisión, a pesar de muchos años abusando de esa amabilidad en mi búsqueda por leer todo lo que tuviera una cubierta rosa. (Aquí tienes otro libro romántico que tendrás que comprar. Lo siento. Te quiero).

Mi mamá. Eres la persona más trabajadora que conozco y en muchos sentidos tú has hecho que me convierta en la mujer que soy. Ayudaste a que fuera lo bastante valiente para ser escritora y, en concreto, la escritora de este libro, del que estoy tan orgullosa.

Micah Benson. La dedicatoria ya es supercursi, así que voy a ser práctica. Gracias por soportarme, por leer cada página de este libro en los múltiples borradores (a menudo conmigo sentada delante de ti mirándote fijamente), por creer en mí hasta cuando yo no creía en mí misma. Gracias por celebrar esta historia en tu arte (sobre todo cuando no te dije explícitamente que lo hicieras) y por admitir que soy, en ciertas ocasiones, graciosa. Te quiero. Te quiero. Te quiero.

Preguntas para el debate

1. Al principio del libro, vemos que Clara y Josh han construido sus vidas alrededor de las expectativas de otras personas (en el caso de Josh, por la falta de ellas). ¿Cuál de sus roles sociales interiorizados les costó más olvidar?
2. *Roomies* da la vuelta a varios estereotipos del género: el chico de la casa de al lado, Everett, se convierte en un antagonista vago en vez de ser el enamorado, y Naomi, la «exnovia celosa», se convierte en socia y confidente. ¿Cómo sería esta historia si ninguno de estos estereotipos se hubiera trastocado?
3. Clara le dice a Josh que sus antiguas parejas la defraudaron en la cama y que «parece más eficaz» hacerse ella cargo de la situación. ¿Por qué crees que se sentía así?
4. En la primera parte del libro, Clara cree en ciertos estigmas negativos del porno y de los actores del cine para adultos con los que trata al examinar sus propios prejuicios y conocer a Josh, a Naomi y a otros profesionales de la industria. ¿Te encontraste analizando alguna de tus propias ideas sobre el porno o sobre los actores

de este tipo de películas mientras leías la novela? ¿Cómo podemos derribar los estigmas contra el trabajo sexual y hacer un mundo más seguro para ellos, donde se acepten los trabajadores del sexo?

5. Aunque montar un negocio une a Josh y a Clara, también representa una barrera para entrar en una relación sentimental. ¿Crees que poner en marcha Sinvergüenza les ayudará u obstaculizará su historia de amor?
6. Clara y su tía Jill se parecen en varias cosas. Ambas siguen sus corazones, abandonan la notoriedad social y escapan a Los Ángeles con casi ningún plan. Pero mientras Jill corta todos los lazos con la familia Wheaton después de recibir su desaprobación, Clara se niega a que la rechacen. ¿Por qué crees que no rompe con su familia tras protagonizar su propio escándalo?
7. ¿Crees que Josh y Clara habrían terminado juntos si el conflicto contractual no le hubiera llevado a él a dejar de actuar mientras eran roomies?
8. Después de mudarse a la otra punta del país en busca de un amor no correspondido, Clara le pregunta a Josh: «¿Es que tú nunca has hecho nada estúpido para impresionar a alguien que te gustara?». Bueno, ¿y tú? Y lo que puede que sea más importante, ¿valió la pena?
9. Josh y Clara pasan de ser roomies a estar comprometidos en el epílogo. ¿Qué crees que cambió cuando empezaron a vivir juntos como pareja sentimental?